陕西师范大学优秀著作出版基金资助出版
陕西师范大学中央高校基本科研业务费专项资金项目资助出版（项目号：17SZYB12）

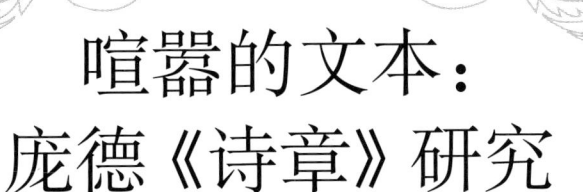

喧嚣的文本：
庞德《诗章》研究

郭英杰 ◎ 著

A Pounding Text:
A Study of Ezra Pound's The Cantos

中国社会科学出版社

图书在版编目(CIP)数据

喧嚣的文本：庞德《诗章》研究 / 郭英杰著. —北京：中国社会科学出版社，2020.10

ISBN 978-7-5203-7355-5

Ⅰ.①喧⋯　Ⅱ.①郭⋯　Ⅲ.①庞德（Pound, Roscoe 1870-1964）—诗歌研究　Ⅳ.①I712.072

中国版本图书馆 CIP 数据核字（2020）第 186805 号

出 版 人	赵剑英
责任编辑	周慧敏　任　明
责任校对	王　龙
责任印制	郝美娜

出　　版	中国社会科学出版社
社　　址	北京鼓楼西大街甲 158 号
邮　　编	100720
网　　址	http://www.csspw.cn
发 行 部	010-84083685
门 市 部	010-84029450
经　　销	新华书店及其他书店

印刷装订	北京君升印刷有限公司
版　　次	2020 年 10 月第 1 版
印　　次	2020 年 10 月第 1 次印刷

开　　本	710×1000　1/16
印　　张	19.75
插　　页	2
字　　数	323 千字
定　　价	95.00 元

凡购买中国社会科学出版社图书，如有质量问题请与本社营销中心联系调换
电话：010-84083683
版权所有　侵权必究

目　录

绪　论 ……………………………………………………………（1）
　　第一节　《诗章》写作的背景和宏旨 ………………………（3）
　　第二节　《诗章》在国内外的研究现状 ……………………（7）
　　第三节　研究意义、内容和思路方法 ………………………（50）

第一章　《诗章》狂欢化的人类文化 ……………………………（54）
　　第一节　多样性：特别的文化盛宴 …………………………（54）
　　　一　《诗章》中多姿多彩的人类文化 ……………………（55）
　　　二　《诗章》中东西文化的对话和狂欢 …………………（62）
　　第二节　隐喻性："黑暗的森林"与美国文化 ……………（68）
　　　一　《诗章》展现的美国文化 ……………………………（69）
　　　二　《诗章》表达的文化诉求 ……………………………（75）
　　第三节　人类文化的碎片化叙事 ……………………………（77）
　　　一　《诗章》中文化的碎片化与现实性 …………………（78）
　　　二　《诗章》中的文化杂糅与叙事 ………………………（83）
　　第四节　"我们思考，因为我们无知" ……………………（90）
　　　一　《诗章》中的文化功能论 ……………………………（90）
　　　二　《诗章》中的文化优势论 ……………………………（97）
　　第五节　人类文化使者的责任担当 …………………………（99）

第二章　《诗章》被言说的历史 ………………………………（106）
　　第一节　"一首包含历史的诗"的历史性内涵 ……………（106）
　　　一　《诗章》文本的历史性 ………………………………（107）
　　　二　《诗章》历史的文本性 ………………………………（114）

第二节　社会之镜：没有人能看到他自己的终结…………（122）
　　一　《诗章》的历史记事功能……………………………（122）
　　二　《诗章》的历史警示功能……………………………（126）
　第三节　个人历史和社会历史的对立统一……………………（130）
　　一　《诗章》的个人历史叙事……………………………（131）
　　二　《诗章》的社会历史叙事……………………………（138）
　第四节　历史之网：一只大蜘蛛的执着梦想…………………（145）
　　一　《诗章》历史的超现实性……………………………（146）
　　二　《诗章》历史的预言性………………………………（155）
　第五节　历史拾荒者与历史的放逐……………………………（161）

第三章　《诗章》臭名昭著的政治经济学……………………（170）
　第一节　家族传统与政治经济学理想…………………………（171）
　　一　《诗章》折射出的"家族意识"………………………（171）
　　二　《诗章》中的政治经济学思想………………………（176）
　第二节　一厢情愿的"民族振兴"教科书……………………（188）
　　一　《诗章》政治经济学思想的"普适性"………………（188）
　　二　《诗章》政治经济学思想的民族性…………………（193）
　第三节　"政治糊涂虫"与梦想的幻灭………………………（202）
　　一　《诗章》政治经济学的理性与非理性………………（203）
　　二　《诗章》政治经济学与危险的"公牛"………………（208）
　　三　《诗章》政治经济学梦想的幻灭……………………（212）
　第四节　带着伤疤的政治经济学………………………………（216）

第四章　《诗章》开放多元的道德哲学观……………………（222）
　第一节　道德意识与哲学思想的合欢…………………………（223）
　　一　《诗章》处处点缀"闪光的细节"……………………（223）
　　二　《诗章》的道德哲学思想及呈现……………………（228）
　第二节　作为人存在驱动力的道德哲学………………………（234）
　　一　《诗章》中的古希腊哲学……………………………（234）
　　二　《诗章》中的德国哲学和法国启蒙思想……………（241）
　　三　《诗章》中的超验主义哲学思想……………………（244）

第三节　道德哲学思想与社会理想的重构 …………………… (248)
　　一　《诗章》中的是非观 ……………………………………… (248)
　　二　《诗章》中的美丑论 ……………………………………… (250)
　　三　《诗章》中的正邪意识 …………………………………… (251)
第四节　平民主义哲学体系的建构 …………………………… (253)

结　语 ……………………………………………………………… (263)

附录一　《诗章》的新旧版本内容 ……………………………… (268)
附录二　《诗章》成书的过程年表 ……………………………… (270)
附录三　以《诗章》为研究专题的国内外文献 ………………… (275)

参考文献 …………………………………………………………… (297)

后　记 ……………………………………………………………… (306)

绪　　论

埃兹拉·庞德（Ezra Pound，1885—1972）[1]是一位个性鲜明、风格独特且具有开拓精神的先锋派诗人，他也是 20 世纪西方诗坛一位颇有争议的现代派作家。他集诗人、编辑、翻译家、文艺理论家和批评家于一身，才华横溢，精力旺盛，不仅创作了大量原创性诗歌，而且通过大胆、前卫的创造性手法互文式地改写了包括汉诗、古罗马诗在内的数百首世界名诗，同时笔耕不辍，还陆续翻译了许多东西方经典文本和著作，书写了上千篇有关文化、语言、艺术、历史等方面的随笔文章以及研究论文，为西方现代主义文学的转型和发展起到举足轻重的作用[2]。无论是在出生地美国，还是移居到英国、法国、意大利等欧洲国家，庞德都是一位有着广泛影响力的诗人和社会活动家，被评论家视为西方现代主义文学研究领域最具有代表性的作家之一[3]。

但是客观而论，庞德在其人生中曾经犯下严重的政治错误。"二战"期间，他作为"政治糊涂虫"，不仅在意大利罗马电台发表反犹主义言论，为墨索里尼、希特勒等法西斯分子摇旗呐喊[4]，而且因不识时务地攻击美国总统罗斯福及其联邦政府和军队，遭到逮捕并被关押在意大利的比萨监狱，随后又被监禁在美国华盛顿的圣·伊丽莎白病院长达 13 年（1945—1958）。庞德也因此成为美国自建国之后犯下叛国罪的第二位历史人物[5]。在他那个时代就有许多美国民众对他议论纷纷、口诛笔伐，比

---

[1]　原名为 Ezra Weston Loomis Pound。下文写作庞德，不另作注。
[2]　钱兆明：《序言》，载蒋洪新《庞德研究》，上海外语教育出版社 2014 年版，第 1—2 页。
[3]　Hugh Kenner, *The Pound Era*, Berkeley: University of California Press, 1971, pp. 354—356.
[4]　张子清：《20 世纪美国诗歌史》，吉林教育出版社 1995 年版，第 110—113 页。
[5]　美国有两个著名叛国案：一是 1807 年的阿诺德叛国案（Case of Benedict Arnold），二是 1945 年的庞德叛国案（Case of Ezra Pound）。

如对他一生中获得的最高荣誉博林根诗歌奖争议很大[①]，时至今日仍有不少美国读者和评论家对他耿耿于怀，批评之声多于赞誉。尽管如此，庞德作为20世纪西方新旧文化转型时期杰出文学家、批评家和翻译家的身份，不能因为他的政治倾向性和过失而被全盘否定或抹杀[②]。这当然需要读者秉持理性之原则和冷静之态度，辩证地、一分为二地予以区别和对待。

在庞德久负盛名的作品中，《在地铁车站》《休·赛尔温·莫伯利》《神州集》等都是经典。而且，庞德也因为创作具有鲜明意象风格的诗歌、参与拟定意象派作诗原则和编辑出版《意象派诗选》(Des Imagistes)，成为意象派诗歌运动的领袖和影响欧美现代主义诗风的核心人物之一[③]。虽然得到广泛赞誉的《神州集》可作为庞德早期的代表作[④]，可是能够被称作庞德一生中真正意义上诗歌代表作的，应该是他那部具有宏大叙事风格的《诗章》(The Cantos)[⑤]。赵毅衡也曾指出："《神州集》是《诗章》的起点，是《诗章》的铅笔底稿。"[⑥]

庞德《诗章》的文学价值及其独特艺术魅力在于：它熔个人的主观人生感悟、体验、冥想与人类文化、历史、政治、经济、哲学等客观存在为一炉，借助宏伟奇特的结构和丰富庞杂的内容，形成"一道玉石与泥沙俱下的飞瀑"，从而在现代美国诗歌史上蔚为奇观[⑦]。评论家纳德尔干脆称它是一首雄心勃勃的史诗[⑧]；钱兆明也说，《诗章》是一部具有划时代意义的现代诗歌巨著，是一部含历史、跨文化、无结尾的现代主义长篇史

[①] Robert A. Corrigan, "Ezra Pound and the Bollingen Prize Controversy", *Midcontinent American Studies Journal*, Vol. 8, No. 2, 1967, pp. 43-57.

[②] Hugh Kenner, *The Poetry of Ezra Pound*, Lincoln & London: University of Nebraska Press, 1985.

[③] Ira B. Nadel, "Introduction: Understanding Pound", in Ira B. Nadel, ed., *The Cambridge Companion to Ezra Pound*, Cambridge: Cambridge University Press, 1999, pp. 1-21.

[④] Wai-lim Yip, *Ezra Pound's Cathay*, Princeton, N. J.: Princeton University Press, 1969.

[⑤] Donald Elwin Stanford, *Revolution and Convention in Modern Poetry*, Newark: University of Delaware Press, 1983, pp. 13-37.

[⑥] 赵毅衡：《诗神远游》，上海译文出版社2003年版，第171页。

[⑦] 黄运特：《内容简介》，载［美］庞德《庞德诗选·比萨诗章》，黄运特译、张子清校，漓江出版社1998年版，第1页；另参见钱兆明《序言》，载蒋洪新《庞德研究》，上海外语教育出版社2014年版，第1—7页。

[⑧] Ira B. Nadel, "Introduction: Understanding Pound", in Ira B. Nadel, ed., *The Cambridge Companion to Ezra Pound*, Cambridge: Cambridge University Press, 1999, p. 2.

诗，具有民族史诗和个人抒情史诗的双重性质①。正是该作品，使庞德成为20世纪西方诗坛最耀眼、最不朽的现代派诗人之一。

第一节 《诗章》写作的背景和宏旨

根据美国纽约新方向（New Directions）出版社1971年出版的权威版本，《诗章》全集共计117章②。

庞德酝酿和构思《诗章》的时间大概是在1904年。该说法的重要依据是他与一位记者访谈时的回忆："我想，我是在1904年前后开始构思《诗章》内容的。在1904年或1905年开始动笔时，我已有一些写作框架。"③ 如果情况属实，庞德才19岁，正是年少轻狂、心高气傲、耽于幻想的时候。他告诉母亲他想写一部史诗，可是让他苦恼的是，由于想法太多，竟然不知道该如何下手和富有创造性地展开。母亲鼓励他写一部关于美国西部的史诗，把早期的诗歌命名为"Scriptor Ignotus"，意思是说这只是预言性地讲述"你可能知道的有关前40年生活的伟大史诗，而不是把它作为（最终的）定稿"④。其史诗内容是将社会现实与浪漫想象结合在一起，比如把庞德的出生地爱达荷州海莱和成长之地宾夕法尼亚州温科特⑤作为主人公命运的归宿，同时结合主人公自身作为"游吟诗人、预言家、圣哲和有远见的洞察家"的浪漫理想及其信念，使诗歌服务于艺术和服务于社会的双重功能合二为一⑥。这就激励庞德开动脑筋、发挥想象去创造一个自我审视的文本。一方面，该文本可以生动活泼地展开，能向外延伸形成系统或网络；另一方面，该文本可以动态地理解和消化文本先前的意义，目的是捕捉新的关系网络和吸收新的知识。因此，《诗章》聚合成一种形似发育中的大脑一样的文本：

---

① 钱兆明：《序言》，载蒋洪新《庞德研究》，上海外语教育出版社2014年版，第1—7页。
② Ezra Pound, *The Cantos of Ezra Pound*, New York: New Directions, 1971.
③ 原文参见 Donald Davie, *Ezra Pound: Poet as Sculptor*, New York: Oxford University Press, 1964, p.30。
④ Daniel Albright, "Early Cantos I-XLI", in Ira B. Nadel, ed., *The Cambridge Companion to Ezra Pound*, Cambridge: Cambridge University Press, 1999, pp.59-60.
⑤ 英文是 Hailey, Idaho 以及 Wyncote, Pennsylvania。
⑥ Hugh Witemeyer, "Early Poetry 1908-1920", in Ira B. Nadel, ed., *The Cambridge Companion to Ezra Pound*, Cambridge: Cambridge University Press, 1999, pp.43-44.

新写的诗章脱胎于已写诗章的框架,使已写的诗章变得有意义:所以《诗章》里的故事蕴含两条相互交织的主线,一条涉及庞德书写的诗歌本身,另一条涉及庞德对已写诗歌的阐释①。

母亲对青年庞德的启发和引导是高瞻远瞩的,这让他茅塞顿开。从某种意义上讲,母亲的循循善诱激励庞德有了比较清晰的写作方向,同时使他在未来的《诗章》写作中能不断提炼生活里的素材,并为获得高质量素材寻觅恰到好处的方法和路径。不过,1913 年,庞德在一篇题为"我如何开始写作"的回忆录中争辩说,早在 15 岁时,他就立志要做一名诗人,并为此做好了准备②。后来,随着时间的推移和思想的成熟,他又希望把自己塑造成为民族史诗诗人,并以"荷马、但丁和惠特曼"为学习榜样③。

1915 年,庞德出版了那本充满异域风情的《神州集》后,便着手谱写"荷马、但丁和惠特曼"才勇于承担的宏伟诗篇。1917 年 6—8 月,庞德在美国哈丽特·蒙罗女士创办的《诗刊》(*Poetry: A Magazine of Verse*)杂志第 3、4、5 期连续发表三首诗章,称作《三首诗章》。这是一组不同于读者今天见到的诗章诗篇,诗人的思绪显得比较凌乱:

> 它是庞德个性化的展示。为此,他必须删去《诗章》的开始部分,因为他的核心工作是对早期诗歌进行结构的再调整,甚至常规性的否决。庞德《诗章》的写作过程就是他不断地质疑文本、废弃过时版本,以寻求更新版本的过程。④

庞德用意大利语把他的长诗命名为"Canto",而不是"Epic"或其他词,有他特殊的考虑:"'Canto'在意大利文中意为'歌',在英语中它是指一组由单篇诗歌组成的长诗,类似荷马的《奥德赛》,或者但丁的

---

① Daniel Albright, "Early Cantos I–XLI", in Ira B. Nadel, ed., *The Cambridge Companion to Ezra Pound*, Cambridge: Cambridge University Press, 1999, p. 59.
② Ezra Pound, "How I Began", *T. P.'s Weekly*, Vol. 21, 1913, pp. 706-707.
③ Hugh Witemeyer, "Early Poetry 1908-1920", in Ira B. Nadel, ed., *The Cambridge Companion to Ezra Pound*, Cambridge: Cambridge University Press, 1999, p. 43.
④ Daniel Albright, "Early Cantos I–XLI", in Ira B. Nadel, ed., *The Cambridge Companion to Ezra Pound*, Cambridge: Cambridge University Press, 1999, pp. 59-60.

《神曲》"①。不过，他真使用该词时又有些踌躇：首先，"该词的英语义并不能准确表达他所写诗歌的全部主题、全部形式和全部目的——这些方面在他刚开始创作时并未确定下来"；其次，"整首诗歌是由各个部分建构起来的，因此每首诗章要保持一定的独立性，在意义层面须自成体系"；最后，"该词的意大利语义也不十分准确，因为像歌一样的篇章会与极难吟唱的素材相互混杂，比如从托马斯·杰弗逊的信件里节选的内容"②。所以对庞德而言，使用 Canto 一词是不得已而为之。不过，该词能够引起读者的阅读期待，"可能大部分期待是希望该长诗成为现代版的《神曲》"③。

从某种意义上讲，庞德发表《三首诗章》具有里程碑式的价值和意义，因为它正式拉开了《诗章》壮美诗篇的帷幕，而且从一开始就以高山仰止的姿态赋予《诗章》"《奥德赛》和《神曲》般的光彩和神韵"④。至于庞德写作《诗章》的信心、态度以及决心要续写的篇幅长度，可以从1922年7月8日他在巴黎写给导师谢林的信中管中窥豹：

可能随着诗歌写作的继续，许多事情（在我脑海中）就会变得越来越清晰。我已鼓足勇气去写一首包含100个或200个诗章的诗，这是其他人望而却步的工作，我却要尽我所能踽踽地前行。

前11首诗章只是做好了调色板的准备。为写好这首长诗，我必须获得我想要的各种色彩或颜料。当然，一些诗章可能会显得过于简约和不可思议。我希望上帝能助我一臂之力，先把它们描绘成型，然后再形成体系。⑤

鉴于此，如果以1915年庞德正式书写《三首诗章》为起点，到1969

---

① 蒋洪新：《庞德〈诗章〉结构研究述评》，《外国文学研究》2012年第5期。
② Daniel Albright, "Early Cantos I-XLI", in Ira B. Nadel, ed., *The Cambridge Companion to Ezra Pound*, Cambridge: Cambridge University Press, 1999, pp. 60-61.
③ Ibid., p. 61.
④ Hugh Kenner, *The Pound Era*, Berkeley: University of California Press, 1971, pp. 484-485.
⑤ D. D. Paige, ed., *The Selected Letters of Ezra Pound*（1907-1941）, New York: New Directions, 1971, pp. 178-182. 该译文第一段内容参见蒋洪新《庞德〈诗章〉结构研究述评》，《外国文学研究》2012年第5期。

年他发表的《诗章第 117 章草稿及残篇》为结点①,庞德书写《诗章》的整个历程跨越了 54 年②。这 54 年是庞德人生中最宝贵的年华。所以,可以毫不夸张地讲,《诗章》是庞德一生中最重要的作品,里面镶嵌着他跌宕起伏的生命中最精彩、最闪亮、最富有智慧的艺术观、哲学观和思想信念,是他的巅峰之作。

至于庞德和《诗章》的文学地位和不朽价值,这里以蠡测海。庞德研究专家肯纳不仅肯定庞德是一位了不起的大诗人、一个缔造了庞德世纪(the Pound Era)的大作家,而且高度赞扬他的代表作《诗章》是史诗,是诗人文学修养、人生阅历、诗学思想的结晶③;威尔海姆认为庞德就是 20 世纪的但丁,其鸿篇巨著《诗章》是一部"具有审判性质的史诗"④;瑞尼认为庞德的《诗章》是欧美现代主义文学体系中"最重要的实验性作品",具有文化、历史、哲学、艺术等多层面的审美价值⑤;亨利克森通过文学比较和大量文献考查,认为庞德具有荷马、维吉尔等古希腊、古罗马诗人所具备的光辉品质,其作品《诗章》是当之无愧的 20 世纪的史诗⑥。

当然,也有批评家言辞犀利,对《诗章》进行攻击并发出针锋相对的声音。比如,斯托克和布什抱怨《诗章》杂乱无章、晦涩难懂,认为它因为缺乏统一的结构,让读者如坠云雾,不知所云⑦;斯坦福和吉布森则质疑《诗章》的原创性、系统性和逻辑性,认为庞德在《诗章》里随

---

① Ronald Bush, "Late Cantos LXXII–CXVII", in Ira B. Nadel, ed., *The Cambridge Companion to Ezra Pound*, Cambridge: Cambridge University Press, 1999, p. 110.
② 如果从 1904 年庞德构思《诗章》的时间算起,到 1969 年他发表的《诗章 117 章草稿及残篇》为结点,整个《诗章》写作过程则跨越了 65 年。本文以 1915 年庞德正式书写《三首诗章》开始算起。另参见 Ira B. Nadel, "Introduction: Understanding Pound", in Ira B. Nadel, ed., *The Cambridge Companion to Ezra Pound*, Cambridge: Cambridge University Press, 1999, p. 1。
③ Hugh Kenner, *The Pound Era*, Berkeley: University of California Press, 1971.
④ Wilhelm, James J. *Dante and Pound: The Epic of Judgment*, Orono: University of Maine Press, 1974.
⑤ Lawrence S. Rainey, "Introduction", in Lawrence S. Rainey, ed., *A Poem Containing History*, Michigan: The University of Michigan Press, 1997, pp. 1–16.
⑥ Line Henriksen, *Ambition and Anxiety: Ezra Pound's "Cantos" and Derek Walcott's "Omeros" as Twentieth-Century Epics*, Amsterdam: Rodopi, 2006.
⑦ Noel Stock, *Reading The Cantos: A Study of Meaning in Ezra Pound*, New York: Pantheon Books, 1966; Ronald L. Bush, *The Genesis of Ezra Pound's Cantos*, Princeton: Princeton University Press, 2014.

心所欲地塞满历史碎片和琐碎小事，使它沦落为一部再造的史诗[1]；戴克和伯恩斯坦则从庞德的反犹主义神秘美学和法西斯主义反动言论出发，认为《诗章》"不是一首诗，而是一个阴谋"，是在"盗用意识形态"[2]。莫里森则直接以《法西斯主义诗学》[3]为题，抨击庞德《诗章》里的诗学具有法西斯主义性质，同时指出艾略特、德曼等人也潜移默化地受到庞德思想的负面影响。

第二节 《诗章》在国内外的研究现状

一 《诗章》在国外的研究现状

根据已掌握的文献资料看，国外学者对庞德和《诗章》的研究可谓波澜壮阔、异彩纷呈。

首先，就《诗章》的作者庞德研究而言，欧美学者主要展开五方面的工作：第一，把庞德生前撰写的各类文稿，包括小品文、文学评论、诗歌（长诗、短诗）、翻译、政论等，进行汇编整理，结集出版，为读者阅读庞德作品、从事相关文本研究做出最基础性的工作；第二，对庞德的成长经历、个人境遇、人生起伏等方面予以客观描述或记录，同时展开个案研究，为读者认识庞德、深入了解庞德、研究庞德做出开创性的工作；第三，对庞德的诗歌作品或就庞德编写及翻译的作品进行导读，以文本指南的形式做出简明扼要的论述，或概括性地进行归纳和总结，这方面的作品多针对在校学生、普通读者和刚入门的科研工作者；第四，对庞德及其作品的艺术特色和思想主题进行探讨和深入挖掘，旨在呈现庞德非凡的艺术构思和标新立异的创作思想，这方面的著作在庞德研究作品中占据较大的分量和比重，呈现出百花齐放、百家争鸣的局面；第五，对庞德的个人身

---

[1] Donald Elwin Stanford, *Revolution and Convention in Modern Poetry*, Newark: University of Delaware Press, 1983; Mary Ellis Gibson, *Epic Reinvented: Ezra Pound and the Victorians*, Ithaca, N. Y.: Cornell University Press, 1995.

[2] George Dekker, *Sailing after Knowledge: The Cantos of Ezra Pound*, London: Routledge, 1963；[美] 查尔斯·伯恩斯坦：《痛击法西斯主义》，载 [美] 庞德《庞德诗选·比萨诗章》，黄运特译、张子清校，漓江出版社1998年版，第267—275页。

[3] Paul A. Morrison & R. M. N. Paul Morrison, *The Poetics of Fascism: Ezra Pound, T. S. Eliot, Paul de Man*, Oxford: Oxford University Press, 1996.

份、历史地位以及他在现当代文学发展中的作用进行讨论,对庞德的诗歌成就以及作品的影响做出理性判断和界定。

在对庞德的文学地位和社会影响进行界定与讨论时,欧美学者逐渐形成三大阵营:第一个是"倒庞派",有些批评家紧密围绕庞德的法西斯主义思想和反犹主义思想,对他进行犀利的批评和抨击,不过,这类批评家仅占少数;第二个是"挺庞派",这类学者非常欣赏庞德的诗歌艺术和诗歌创作,认为庞德的诗歌艺术及创作是继惠特曼之后针对美国诗歌传统掀起的又一场革命,并且认为庞德是与叶芝、艾略特等著名诗人一样伟大的作家,曾为欧美现代主义文学尤其是诗歌创作做出了新贡献;第三个是"中立派",这类学者居多,他们认识到庞德的诗歌作品中的确存在主观臆断和模棱两可的表达,在政治立场及思想意识方面的确犯过错误,但是对他在诗歌方面所取得的成就以及社会影响力层面秉持积极而肯定的态度。

在对庞德及其作品的评述中,还有五位中国学者用英文撰写的学术著作格外引人注目,其内容涉及庞德的翻译、文学创作、作品特色以及庞德与中国诗歌关系的讨论等。具体包括:叶维廉于1969年出版的《艾兹拉·庞德的〈神州集〉研究》,钱兆明于1995年出版的《东方主义与现代主义:庞德和威廉姆斯诗中的中国遗产》,黄贵友于1997年出版的《中美两国文学中的惠特曼风格、意象派与现代主义》,谢明于1999出版的《艾兹拉·庞德与对中国诗歌的挪用:〈神州集〉、翻译和意象派》,蓝峰于2005年出版的《艾兹拉·庞德与儒学:现代主义人文精神的再造》[1]。此外,还有一些出类拔萃的华人学者在国外完成的关于庞德研究的博士论文,包括最早与庞德有过私交、从1949年在美国哈佛大学硕士毕业后就开始专门研究庞德及其作品的方志彤于1958年完成的

---

[1] 原文参见 Wai-lim Yip, *Ezra Pound's Cathay*, Princeton, N. J.: Princeton University Press, 1969. Zhaoming Qian, *Orientalism and Modernism: the Legacy of China in Pound and Williams*, Durham: Duke University Press, 1995. Guiyou Huang, *Whitmanism, Imagism, and Modernism in China and America*, Cranbury, New York: Associated University Presses, 1997. Ming Hsieh, *Ezra Pound and the Appropriation of Chinese Poetry: Cathay, Translation, and Imagism*, New York: Garland Pub., 1999. Feng Lan, *Ezra Pound and Confucianism: Remaking Humanism in the Face of Modernity*, Toronto: University of Toronto University, 2005。

博士论文 *Materials for the Study of Pound's Cantos*[①]，荣之颖于 1955 年完成的博士论文 *Ezra Pound and China*，叶维廉于 1967 年完成的博士论文 *Ezra Pound's Cathay*，郑树森于 1977 年完成的博士论文 *The Sun on the Silk：Ezra Pound and Confucianism*，常耀信于 1984 年完成的博士论文 *Chinese Influence in Emerson，Thoreau and Pound*，钱兆明于 1991 年完成的博士论文 *Pound，Williams，and Chinese Poetry：The Shaping of a Modernist Tradition 1913 – 1923*，黄贵友于 1993 年完成的博士论文 *Cross Currents：American Literature and Chinese Modernism，Chinese Culture and American Modernism*，等等[②]。上述著作和博士论文在填补欧美庞德研究领域的空白之外，还让欧美学者看到中国学者在庞德学[③]研究方面的潜力和实力。

其次，在对庞德史诗《诗章》的专门研究方面，西方学者也可谓"八仙过海，各显神通"。最显著的特色表现在：他们能够紧密结合庞德的生活环境、学习经历、诗歌发展历程等，研究《诗章》中蕴含的主旨内容、思想内涵以及诗学影响等诸多方面。

在早期《诗章》发表过程中，庞德的亲朋好友及师长于 20 世纪 30 年代就对该作品在欧美诗学界进行宣传和介绍，起到重要的媒介作用。比如，庞德的大学室友威廉姆斯曾撰文《埃兹拉·庞德〈三十首诗章草稿〉批评研究札记》[④]，认为："庞德毫无疑问倾向于使用一种现代语言表达——希望去挽救过去那些优秀的东西（如精心设计的形式），所以会过多地偏重于它"；他像但丁那样关注大众语言，只是字里行间几乎不用任何明喻，也不用寓言；他的诗行就是他的思想的运动轨迹和他对整个世界的观念认识；从某种意义上讲，他是真正的诗人，因为"他的优异是通过

[①] 方志彤是最早研究庞德并与庞德有过私交的中国学者，他在美国前后用了 8 年时间完成博士论文 *Materials for the Study of Pound's Cantos*。鉴于复杂的时代背景以及其他各种因素，方志彤博士毕业之后一直未将自己的研究成果付梓出版。参见闫月珍"两篇悼词，一首诗作——关于方志彤先生的身世（代序）"，载方志彤《庞德〈诗章〉研究》，中西书局 2016 年版，第 1—2 页。

[②] 参见蒋洪新、郑燕虹《庞德与中国的情缘以及华人学者的庞德研究——庞德学术史研究》，《东吴学术》2011 年第 3 期。关于钱兆明先生博士论文完成时间，笔者曾写信予以求证，特此致谢。关于国外其他相关博、硕士论文，请参见《附录三 关于〈诗章〉研究的国内外文献》。

[③] 即 Poundian Studies。参见赵毅衡《儒者庞德——后期〈诗章〉中的中国》，《中国比较文学》1996 年第 1 期；蒋洪新《庞德研究》，上海外语教育出版社 2014 年版，第 18、20 页。

[④] 参见 E. San Juan, Jr., ed., *Critics on Ezra Pound*, Coral Gables, Florida：University of Miami Press, 1972, pp. 20-22。

创造者这个身份呈现出来的，而不是只作为评判者"。该文因为较早阐述了庞德以及《诗章》的价值，对读者产生积极影响。鉴于影响力，该文后来收录在1931年由纽约新东方出版社出版发行的《威廉·卡洛斯·威廉姆斯论文选集》①中。除了好友举荐，庞德的老师、1923年诺贝尔文学奖获得者叶芝也撰文向欧美文学界推介庞德及其《诗章》。在1936年发表的《埃兹拉·庞德》一文中，叶芝认为庞德具有融会贯通的能力，他的《诗章》以一种自由体的形式，有的放矢地融入各种情节、人物、逻辑性话语等；有趣的是，庞德把狄俄尼索斯的变形、奥德修斯进入冥界等细节，以多种伪装的方式重复出现在《诗章》里，组成精美或怪诞的碎片；叶芝同时指出庞德在诗歌创作时更注重风格而非形式，并预言说他会对文学界的影响越来越大，"可能除了艾略特，他比同时代任何其他诗人产生的影响都要大"②。该文后来收录在《牛津现代诗歌》（The Oxford Book of Modern Verse）一书里。此后，随着庞德本人在欧美诗坛日益引起读者关注，批评家对《诗章》的研究也开始进入一个比较繁荣的时期。

根据已有文献来看，从20世纪30年代学者们对《诗章》研究的筹备和酝酿，到40年代的积极策划和书写，再到50年代，出现了关于《诗章》研究的论文集和专著，从此迎来《诗章》研究的崭新阶段，并逐渐形成规模和风气。

1951年，英国伦敦费伯&费伯出版社出版了肯纳撰写的专门研究庞德诗歌创作的《埃兹拉·庞德诗歌研究》（The Poetry of Ezra Pound）一书。这是最早系统研究庞德诗歌特色、内涵及艺术价值的著作，里面辟有专章讨论《诗章》创作及诗学思想，具有开拓性意义。从框架和内容方面来看，该书有三个主体部分：第一部分以正名为题，又细分11个小节讨论意象派、旋涡、表意文字等内容；第二部分以面具为题，又细分6个小节讨论节奏、激情、《神州集》、莫伯利等内容；第三部分聚焦《诗章》，细分12个小节。显然，第三部分是全书重点，具体内容涉及《诗章》概要、晦涩性、要点与精髓、次要问题、中庸风格、流畅的间隙、力

---

① William Carlos Williams, *Selected Essays of William Carlos Williams*, New York: New Directions, 1931, pp. 106-108, 110-111.

② William Butler Yeats, *The Oxford Book of Modern Verse*, 1892-1935, Oxford: Clarendon Press, 1936, pp. xxiv-xxvi.

场、泥与光、没有情节的史诗、题外话：法文随笔、优秀贝斯手、孔子等方面的论述。该书的重要价值在于，它不仅肯定庞德是一位有独特艺术魅力的诗人，而且高度评价《诗章》的文学价值。此外，该书也奠定了肯纳作为庞德研究专家的地位。

1958年，出现了专门研究庞德《诗章》的另一本专著，即埃默里出版的《思想付诸行动：艾兹拉·庞德的〈诗章〉研究》。该书一是聚焦庞德的《诗章》文本本身，二是讨论庞德如何通过《诗章》将"思想付诸行动"。作品围绕庞德创作的动机，结合《诗章》创作的时代背景以及庞德诗学思想产生和演化的过程，认为《诗章》之所以错综复杂、晦涩难懂，就在于诗人在作品中不遗余力地展现他异彩纷呈的思想，同时创造性地把他的思想进行个性化的艺术加工，变成现实中的文字；此外，庞德还善于把他收录来的各种现实素材和历史事件，融合到庞杂的诗歌世界，使《诗章》充满神秘性①。

20世纪六七十年代，是庞德《诗章》研究的重要发展期。分别在60年代和70年代，各有四位代表作家和四部代表作品值得关注。其研究特点可以概述为范围广、思想新、主题鲜明。这里讨论如下：

第一，该时期学者们关注庞德《诗章》的写作动机、作诗法和文本结构等方面。评论家利尔里于1961年出版《艾兹拉·庞德〈诗章〉的写作动机和方法论》，由哥伦比亚大学出版社发行，该书包括读者津津乐道的《破碎的镜子与记忆之境》等章节。该作品着眼于庞德书写《诗章》的写作动机、策略及方法，认为庞德在《诗章》写作中，基于现实主义和理想主义的需要形成其具体的写作方案和目的，这使其诗学方法呈现出与众不同的面貌。珀尔曼于1969年出版《时间之钩：论埃兹拉·庞德〈诗章〉的统一性》，以历史时间和空间为轴线，探讨《诗章》结构和内容的艺术呈现及其主旨，指出《诗章》看似无序，实际上具有内在的统一性，既有但丁《神曲》式的地狱、炼狱和天堂情节，又匠心独具地把中国的儒家思想作为其伟大诗篇的立论支柱，揭示了"人类精神摆脱混

---

① Clark Mixon Emery, *Ideas into Action: A Study of Pound's Cantos*, Coral Gables: University of Miami Press, 1958, pp. 221-223.

沌，迈向秩序，最终要实现爱的历程"①。纳萨尔于 1975 年出版《艾兹拉·庞德的〈诗章〉：一种抒情模式》，认为庞德通过《诗章》创作，颠覆了因袭已久的传统诗歌写作模式和范式；由于诗人天才的发明和大胆创造，形成别具一格的个性化抒情模式，使作品既有个人史诗的书写成分，又有民族史诗的各种印记。布什于 1976 年出版《论艾兹拉·庞德〈诗章〉的创作成因》，共 346 页，涉及背景知识、文本结构及术语、早期诗章的创作历程、新的叙事声音、老者的低语六章内容，对《诗章》的创作动因进行探秘，认为庞德在现代世界"借助一个破布袋（即《诗章》）把他所有的思想都塞进去"。此外，布什还认为庞德早在《诗章》写作的初期，已预言并阐释了其创作的宏伟目标和思想抱负②。

第二，该时期学者们对庞德《诗章》的主题内容、思想意义等方面展开研究。评论家戴克于 1963 年出版《向知识扬帆起航：艾兹拉·庞德〈诗章〉研究》，该书的题目出自《诗章》第 47 章第 11 行原文 "sail after knowledge"③，试图说明庞德的《诗章》是多种知识、多元文化、多重思想的荟萃与集合。该作品的主体部分涵盖三块内容，即《诗章》的厄洛斯主题、庞德的奥秘和庞德诗歌中的时间及传统。不过戴克在论述中也认为，庞德在诗歌中所书写的政治、历史、经济、文化等方面的知识，具有未知的危险性和迷惑性。斯托克于 1966 年出版《阅读〈诗章〉：艾兹拉·庞德的思想意义研究》，作者旨在《诗章》的字里行间发现诗人的言外之意和所体现出来的文学精神和思想主题；同时通过阅读《诗章》，尝试在艰涩的文字和庞杂的诗学体系中理解和赏析庞德书写《诗章》的真实意图以及要表达的思想内容。斯托克同时指出：庞德似乎不可救药地活在他的记忆中，并不断地呈现"记忆里那些不灭的东西"④。

---

① Daniel D. Pearlman, *The Barb of Time: On the Unity of Ezra Pound's Cantos*, Oxford: Oxford University Press, 1969, pp. 27-28.

② Ronald L. Bush, *The Genesis of Ezra Pound's Cantos*, Princeton: Princeton University Press, 2014, pp. 3-5.

③ 原文是："Knowledge the shade of a shade, / Yet must thou sail after knowledge/ Knowing less than drugged beasts...", 参见 Ezra Pound, *The Cantos of Ezra Pound*, New York: New Directions, 1971, p. 236。另参见 George Dekker, *Sailing after Knowledge: The Cantos of Ezra Pound*, London: Routledge, 1963, p. 38。

④ Noel Stock, *Reading the Cantos: A Study of Meaning in Ezra Pound*, New York: Pantheon Books, 1966, pp. 74-75.

第三，该时期学者开始用比较文学研究方法讨论庞德《诗章》与但丁《神曲》以及与神话传统、神话仪式、神话隐喻等方面的关系。威尔海姆先是于 1974 年出版《但丁和庞德：审判史诗》，通过梳理《诗章》的相关文本内容，揭示它与《神曲》的内外在联系，同时讨论但丁与庞德之间的传承关系："在但丁似的地狱里……庞德表达对现代人的羞愧、悲痛和怜悯"[①]，字里行间蕴含一种批判的意识和隐喻性的文本解读；随后，威尔海姆又于 1977 年出版《艾兹拉·庞德的后期诗章》，致力于庞德晚年诗章创作的分析与讨论，认为庞德的后期诗章是他痛苦心境和生活状态的真实写照和生动体现：诗歌中的上帝、男性、大地和女性作为四个基本要素在当时的特殊语境中拯救了诗人[②]。苏瑞特于 1979 年出版《埃琉西斯之光：艾兹拉·庞德〈诗章〉研究》，以一种独特的神话仪式视角，揭示庞德在《诗章》中借助性、死亡、再生等主题，呈现其文本世界里的埃琉西斯神秘仪式，这不仅是《诗章》结构的组织原则，也是理解《诗章》内容的一把钥匙；苏瑞特同时认为，庞德在《诗章》中积极构建的梦幻之城充满神秘、迷狂等特点，这与他渴望的天堂景象和大地婚姻在埃琉西斯之光的照耀下，不知不觉变得扑朔迷离[③]。

20 世纪八九十年代，是庞德《诗章》研究的繁荣期。仅 1980 年一年，欧美学者出版研究《诗章》的代表性作品就有四部，分别是凯恩斯完成的《艾兹拉·庞德〈诗章〉选集指南》，伍德瓦德完成的《艾兹拉·庞德和〈比萨诗章〉》，特勒尔完成的《庞德〈诗章〉（1—71）指南》（第一卷）以及弗洛里完成的《艾兹拉·庞德和〈诗章〉：奋斗历程》。

凯恩斯的著作是他多年教学成果和研究成果的结晶。在序言中，他指出该指南旨在为阅读庞德和《诗章》的读者打开一扇窗户，希望他们从选读的诗章作品里获得一种阅读的快感。此外，在对庞德和《诗章》深入研究的基础上，凯恩斯又于 1989 年完成《埃兹拉·庞德：诗章探究》，该书采用宏观视角和微观分析相结合的策略，对《诗章》进行历史性考

---

① James J. Wilhelm, *Dante and Pound: The Epic of Judgment*, Orono: University of Maine Press, 1974, pp. 133-134.
② James J. Wilhelm, *The Later Cantos of Ezra Pound*, New York: Walker, 1977, pp. 17-18.
③ Leon Surette, *A Light from Eleusis: A Study of Ezra Pound's Cantos*, Oxford: Oxford University Press, 1979, pp. 23-25.

察与阐释，最后由英国剑桥大学出版社出版①。

伍德瓦德出版的著作聚焦《诗章》中最有争议性，也最让庞德痛不欲生的《比萨诗章》②。一方面讨论诗人撰写《比萨诗章》时一些鲜为人知的历史细节，另一方面论述他在《比萨诗章》中反映出来的心路历程。具体内容包括总论、英雄的典范、记忆之流、自我仪式、对理想秩序的渴望等。这是对《比萨诗章》专题研究的一次积极尝试③。

特勒尔出版的《庞德〈诗章〉（1—71）指南》（第 1 卷）是美国高校学生中"庞德《诗章》研究的必读书目"和不可或缺的注释本④，由于独特的实用性和魅力，赢得欧美学生的喜爱。为此，四年后特勒尔又出版《庞德〈诗章〉（74—117）指南》（第 2 卷）。这两卷书的出版社加利福尼亚大学出版社也在全世界享有崇高声誉⑤。特勒尔在前言中回顾说，他从 1972 年开始酝酿编写这两卷《指南》，随后通过查阅大量文献资料，于 1975 年正式着手书写，前后经历不寻常的历程，最终在强烈的意念驱使下"十年磨一剑"有了现在的成果。这两卷《指南》的注释方式包括文献来源、材料背景、文本注解和疑难词汇四大部分，是"迄今最为全面的《诗章》注释本"，也是读者解读《诗章》最权威的工具书之一⑥。钱兆明称它是《诗章》最扎实、最可靠的注释本，蒋洪新也认为它是做得最扎实、最全面的注释本和迄今最为全面的《诗章》注释本⑦。

弗洛里出版的著作结合庞德的成长史和个人奋斗史，试图揭示诗人与

---

① George Kearns, *Guide to Ezra Pound's Selected Cantos*, New Brunswick: Rutgers University Press, 1980; George Kearns, *Ezra Pound: The Cantos*, Cambridge: Cambridge University Press, 1989.

② Robert A. Corrigan, "Ezra Pound and the Bollingen Prize Controversy", *Midcontinent American Studies Journal*, Vol. 8, No. 2, 1967, pp. 43-50.

③ Anthony Woodward, *Ezra Pound and The Pisan Cantos*, London: Routledge, 1980.

④ Carroll Terrell, *A Companion to the Cantos of Ezra Pound*, Volume 1 (Cantos 1-71), Berkeley: University of California Press, 1980; 另参见蒋洪新《庞德研究》，上海外语教育出版社 2014 年版，第 6、22 页。

⑤ Carroll Terrell, *A Companion to the Cantos of Ezra Pound*, Volume 1 (Cantos 1-71), Berkeley: University of California Press, 1980; Carroll Terrell, *A Companion to the Cantos of Ezra Pound*, Volume 2 (Cantos 74-117), Berkeley: University of California Press, 1984.

⑥ 蒋洪新、郑燕虹：《庞德与中国的情缘以及华人学者的庞德研究——庞德学术史研究》，《东吴学术》2011 年第 3 期。

⑦ 钱兆明：《序言》，载蒋洪新《庞德研究》，上海外语教育出版社 2014 年版，第 6 页；蒋洪新：《庞德研究》，上海外语教育出版社 2014 年版，第 22、26 页。

《诗章》之间到底存在怎样密切的关系。通过考察庞德在各个阶段的人生经历与体验,同时参照《诗章》里的细节内容,弗洛里指出:《诗章》充满庞德的记忆碎片和思想印记,是他斗争的记录和写照[①];究其细节,《诗章》里存在两种相互交织着的斗争:一种是庞德与一切阻碍真知者之间的斗争,另一种是庞德自己内心的斗争[②]。

从 1981 年开始,欧美关于庞德《诗章》的研究,出现喷涌之势。在 1981—1989 年,有八部代表作品需要论述和关注。其中 1981 年有一部,1983 年有四部,1984 年、1985 年和 1986 年各有一部。这些作品呈现出以下特点:

第一,与此前对庞德《诗章》的宏观研究形成对接和呼应,该时期学者们对《诗章》的主题、语言、意识形态等进行更细致、更深入的研究,并积极探讨《诗章》文本里的微观世界。第一部代表作品是里德于 1981 年出版的《一个世界和艾兹拉·庞德的〈诗章〉》。该作品立足于庞德在《诗章》里塑造的文本世界、思想内容和抒情体系,认为庞德所描绘的世界是他精神世界的生动反映[③];第二部代表作品是拉巴特于 1986 年出版的《艾兹拉·庞德〈诗章〉里的语言、性和意识形态》。该书借助海德格尔、拉康、索绪尔等学者的语言哲学理论,讨论《诗章》里的语言表达及其言语意义,所以作者有的放矢地使用存在、话语、欲望、所指等重要术语。为了详细论证,该书正文部分除去引言和结论,分六章进行,涉及《诗章》主题的循环、表意文字与意识形态、引用法则、《比萨诗章》解读:在参考与敬畏之间、庞德特色(Poundwise):对经济的一般性批评、从伦理学到诠释学等。[④]

第二,针对《诗章》庞杂的思想内涵和具体的书写内容,对它进行个案研究或者专题研究。包括:

1. 聚焦《诗章》第 1—30 章,并对该部分内容进行专门研究。这方

---

① Wendy Stallard Flory, *Ezra Pound and The Cantos: A Record of Struggle*, New Haven: Yale University Press, 1980, pp. 12-15.
② 朱伊革:《跨越界限:庞德诗歌创作研究》,上海三联书店 2014 年版,第 11—12 页。
③ Forrest Read, *One World and The Cantos of Ezra Pound*, Chapel Hill: University of North Carolina Press, 1981.
④ Jean-Michel Rabaté, *Language, Sexuality and Ideology in Ezra Pound's Cantos*, Albany: State University of New York Press, 1986.

面的代表作品是达文波特于1983年出版的《山之城：艾兹拉·庞德〈诗章〉第1—30章研究》。全书分两大部分，第一部分为引言，涉及主题、平行设计、会意字法、隐喻等内容，第二部分以奥德修斯在阴间为线索，梳理了第一首至第三十首《诗章》里的内容，揭示了诗人在行文过程中潜意识地使用了一种古希腊的隐喻书写，把希腊神话、个人冥想、历史素材融合在一起，试图建立他的史诗文本。在此过程中，现实里的各种因素又使《诗章》的前三十章内容富含悲壮的意义①。

2. 聚焦《诗章》中的《马拉特斯塔诗章》，即诗章第8—11章，并对它进行专门研究。这方面的代表作是戴丕罗于1983年出版的《一种修辞格调：艾兹拉·庞德的〈马拉特斯塔诗章〉》②。该著作结合欧洲和美国的历史文献和文化语境，对庞德所写的早期作品《马拉特斯塔诗章》展开研究，认为庞德借助修辞性的语言以及非凡的艺术想象重塑了古典神话，指出其意境和风格具有意大利文艺复兴时期的古朴特点，同时对庞德的文化洞察力进行了修辞学层面的考察。

3. 聚焦《诗章》中的《中国诗章》，即诗章第52—61章，并对它进行专门研究。该时期仅《中国诗章》方面的研究代表作品就有三部：诺尔德于1983年出版《东方之花：艾兹拉·庞德的中国诗章》③。该著作从东西文学融合角度，揭示了《诗章》的史诗性不只植根于西方文学传统，在很大程度上还是东方之花④影响和作用下的结果；同时认为《诗章》中的中国诗章部分，对混沌、喧嚣的西方世界无疑是一次精神层面的洗礼，东方圣贤及其智慧值得西方人仔细玩味和借鉴。在该研究基础上，诺尔德又于1996年出版《埃兹拉·庞德与中国》⑤，认为中国文化、历史、哲学、艺术等传统对庞德诗学、美学以及历史观的形成，起到媒介作用。此

---

① Guy Davenport, *Cities on Hills: A Study of I-XXX of Ezra Pound's Cantos*, Ann Arbor, Michigan: UMI Research Press, 1983.

② Peter D'Epiro, *A Touch of Rhetoric: Ezra Pound's Malatesta Cantos*, Ann Arbor: UMI Research Press, 1983.

③ John J. Nolde, *Blossoms from the East: The China Cantos of Ezra Pound*, Orono, Maine: National Poetry Foundation, University of Maine, 1983.

④ 作者暗指《诗章第13章》末尾提到的"杏花"。参见 Ezra Pound, *The Cantos of Ezra Pound*, New York: New Directions, 1971, p. 60。

⑤ John J. Nolde, *Ezra Pound and China*, Orono: National Poetry Foundation, 1996.

外,德利斯科尔于 1983 年发表《艾兹拉·庞德的〈中国诗章〉研究》①。该书与诺尔德所著的《东方之花:艾兹拉·庞德的中国诗章》有一定的共通之处:都聚焦于庞德《诗章》中的特定章节《中国诗章》部分,认为中国历史、中国文化等东方主义因素对庞德诗学观点的形成和诗学体系的建构,起到重要作用;其不同点在于:德利斯科尔的著作更倾向于使用综合研究法,从翻译的角色扮演、叙事技巧、王安石变法略论、细节选择、《中国通史》的删减、用典、口语体及俚语选择等方面对《中国诗章》进行比较全面的考察,从而确立《中国诗章》在整个《诗章》体系中的地位,而诺尔德的分析更具有隐喻性,更倾向于从宏观语境出发,阐述《中国诗章》对整个西方世界所产生的影响。

此外,该时期还有专题研究《比萨诗章》(即诗章第 74—84 章)的文章。比如,1981 年秋,学者丹尼斯在庞德研究专刊《万象》(*Paideuma*)第 2 期发表作品《作为〈比萨诗章〉组织原则的埃琉西斯神秘仪式》②,认为西方文化中埃琉西斯神秘仪式及其神话隐喻,是理解和阐释《比萨诗章》的重要窗口,是《比萨诗章》中的一个主要结构策略;在该结构策略影响下,庞德充分利用原始神秘宗教的基本情感组织形式,通过"日日新"式的改写,将其体现在现代情境当中。

第三,对《诗章》展开解密式研究,或以指南的形式对其进行导读和阐释。关于前者,代表作是弗瑞亚于 1984 年出版的《庞德〈诗章〉解密》③。该著作旨在对《诗章》里富有神秘主义色彩的内容进行探讨。从作者撰写的方式、方法来看,其解密的过程,就是对《诗章》的文本内容进行解码的过程,因为弗瑞亚根据《诗章》的具体情节,谈论了传输的作用、马拉特斯塔逸事、地狱的隐喻、国民叙述、总统信函、锡耶纳银行宪章、中国之境、亚当斯档案、比萨的消隐、档案室和图书管理员的纪念物、最后的文档等内容,梳理了与上述内容有关的各种历史史料,一方面使《诗章》的主旨和背景更加清晰,另一方面带给读者新鲜的阅读体验。关于后者,代表作有两部:第一部是库克森于 1985 年出版的《艾兹

---

① John Driscoll, *The China Cantos of Ezra Pound*, Stockholm: Almqvist and Wicksell, 1983.
② Helen M. Dennis, "The Eleusinian Mysteries as an Organizing Principle in *The Pisan Cantos*", *Paideuma*, Vol. 10, No. 2, 1981, pp. 273-282.
③ Philip Furia, *Pound's Cantos Declassified*, University Park: Pennsylvania State University Press, 1984.

拉·庞德〈诗章〉指南》①，该作品以导读的方式告诉读者《诗章》呈现的主要内容以及诗学思想；第二部是梅金于同年出版的《庞德的〈诗章〉研究》②，该作品从梅金阅读《诗章》的感受出发，结合庞德发表《诗章》的文化背景知识，阐述《诗章》的思想内涵。

到了20世纪90年代，关于庞德《诗章》的研究呈现出多样化、多元化的特点。该时期既有关于《诗章》的专著写作，又有专门的论文集诞生；在专著当中，既有对某个主题和专题的深入探讨与研究，又有查漏补缺式的学术梳理。其中，有四位作家、五部作品值得关注和讨论：

一是瑞尼于1991年出版的专著《艾兹拉·庞德和文化纪念碑：文本、历史和〈马拉特斯塔诗章〉》以及于1997年出版的论文集《一首蕴含历史的诗：〈诗章〉的文本研究》。在第一部专著中，瑞尼为了论证《诗章》丰富的历史性和文化属性，从文本生产、信息传输和读者接受三个维度，讨论庞德建设的文化纪念碑，旨在纪念死亡、毁灭和人类生命的遗迹，阐释时以《马拉特斯塔诗章》为案例，论及历史殿堂里的庞德：最早的书写手稿和引用仪式、原始的罪恶：传输行为（事实）以及绝望之爱：伊索塔和文化纪念碑③。在第二部论文集里，作者汇聚了诸多庞德学权威的研究成果，分为回顾、早年创作、中期创作、晚期创作、展望五大部分，共计11篇，分别是：瑞尼本人撰写的《引言》和《"我所让你做的，是去遵守秩序"：早期诗章里的历史、信念和法西斯主义》，肯纳撰写的《业余校对笔记》，迈克加恩撰写的《庞德的〈诗章〉：一首包含诸多书目的诗》，雷德曼撰写的《一部史诗就是一个包含诗的超文本：埃兹拉·庞德〈十一首诗章〉研究》，纳德尔撰写的《透视历史：庞德与〈中国诗章〉》，布什撰写的《"安静，不要轻视"吗？〈比萨诗章〉的创作》，斯托砌夫撰写的《〈草稿与残篇〉文本的交织性权威性》，泰勒撰写的《文本的历史和状态》，拉砌韦尔兹④撰写的《后记》，还有庞德与《诗章》

---

① William Cookson, *A Guide to the Cantos of Ezra Pound*, New York: Persea Books, 1985.
② Peter Makin, *Pound's Cantos*, London: George Allen & Unwin, 1985.
③ Lawrence S. Rainey, *Ezra Pound and the Monument of Culture: Text, History and the Malatesta Cantos*, Chicago: The University of Chicago Press, 1991.
④ 即庞德的女儿 Mary de Rachewiltz。

研究权威出版社新方向提供的专稿《新方向出版社的一则申明》①。该论文集具有较强的启发性，为读者研究《诗章》提供了重要参考资料。

二是特里丰诺普利斯于 1992 年出版的专著《天国传统：艾兹拉·庞德〈诗章〉研究》②，共 223 页。作者以隐喻的方式论及天国传统在《诗章》中的存在及呈现，分五个章节展开具体的文本论述，一方面认为《诗章》是西方传统思想的一种轮回与转世，其字里行间所提到的传统和教育观念具有神秘的色彩，另一方面指出《诗章》的物质层面和精神层面也具有轮回和转世的性质，比如《诗章》第 90 章和第 91 章中那个精微体（the subtle body）与能量体（the pranic body）相对应，在人死亡之后灵魂可以自由出入，预示某种神秘力量的结束以及重新开始。

三是吉布森于 1995 年出版的专著《再造的史诗：艾兹拉·庞德和维多利亚诗人》③。全书分七章。作者先从庞德诗中的历史主义、美学思想、散文诗传统出发，认为庞德的史诗是 19 世纪经典文风的发展，庞德因极力模仿布朗宁，使其诗人的身份沦落为历史遗存的拾荒者；《诗章》的语言修辞也因此介于转喻和隐喻之间，其风格是反讽与史诗的对决，这尤其反映在他的早期诗歌创作。此外，庞德现代主义的智者形象，也使他的诗歌与政治和预言融合在一起，具有再造的史诗的性质。还有一个重要方面是，庞德具有神秘的"双重女性气质"，在痛惜"画好的天堂在尽头"时，也诞生历史骨库里的后浪漫史诗④。

四是斯托舍夫于 1995 年出版的专著《镜子大厅：艾兹拉·庞德的手稿残篇和最后诗章》。作者把镜子大厅作为隐喻，给读者暗示：庞德的《诗章》不是单纯的诗歌创作，其波澜壮阔的内容除了蕴含深沉的情感，还影射和反照世间万象。尤其是庞德晚年书写的《诗章》残篇，有痛苦

---

① Lawrence S. Rainey, ed., *A Poem Containing History*, Michigan: The University of Michigan Press, 1997.
② Demetres Tryphonopoulos, *The Celestial Tradition: A Study of Ezra Pound's The Cantos*, Waterloo, Ont., Canada: W. Laurier University Press, 1992.
③ Mary Ellis Gibson, *Epic Reinvented: Ezra Pound and the Victorians*, Ithaca, N.Y.: Cornell University Press, 1995.
④ 内容包括：Pound's nineteenth-century canon, Poet as ragpicker: Browning in Pound's early poetry, Browning in the early cantos: irony versus epic, Between metonymy and metaphor: tropological rhetoric and The Cantos, The modernist sage: poetry, politics, and prophecy, Doubled feminine: a painted paradise at the end of it, Postromantic epic in the bone shop of history. 参见 Mary Ellis Gibson, *Epic Reinvented: Ezra Pound and the Victorians*, Ithaca, N.Y.: Cornell University Press, 1995。

的回忆,有焦灼的期待,还有万念俱灰的自我反省。正如作者在前言中书写的那样:庞德是一个充满故事的人,尤其是在他弥留之际完成的《诗章》章节,充满值得玩味的思想内容。初读起来,会觉得怪诞离奇;慢慢咀嚼,会体悟到一种难以抑制的苦楚,抑或心酸,这需要读者耐心走进庞德的内心世界①。

另外,在此期间还有日本学者对《诗章》的思想内容和写作结构进行研究。比如,三宅明于1991年出版《艾兹拉·庞德与爱之秘密:〈诗章〉写作结构》②。该作品从庞德错综复杂的爱着眼,希望通过揭示诗人"爱之秘密",来探讨《诗章》作为史诗拥有特殊诗学结构的成因、价值和意义等,读起来有耳目一新之感。

进入21世纪以来,关于庞德《诗章》的研究成果与产出数量,与20世纪八九十年代比较,整体规模稍显逊色。这有多方面原因。其中之一是关于庞德《诗章》的研究已达到一定的高度,如果要有所创新和突破,需寻求更好的研究视角和研究方法;要么推陈出新,要么挖掘新材料呈现《诗章》鲜为人知的趣闻逸事抑或历史事件;等等。

在《诗章》主题思想研究方面,亨利克森于2006年出版《雄心与焦虑:20世纪的史诗——艾兹拉·庞德的〈诗章〉和德里克·沃尔科特的〈奥美罗斯〉比较论》③。该作品借助比较文学理论、文艺学以及人类学理论等相关知识,对庞德的《诗章》以及沃尔科特④的《奥美罗斯》进行比较研究。亨利克森认为这两部诗作有许多共性,其中两点最为突出:一方面它们是20世纪的史诗;另一方面它们又是史诗作者们雄心与焦虑相互交织构建起来的诗学大厦,充满博大精深的情感和神秘的理性,是对20世纪人类社会的批判性思考。此外,艾克于2012年出版《艾兹拉·庞德的〈亚当斯诗章〉》⑤。从该著作的标题可看出,它所涉及的话题内容和聚

---

① Peter Stoicheff, *The Hall of Mirrors*:"*Drafts and Fragments*" *and the End of Ezra Pound's Cantos*, Ann Arbor:University of Michigan Press, 1995.

② Akiko Miyake, *Ezra Pound and the Mysteries of Love*:*A Plan for The Cantos*, Durham, NC:Duke University Press, 1991.

③ Line Henriksen, *Ambition and Anxiety*:*Ezra Pound's "Cantos" and Derek Walkott's "Omeros" as Twentieth-Century Epics*, Amsterdam:Rodopi, 2006.

④ 原名为Derek Walcott,诗人、剧作家。1992年凭借长诗《奥美罗斯》获得诺贝尔文学奖。

⑤ David Ten Eyck, *Ezra Pound's Adams Cantos*, London:Bloomsbury, 2012.

焦点主要围绕《诗章》第62—71章进行，对庞德书写美国总统楷模亚当斯的时代背景、历史成因、政治和经济因素等展开比较系统的讨论，认为：亚当斯"正义、慷慨、充满爱的力量"，是美国迈上文明之路、发展之路的精神动力。2017年，肯德兰出版《埃兹拉·庞德后期诗章研究》，对庞德晚年创作的诗章主题、思想、意义、风格等展开比较全面的研究[1]。2018年，有两位学者主编了关于《诗章》的论文集，一位是帕克主编的《〈诗章〉解读·第一卷》，另一位是霍华德主编的《小船上的船尾：埃兹拉·庞德的〈王座〉评论集》[2]。这两部作品对读者更深入地理解《诗章》内容，提供了最新素材。

国外关于《诗章》研究的学位论文，也可谓异彩纷呈。有三个显著特点：一是英美两国高校发挥了主力军作用，加拿大、意大利、俄罗斯、日本、印度等国高校的学生也积极参与讨论；二是研究论文的数量从20世纪50年代末到现在经历了一个戏剧性的变化：50年代2篇，60—70年代5篇，80年代达到波峰出现18篇，90年代出现14篇，2000年以后的16年里共出现9篇；三是国外高校学生思维活跃、思想自由、视角新颖，为《诗章》研究带来生机和活力[3]。然而经过梳理，笔者未发现明确把《诗章》的文本性和互文性作为研究专题的作品。

总之，国外学者主要围绕庞德《诗章》的主旨内容、思想影响、创作动机等方面展开研究，既有宏观讨论，也有微观透视；既有纵向分析，也有横向比较。但是客观而论，学者们针对庞德以及《诗章》的研究成果并非完美无缺、无懈可击。比如，虽有西方学者涉及《诗章》文本的案例考察，然而只是进行局部研究，许多诗章内容尚未得到系统性的论述[4]；还有些评论家如博恩斯坦虽然认识到庞德的《诗章》作为文本具有互文性和开放性[5]，但是在书写过程中限于篇幅并没有深入论证，后续也

---

[1] Michael Kindellan, *The Late Cantos of Ezra Pound*, London: Bloomsbury, 2017.
[2] Richard Parker, ed., *Readings in The Cantos* (Vol.Ⅰ), Clemson: Clemson University Press, 2018; Alexander Howard, ed., *Astern in the Dinghy: Commentaries on Ezra Pound's Thrones de los Cantares 96-109*, Glossator: CreateSpace Independent Publishing Platform.
[3] 具体细节详见《附录三 关于〈诗章〉研究的国内外文献》。
[4] Lawrence S. Rainey, *Ezra Pound and the Monument of Culture: Text, History and the Malatesta Cantos*, Chicago: The University of Chicago Press, 1991.
[5] George Bornstein, "Pound and the Making of Modernism", in Ira B. Nadel, ed., *The Cambridge Companion to Ezra Pound*, Cambridge: Cambridge University Press, 1999, pp. 22, 27.

没有撰写专著进行阐释。

二 《诗章》在国内的研究现状

在中国，关于庞德与《诗章》的研究明显晚于欧美。一方面，错综复杂的国际局势阻碍了包括庞德在内的诸多外国作家在中国的译介与传播；另一方面，中国自身的特殊国情使读者对外国文学的开放式接受经历了一个发展的过程。

从《诗章》在国内的接受情况考察，可以把中国学者对《诗章》的研究划分为四个阶段：

第一阶段，20世纪五四运动时期至80年代：《诗章》研究的准备与起步

由于中国封建社会长期奉行闭关锁国政策，除本国文学外，对别国文学关注不够。虽然到了清朝末年，有爱国人士为了救亡图存，在"国将不国"的关键时刻开眼看世界，取得了一些成绩，但仍属于摸着石头过河阶段。1919年爆发的五四运动掀开中国历史新的一页。一批致力于开创中国新文学、新文化格局的有志之士开始探索新路径，向美国、英国、法国、俄国、日本等发达国家学习和借鉴经验。在新旧文化激烈冲突、新旧文学不断较量的过程中，胡适、闻一多、徐志摩等中国学者先是在海外接触到欧美意象派诗歌作品及作诗原则，回国后著书立说或办刊立说以倡导新诗。比如，胡适的新诗、新文学主张，受到庞德意象派诗歌三原则的影响[1]，他曾在《尝试集》中自述说，在美国康奈尔大学所在地"绮色佳"，"我虽不专治文学，但也颇读了一些西方文学书籍，无形之中，总受了不少的影响。"正是在意象派的启发下，胡适写出《文学改良刍议》《谈新诗》等名篇[2]。闻一多在美留学期间主动与意象派诗人洛厄尔等应酬往来，回国后倡导新诗，提出新诗格律化和诗的"音乐美、绘画美、建筑美"。他的第一本诗集《红烛》受美国意象派诗歌影响的痕迹处处可见[3]。

1922年，刘延陵在《诗》上发表《美国的新诗运动》一文，提到

---

[1] 黄维樑：《五四新诗所受的英美影响》，《北京大学学报》1988年第5期。
[2] 胡适：《谈新诗》，载胡适《胡适文集》（第2卷），北京大学出版社1998年版，第97—98页。
[3] 朱徽：《中美诗缘》，四川人民出版社2001年版，第146—147页。

"幻想派诗人（即意象派）是助成美国诗界新潮的一个大浪","埃若潘（即庞德）首先把这些革命家聚成一群"①。刘延陵的文章具有开拓性，但是根据他的论述可看出：在20世纪五四运动时期及随后到来的20年代，中国学者虽然开始关注美国新诗运动，注意到埃若潘的存在，然而只是在撰文时提及，并未做深入研究，对庞德诗歌及《诗章》的解读也不可能实质性地展开。到了20世纪30年代，关于庞德的介绍和研究有了新气象。1934年4月，徐迟发表《意象派的七个诗人》，首次把庞德放在欧美意象派诗人之首进行介绍，界定了意象派的核心概念意象是"坚硬、鲜明、Concrete、本质的而不是Abstract那样抽象的"，同时讨论了庞德与中国古典诗歌之间的关系；同年10月，邵洵美发表《现代美国诗坛概观》，该文的重要性在于把庞德首次放在国际语境下进行讨论，指出庞德的诗歌创作突破了国界，体现了文学上的国际主义。虽然该时期作品相对于20年代有较大进步，但是因为国人把庞德视为欧美意象派群体或美国现代派群体的一员进行论述，并未专门讨论庞德和《诗章》的文学地位和价值。

在该时期，还有国学大师钱锺书与庞德研究之间的不解之缘。钱锺书于1945年在《中国年鉴》发表英语文章"*Chinese Literature*"，论述中国文字、中国文学、中国文化之间的关系。文章在阐述时旁征博引，有一些内容犀利地批评庞德误解中国汉字，误读中国诗歌及其蕴含的文化，说他对中国诗和中国文字一知半解和自以为是："Pound is constructing Chinese rather than reading it, and as far as Chinese literature is concerned, his *A. B. C of Reading* betrays him as an elementary reader of mere A. B. C."②钱锺书的这种批判态度在他给小说《围城》的德译本前言中再次显现出来："庞德对中国语文（是）一知半解、无知妄解、煞费苦心的误解……庞德的汉语知识常被人当作笑话"③。但是，钱锺书并非一味批评庞德，他对庞德及其诗论持一种肯定的态度。他曾用比较文学方法将《文心雕龙》里的观

---

① 刘延陵：《美国的新诗运动》，载刘延陵《刘延陵诗文集》，葛乃福编，复旦大学出版社2002年版，第241页。
② 钱锺书：《钱锺书英文文集》，外语教学与研究出版社2006年版，第283页。另参见蒋洪新、郑燕虹《庞德与中国的情缘以及华人学者的庞德研究——庞德学术史研究》，《东吴学术》2011年第3期。
③ 钱锺书：《写在人生边上的边上》，生活·读书·新知三联书店2005年版，第171—172页。

点与庞德《阅读入门》中的一些诗论进行比较,后来收录在《谈艺录》中:"《文心雕龙·情采》篇云:'立文之道三:曰形文,曰声文,曰情文。'按 Ezra Pound 论诗文三类,曰 Phanopoeia, 曰 Melopoeia, 曰 Logopoeia, 与此词意全同。参见 How to Read, pp. 25 – 28; *ABC of Reading*, p.49。惟谓中国文字多象形会意,故中国诗文最工于刻画人物,则稚騃之见矣。"①从 "his *A. B. C of Reading* betrays him as an elementary reader of mere A. B. C."、"参见 How to Read, pp. 25 – 28; *ABC of Reading*, p. 49" 等细节可看出,钱锺书对庞德的诗歌理论作品《如何阅读》和《阅读入门》非常熟悉。更重要的是,钱先生在中国比较文学史上首次质疑庞德的语言观,开创了中文诗学与庞德诗学相比较的先河②。

该时期在宣传庞德及其诗论方面,袁可嘉、赵毅衡等学者是典型代表。袁可嘉在《文学评论》1962 年第 2 期发表《"新批评派"述评》一文,指出庞德的意象主义诗歌理论源于法国的象征主义,同时认为庞德的诗学理论还是新批评派形式主义的开端。这为中国读者澄清了庞德诗歌理论的渊源问题。在此基础上,袁可嘉又在《文学评论》1963 年第 3 期发表《略论英美"现代派"诗歌》一文。该文不仅客观评述庞德的诗歌创作及文学理论,而且在国内首次就庞德的早期代表作《休·塞尔温·莫伯利》③ 和后期代表作《诗章》进行讨论。1979 年,赵毅衡在《外国文学研究》第 4 期发表《意象派与中国古典诗歌》,该文是国内大陆学者中最早并深入探讨"中国诗歌为什么会吸引庞德?又对庞德造成了哪些影响?"的专题论文,文章关于庞德的意象主张与中国古典诗学契合的论述以及另一篇论文《关于中国古典诗对美国新诗运动影响的几点刍议》④ 对同时代以及后来学者产生比较广泛的影响。不仅如此,1981 年,赵毅衡在美学习期间广泛查阅第一手资料,旨在写出一部中国古典诗歌如何对美国新诗运动产生影响的著作。四年后,《远游的诗神》完成。该书史料丰富、写作扎实,涉及庞德、艾略特、林赛、蒙罗等美国新诗诗人对中国古

---

① 钱锺书:《谈艺录》,中华书局 1993 年版,第 42 页。
② 蒋洪新:《庞德研究》,上海外语教育出版社 2014 年版,第 369 页。
③ 袁可嘉先生译为《休·塞尔温·毛伯莱》。
④ 赵毅衡:《关于中国古典诗对美国新诗运动影响的几点刍议》,《文艺理论研究》1983 年第 4 期。

典诗歌的借鉴及其影响①。

在论文写作方面，郑敏、丰华瞻、申奥等学者从各自的兴趣点出发，积极对庞德的诗学思想、诗歌理论、翻译理论等进行研究。1980 年，诗人兼诗歌评论家郑敏在《当代文艺思潮》第 6 期发表文章，称庞德不仅是美国意象派诗歌领袖，而且是现代派诗歌的爆破手；1983 年，丰华瞻在《社会科学战线》第 3 期发表《意象派与中国诗》，同年在《外国语》第 5 期发表《庞德与中国诗》，这两篇很有分量的论文不仅从比较文学视角论述了意象派与中国诗歌之间的关系，而且系统阐述了意象派诗人代表庞德与中国诗歌之间的密切关系②。1984 年，申奥在《外国诗》第 2 期发表专题文章，他结合庞德的翻译实践和诗歌理论，提出庞德是美国现代文坛怪杰；同年，流沙河在《星星》第 10 期发表《意象派一例——伊兹拉·庞德〈地铁站内〉③》，通过聚焦和分析庞德的《地铁站内》，论述庞德的意象诗是欧美意象诗的典型代表。此后，周上之于 1986 年发表《美的瞬间和意象派的创作方法——庞德代表作〈地铁车站〉赏析》，除了认为《地铁车站》是庞德的代表作，还从该诗考察庞德的美学观以及窥视意象派诗人的创作方法。

在该历史阶段，翻译庞德的诗歌也成为时代所需，并涌现出申奥、裘小龙、赵毅衡、黄晋凯等庞德诗歌翻译家。根据蒋洪新、郑燕虹的研究，这些翻译家在 1979—1989 年这十年，"共翻译庞德诗五十多首，其中包括庞德的代表作品《在地铁车站》、《莫伯利》和《诗章》的片段，还有多首诗被重复翻译。"④ 这些翻译家除了翻译庞德的诗作，还翻译庞德的诗论，比如申奥在 1985 年翻译的《美国现代六诗人选集》⑤ 中，除了译介庞德，还翻译了《合同》《致敬》《邂逅》等庞德早中期的诗歌；裘小龙在 1986 年除了翻译彼德·琼斯（Peter Jones）《意象派诗选》⑥ 中庞德的

---

① 赵毅衡：《远游的诗神》，四川人民出版社 1985 年版。
② 相关文章还有袁若娟《意象派诗歌与中国古典诗词》，《河南师范大学学报》1984 年第 2 期；肖君和：《论中国古典意象论语西方"意象派"的区别》，《贵州社会科学》1987 年第 10 期；等等。
③ 即《在地铁车站》(In a Station of the Metro)。
④ 蒋洪新、郑燕虹：《庞德与中国的情缘以及华人学者的庞德研究——庞德学术史研究》，《东吴学术》2011 年第 3 期。
⑤ [美] 庞德：《美国现代六诗人选集》，申奥译，湖南人民出版社 1985 年版。
⑥ 原书名为 Imagist Poetry。该诗歌译本也被称为"国内第一个比较全面系统地介绍意象派诗歌的译本"。详见朱伊革《跨越界限：庞德诗歌创作研究》，上海三联书店 2014 年版，第 19 页。

名篇《归来》《仿屈原》《刘彻》等，还翻译了庞德的两篇文论《意象主义》和《意象主义者的几个"不"》[①]；等等。纵观庞德研究发展史，上述庞德诗歌及诗论的译介具有重要价值，因为它们给国内学者研究庞德提供了极大方便，同时也澄清了国内对庞德及意象派的一些误解[②]。

在《诗章》的专门研究方面，该时期诞生了一篇比较有分量的学术论文。1982年，李文俊撰写了《美国现代诗歌1912—1945》，文章内容长达24页，限于篇幅分两次发表在《外国文学》第9期和第10期[③]。该长文对庞德的重要作品如《华夏》《毛伯莱》《诗章》等均有述评，特别是聚焦了《诗章》第1章到第99章，并做出较为系统的梳理和评价，认为《诗章》虽然涉及政治、军事、经济、宗教、诗学等庞杂的内容，却是一部深奥、有气魄、有才智的重要作品，也是庞德规模最大、最有雄心的一部诗篇。当然，该论文也有一定的局限性：第一，作者提到《诗章》发表了117首（虽然庞德"始终也没有写完"），但是仅论及庞德的前99首，从第100首到第117首的诗章内容，根本没有涉及；第二，已讨论的前99首《诗章》内容，只是介绍性的，在分析和论述方面比较笼统。尽管如此，该文是国内研究史上第一篇较为全面地评介《诗章》的文章，其意义不言而喻[④]。

与李文俊等学者把庞德的史诗 The Cantos 译为《诗章》有所不同，该时期有学者如常沛文在他的论文中把该史诗译为《长诗》。这也说明在《诗章》研究早期，学者们对庞德史诗代表作存在翻译的个性化差异。该文在解读《诗章》方面有一些论点值得关注：

---

① ［英］彼德·琼斯：《意象派诗选》，裘小龙译，漓江出版社1986年版，第303—310页。
② 蒋洪新、郑燕虹：《庞德与中国的情缘以及华人学者的庞德研究——庞德学术史研究》，《东吴学术》2011年第3期。
③ 该文按照专著体例，首先介绍了新英格兰诗人罗宾生（Edwin Axlington Robinson）和弗洛斯特（Robert Frost），然后介绍了芝加哥诗人林赛（Vachel Lindsay）、马斯特司（Edgar Lee Masters）和桑德堡（Carl Sandburg），最后聚焦艾略特（Thomas Stearns Eliot）、斯蒂文司（Wallace Stevens）、威廉斯（William Carlos Stevens）、莫尔（Marianne Moore）、卡明斯（E. E. Cummings）、克兰（Hart Crane）、麦克利许（Archibald Macleish）、杰弗斯（Robinson Jeffers），还有"逃亡者"集团的兰森（John Crowe Ranson）、泰特（Allen Tate）、沃伦（Robert Penn Warren）。参见李文俊《美国现代诗歌1912—1945》，《外国文学》1982年第9期；李文俊：《美国现代诗歌1912—1945（续完）》，《外国文学》1982年第10期。
④ 蒋洪新、郑燕虹：《庞德与中国的情缘以及华人学者的庞德研究——庞德学术史研究》，《东吴学术》2011年第3期。

　　　　这部《长诗》反映了西方文明的衰退，庞德以大量的文学典故和历史事实抨击了西方社会的混乱。这部长诗表面上杂乱无章、语无伦次，其实是庞德的匠心所在。整个《长诗》似乎是荷马的《奥德塞》游记。庞德的主人公在西方社会的大海中航行，没有导航设备，只好在错综复杂的旅途中摸索前进。《长诗》又像是但丁的《神曲》，庞德用但丁的地狱来描写西方社会。庞德还引用奥维德的变态论来描写《长诗》中的很多人物[①]。

不仅如此，该文还指出，在这部史诗中，庞德大量引用孔子的思想，比如《长诗》第13章、第52—61章以及《比萨长诗》（第74—84章）。庞德书写《长诗》的目的是给颓废没落的西方世界提供出路。但是，该文认为"《长诗》的后几部分除《比萨长诗》外，对中国文化只是间接涉及而已"的说法[②]有待商榷。

　　就学术著作而言，该时期关于《诗章》的研究还没有专著问世，不过已有学者将其纳入专题写作当中。1988年，李维屏出版《英美现代主义文学概观》一书，在该书第三章现代主义诗歌部分，作者不仅对庞德的生平和创作进行梳理，还对《休·赛尔温·莫伯利》《一盏熄灭的灯》《面具》等名篇进行分析，其中也有针对性地对《诗章》进行了解读[③]。

　　在第一阶段，学者们从译介意象派诗歌、英美现代派诗歌及理论，逐渐过渡到关注庞德的《神州集》、早期带有意象派风格的诗歌，再转到对庞德诗歌创作理论、翻译理论以及《诗章》等方面的研究，经历了一个发展的过程。在该时期，学者们关于庞德和《诗章》的研究有一些不足："一、仅用意象诗学说明庞德的成就和分析其诗作，忽视了庞德对意象派的超越；二、对于庞德汉译英译的研究仍待深入；三、除译作外，基本上还没有人对除《在地铁站》之外的庞德的代表作品进行深入研究。四、过度强调中国古典诗对庞德意象主义诗学的影响，忽视了庞德个人的能动

---

　　① 常沛文：《艾兹拉·庞德——传播中国文化的使者》，《外国文学》1985年第5期。
　　② 同上。
　　③ 李维屏：《英美现代主义文学概观》，上海外语教育出版社1998年版。另参见朱伊革《跨越界限：庞德诗歌创作研究》，上海三联书店2014年版，第19页。

作用与西方诗歌传统的作用。"① 而且,学者们对某些话题的重复研究现象比较严重;对庞德的史诗代表作《诗章》欠深入和具体的研究。

第二阶段,20世纪90年代至2002年:《诗章》研究的聚焦与发展

作为庞德的代表作,《诗章》是庞德研究和庞德诗歌研究不可绕过的话题。但是长期以来,因为《诗章》含历史、跨文化、无结尾,内容博大精深,跨界古今中外②,804页的鸿篇巨制不仅让读者望而生畏,就是带着浓厚兴趣、做好心理准备认真阅读,希腊语、拉丁语、古英语、古汉语、普罗旺斯语、德语、法语、西班牙语、日语等20多种语言纵横交错的局面,也会让读者瞠目结舌。"像读天书"是读者阅读《诗章》的共同感受,就连英美学者都觉得《诗章》是一块难啃的骨头,国内学人能够静下心来潜心研究,做出成果,自然让人钦佩。

与第一阶段讨论重点不同,国内学者真正对《诗章》进行聚焦和研究发生在20世纪90年代。

王誉公、魏芳萱在1994年发表《庞德〈诗章〉评析》③,认为《诗章》是20世纪一部《奥德赛》式的史诗,同时论证庞德在写作形式方面通过话题"押韵"、史料积累、事实展示、个性化排版等展现《诗章》特色。值得注意的是,文章还对《诗章9》《地狱诗章》(诗章14和诗章15)、《中国诗章》(诗章56—61)、《亚当斯诗章》(诗章62—71)、《比萨诗章》(诗章74—84)进行聚焦分析,指出《比萨诗章》是《诗章》最优秀的部分。不过,文章未对《比萨诗章》以外的后期《诗章》(即《诗章》第85—117章)进行讨论,部分观点的衍生还有待商榷。

如果说王誉公、魏芳萱侧重于早期《诗章》的研究,赵毅衡的文章《儒者庞德——后期〈诗章〉中的中国》则是专门聚焦和讨论后期《诗章》④。赵毅衡称庞德为"儒者庞德",除了深入探讨后期《诗章》中庞德形象的建构并分析其思想内涵,还基于多年来对国外庞德第一手资料的研究遗憾地发现:"'庞德学'著作,已经在西方各大学英语系图书馆占了整整一书架,就是缺少《庞德与中国》",所以他期待有雄心的中国比

---

① 蒋洪新:《庞德研究》,上海外语教育出版社2014年版,第381页。
② 钱兆明:《序言》,载蒋洪新《庞德研究》,上海外语教育出版社2014年版,第1—7页。
③ 王誉公、魏芳萱:《庞德〈诗章〉评析》,《山东外语教学》1994年第3—4期。
④ 赵毅衡:《儒者庞德——后期〈诗章〉中的中国》,《中国比较文学》1996年第1期。

较文学学者最终写出这本补缺门的书。他还说，庞德对中文的无知胡解，或者说创造性误读，这是庞德研究中最难的地方，也是比较文学影响研究的任何其他课题中真正值得下功夫的地方。在赵毅衡看来，从第 72 章开始的后期《诗章》贯穿了中国主题，儒学成为全部章节的展开支柱之一，而且后期《诗章》中庞德最深沉宏博的诗篇，是建筑在他对儒学的独特理解之上，尤其是第 74—84 章《比萨诗章》流露出庞德以儒家思想重建欧洲的理想，成为他最富于诗歌张力的杰作；随后的《诗章》内容，包括《部分：燧石篇》①《王座》《草稿与残篇》都深深烙下儒家思想的痕迹，充满庞德对儒家哲学理念的人文主义思考。该文在国内首次论及康熙《圣谕》16 条以及中国少数民族纳西族文化等，具有开创之功。不过，文中论及纳西文明时，误将云南丽江流域写成了广西漓江流域②。

该时期，张子清通过文献梳理和比较研究，旗帜鲜明地指出《诗章》是"美国现代派诗歌的杰作"。张子清认为，庞德凭借渊博的知识和才能，"把现实生活中的素材放在人类社会的大背景中进行关照，以致使他的审美视域从单一的美国文化扩大到了整个人类的多元文化"，他还通过《诗章》把"不同社会不同历史时期的不同人物的嘉言懿行同时呈现给读者，以期把他们作为人类文化的精英去陶冶人民，改造社会，建立一个政府仁道地掌握金融、取消私人高利贷盘剥、真正热爱文学艺术的理想国家。这就是贯穿《诗章》的中心主题"③。为了凸显该主题，张子清发现庞德实际上得益于完美的艺术创造和诗学上的革新，除了借助破碎性艺术手法对传统派的语言规约和传统诗学进行反叛和革命，还通过具体书写和语法表达方面的省略、隐喻、并置、断续等，生动呈现其现代派艺术特色和"日日新"的诗美学。与王誉公、魏芳萱、赵毅衡不同，张子清在论及《诗章》的中心主题思想之后，主要聚焦和讨论《诗章》里一些重要的现代派艺术特色。

除了内容、语言等方面带来的阅读困难，《诗章》随处可见的历史典故也让读者感到措手不及。该时期，孙宏发表《庞德的史诗与儒家经典——一个现代诗人在中国古代文化中的求索》，聚焦和讨论《诗章》中

---

① 即《部分：掘石机诗章：第 85—95 章》。
② 赵毅衡：《儒者庞德——后期〈诗章〉中的中国》，《中国比较文学》1996 年第 1 期。
③ 张子清：《美国现代派诗歌杰作——〈诗章〉》，《外国文学》1998 年第 1 期。

所运用的各种历史典故及其价值①。该文指出庞德在《诗章》杂乱无章的混沌世界里积极寻求秩序,并把秩序作为"美"的一种表现形式;在展现秩序和美的过程中,庞德慧眼独具地从儒家经典《大学》、中国古代历史以及象形文字中挖掘他心目里的中国,从而很好地诠释了史诗《诗章》与儒家经典的关系,生动地呈现了一个现代诗人在中国古代文化中的求索。此外,该文认为,庞德所倡导的现代主义是一场新的文艺复兴运动。无独有偶,王贵明发表《〈比萨诗章〉的儒家思想》,该文"通过分析《比萨诗章》中庞德所引述的儒家经典章句及其引用的汉字在诗中的意义,来阐述诗人表达思想情感和加强诗歌艺术表现力的独特方式,进而阐明中国文化使《比萨诗章》更具有哲理和诗学意义",文章同时认为中国文化对庞德的道德思想情感和文学创作,乃至对整个美国诗歌的发展都具有重要影响②。

与上述学者不同,蒋洪新发表《庞德的文学批评理论》,是从文学批评理论的高度对庞德的文学批评进行聚焦和研究。论及三个方面:艺术的真实、意象主义的诗学主张和文学批评旨在发现天才。文章结合艾略特于1953年编辑发表的 *Literary Essays of Ezra Pound*（《埃兹拉·庞德文论集》）、琼斯主编的 *Imagist Poetry*（《意象派诗选》）等文献带给作者的启发式思考,认为艺术的真实性是艺术的力量根本之所在;作者认同美国学者杰夫·特威切尔的观点"庞德的意象派诗歌原则决定了他对中国诗的兴趣、了解和翻译",指出中国诗的发现更进一步加强了他的意象主义的信念,而且庞德作为最重要的导师,起到了率先垂范的批评家和伯乐的作用。该文虽然没有直接聚焦和讨论《诗章》,但是关于庞德做出的有关作家分类、批评家分类方面的论述,对研究《诗章》及其艺术特色,均有指导作用③。该文的上述思想,被蒋先生于2001年收录在《英诗的新方向:庞德、艾略特诗学理论与文化批评研究》一书④。该著作重点论述庞德和艾略特的诗学理论以及他们在20世纪新旧交替时代所形成的文化批

---

① 孙宏:《庞德的史诗与儒家经典——一个现代诗人在中国古代文化中的求索》,《西北大学学报》1999年第2期。
② 王贵明:《〈比萨诗章〉中的儒家思想》,《国外文学》2001年第2期。
③ 蒋洪新:《庞德的文学批评理论》,《外国文学研究》1999年第3期。
④ 蒋洪新:《英诗的新方向:庞德、艾略特诗学理论与文化批评研究》,湖南教育出版社2001年版。

评思想和对现代主义诗歌创作的影响,填补了国内该领域研究的空白。

由黄运特翻译和张子清校订、漓江出版社出版的《庞德诗选·比萨诗章》中文译本于1998年面世,这在庞德《诗章》翻译史上具有里程碑的意义。在黄运特之前,袁可嘉、叶维廉、赵毅衡、裘小龙等学者在相关著述中有关于《诗章》的一些翻译,为读者管中窥豹提供方便,但是没有可供读者阅读和参考的比较完整的译文。作为《诗章》可以独立成篇的精华部分,《比萨诗章》比20世纪英美诗歌里任何一部都具有史诗的悲壮,然而普通读者由于语言、文化等障碍对它登峰造极的现代派艺术风格难见其真面目。为解决该难题,黄运特"敢冒天下先",克服重重困难,从诗章第74—84章共翻译完成十一章,翻译过程中遵循两个信条:一是译者化注释为诗艺,把庞德纷繁复杂的典故标注出来,与原文相得益彰;二是译者尽量保持原文的异国风味,当"中文流利与原文创造性的句式有冲突时",选择后者。黄运特在翻译期间,得到美国诗人克利里、庞德研究专家伯恩斯坦、诗歌评论家纽曼等人的支持和帮助,译文忠实自然,展现了原文的风骨。该译本是国内关于《诗章》的第一个译本,对国内研究庞德的学者而言是重要的参考书。该译本还有一个贡献,正如张子清在《校后记》中所说,"为了帮助中国读者充分理解文本和了解这样一位一直有争议的大诗人,在正文译文后面附录了有关的参考文章"。该译本的附录部分,包括庞德的三篇重要文论:《漩涡》、《回顾》和《诗的种类》;费诺罗萨的《作为诗歌手段的中国文字》、肯纳的《〈比萨诗章〉论述(选译)》、威廉斯的《〈比萨诗章〉的背景》、伯恩斯坦的《痛击法西斯主义》、特威切尔的《"灵魂的美妙夜晚来自帐篷中,泰山下"——〈比萨诗章〉导读》、赵毅衡的《儒者庞德——后期〈诗章〉中的中国》。这些精彩文论及作品在让读者领略《比萨诗章》文本魅力之余,也享受了对它的评论和赏析,可谓一箭双雕。

在该时期,关于《诗章》研究的专著还未出现。不过,在2002年出版的国家社科"九五"规划重点项目四卷本《新编美国文学史》(第3卷)[1],主撰杨金才在第一章美国现代诗歌的开端与发展中,论述了庞德的诗歌创作、庞德与意象派之间的关系以及与中国文化的关系等方面,较

---

[1] 刘海平、王守仁主编:《新编美国文学史》(第3卷),杨金才主撰,上海外语教育出版社2002年版。

为系统地评价了庞德的诗学发展、贡献及影响,而且对庞德的《诗章》进行了有的放矢地解读和阐释。

随着庞德学在国内的发展,有两个重要会议对庞德及《诗章》的专题研究起到桥梁作用。一是1995年10月,"庞德—艾略特研究会"在大连成立,标志着庞德研究与艾略特研究一起进入国内美国现代主义文学研究新的发展阶段;二是1999年7月,以"庞德与东方"为主题的第18届国际学术研讨会在北京举行[①],相关议题包括:庞德对中国文化的解读、中国古代诗歌和文字对庞德的诗歌和诗学的影响、庞德与孔子的文化地位、庞德从意象到表意符号的诗歌历程、庞德的跨文化诗学、庞德与韩国、庞德与日本等。参加此次国际会议的专家学者共计80人,其中中国学者17人,海外学者63人[②]。庞德的女儿玛丽·德·拉砌韦尔兹和孙女也参加了此次会议,庞德女儿还做了大会主题发言。此次国际会议在北京召开,除了扩大中国学者在庞德研究以及庞德诗歌研究方面的国际影响力,还使国人了解到国际最前沿的庞德研究成果,对我国的庞德研究以及美国现代诗歌研究都有促进作用,并积极促成国内庞德研究热的又一股浪潮。

在20世纪90年代至2002年这段时间,关于《诗章》研究的硕士论文和博士论文各有一篇。2001年,湖南师范大学硕士生罗坚在导师蒋洪新教授指导下完成英文论文 The Confucian Ideas in The Cantos,该论文从社会学与伦理学角度考察《诗章》,认为中国的儒家思想在庞德的《诗章》中有较充分的呈现,儒家思想构筑了这部长诗的伦理结构,并试图证明儒学智慧以及人与自然的和谐性是《诗章》主题。该论文是中国期刊网上搜索到的国内第一篇专题研究《诗章》的硕士学位论文。2002年,南开大学博士生索金梅在导师常耀信教授指导下完成英文论文 Confucianism in Pound's Cantos,这是国内关于《诗章》儒学专门研究的第一篇博士学位论文,凝结了作者多年来潜心研究的心血。

第三阶段,2003年至2013年:《诗章》研究的专题化与多元性

该时期是《诗章》研究在国内发展的重要阶段,有不少历史性突

---

① 张剑:《第十八届庞德国际学术研讨会》,《外国文学评论》1999年第4期。
② 他们来自美国、英国、意大利、加拿大等18个国家和地区。参见张剑《第十八届庞德国际学术研讨会》,《外国文学评论》1999年第4期。

破。而且,《诗章》研究的专题化与多元性在该阶段并存,同时呈现出三个特点:一是出现了国内第一部专题研究《诗章》的专著,这为此后更多专门研究成果的出现正式拉开序幕;二是有更多的中国学者撰写关于《诗章》研究方面的硕士论文和博士论文,也促使《诗章》研究朝着体系化和纵深化方向发展;三是除了专著、学位论文方面的突破,期刊论文的撰写和发表也进入新的历史阶段,无论是论文数量、质量,还是研究视角、方法等,均说明《诗章》研究进入到一个繁荣期。

索金梅的博士毕业论文经过修改,于 2003 年 8 月由南开大学出版社出版,这是"南开人文库"成果的一部分,书名定为《庞德〈诗章〉中的儒学》。该书共计 178 页,16.8 万字,内容仍为英文。全书除去引言 Introduction: Literature Review, Research Purpose and Methodology 和结论 Conclusion,正文部分包括 5 章内容: Chapter One The Emergence of the Paradise Theme and Its Central Position in the Poem; Chapter Two The World Deteriorating in Smoky Light; Chapter Three A Paradise with the Color of Stars; Chapter Four In and Behind the Civic Order, L'Amor; Chapter Five Self-Cultivation and Daily Renovation。另附 Glossary 和 Chronology。作为国内第一部聚焦和专题研究《诗章》的著作,该作品主要考察《诗章》主题的统一性,同时借助国外文献资料论证儒家乐园是贯穿《诗章》的核心主题。此外,该著作延续并发展了常耀信先生 1988 年撰写的英文论文 "*Pound's Cantos and Confucianism*" 所提出的儒学和儒家思想对《诗章》主题思想意义以及文本建构所起到的积极作用,即庞德希望通过解读孔子儒学和儒家思想,颠覆西方固守的基督教文化中心主义,或者说文化逻各斯[①]。

也是在 2003 年,赵毅衡出版《诗神远游:中国如何改变了美国现代诗》。这是一部非常有分量的著作。作者自述说:"这本《诗神远游》,远非 20 年前旧作[②]的扩编、改写。作者尽毕生心血,在中国诗学和美学传统

---

① 常耀信先生的这篇论文收录在《埃兹拉·庞德:文化的遗产》(*Ezra Pound: The Legacy of Kulchur*) 一书。参见 Marcel Smith & William Andrew Ulmer, eds., *Ezra Pound: The Legacy of Kulchur*, Tuscaloosa & London: The University of Alabama Press, 1988, pp.86-112。
② 参见赵毅衡《远游的诗神——中国古典诗歌对美国新诗运动的影响》,四川人民出版社 1985 年版。

中寻找现代性因素。本书大胆命题，小心求证，是作者研究风格的一个范例"①。全书正文335页，虽然没有明确指出是研究《诗章》的专著，但是作者的气魄和巧妙之处在于：能够把对《诗章》的讨论，放在中国如何改变美国现代诗的大背景中，并让读者从宏观和微观两个维度认识该史诗的文学价值。从内容来看，除了"第一章　现代美国的'中国诗群'"，涉及1910年前美国诗歌中的中国、新诗运动的"中国热"、当代诗人、各国影响的对比分析等四节内容以及"第二章　影响的中介"，涉及非文学中介、美国诗人访华、中国人在美国、美华诗坛、中国美术、中国诗译介、庞德的《神州集》七节内容之外，赵毅衡还专门撰写"第三章　影响的诗学与诗学的影响"，涉及东方风与中国风、中国影响与美国现代诗之叛逆倾向、中国诗与自由诗、中国诗与美国现代诗句法、汉字与美国诗学、中国诗与反象征主义、退潮与第二潮、儒学与《诗章》、美国诗中的禅与道等九节内容。尤其是在第八节，作者又从儒学西传、庞德学儒、庞德译《诗经》、《中国史诗章》、《比萨诗章》与《中庸》、《部分：燧石篇》与"王王"、《王座诗章》与康熙《圣谕》、《草稿与片段》、思无邪、《诗章》中的汉字等九个部分阐述儒学与《诗章》的关系。论述别开生面，风格自成体系，为国内庞德学的发展以及后来《诗章》的研究者提供了优秀的范例。

早在1994年，赵毅衡就发表随笔文章《为庞德/费诺罗萨一辩》，分八个小节论述庞德与费诺罗萨、庞德与《作为诗歌手段的中国文字》(*The Chinese Written Character as a Medium for Poetry*)之间的关系。在论文结尾处，作者感慨说："很奇怪，我们见到西方图书馆几书架'庞德学'著作，见到成排的《庞德与日本》《庞德与拉丁诗人》《庞德与……》，却至今没有见到一本《庞德与中国》"②。他的这种感慨，在1996年那篇颇有影响力的论文《儒者庞德——后期〈诗章〉中的中国》开始部分，又被重新提出③。赵毅衡那时的感慨不是杞人忧天，因为关于《庞德与中国》的研究在当时真的非常稀缺。蒋洪新后来考证说，其实在1976年，就有德国学者莫兹卡出版了《埃兹拉·庞德与中国》(*Ezra Pound and*

---

① 赵毅衡：《诗神远游》，上海译文出版社2003年版，第1页。
② 赵毅衡：《为庞德/费诺罗萨一辩》，《诗探索》1994年第3期。
③ 赵毅衡：《儒者庞德——后期〈诗章〉中的中国》，《中国比较文学》1996年第1期。

China, Heidelberg: Winter), 1996 年美国学者诺尔德也出版了英文专著《埃兹拉·庞德与中国》(*Ezra Pound and China*, Maine: The National Poetry Foundation),只是中国人从自身的文化立场书写或编著的《庞德与中国》在那时候还没有出现。不过,这种窘境很快被打破。1999 年,以"庞德与东方"为主题的第 18 届国际学术研讨会胜利召开,会议收录论文 42 篇,经过筛选和修订之后,由钱兆明把它们编辑成册,2003 年由密歇根大学出版社出版,该会议论文集名字就叫《庞德与中国》(*Ezra Pound and China*)①。类似的学术性突破,在国内学者中继续上演。2004 年,王文完成博士学位论文《庞德与中国文化——接受美学的视阈》,该论文是国内第一篇以接受美学为视角,研究庞德思想与中国文化关系的博士论文。作者从接受美学的相关理论入手,考察庞德的意象主义理论和他与中国文化以及中国古典诗歌之间的关系,认为庞德翻译中国古典诗歌不只是要改变西方的审美趣味,更是为了学习中国古典诗歌的创作方法。2006 年,同时有两部《庞德与中国文化》专著问世。一部是陶乃侃撰写的《庞德与中国文化》,由首都师范大学出版社出版,该著作借助比较文学和文化学相关理论,沿中国传统诗学和儒学两条思路分五章论述中国传统文化与庞德诗学之间的关系,指出中国传统文化中的儒家文化对庞德现代主义诗歌风格、审美、思想、信念等产生了积极作用,其中包括作者对《诗章三首》《诗章四》《诗章十三》与《诗章四十九》所涉及的中国传统诗学、儒学伦理母题等的探讨②;另一部是吴其尧撰写的《庞德与中国文化——兼论外国文学在中国文化现代化中的作用》,由上海外语教育出版社出版,该著作与陶乃侃的著作写作思路不同,但是殊途同归,作者结合庞德诗歌创作的历程,梳理了庞德与中国文化的最初接触、"迷恋"以及"日日新"的经过,借助许多史料论证了庞德诗学与中国文化有着不可分割的关系,这对新时期外国文学、中国文学及文化发展也有许多启

---

① Zhaoming Qian, ed., *Ezra Pound and China*, Ann Arbor: The University of Michigan Press, 2003; 另参见蒋洪新《庞德研究》,上海外语教育出版社 2014 年版,第 392 页注释②。

② 陶乃侃撰写的《庞德与中国文化》是乐黛云先生主编并作序的《中学西渐丛书》的成果之一。全书 216 页,主要包括五章内容:第一章 庞德的思想观念与诗学建构:国际主义 历史主义 比较诗学;第二章 仿中国诗:探索中国文化的肇端;第三章 庞德的《中国诗集》(*Cathay*) 中国古典诗与英美现代主义诗歌;第四章 长诗开头:《诗章三首》与《诗章四》中国传统诗学与《诗章》结构建构;第五章《诗章十三》与《诗章四十九》儒家伦理母题的建构与显隐表现。

示。在对《诗章》研究方面，该作品论述了早期、中期以及后期《诗章》的创作情况，并对《比萨诗章》《部分：燧石篇》《王座诗章》《草稿与片段》等进行解读，认为《诗章》是庞德对中国文化进行全面梳理的一个例证①。

除了关于《诗章》研究专著领域的突破，在论文发表方面，学者们的成果也非常丰硕。"特别是 2005 年以来，研究成果呈爆炸性增长。据不完全统计，在不到 11 年的时间里，刊物上发表的重点论述庞德的文章超过了 300 篇，硕士博士学位论文达到 70 多篇"②。在这些学术论文和学位论文中，出现在各类核心刊物上专门研究《诗章》的文章有 46 篇，主要集中在《外国文学研究》《外国文学评论》《中国比较文学》《外国文学》《国外文学》《当代外国文学》《中国翻译》《外语教学》《外语与外语教学》《中山大学学报》《四川师范大学学报》等期刊。

学者们的议题承前启后，既有传统书写的延续，又有创新和凸显个性的内容。综合来看，该阶段关于《诗章》研究的论文有一些鲜明的特点，这里概述如下：

一是有学者从国际视野和跨媒体视角出发，借助比较文学的研究方法对庞德创作《诗章》过程中一些鲜为人知的历史事件、人物、背景等进行科学论证和阐释。这方面的代表人物是钱兆明。钱先生是美国新奥尔良大学校际首席教授，曾任耶鲁大学研究员，2008 年回国兼课并被杭州师范大学特聘为"钱塘教授"和浙江大学永谦讲座教授。为了开创国内庞德学研究新局面，钱先生组建了团队，围绕"庞德与中国友人的交往研究"对庞德与中国文化、庞德与中国友人等话题展开具体研究，许多方面都与庞德创作《诗章》有关。在与管南异合作完成的《逆向而行——庞德与宋发祥的邂逅和撞击》一文中，作者阐释说庞德通过"最早留美学生中的佼佼者宋发祥"，了解到中国民国初年"尊孔"和"反孔"之争，

---

① 吴其尧撰写的《庞德与中国文化》是上海市"十五"哲学社会科学规划中青年班专项课题成果之一。全书 281 页，主要包括九章内容：第一章 一位在英国发现的美国诗人；第二章 庞德与著名诗人叶芝的交往；第三章 意象派和漩涡派诗歌运动：庞德与中国文化的最初接触；第四章 现代文学的庇护人：庞德与乔伊斯、艾略特等的交往；第五章 庞德对费诺罗萨东方学著作的整理：与中国文化的最初关系；第六章 对中国古诗的迷恋：庞德的《华夏集》；第七章 对中国文化的全面梳理：庞德的《诗章》；第八章 感受中国哲学和诗学的影响：庞德翻译儒家经典及《诗经》的情况；第九章 庞德的政治经济学思想。

② 蒋洪新：《庞德研究》，上海外语教育出版社 2014 年版，第 391—392 页。

这反而激发了庞德"反其道而行之,是因为当时他刚对儒学产生浓厚的兴趣",庞德对孔子和儒学的兴趣集中反映在《诗章》中的《孔子诗章》《钻石机诗章》等部分①;在与欧荣合作完成的《〈七湖诗章〉:庞德与曾宝荪的合作奇缘》一文里,作者借用大量第一手资料揭示《诗章》中的《七湖诗章》(即《第49诗章》)是庞德通过晚清重臣曾国藩的曾孙女"曾宝荪(Tseng Pao-sun)的译文,结合自己对《潇湘八景》水墨画的理解,发扬了中国'题画诗'的传统创作而成,是翻译加艺术转换再创作的精品"②;在与叶蕾合作完成的《庞德纳西诗篇的渊源和内涵》一文中,作者指出频繁出现在《诗章》最后17章中的云南丽江山水和纳西宗教礼仪有着复杂的素材来源,庞德除了参阅美籍奥地利植物学家兼人类学家约瑟夫·洛克(Joseph Rock)的双语爱情悲剧叙事诗《开美久命金和祖布羽勒排》、专著《中国西南的古纳西王国》和论文《孟本——纳西祭天仪式》,实际上有"相当一部分语言、宗教、民俗材料来自纳西文化哺育的美籍丽江学者方宝贤和留居丽江9年、笃信道教的俄国旅行作家顾彼得"③;在与陈礼珍合作完成的《兼听则明:庞德和杨凤岐的儒学政治化争论与情谊》一文里,作者指出清华大学历史学学士、罗马大学博士杨凤岐与庞德之间有过关于儒学政治化的争论,这曾影响庞德《诗章》的创作:"杨凤岐认为庞德的法西斯立场和儒学观点是两个并存而不能等同的思想体系,得知庞德在研读《四书》后,杨便鼓励他'专心于此',目的显然是让其虔心投入儒学而远离法西斯",该论证有力驳斥了西方学者坚持的庞德因儒学研究而走向法西斯的观点④;在与管南异合作完成的《〈管子〉"西游记"——赵自强和庞德〈诗章〉中的〈管子〉》一文中,作者对《诗章》第106章为何引用法家经典《管子》?"庞德怎么会对《管子》发生兴趣?他的材料从何而来?他从孔子转向管子的意义何在?《管子》又如何成为现代派文学经典的有机组成?"等关键问题展开讨论,

---

① 钱兆明、管南异:《逆向而行——庞德与宋发祥的邂逅和撞击》,《外国文学》2011年第6期。
② 钱兆明、欧荣:《〈七湖诗章〉:庞德与曾宝荪的合作奇缘》,《中国比较文学》2012年第1期。
③ 钱兆明、叶蕾:《庞德纳西诗篇的渊源和内涵》,《中国比较文学》2013年第3期。
④ 钱兆明、陈礼珍:《兼听则明:庞德和杨凤岐的儒学政治化争论与情谊》,《杭州师范大学学报》2014年第1期。

认为庞德在《诗章》中关注《管子》是因为一位重要人物、旅美中国学者赵自强,并从文化研究视角提炼《诗章》第 106 章所表达的审美化政治主题,文章同时讨论了《中国诗章》《御座诗章》里的康熙《圣谕》等内容①;在与欧荣合作完成的《〈马典〉无"桑":庞德与江南才子王燊甫的合作探源》一文里,作者参照现存庞德与中国青年诗人王燊甫的来往信件和其他相关资料,从文化阐释角度对《诗章》第 98—99 章进行再讨论,由于这两首诗章取材于中国清代统治者制定的《圣谕广训》,作者研究发现:1955—1958 年江南才子王燊甫与庞德交往甚密,对其了解中国文化和创作《御座诗章》起到了重要的作用②;在与陈礼珍合作完成的《还儒归孔——张君劢和庞德的分歧与暗合》一文中,作者指出庞德与当代新儒学大师张君劢的交往,使他对"止""靈""诚"三个儒学核心概念有了更深入的认识,但是二者有分歧:"庞德恪守儒家经典,想要做的是'还儒归孔'",而"张君劢则根据宋明理学框架来发展孔孟之道,反对将儒学当作'博物馆藏品'来供奉",不过张君劢的新儒家思想还是影响了庞德,使他在《钻石机诗章》以后对儒学"扩容"有了更加包容的态度③;在与欧荣合作完成的《缘起缘落:方志彤与庞德后期儒家经典翻译考》一文里,作者梳理了哈佛学者方志彤与庞德的相识过程,根据二人之间来往信件 213 封,指出庞德晚年在儒学方面实现了诸多突破:一是突破了对个人和社会责任的关注,二是突破了"四书"的限制,三是突破了重汉语字形、轻汉语拼音的成见,这些突破均离不开方志彤的帮助④。钱兆明及其团队上述研究成果,最终荟萃成一部名为《中华才俊与庞德》的专著,2015 年作为国家社科基金后期资助项目由中央编译出版社出版。该书的价值正如作者所说的那样,旨在推动我国庞德研究国际化,一改以往回避参与国际学术辩论的倾向,积极关注国际庞德研究中的讨论和争辩,同时增强我国庞德研究的信度和深度,摆脱以往"文本中心"的定

---

① 钱兆明、管南异:《〈管子〉"西游记"——赵自强和庞德〈诗章〉中的〈管子〉》,《中国比较文学》2014 年第 2 期。
② 钱兆明、欧荣:《〈马典〉无"桑":庞德与江南才子王燊甫的合作探源》,《外国文学研究》2014 年第 2 期。
③ 钱兆明、陈礼珍:《还儒归孔——张君劢和庞德的分歧与暗合》,《中国比较文学》2015 年第 3 期。
④ 钱兆明、欧荣:《缘起缘落:方志彤与庞德后期儒家经典翻译考》,《浙江大学学报》2015 年第 3 期。

式,转向"人本"中心①。

该时期在学术上倡导跨太平洋文学概念②的黄运特在翻译了《庞德诗章·比萨诗章》之后,开始用理论武器阐发他的学术思想。在《庞德是新历史主义者吗?——全球化时代的诗歌与诗学》一文,黄运特探讨了庞德的诗学与新历史主义批评方法论之间的亲缘类同性,指出这一类同性不是简单地归于庞德与新历史主义之间的关系,而是作为一种结构性原则存在于各自的作品之中,这当然包括庞德的史诗作品《诗章》,即"庞德和新历史主义的著作都相应地具有全球性,两者都倾向于使用透明细节来展示社会或文化的宏大图景"③。在另一篇题为《中国制造的庞德》的文章中,黄运特指出庞德从汉字里学到表意文字的技巧后,成了一位翻译诗人,在《诗章》中他融入包括中文在内的20多种语言,并在"这些语言之间建造了一种特殊关系,一种本雅明在其论翻译的著名论文中试图描述的关系"。《诗章》是庞德翻译诗学思想一个典型的文本载体,从某种意义上讲,"翻译诗学代表着英美现代诗歌的最高成就"④。

二是对《诗章》中的精彩篇章,如《七湖诗章》等展开多维度、专题化、思辨式研究,并进行科学和理性的分析。

在钱兆明与欧荣合作发表《〈七湖诗章〉:庞德与曾宝荪的合作奇缘》讨论曾宝荪对庞德创作《诗章》第49章(即《七湖诗章》)所发挥的积极作用⑤之前,已有三位学者对该章进行过研究。一位是赵毅衡,他在《诗神远游》一书第二章"影响的中介"之第五节"中国美术"里,专门开辟板块讨论《七湖诗章》,指出其母本实际上是一本日本折叠画册《潇湘八景》,但未具体阐述:潇湘八景包括哪些?是哪一位日本画家所画?帮助庞德口译八景诗的中国学者曾宝荪促使庞德获得哪些启示?这些问题在蒋洪新撰写的《庞德的〈七湖诗章〉与潇湘八景》一文中,得到较好的解答:根据宋朝学者沈括名作《梦溪笔谈》记载,潇湘八景最初由北

---

① 钱兆明:《中华才俊与庞德》,中央编译出版社2015年版,第7页。
② 张洁:《翻译是诗歌的最高境界——黄运特访谈录》,《外国文学研究》2014年第5期。
③ 黄运特:《庞德是新历史主义者吗?——全球化时代的诗歌与诗学》,《外国文学研究》2006年第6期。
④ 黄运特:《中国制造的庞德》,《外国文学研究》2014年第3期。
⑤ 钱兆明、欧荣:《〈七湖诗章〉:庞德与曾宝荪的合作奇缘》,《中国比较文学》2012年第1期。

宋画家宋迪所画，包括平沙雁落、远浦帆归、山市晴岚、江天暮雪、洞庭秋月、潇湘夜雨、烟寺晚钟、渔村落照。潇湘八景在宋朝传入日本后，日本画家将它们改头换面，注入日本元素。庞德的《七湖诗章》参照一位名叫佐佐木玄龙（17世纪）所画的潇湘八景及画上所题的汉诗和日文诗。曾宝荪给庞德口译了画册上所题的八首汉诗，引起他的浓厚兴趣，并激发他引画入诗，通过翻译与创作互为一体，赋予诗歌政治和文化意蕴[①]。与赵毅衡、蒋洪新二位学者不同，谭琼琳基于中国山水画、西方绘画诗与"第四维—静止"审美原则，撰写了《重访庞德的〈七湖诗章〉》一文，从西方绘画诗学理论的角度，重审庞德的《七湖诗章》与其创作的蓝本中国山水画卷《潇湘八景图》之间的内在关系，认为《七湖诗章》最后两行"第四维；静止/其威可制服野兽"可视为诗人关于绘画诗"静止威力"的审美原则[②]。该文因为视角独特，让读者感觉耳目一新。

三是有学者对庞德《诗章》的主题内容、文本结构、诗学思想等进行批判性再思考和理论考察。

孙宏、李英在《为君主撰写教科书：埃兹拉·庞德对历史的曲用》一文中，否认了学界解读《诗章》时认为它是一部现代《神曲》的论断，指出《诗章》通过堆砌大量史料讴歌君主制，颂扬墨索里尼，构筑了一条从中美历史到法西斯意大利的通衢，作者同时指出庞德在《诗章》里曲用历史为法西斯"继续革命"理论命名，这是一部呈现给墨索里尼的20世纪的《君主论》[③]。针对《诗章》的文本结构，蒋洪新也撰文《庞德〈诗章〉结构研究述评》对《诗章》是否有统一的结构这一学界长期争议性问题展开讨论，认为无论《诗章》是否有统一结构都不失为一部重要的现代诗[④]。朱伊革在该时期发表系列论文讨论《诗章》的经济主题、诗学思想、现代主义诗学特征等方面。在《庞德〈诗章〉经济主题的美学呈现》一文，作者认为庞德在1920—1940年创作《诗章》表现出明显的经济、政治主题，这与社会信用论创始人道格拉斯有很大关系，庞德借助

[①] 蒋洪新：《庞德的〈七湖诗章〉与潇湘八景》，《外国文学评论》2006年第3期。
[②] 谭琼琳：《重访庞德的〈七湖诗章〉——中国山水画、西方绘画诗与"第四维—静止"审美原则》，《外国文学评论》2010年第2期。
[③] 孙宏、李英：《为君主撰写教科书：埃兹拉·庞德对历史的曲用》，《外国文学评论》2011年第2期。
[④] 蒋洪新：《庞德〈诗章〉结构研究述评》，《外国文学研究》2012年第5期。

创作以更加平衡的美学方式表现出凝固的瞬间和历史变化的有机结合①；在《论庞德诗学及其〈诗章〉的日本能剧渊源》一文，作者认为在《诗章4》《比萨诗章》等章节里，庞德从日本能剧中汲取养料和创作灵感，能剧为庞德提供了一个时间结构概念，使他从意象主义的本能瞬间走向《诗章》复杂和延长的结构，实现了该史诗情感统一和意象统一的诗学理想②；在《庞德诗学及其〈诗章〉的孔子思想渊源》一文，作者通过分析孔子的秩序观和《诗章》结构、孔子的正名观与庞德语言功能论等方面，认为庞德诗学及《诗章》对孔子秩序观和正名观的阐发与描述，最终都指向和谐有序的社会③；在《论庞德〈诗章〉的现代主义诗学特征》一文，作者认为《诗章》是现代主义诗歌的典范，史诗里充满网络化的意象、美的碎片、蒙太奇式的语言，并充分运用全景手法和拼贴艺术，彰显了诗人庞德超凡脱俗的诗歌艺术想象力④。谈到《诗章》主题以及庞德的政治经济学思想，吴其尧在《诗人的天真之思——庞德的政治和经济思想浅论》一文中解读说，《诗章》里充满庞德对社会政治和经济的理解与思考，庞德的政治经济学思想和他的诗学思想紧密相关，不过庞德的经济学思想从属于其政治思想，带有天真之思的性质⑤。

　　四是学者们关于《诗章》其他维度和视角的研究。这既涉及期刊论文，也涉及学位论文。

　　在期刊论文方面，黄宗英撰文认为《诗章》是一部抒情史诗，该作品把诗人抒情性的灵感与史诗般的抱负兼容在一起，强调个人情感与民族命运、个人视野与整个时代之间的关系，是庞德用"一张嘴道出一个民族的话语"⑥；申富英在论述庞德诗歌创作对中国文化的借鉴时，除了考察庞德对中国古代绘画的借鉴、对中国文字和诗歌的借鉴，还以《诗章》为例讨论了庞德对儒家文化的借鉴，涉及个人修养、政治理念、人文教育等方面⑦；李春长探索《诗章》所书写的理想国及其神学建构，认为庞德

---

① 朱伊革：《庞德〈诗章〉经济主题的美学呈现》，《国外文学》2011年第3期。
② 朱伊革：《论庞德诗学及其〈诗章〉的日本能剧渊源》，《外国文学研究》2012年第3期。
③ 朱伊革：《庞德诗学及其〈诗章〉的孔子思想渊源》，《上海师范大学学报》2012年第3期。
④ 朱伊革：《论庞德〈诗章〉的现代主义诗学特征》，《国外文学》2014年第1期。
⑤ 吴其尧：《诗人的天真之思——庞德的政治和经济思想浅论》，《外国文学》2008年第3期。
⑥ 黄宗英：《"一张嘴道出一个民族的话语"：庞德的抒情史诗〈诗章〉》，《国外文学》2003年第3期。
⑦ 申富英：《论庞德诗歌创作对中国文化的借鉴》，《齐鲁学刊》2005年第3期。

除了借鉴但丁《神曲》的结构，还以民族史诗的形式构筑一个富有隐喻特征的乌托邦①；李永毅考察庞德诗学中的古罗马渊源，认为庞德不仅有意选择但丁的《神曲》作为《诗章》的范本，还以对话的形式邀请古罗马诗人贺拉斯、卡图卢斯、普罗佩提乌斯、维吉尔等参与诗歌写作②；关于《诗章》中的儒家思想，周运增阐述了孔子之道与《诗章》生成之间的关系，认为庞德的"一个原则文本"和表意方法反映了诗人将孔子哲学转换为孔子诗学的创新理念③；王文、郭英杰论述了庞德《比萨诗章》中的互文与戏仿现象，认为庞德登峰造极的现代主义诗歌艺术与他特立独行的隐形书写、复调式表达、文化逻各斯之解构、碎片化叙事等方面密切相关④。同样是考察《比萨诗章》，胡平研究了该史诗叙事的复调性，认为庞德有意使叙事主体在《比萨诗章》中频繁变调，体现出叙事复调的独特性，反映了庞德内心的冲突和绝望⑤；李丽琴从解读《诗章》文本考察中国儒家文化与庞德反犹太情结之间的关系，而梁呐则从《诗章》的审美视域考察庞德的乌托邦式东方主义⑥。该时期还有学者发表研究《诗章》的系列研究论文。比如，杜予景借助生态主义视角对《诗章》中女性形象、人间天堂、精神生态智慧、荒原与救赎主题等方面进行剖析和讨论⑦；熊琳芳聚焦和关注了《诗章》的拼贴艺术、叙述模式、异质历史等方面⑧。

此外，在中国知网上，该阶段关于《诗章》研究方面的硕士论文有6

---

① 李春长：《〈诗章〉理想国的神学构建及其思想来源》，《中山大学学报》2010年第2期。
② 李永毅：《论庞德诗学的古罗马渊源》，《四川师范大学学报》2010年第5期。
③ 周运增：《孔子之道与〈诗章〉的生成》，《河南师范大学学报》2009年第5期。
④ 王文、郭英杰：《庞德〈比萨诗章〉中的互文与戏仿》，《陕西师范大学学报》2013年第3期。
⑤ 胡平：《论〈比萨诗章〉叙事的复调性》，《名作欣赏》2010年第23期。
⑥ 参见李丽琴《中国儒家文化与反犹太情结——庞德〈诗章〉读解》，《攀枝花大学学报》2000年第4期；梁呐《从〈诗章〉看庞德的乌托邦式东方主义》，《名作欣赏》2012年第23期。
⑦ 参见杜予景《庞德诗作中的女性形象解读》，《长春师范学院学报》2007年第5期；杜予景《庞德〈诗章〉中的"人间天堂"解读》，《名作欣赏》2008年第16期；杜予景《庞德〈诗章〉中的生态智慧》，《文学界》2010年第6期；杜予景《庞德〈诗章〉中的"荒原"与"救赎"》，《西南农业大学学报》2011年第4期。
⑧ 参见熊琳芳、黄文命《庞德〈诗章〉中的拼贴艺术》，《长沙大学学报》2005年第4期；吴玲英、熊琳芳《浅析〈诗章〉的叙述模式》，《湖南医科大学学报》2005年第2期；熊琳芳《流淌于心理时间之上的异质历史——试析庞德〈诗章〉中的历史》，《名作欣赏》2010年第21期。

篇,暂未发现相关博士论文。在硕士论文中,刘响慧撰写的《庞德〈诗章〉对儒家思想之阐释》(苏州大学,2006)对《诗章》中的儒家思想进行文化阐释,认为庞德基于对儒学的个人理解建立了一个理想化儒学范式,但是该范式具有局限性。杜予景撰写的《生态批评视野下的〈诗章〉研究》(浙江大学,2007)从生态批评视角研读庞德史诗《诗章》,认为诗人因为意识到自然的生态危机也是人类文明、人性和人类创造力的危机,所以在《诗章》写作中描绘了一个生态失衡的现实世界,同时又勾画出一个人与自然和谐相处的乐园。董志浩撰写的《统一而非对立——〈诗章〉和〈神州集〉中的中国形象》(中南大学,2007)从乌托邦与反乌托邦文学视角分析庞德作品《神州集》和《诗章》中的中国形象,指出两者统一而非对立的关系。王丹撰写的《重生的追寻——〈诗章〉中的神话原型研究》(西南大学,2008)借助神话原型理论对《诗章》进行解析,认为神话主题贯穿史诗始终,并以此揭露西方罪恶,目的是要找出医治社会弊端的良药。薄俊撰写的《论〈比萨诗章〉中的创新意识》(华中科技大学,2009)聚焦《诗章》第74—84章,分析庞德在诗歌创作中展现的创新意识,包括创作理论、主题意蕴、表现手法、选材构思等方面的创新,从而断定庞德的文学地位不容忽视。晏清皓撰写的《混乱的力量——庞德〈诗章〉的审美解读》(西南大学,2011)从审美批评视角出发,认为《诗章》本身就是片段式的、古怪的和混乱的,其混乱本身不仅是史诗的力量来源,而且使史诗在表现形式方面彰显了个性和特色。

  除了上述研究成果,该时期还有三个学术研讨会对国内庞德研究和《诗章》研究起到推动和促进作用。2008年,由王贵明等学者倡议的第一届中国庞德学术研讨会在北京理工大学举办,吸引了不少国内外庞德学相关领域专家参会;2010年,在首届庞德学术研讨会基础上,张剑等学者在北京外国语大学召开第二届中国庞德学术研讨会,除巩固第一届庞德学研究的成果,还继往开来,吸引不少国内硕士生和博士生参与,扩大了庞德及其诗歌作品、翻译作品等在国内的研究;2012年,第三届中国庞德学术研讨会在南开大学举办。此次会议,吸收前两届会议举办的成功经验,无论规模还是影响力都有突破,而且国内著名学者如王贵明、张剑、常耀信、索金梅、蒋洪新、张子清、张宏、董洪川、傅浩、江枫、北塔等积极参加,会议还邀请John Gery等外国学者参与讨论,为庞德研究在新时期的发展做出了贡献。

第四阶段，2014年至今：《诗章》研究的体系化和开放性

2014年，学术方面做得扎实、行政管理方面亦做得出色的蒋洪新接连出版三部研究庞德的作品：《庞德研究》、《庞德学术史研究》以及《庞德研究文集》。其中，第一部是蒋洪新独立撰写，第二部是他与郑燕虹合著，第三部是他与李春长合编[①]。《庞德研究》由上海外语教育出版社出版，全书492页，这是蒋洪新承担的国家社科项目的结题成果。书中除了绪论、结语以及三个附录（庞德生平年表、庞德研究文献和人名索引），分十章对庞德展开全面研究：第一章 庞德的生平，第二章 诗之舞：戴着面具，第三章《仪式》与早期诗，第四章《华夏集》：翻译后起的生命，第五章《休·赛尔温·莫伯利》及其他，第六章《诗章》研究，第七章 庞德文学理论与文艺思想，第八章 庞德政治经济文化批评，第九章 庞德与英美诗坛，第十章 庞德与中国。在这十章中，第六章专门聚焦《诗章》，具体研究内容又涉及《诗章》的问世与写作过程、《诗章》内容概要与结构解说、《诗章》部分章节解读三个板块，整部作品文字清新流畅、论证严谨精当，正如钱兆明先生在《序言》中评述的那样，该书作为国内第一部全方位、与国际接轨的研究庞德的专著，旨在面向当前我国研究生、学者深入研究庞德的实际需要[②]。《庞德学术史研究》由南京译林出版社出版，全书近30万字，与《庞德研究》构成姊妹篇[③]，该书也是陈众议先生主编的外国文学学术史研究的重要成果之一。除去序言和结语，全书分为两编：第一编是庞德学术史，第二编是庞德学术史研究。其中，第一编包括五章内容：第一章 庞德的生平及其成为诗人的学术追踪，第二章 庞德的多部传记述评，第三章 庞德发表的作品及其重要诗作的学术批评，第四章 庞德书信集研究，第五章 中国的庞德研究；第二编包括三章内容：第一章 庞德翻译理论与实践研究之学术论争，第二章 庞德的政治立场及其研究，第三章 庞德诗学创作与理论之探讨。这两编的内在联系是，第一编将庞德作为诗人和批评家的发展进程同与此相随的评论材料相结合，按照时间顺序对庞德学术史做详细梳理；第二编深入探讨庞德

---

① 参见蒋洪新《庞德研究》，上海外语教育出版社2014年版；蒋洪新、郑燕虹《庞德学术史研究》，译林出版社2014年版；蒋洪新、李春长《庞德研究文集》，译林出版社2014年版。
② 钱兆明：《序言》，载蒋洪新《庞德研究》，上海外语教育出版社2014年版，第4页。
③ 蒋洪新：《序言》，载蒋洪新、郑燕虹《庞德学术史研究》，译林出版社2014年版，第7页。

学术史研究中广受关注的问题，厘清这些问题的本质所在，梳理各家某些论争的观点，并结合庞德所处的时代背景，提出作者自己的学术主张或努力的方向。由此可见作者的书写目的与深度。与《庞德学术史研究》一书的出版社相同，《庞德研究文集》也由南京译林出版社出版，同时也是陈众议先生主编的外国文学学术史研究的重要成果之一。该书共计359页，约34万字，收录了美、英、俄、中、法、德、日、韩八个国家23位学者的论文译文。全书分为三辑：第一辑 庞德其人，第二辑 庞德关系，第三辑 庞德诗论与诗评。在第一辑中，收录有6篇文章：美国学者奎因撰写的《庞德其人》（宋晓春 译）、俄罗斯学者聂斯杰罗夫撰写的《"我尝试过描写天堂……——埃兹拉·庞德：追寻欧洲文化"》（高荣国 译）、美国学者雷德蒙撰写的《法西斯转向》（侯奇焜 译）、美国学者考利撰写的《庞德之战》（秦丹 译）、美国学者伯恩斯坦撰写的《痛击法西斯主义（盗用意识形态——庞德诗歌实践中的神秘化、美学化与权威化）》（黄运特 译）、德国学者施密德撰写的《埃兹拉·庞德——诗人伟大、罪过而又悲剧的一生》（许慎 译）；在第二辑中，收录有4篇文章：美国学者罗森堡撰写的《庞德、叶维廉和在美国的中国诗（节选）》（蒋洪新 译）、华人学者钱兆明撰写的《〈庞德的中国友人〉前言》（李春长、钱兆明 译）、日本学者角田史郎撰写的《从俳句学到的创作方法》（冉毅 译）、澳大利亚学者古德温撰写的《庞德与叶芝》（陈盛 译）；在第三辑中，收录有13篇文章：韩国学者玄英敏撰写的《庞德的意象派诗学》（朴成日、卢锦淑 译）、英国学者艾略特撰写的《〈庞德文学论文集〉序》（袁媛 译）、艾略特撰写的《庞德的格律与诗歌》（李春长 译）、艾略特撰写的《〈庞德诗选〉前言》（秦丹 译）、英国学者福特撰写的《埃兹拉》（李靖劼 译）、华人学者叶维廉撰写的《庞德式的诗》（秦丹 译）、美国学者特威切尔-沃斯撰写的《"灵魂的美妙夜晚来自帐篷中，泰山下"——〈比萨诗章〉导读》（张子清 译）、法国学者波洛克撰写的《论埃兹拉·庞德〈诗章〉题目的分裂与解体》（杨阳 译）、加拿大学者肯纳撰写的《破碎的镜片与记忆之镜》（李春长、张娴 译）、美国学者卡特雷尔撰写的《庞德〈诗章〉手册前言》（李春长 译）、爱尔兰学者叶芝撰写的《评埃兹拉·庞德（节选）》（张娴 译）、美国学者佩罗夫撰写的《"庞德时代"还是"史蒂文斯"时代？》（李春长 译）、华人学者谢明撰写的《翻译家庞德》（李春长 译）。该文集有三个特点：一是所有篇目都比较有代表性，是庞德学研究领域公认的佳作；二是所有作者都比较有代表性，要么是庞德生前的好友兼评论家，要么是现当代研究庞德的权威专家；三是所有内容体现了跨国界、跨语言、跨文化的特点，其译者如钱兆明、黄运特、蒋洪新、李春长等也很好地再现了原文的卓越风姿。

这三本著作的出现是我国庞德研究的一件大事，也应当是我国外国文学研究的一件大事，因此具有重要的学术价值和现实意义。一方面它们使庞德诗学的大致轮廓凸显出来，积极促使国内庞德研究走向体系化[①]，另一方面它们的面世也必将把我国的庞德研究推向一个新的高度[②]。可见，它们不仅是蒋洪新先生及其团队多年来关于庞德研究方面优秀成果的集中展示，而且是国内庞德学研究方面的重要阶段性成果。

除了上述三部作品，胡平于2017年出版《庞德〈比萨诗章〉研究》一书[③]，这是基于他的博士论文《庞德〈比萨诗章〉思想内涵研究》（华东师范大学，2014）最后修订而成。该著作在内容方面除绪论、庞德年谱、参考文献和后记，包含五章内容：第一章《比萨诗章》中的新柏拉图主义，第二章《比萨诗章》中的儒家思想，第三章《比萨诗章》中的神话，第四章《比萨诗章》中的亲法西斯立场和反犹思想，第五章《比萨诗章》思想的矛盾性。该书是国内第一部专门研究《比萨诗章》的专著，涉及庞德的天堂观、集权主义、个人主义、多神论和异教思想等方面，试图勾勒出庞德"天堂构建——天堂破灭"之基本脉络和大致轮廓，具有一定的开创性。

该时期在论文发表方面，郭方云借助现代物理学中的相对论虫洞理论，对《比萨诗章》中出现的带有隐喻性质的意象"烟囱""天堂""蝴蝶"以及与它们相关的"虫洞穿越"进行相对论诗学考察，指出庞德在《比萨诗章》中的穿越主题是虫洞理论的时代推演、热烈的科技氛围、诗人浓厚的科学旨趣、悠久的欧美文学和宗教穿越传统共同作用的结果[④]。胡平基于《比萨诗章》文化方面的研究，除了讨论非洲传奇故事中发萨人部落首领加西尔、鲁特琴传说与庞德身份构建之间的关系，还讨论了庞

[①] 蒋洪新：《庞德研究》，上海外语教育出版社2014年版，第393页。
[②] 钱兆明：《序言》，载蒋洪新《庞德研究》，上海外语教育出版社2014年版，第4—5页。
[③] 胡平：《庞德〈比萨诗章〉研究》，上海大学出版社2017年版。
[④] 郭方云：《烟囱、天堂和虫洞奇喻——〈比萨诗章〉的空间穿越语境及其相对论形变》，《外国文学评论》2014年第4期。

德的极权主义儒家思想，认为庞德在《比萨诗章》中把他所理解的儒家思想与他所理解的极权主义结合在一起有着很大迷惑性、危害性和危险性，此外作为反叛者、繁殖与生产力象征、保护神和拯救者以及死而复生象征的酒神形象也是庞德诗歌创作的典型之一。不仅如此，观音形象也是贯穿《比萨诗章》和其他章节内容的重要意象。在庞德的想象世界里，观音既是守护女神和拯救者，又是天国女神或天国之后①。郑佩伟、张景玲也聚焦《比萨诗章》的儒家思想，重点考察该诗章中庞德的中庸思想、仁政思想和通过表意汉字折射出的儒家思想②。王年军对《比萨诗章》中的白色意象进行分析，剖析文化镜像中庞德的误认策略，认为白色意象在儒家传统里未形成谱系，但是经过庞德聚焦，它们产生了新异的诗性美感③。围绕《三十章草》，王晶石考察史诗中"我"的身份变化及其意义，认为庞德早期《诗章》写作的视角从角色、表演者到观看者充满变化，其舞台主题也重复出现，标志着诗人在创作中走向诠释学艺术观和存在主义历史观④。围绕《第49诗章》，钱兆明对该诗章背后的文化语境展开讨论，提出"相关文化圈内人"的概念，指出庞德通过文字、图像和文化学之所谓"相关文化圈内人"三种媒介所认知的潇湘八景传统，用英文再现潇湘八景蕴含的寂然世界，影射西方政治、经济、文化弊病；钱兆明还借助"相关文化圈内人"概念对《诗章》中的《诗稿与残篇》进行文化解读，对纳西诗篇进行剖析，认为庞德在诗歌书写中实现了文化视野和现代派风格的双重突破⑤；当然，这里面还糅合着中国传统绘画中时空观对庞德诗歌创作的影响⑥。王卓在论文中一方面以独特视角聚焦和讨论《诗章》中的纳西王国，对《诗章》第98—110章中的非儒家文化元素

---

① 参见胡平《加西尔的鲁特琴传说与庞德身份构建》，《语文学刊》2015年第8期；胡平《论庞德〈比萨诗章〉中的极权主义儒家思想》，《当代外国文学》2016年第3期；胡平《伊兹拉·庞德诗歌创作中的酒神形象》，《河南大学学报》2019年第4期；胡平《伊兹拉·庞德〈诗章〉中的观音形象》，《中国比较文学》2019年第1期。
② 郑佩伟、张景玲：《谈〈比萨诗章〉中的儒家思想》，《管子学刊》2016年第1期。
③ 王年军：《〈比萨诗章〉中"白色"的视觉分析——文化镜像中的庞德"误认"策略》，《长春大学学报》2019年第3期。
④ 王晶石：《主体性、历史性、视觉性——论艾兹拉·庞德〈三十章草〉中"我"的多重性》，《国外文学》2019年第3期。
⑤ 钱兆明：《庞德〈第49诗章〉背后的"相关文化圈内人"》，《外国文学评论》2017年第1期；钱兆明：《庞德〈诗稿与残篇〉中的双重突破》，《外国文学》2019年第2期。
⑥ 高莉敏：《中国绘画时空观对庞德诗学思想的影响》，《中国比较文学》2019年第2期。

（如纳西风景、神话、仪式等）进行分析，认为纳西王国是庞德对理想社会的一次想象性构建，另一方面从社会学层面对《诗章》里的黑人形象隐喻及其历史书写进行探究，认为庞德从《诗章》第21章开始打造一条黑人的后廊，而且黑人形象在庞德诗歌中是奴隶制和种族主义的提喻，是白人黑暗的自我投射，是边缘人的复杂身份的象征，也是现代人矛盾身份的隐喻①。晏清皓在对庞德《诗章》整体结构考察和研究的基础上，认为赋格是《诗章》文本的基本特征，反映在该史诗的谋篇布局、意象塑造、主题呈现等方面；在对《诗章》语言能量研究的基础上，认为力量、知识与生命是《诗章》要表达的重要内容，语言能量存在于庞德诗歌语言的多样性、知识结构和生命主题当中；至于《诗章》中的历史书写和文化阐释，庞德的贡献在于：能够巧妙地把国别史、个人史、记忆史融合在一起，使之成为历史书写的具体对象，把正史、伪史、思想史统摄在一起，使之成为历史书写的文化阐释②。与上述学者思路不同，孙宏、李英对庞德的诗学话语进行深入探究，认为庞德的《诗章》是一个政治工具，而且庞德本人从命名者到"一人大学"在诗学话语演变方面历经了三个阶段：从其政治主张在他的战前话语中初具雏形，到战争期间借助媒体大力造势，进而在战后潜心引导弟子付诸行动，幸运的是庞德凭借"一人大学"之力在新大陆为法西斯主义重续断章之举无果而终③。此外，该时期还有学者围绕庞德《诗章》与中国儒家文化的关系进行讨论，或就《诗章》中儒家文化的视觉化进行分析④。有些话题比较有新意，比如杨晓丽把庞德的《诗章》视为现代西方文明的挽歌性史诗，同时对史诗当中的反抗和破坏主题进行解读；叶艳、申富英论及《诗章》的结构变形，认为变形不仅是联缀《诗章》文本的结构形式，也是契合新柏拉图主义"一元多层"的哲学体系，并认为《诗章》洋溢着艺术哲学之光；王庆、董洪川对庞德与文化救赎之关系进行剖析，认为庞德通过《诗章》旨在

---

① 王卓：《庞德〈诗章〉中的纳西王国》，《外国文学研究》2016年第4期；王卓：《论〈诗章〉中黑人形象隐喻与美国历史书写》，《外国文学研究》2019年第3期。
② 参见晏清皓《庞德〈诗章〉的赋格结构模式研究》，《外国文学研究》2015年第2期；晏清皓、晏奎《力量、知识与生命：庞德〈诗章〉的语言能量研究》，《外国文学研究》2016年第2期；晏清皓、熊辉《庞德〈诗章〉的历史书写与文化阐释》，《文艺争鸣》2019年第6期。
③ 孙宏、李英：《从命名者到"一人大学"：庞德的诗学话语探踪》，《外国文学》2017年第2期。
④ 参见袁婷《庞德史诗对中国儒家经典文化之解读》，《管子学刊》2015年第1期；王伟均、陈义华《庞德〈诗章〉中儒家文化的视觉化分析》，《外国语文研究》2017年第2期。

建立一个人间乐园，实现社会学层面的美国复兴目标，而不是仅限于纯诗歌艺术的美学自主性话题[①]。

这期间诞生了三篇博士论文。除了胡平于2014年完成《庞德〈比萨诗章〉思想内涵研究》（华东师范大学），郭英杰于2016年完成《庞德〈诗章〉的互文性阐释》（陕西师范大学），叶艳于2017年完成《〈诗章〉之秩序：由新柏拉图主义光的"流溢"而思》（山东大学）。叶艳的博士论文把庞德对中国文化的偏好与他的思想中固有的西方文化情结联接起来，利用新柏拉图主义哲学的"流溢说"探析庞德在《诗章》中对秩序的呈现。该论文除去引言和结论，共有四章主体内容：第一章运用太一"流溢"的概念主要分析庞德在诗篇中塑造的英雄形象群；第二章运用新柏拉图主义哲学中的"堕落"这一概念分析庞德在诗篇中呈现的"暗"，即秩序已失的地狱般的西方社会现状；第三章运用"流溢"后的"回转"分析庞德对"治"的探索，为诗人自己、也为战后西方社会探寻重建秩序之途；第四章运用新柏拉图主义三层本体中的第二层本体"理智"探析"回转"后神性的呈现及自然的神性秩序。论文的四章主体内容就是对秩序的四种内涵，即（1）个人内心秩序的发散，（2）西方社会秩序的堕落，（3）基于人类历史典范的文明国度所体现的律法公义向秩序的回转，以及（4）自然神性秩序的显现及其价值。综合来看，叶艳的论文是从剖析孔子"一人"的秩序含意与普罗提诺的"光的发散"之关联开始，进而阐发《诗章》的整体结构。

在硕士论文写作方面，陈玉洁的论文《从〈诗章〉看庞德的中国传统文化情结》（安徽大学，2015）以《诗章》为研究对象，从比较诗学视角对其进行全面解读，运用比较诗学理论探讨中西文化差异，认为庞德是东西文化交流的使者，《诗章》呈现了庞德的东方文化观。朱媛君的论文《糅合与超越——以〈诗章〉为例的庞德文论思想研究》（苏州大学，2016）首先对庞德散见于各类书信文章和单篇论文中的文学批评理论进行梳理，其次对《诗章》所呈现的写作形态进行论述，接着把庞德文论的

[①] 参见杨晓丽《庞德〈诗章〉现代西方文明的挽歌性史诗》，《西华大学学报》2014年第4期；叶艳、申富英《论庞德〈诗章〉的结构变形及其艺术哲学》，《东南学术》2014年第6期；王庆、董洪川《我曾试图建立一个人间乐园——埃兹拉·庞德与文化救赎》，《外语教学》2018年第1期。

特色分为三点，探讨在《诗章》验证下的庞德文论对传统和后世所起到的作用。马召攀的论文《庞德〈诗章〉的空间艺术》（内蒙古工业大学，2017）参照苏贾的"三种空间"思想，即第一空间、第二空间与第三空间的三度空间辩证法及相关理论，对庞德代表作《诗章》进行空间透视和批评，指出庞德在《诗章》中通过历史的空间建构和主题的空间聚合，形成他的政治理想空间。王丹丹的论文《世界主义视野下看〈比萨诗章〉中庞德对儒家文化的阐释》（大连海事大学，2018）以《比萨诗章》中的儒家文化为研究对象，运用世界主义理论的三种表现形式，即个人主义的世界主义、爱国主义的世界主义以及普遍主义的世界主义，分析庞德倡导的中国儒家文化对个体、国家和世界发展的作用。

虽然在该历史阶段《诗章》研究成果丰富，但是并不能说国内关于《诗章》的研究已经进入成熟期，因为还有很多关于《诗章》的研究成果没有充分地、系统地呈现出来。董洪川一针见血地指出："我们的研究仅限庞德的诗歌与诗学、翻译、庞德与中国文化的关系几个方面。而就这几方面，我们的研究也还十分单薄，以对庞德诗歌研究为例，我们对庞德早期创作的研究几乎没有，对他耗费毕生精力之《诗章》也缺乏整体性的研究，对他创作风格及其形成与转变也研究不够"；"再从研究思路和方法看，我们对庞德诗作研究基本还是解释性、描述性的，总体上还缺少从更高层次或新角度对他的作品进行综合性深入研究"；主要症结在于没有充分研读"庞德的'文本'"，导致"我们在庞德哲学思想、政治经济思想及其与庞德创作的关系，庞德对中西文学的影响，以及庞德的生平、文献，'庞德现象'与西方传统的关系等方面的研究成果还很少。"[①] 鉴于此，笔者希望借鉴已有研究成果的长处，对庞德《诗章》的文本性进行较为系统的分析和解读，以弥补国内学者在该研究层面的不足。

第三节　研究意义、内容和思路方法

借助文本理论和互文性视角对庞德《诗章》的文本性和多样性展开研究，具有以下四方面的意义：

[①] 董洪川：《接受的另一个维度：我国新时期庞德研究的回顾与反思》，《外国文学》2007年第5期。

第一，虽然国内外学者有关庞德及《诗章》的研究成果比较丰硕且层出不穷，但是从文本理论出发对庞德的《诗章》进行综合性研究的成果还比较少见，尤其是借助互文性视角对《诗章》的文本性和多样性进行系统分析和研究的成果还未见到。

第二，《诗章》作为独特的文本存在，无论是内容、形式还是主题思想都有鲜明的互文性特征，国内外已有学者意识到《诗章》的文本性和多样性，但是目前仍然停留在轻描淡写的阶段①。该研究就是针对上述研究不足，尽自己的绵薄之力，为庞德《诗章》的研究工作做出自己的贡献。

第三，庞德被视为20世纪欧美文坛最有争议的诗人之一，他付诸毕生心血仍未完成的《诗章》同他本人一样充满争议性，既被称作20世纪美国的史诗，又被称作玉石与泥沙俱下的飞瀑②。借助文本理论对《诗章》展开研究，可以从文本层面澄清有关庞德和《诗章》的一些基本事实，同时借助《诗章》的细节内容对庞德庞杂的思想体系进行理性透视和合理阐释。

第四，庞德的《诗章》是一部融历史、政治、经济、哲学等各种知识于一体的百科全书，以文本理论和互文性视角研究《诗章》的文本性就是要深入挖掘庞德文字背后蕴藏的诗歌智慧、诗学主张，从更全面、更广阔的视阈对庞德本人的诗歌艺术和诗学思想进行审视和解读。

基于此，该研究拟打破学科间的壁垒，使庞德《诗章》的文本研究不局限在诗学的疆域内，而是走向文化学、历史学、政治经济学、道德哲学等领域，实现学科间的交叉。这对庞德《诗章》的整体性研究工作，具有一定的现实意义。

与此同时，该研究旨在前人研究成果的基础上，做承前启后、继往开来的工作，拟从多角度、多层面对《诗章》展开个性化的研究。除了绪论部分概述《诗章》的写作背景和宏旨、《诗章》在国内外的研究现状以及该作品研究的意义、内容和思路方法，该作品在内容设计方面还将关注

---

① 董洪川：《接受的另一个维度：我国新时期庞德研究的回顾与反思》，《外国文学》2007年第5期。

② 黄运特：《内容简介》，载［美］庞德《庞德诗选·比萨诗章》，黄运特译、张子清校，漓江出版社1998年版，第1页。

以下细节：

第一，讨论《诗章》狂欢化的人类文化。《诗章》充满人类文化的痕迹，同时见证东西文化的对话和狂欢。尤其需要澄清《诗章》不是狭隘地宣扬美国文化至上的作品，而是相反，庞德认为美国文化充斥着腐朽和堕落的内容，处在"黑暗的森林"；只有借助古希腊、古罗马文化的批判精神和东方文化的包容精神，才能挽救美国和美国文化，使之走向光明。

第二，讨论《诗章》被言说的历史。庞德不是真正意义上的社会学家和历史学家，却创造性地运用社会学和历史学的各种知识建构他的知识堡垒。庞德自称《诗章》是一部包容历史和社会万象的史诗；他接受《巴黎评论》采访时也说"我尽力使《诗章》历史化"。从本质上说，《诗章》既具有历史的文本性，又具有文本的历史性[1]。《诗章》中的一些经典篇章，如《孔子诗章》《中国诗章》和《美国诗章》，暗示庞德对和谐历史秩序的渴望。

第三，讨论《诗章》臭名昭著的政治经济学思想。《诗章》自出版以来之所以争议不断，其中一个重要原因就是庞德把自己不成熟的政治经济学思想毫不隐讳地暴露在《诗章》的字里行间。他笃信激进主义者拉奇和道格拉斯的政治变革和经济学思想，并且不识时务地寄希望于像墨索里尼、希特勒这样的法西斯头目，以为"公牛"可以将理论付诸实践，结果成为政治糊涂虫。他还在《比萨诗章》等章节流露出一种反犹太主义思想，那是一种发乎内心的民族主义的罪恶[2]。

第四，讨论《诗章》开放多元的道德哲学观。《诗章》是庞德的道德宣言书，里面充满对仁、义、礼以及真善美等的追寻、叩问与反思。这些不仅反映了庞德对西方哲学思想的融会贯通，也反映了他对东方道德哲学，尤其以孔子为代表的中国儒家哲学的开放式理解和接受。庞德崇尚新柏拉图理念，是平民主义道德哲学的代言人。评论家费尔克斯认为"平民主义信念和态度成为庞德哲学的核心思想"[3]。当然，需要指出：因为庞

---

[1] Peter Wilson, *A Preface to Ezra Pound*, New York and London: Longman, 1997.

[2] Wendy Stallard Flory, *Ezra Pound and The Cantos: A Record of Struggle*, New Haven: Yale University Press, 1980. 另参见［美］查尔斯·伯恩斯坦《痛击法西斯主义》，载［美］庞德《庞德诗选·比萨诗章》，黄运特译、张子清校，漓江出版社1998年版，第267—275页。

[3] Victor C. Ferkiss, "Ezra Pound and American Fascism", *The Journal of Politics*, Vol. 17, No. 2, 1955, pp. 173-197.

德的《诗章》是百科全书式的伟大作品，内容包罗万象，即使该研究借助文本理论和互文性视角对《诗章》进行多维度和综合性的解读，也只能是管中窥豹，不可能面面俱到。

最后一部分是结语，涉及该研究成果的发现、个人思考与研究不足。

从研究方法看，该研究成果除了借助解释性、描述性的方法对庞德《诗章》的写作背景、主旨思想进行归纳总结之外，还拟采用以下方法对《诗章》的文本性和多样性展开研究：

第一，文献研究法。该研究针对国内外诸多文献资料，采用有的放矢、各个击破的策略，尤其是在文献综述部分，对与主题相关的内容进行分类整理和研究。目的是化繁为简，使立论有理有据。而且，在梳理过程中，笔者尽可能采用国外第一手原始资料，使之与《诗章》的文本分析紧密结合，做到论证相得益彰。

第二，理论分析法。该研究主要立足文本理论，同时依据《诗章》内容，从人类文化、社会历史、政治经济、道德哲学等方面展开分层研究，使讨论条理明晰、融会贯通。参照具体章节，借助文本理论和互文性视角考察《诗章》作为人类文化文本、社会历史文本、政治经济学文本和道德哲学文本所呈现出来的文本特点，采用总—分—总的结构模式，先分类研究，再综合论述，小结构又囊括在大结构之内，充分彰显《诗章》作为文本的自在性、丰富性和开放性。

第三，文本细读法。要对《诗章》进行文本分析并讨论其文本表现形式，离不开对《诗章》文本本身的挖掘和阐释，这就要求对《诗章》的文本细节要了如指掌，尤其是与《诗章》文本内容相关联的部分，要做到分析得当、观点明确、深入浅出。

第一章

《诗章》狂欢化的人类文化

巴赫金在《对话、文本与人文》一书中指出，文学是文化不可分割的一部分，研究文学不能脱离一个时代完整的文化语境。① 卡勒在《结构主义诗学》中也认为，文学文本和文化文本是一个统一体，一方面要看到二者之间的共性，不能厚此薄彼；另一方面要尊重它们之间的差异，使文学意义和文化意义的生成与建构，变得顺理成章②。这就意味着读者不能简单地把《诗章》局限在文学研究的界域，而是可以把它置身于更广阔的文化空间进行考察。由于文学文本和文化文本之间相互联系、相互作用，这就需要读者在一个时代整个文化有区分的统一体中来理解文学现象，进而揭示那些真正决定作家创作的强大而深刻的文化潮流③；"如果不重视各种文化潮流对文学创作和文学发展的影响，就会难以深入到伟大作品的底蕴"④。由此审视《诗章》，除了已知的关于该史诗的文学文本特点⑤，还要关注其文化文本的特征。更何况，《诗章》不只是20世纪独具艺术魅力的文学文本，它还是一部充满各种隐喻符号和意义所指的人类文化文本。

第一节 多样性：特别的文化盛宴

庞德几乎在《诗章》的各个章节里都镶嵌充满异域风情的人类民族

---

① [俄]巴赫金：《对话、文本与人文》，钱中文译，河北教育出版社1998年版。
② [美]乔纳森·卡勒：《结构主义诗学》，盛宁译，中国社会科学出版社1991年版。
③ 转引自王瑾《互文性》，广西师范大学出版社2005年版，第24—25页。
④ 程正民：《巴赫金的文化诗学》，《文学评论》2000年第1期。
⑤ Hugh Kenner, *The Poetry of Ezra Pound*, Lincoln & London: University of Nebraska Press, 1985.

文化。而且，他在《诗章》中借助独特的艺术手法生动再现的人类文化，就像一系列特别的文化盛宴，除了呈现人类文化的多姿多彩，还呈现人类文化的自由对话和狂欢场景。这种文化呈现方式刚一横空出世，就让读者震撼①。

一 《诗章》中多姿多彩的人类文化

提到人类文化，首先要明确文化的内涵和外延。"文化"一词的英文表达是 culture，其本义出自罗马雄辩家西塞罗的一个术语"cultura animi"，意思是"cultivation of the soul"，即对灵魂的教化；还可以指与人类耕作或者耕种有关的生产活动。到了 20 世纪，culture 一词成为人类学研究中的一个核心概念，泛指除去基因遗传之外的人类现象及相关领域②。*Longman Dictionary of Contemporary English*（2014）对 culture 的释义是"the ideas, beliefs, and customs that are shared and accepted by people in a society"③，即在一个社会中被人们分享和接受的思想、信念和习惯就是文化。在《诗章》中，庞德并没有使用 culture 的英文表达，而是把文化写作 kulchur（Pound 287）。这是一种比较古典的写法。1938 年，伦敦费伯&费伯出版社出版了庞德的《文化导读》一书，书名里就旗帜鲜明地使用 Kulchur，包括 1968 年纽约新方向出版社出版的版本。庞德在该书的序言中这样写道：

> 这本书不是为饱学之士所写。这本书是写给那些没有能力接受大学教育者或年轻学者，无论他们是否受到过大学制度的约束，希望他们在 50 岁时能够知道比我今天知道的更多的东西，而且我还想象着可能会帮助他们实现这一目标。④

庞德用 kulchur 来指代文化的目的，不只是要引领读者对现代文化

---

① Marcel Smith & William A. Ulmer, eds., *Ezra Pound: The Legacy of Kulchur*, Tuscaloosa: The University of Alabama Press, 1988.
② 辜正坤：《中西文化比较导论》，北京大学出版社 2012 年版，第 156—160 页。
③ *Longman Dictionary of Contemporary English* (5th edition), Beijing: Foreign Language Teaching and Research Press, 2014, p.457.
④ Ezra Pound, *Guide to Kulchur*, London: Faber & Faber, 1938, pp. iv-v.

(culture)进行关注和批判性思考,还要带着一颗敬畏之心对远古文化(kulchur)、非流行文化,抑或是被历史即将淘汰和边缘化的文化引起足够的重视,使它们从边缘回到中心[1]。

的确,当读者翻阅《诗章》寻找文化的踪迹时,在字里行间看到的,就是色彩斑斓、形态各异的人类文化现象。这里不仅有古希腊和古罗马文化,还有近现代的英国文化、法国文化、印度文化、德国文化、俄国文化等;不仅有欧洲文化、美洲文化,还有亚洲文化、澳洲文化和非洲文化等。各种文化现象,纵横交错,让人眼花缭乱。

在《诗章》的首章,我们最先发现古希腊、古罗马文化,表现方式有两个:一是借助神话人物及其典故,引起读者对古希腊和古罗马文化的原型想象;二是通过诗人庞德戴着面具吟唱抑或言说[2],实现对远古文化的还原。比如,庞德提到希腊神话中的女神赛丝,她是一位"剪过头发、戴着头巾的女神",长得貌美如花,精通巫术,"从船尾吹起风/用鼓起的船帆送我们远行"(Pound 1);冥王布鲁托力大无比,王后普罗瑟派恩受赞美,呼唤他们名字的是"用血泪浸染的灵魂"(Pound 1—2);古罗马神话中的海神尼普顿邪恶万分,他要让"我"的化身奥德修斯,在归家的途中漂泊在黑暗的大海并且"失去所有的同伴"(Pound 2)。之后,庞德在《诗章》第6章写到忒修斯,他是"艾格斯的儿子"(Pound 21),是希腊神话中阿蒂卡的英雄。在《诗章》第76章,庞德写到"在高高的悬崖上阿尔克墨涅,/德莱亚斯,哈玛德莱亚斯与/赫利阿德斯姐妹"(Pound 452),前两位是希腊神话中的林木女神,后两位是希腊神话中日神阿波罗的女儿,因得罪主神宙斯被化成白杨树。庞德还写希腊神话中最贤惠的海洋女神忒提斯:"在清澈透明的水里,轻快地升腾"(Pound 459)……因为庞德对古希腊、古罗马文化特殊的感情,使得关于古希腊、古罗马文化的意象和典故贯穿《诗章》始末。

庞德写古代以及现代的印度文化,涉及印度神话、诗学、政治与贸易。庞德在《诗章》第76章中写到印度教中的虚幻女神玛耶:"在天空

---

[1] Marcel Smith & William Andrew Ulmer, eds., *Ezra Pound: The Legacy of Kulchur*, Tuscaloosa & London: The University of Alabama Press, 1988.
[2] Lea Baechler & A. Walton Litz, eds., *Personae: The Shorter Poems of Ezra Pound*, New York: New Directions, 1990, pp. vi-vii.

中有形并转化……/玛耶"（Pound 459）。玛耶乃印度教三大主神之一毁灭神湿婆之妻，往往被人格化为"少女的土地之母"①。在《诗章》第 77 章写到印度中世纪神秘主义诗人卡比尔和印度近代著名诗人、1913 年诺贝尔文学奖获得者拉宾德拉纳斯·泰戈尔②："卡比尔如是说：'政治上，'拉宾德拉纳斯说，/'他们（即印度农民）很不活跃……"（Pound 474）。这两位印度先驱诗人似乎是在讨论印度民众的政治文化状况，其实是要影射印度农民的现实生活。由于庞德本人很欣赏泰戈尔的才华并有过私交，泰戈尔诗中深刻的宗教和哲学见解又对他影响很深，所以庞德对印度神话及传统产生兴趣并写入《诗章》也是情理之中。此外，庞德还谈到印度的商业文化及其贸易，比如在《诗章》第 18 章中写道："然后印度商人来了/必须放弃他们的珠宝，拿走纸质的/钱/（贸易还在继续……）"（Pound 80）。

庞德写伊朗以及古代巴比伦文化。在《诗章》第 15 章，庞德有意识地把话题迁移到伊朗古镇尼沙布尔和古都巴比伦："睡去了，浑身乏力恶心/'是否到了尼沙布尔或者巴比伦'/我在睡梦中听到声音。"（Pound 66）这是庞德作为"奥德修斯"在"睡梦中"产生幻觉或者说想象，他在想象古代巴比伦那穿越时空的声音和充满魅力的古代巴比伦文化，希望历史不要忘记它们。在《诗章》第 103 章，庞德再次提到巴比伦，不过这次是把它与罗马进行对比："罗马 对 巴比伦/ 在主权国家里没有意义的辩解/ 也就是说，发行权"（Pound 732）。庞德把罗马与巴比伦这两种文化建构在一起，意味深长，尤其是在主权和发行权层面，似乎有弦外之音。

庞德写英伦文化，涉及多方面内容。庞德写英国首相丘吉尔当财政大臣时"从印度农民身上榨取/以丘吉尔式辉煌上升的高利"（Pound 426）；写英国诗人邦廷"一战"后拒绝服兵役而入狱 6 个月，因绝食而提前释放："那人看来是个硬汉子/度日如千年"（Pound 432）；写英国 1688 年光荣革命时流行的一首讽刺爱尔兰天主教的歌曲："利利波勒罗曲"（Pound 434）；写穿越英国伦敦的、那条被誉为母亲河的泰晤士河："在泰

---

① ［美］庞德：《庞德诗选·比萨诗章》，黄运特译、张子清校，漓江出版社 1998 年版，第 65 页注解①。

② 1913 年，泰戈尔以《吉檀迦利》成为第一位获得诺贝尔文学奖的亚洲人。

晤士河边反抗他们"、"在泰晤士河的岸上,一架印刷机还在工作"(Pound 437);写英国人与众不同的文化品位,比如小说家里斯和剧作家格兰维尔-巴克都是典型的英伦式的"美的热爱者"(Pound 445),等等。庞德书写英国有其特殊的历史背景。1908—1920 年,庞德离开美国后就待在他的梦想之地伦敦,并在那里感同身受英国的传统文明及文化遗产,一方面庞德收获了他人生的许多辉煌时刻,另一方面也亲眼目睹了伦敦的每况愈下。所以,庞德在《诗章》中书写英国时,情感是非常复杂的[①]。

庞德写法国文化,表达途径包括:直接用法语写作、镶嵌法国历史名人轶事、穿插法国地名等。比如,庞德从《诗章》第 16 章开始,经常情不自禁地使用法语,当然一方面是抒发情感、叙事写实的需要,另一方面试图呈现法国及其文化的独特魅力:"我的信仰,您知道,/都是全新的"(Pound 72);"坚硬的头脑。这一点,您知道,/都是,都是可操作的"(Pound 73);"在两个事物中选择/最好的信仰/和可能性"(Pound 402),等等。庞德多次写到法国文化名人拿破仑,借助各种鲜为人知的趣闻逸事对他所崇拜的英雄进行历史性还原:"'我恨这些法国人',年仅 12 岁的拿破仑说"(Pound 80);"'第五元素:泥。'拿破仑说"(Pound 166);"拿破仑征服了意大利"(Pound 349);"十年一次祝福,/五年一次厌恶,/那就是拿破仑"(Pound 782);等等。在《诗章》第 107 章,庞德写到法国著名的街道田园圣母院街,那是一个充满传奇历史故事的街道:"戴安娜雕像在田园圣母院街粉碎/但是青铜碎片应该在什么地方"(Pound 761),等等。

庞德写意大利文化,最明显的是《诗章》第 9—12 章。因为在这些章节里,庞德用大量笔墨并频繁使用意大利语,讴歌意大利文艺复兴时期的英雄人物马拉特斯塔,不仅以他为焦点描写他那个时代的历史和文化背景,而且通过颂扬他的圣贤风度和人文主义精神,比如积极投身社会公益事业、全力保护有价值的艺术和那些有成就的艺术家、复兴和弘扬古希腊文化的遗风余韵等,旨在对文艺复兴时期的意大利文化进行回首、管窥和

[①] Hugh Witemeyer, "Early Poetry 1908 - 1920", in Ira B. Nadel, ed., *The Cambridge Companion to Ezra Pound*, Cambridge: Cambridge University Press, 1999, pp. 43-57.

纪念，这当然包含庞德本人那深藏于心的文化意图①。相比之下，现代的意大利人文环境困难重重，问题众多，在庞德看来，需要墨索里尼这样身强体壮、精力充沛的"公牛"进行社会变革和文化重塑。《诗章》第72—73章是著名的《意大利诗章》，用意大利语写成，由于充分暴露了庞德的亲法西斯主义态度和反犹太主义思想，被许多出版社拒之门外，所以1971年的《诗章》全集里并没有收录该部分内容。

庞德写荷兰、比利时、波兰等欧洲北部诸国的文化及其特点。不过，庞德的思维跳跃性很大，需要普通读者做好充分的心理准备。比如，在《诗章》第76章，庞德写道："除了那些身着毛皮的美丽姑娘们/还有更富有北方风味的（不是北欧）/传统，从梅姆灵到埃尔斯卡姆普，再到/格但斯克的船模型……/假如那东西没有被毁/连同加拉的安息，以及……"（Pound 455）。这短短几句不仅描写了现代社会追求时尚的摩登女郎："那些身着毛皮的美丽姑娘们"，而且强调说"还有更富有北方风味的"传统。当然，庞德还故意从地理和空间概念方面向读者强调："欧洲北部""不是北欧"，然后谈道"不是北欧"的那些文化传统。在庞德看来，"更富有北方风味的"传统中，荷兰文艺复兴时期弗兰德斯画派代表人物梅姆灵是一个符号、比利时象征派诗人埃尔斯卡姆普是一个符号、波兰港口城市达恩茨哥展出的"船模型"是一个符号、罗马皇后加拉是另一个符号。这些文化符号之间无论是空间层面还是时间层面，跨度都非常大，对读者的阅读期待是一种挑战。

庞德写到德国文化及其哲学，展现的不仅有伟大的历史人物（如马克思），还有被世人唾弃的反面人物（如希特勒）。在《诗章》第19章，庞德提到《论犹太民族问题》的作者、哲学与社会科学的鼻祖之一马克思："他尽力把我引到马克思的话题上来/……/他唯一想谈论的就是马克思"（Pound 84）；在《诗章》第46章继续写马克思，影射他的《1844年经济和哲学手稿》："卡尔·马克思先生，没有/预见到这个结论，你已经目睹了大量的/证据"（Pound 234）；在《诗章》第48章又以复调的方式提到马克思："'变成下一代人的父辈，'马克思写到"（Pound 240）。不仅如此，庞德还写德国法西斯头目阿道夫·希特勒，如《诗章》第76章：

---

① Ira B. Nadel, "Introduction: Understanding Pound", in Ira B. Nadel, ed., *The Cambridge Companion to Ezra Pound*, Cambridge: Cambridge University Press, 1999, pp. 13-20.

"看守不认为那是'元首'发动的/XL 中士认为人口过剩"（Pound 457），这里的"元首"就指希特勒①；在第 104 章，庞德再次提到他："谁会绞尽脑汁满足感官的需要/……/阿道夫观察后愤怒了"（Pound 741）。庞德在这里以赞赏的口吻描写阿道夫的愤怒，至于他愤怒的后果，庞德认为那是"人员内部出现了一种盲目性"（Pound 741）。从庞德对希特勒的书写来看，也从另一个侧面暴露了他的亲法西斯主义异端思想。在第 80 章，庞德直接将德国人写入诗歌，不过这些德国人是被攻击的对象："他把他所有的旧印花布/ 都扔在德国人头上"（Pound 504）；等等。

庞德写到俄国文化，涉及 19 世纪俄国舞蹈艺术家阿斯塔菲亚瓦，如《诗章》第 79 章写道："阿斯塔菲亚瓦在威格莫尔/不可能会认识她/（肯定会放进推车里）"（Pound 484）；涉及对苏联大元帅斯大林的"政治提醒"："没有广播言论自由的言论自由等于零/ 只需要提醒斯大林一点"（Pound 426），"头脑简单的斯大林/没有一点幽默感"（Pound 445）……从这些细节可以看出，庞德对斯大林言论自由、幽默感方面的"不当行为"持批判态度。但是，庞德又不得不承认斯大林的国际影响力，比如，他在《诗章》第 84 章说美国参议员"范登堡读过斯大林，或斯大林读过约翰·亚当斯"（Pound 540）。在庞德看来，斯大林关于革命的思想似乎来自亚当斯，因为亚当斯早在美国建国初期就有"革命发生在人民心中"的论断（Pound 157，246）。此外，庞德还写苏联苏维埃政权领导人列宁，谈论枪支买卖的危害及其连锁反应："列宁说，枪支买卖导致更多的枪支买卖"（Pound 429）；庞德还写俄国存在粗制滥造，因为庞德认为俄国人"不懂劳动证券的含义"："可在俄国他们粗制滥造，/显然/不懂劳动证券的含义"（Pound 441）；等等。

庞德写日本文化，策略是借用日本地名或者引用日本典故。比如，在《诗章》第 76 章，庞德写到日本文化的象征物富士山（Pound 458），认为那是让他充满想象力的东西；在《诗章》第 77 章，庞德提到道男，即日本艺术家伊藤道男："因而道男坐在黑暗里，没有一个子儿买热水/然后却说：'你会讲德语吗？'/对着阿斯昆斯，在 1914 年"（Pound 469）。在这里，庞德涉及有关道男的典故：道男在一战期间移居伦敦，曾经一贫如

---

① ［美］庞德：《庞德诗选·比萨诗章》，黄运特译、张子清校，漓江出版社 1998 年版，第 65 页注解①。

洗，在 1914 年一个夜晚巧遇英国首相阿斯昆斯，彼此用德语交谈，没想到自己因此发迹①。庞德以幽默的方式影射以道男为代表的日本人的狡黠，接着书写日本饮食与舞蹈文化："丁凯太太从不相信他要他的猫/去抓老鼠/也不是为了一顿东方佳肴/'日本人总是穿大衣跳舞'，他的评论/十分精辟"（Pound 469）。此外，庞德还写日本能剧，这是庞德本人比较喜欢的东方艺术，其中包括对羽衣的描写："宁芙身披羽衣向我走来，/如同天使的花冠"（Pound 430）以及对日本能剧人物影清（Pound 442）、熊坂（Pound 485）等的描写和刻画等。

庞德写澳洲文化。在《诗章》第 74 章，庞德写到旺吉那："而旺吉那，应该说，是文人/或有教养之士/嘴巴被其父缝上/因为他造了太多东西"（Pound 426）；接着在《诗章》第 77 章，庞德又以互文的方式写到此角色："一个圆形的罐盖上/只有他的名字/因为旺吉那失去了嘴巴"（Pound 474）。庞德在这些章节中书写的旺吉那，是澳洲民间故事里的"虹蛇神之子"，传说他曾经给万事万物命名并创造了世界，但是"因为他造了太多东西"，他的父亲不得不缝住他的嘴巴②。在这里，庞德借助旺吉那的传说以及与他相关的文化意象，给读者们展示澳洲文化的传奇色彩和神秘主义特征。

庞德还写非洲文化。在《诗章》第 74 章，庞德提到非洲索宁克传说中的神秘城市"瓦戛都"四次消失、四次重现的奇特经历："4 times was the city rebuilded"，同时书写非洲极具民族文化特色的舞蹈，那与"瓦戛都"和"发萨人"有密切关联的舞蹈节奏和旋律："城市四次重建，嗨，发萨人！/加西尔，嗨，发萨人！……/嗨，发萨人！……/嗨，发萨人！……/嗨，发萨人！在舞蹈中重生"（Pound 430—431）。除了宗教色彩浓厚的非洲舞蹈和音乐，庞德还书写非洲第三长河尼日尔河。庞德认为它不是一条简单的仅次于尼罗河和刚果河的地理学意义上的河流，而是非洲土著人安身立命、繁衍生息的文化场所和精神家园。不过，这条代表古老文明的河流在《诗章》中有了不和谐的内容：殖民者入侵，反殖民者在尼日尔河边奋力抵抗，"在尼日尔河边，在尼日尔河边用枪/抵抗"（Pound 437）……

---

① ［美］庞德:《庞德诗选·比萨诗章》，黄运特译、张子清校，漓江出版社 1998 年版，第 87 页注解③。

② 同上书，第 97 页注解⑥。

当然，除了上述内容，《诗章》还涉及其他民族文化现象，如中国文化、埃及文化、古波斯文化、土耳其文化、古巴文化、巴西文化，等等，不一而足。难怪评论家达文波特在他的著作中一针见血地说："《诗章》……是一首关于各种文化现象的诗"①。

二 《诗章》中东西文化的对话和狂欢

庞德《诗章》的一大特色就是东西文化的对话和狂欢，这既是庞德书写民族史诗的主旨，又是展现世界民族文化的独特方式。

第一，关于对话性。巴赫金在《对话、文本与人文》一书中指出，"任何一个表述就其本质而言都是对话（交际和斗争）中的一个对语。言语本质上具有对话性"；"每一个表述都以言语交际领域的共同点而与其他表述相联系，并充满他人话语的回声和余音"。②也就是说，对话性是文本的一个基本特点，任何文本只要想被人理解和认识，就一定存在对话性；对话性在文本世界里客观存在并积极地发挥作用，有时甚至并不会被人察觉。人类文化作为文本的一种表现形式，自然具有对话的属性；东西文化是人类文化的重要内容，由于异质性必然要求文化之间进行相互借鉴和交流，所以东西文化的对话从历史发展的角度来说不可避免。在庞德看来，西方文化日渐衰微，如果要挽救西方文化于水火，必须要参考和借鉴其他民族的优秀文化，正所谓"他山之石，可以攻玉"。

在庞德心目中，东方文化是值得西方文化学习的对象，但是西方国家和政府在这方面做得很不够。在《比萨诗章》第 76 章，庞德这样意味深长地写道：

> 政府不会信赖这个　　**中**
> 　　这个字已造得
> 完美无缺　**誠**
> 献给国家的礼物莫过于

---

① Guy Davenport, *Cities on Hills: A Study of I-XXX of Ezra Pound's Cantos*, Ann Arbor, Michigan: UMI Research Press, 1983, p. vii.
② ［俄］巴赫金：《对话、文本与人文》，钱中文译，河北教育出版社 1998 年版，第 177—178、194 页。

孔夫子的悟性
那名叫仲尼的人
(Pound 454)（黄运特　译）

在该部分，第一行中的"政府"是指包括美国在内的西方国家和政府。庞德认为西方国家和政府因为狭隘的价值观与理念，加上夜郎自大，不愿学习和借鉴，导致他们对东方优秀的文化思想，如中庸（Chung）思想，竟然一无所知，更"不会信赖"（Pound 454）。东方国家里的"誠"之所以"完美无缺"，就在于它不仅以艺术的形式和以文字的方式庄重地告诉世人"说出的话要能够做到"，而且从其意义和伦理价值角度强调人必须要诚实、守信，可惜西方政府盲目无知，看不到"誠"的价值和功能，这才导致西方国家的混乱和不诚实。为此，庞德希望尽自己的努力，通过《诗章》把"誠"介绍给西方统治者及其人民，因为这是"献给国家最好的礼物"。同时，庞德希望西方国家还要知晓孔夫子（Kung fu Tseu）(Pound 454)，"那名叫仲尼的人"，因为正是他提出"誠"的重要概念和思想。"而孔子'誠'的确切定义/传递给西格斯蒙德，/再传递给杜乔、祖安·贝林，或传到罗马外台伯区新娘教堂，/……/直传到我们的时代/神话的帝王"（Pound 425）。庞德的意图很明确，希望东方哲学家孔子"誠"的思想泽被西方世界，传给道德高尚的人，传到教堂，"直传到我们的时代"，给麻木的统治者和"神话的帝王"作为参考，让他们有所醒悟，然后惠及众人。

但是，东西文化对话的条件是什么呢？庞德认为是"扯下汝之虚荣"，并明确地指向西方世界。在庞德看来，西方世界因为傲慢和自以为是，对东方文化缺乏足够的了解和认识，最终导致东西方文化沟通不畅。这其中的罪责主要在于西方虚荣且不愿学习。所以，庞德在《诗章》中以一种犀利且批判的口吻对西方文化的传承者，比如帕坎，这样说道：

扯下汝之虚荣，
帕坎，扯下！
那绿色盔瓣远胜尔之典雅。
"战胜自我，而后人从尔矣。"
扯下汝之虚荣

……
扯下汝之虚荣,
急于摧毁,羞于慈善,
吾命汝扯下。
实行而非怠惰
此乃非虚荣
(Pound 521)(黄运特 译)

这明显是庞德一语双关式的书写。除了"扯下汝之虚荣","战胜自我,而后人从尔矣",庞德认为西方文化的传承者还要像英国诗人布伦特那样敞开心扉,用积极、自觉的态度吸收东方文化的优秀成果,"从氛围中收集活传统/或从敏锐之老眼光看那不灭之火/此乃非虚荣"(Pound 522),与"实行而非怠惰,此乃非虚荣"相统一。基于该认识,庞德认为西方文化在与东方文化对话过程中存在的根本的问题是:"谬误在惰于行,/在犹豫之怯懦"(Pound 522)。然而,西方文化的传承者应该秉持怎样的求知态度去维持西方艺术仅存的一点风姿呢?庞德给出的答案是:

造就勇气,或造就秩序,或造就恩典,
……
在绿色世界寻找属尔之地
凭逐步创造或真正艺术
(Pound 521)(黄运特 译)

此外,庞德通过对东西文化的考察发现并察觉到一个严肃的社会问题:东西方文化的对话因为是历史发展的必然趋势,所以在客观上讲,如果西方文化不了解东方文化,会与东方文化不了解西方文化一样可怕:

对唐史一无所知的傲慢的野蛮人用不着骗谁

宋子文①来路不明的贷款也骗不了人
说白了，我们觉得宋子文自己有些钱
在印度比价降为 18∶100
（Pound 425—426）（黄运特　译）

如果西方世界认识不到这一点，继续以傲慢的姿态对待东方文化，并且不屑于与它对话的话，那么结果一定很悲惨。庞德以意大利为例：

整个意大利你连一盘中国菜都买不到
这就要完蛋啦
（Pound 507）（黄运特　译）

当然，从对话的平等性来讲，庞德警告西方世界不懂东方文化具有巨大的危害性，这对东方世界也是一种善意的警示和提醒。毕竟，"对话是一个两面性的行为"②。而且，也只有这种有针对性和互动性的对话存在，一个完整的中西文化对话才会产生并发挥作用。不过，从时代背景来看，东方文化在那个时候因为封闭且遥远，的确显得有些被动③。好在以庞德为代表的一批热爱东方文化的西方学者，具有敏锐的洞察力和先知先觉的能力，能够积极主动地将自己习得的东方文化观念付诸行动，最终对东西文化的对话和交流起到潜移默化的促进作用。

第二，《诗章》里除了东西文化的对话，还有东西文化的狂欢。这种狂欢"使神圣与粗俗、崇高与卑下、聪颖与愚蠢等接近起来、融为一体，使等级规范的界限被打破，从而形成众声喧哗的杂语世界"④。

首先，东西文化的狂欢表现在东西方语言的狂欢。在《诗章》中，真可谓杂语纷呈：不仅有（古）英语、希腊语、拉丁语、罗曼语、普罗

---

① 原文为 Charlie Sung。关于宋子文的消息，是庞德在比萨监狱翻阅《时代》周刊时知道的。参见［美］庞德《庞德诗选·比萨诗章》，黄运特译、张子清校，漓江出版社1998年版，第5页注解⑦。
② ［俄］巴赫金：《周边集》，李辉凡等译，河北教育出版社1998年版，第436页。
③ Zhaoming Qian, *Orientalism and Modernism: The Legacy of China in Pound and Williams*, Durham: Duke University Press, 1995.
④ 王瑾：《互文性》，广西师范大学出版社2005年版，第22页。

旺斯语、西班牙语、法语、意大利语等西方语言，还包括汉语、日语、印度语等东方语言，是20多种语言文字的自由嬉戏和诗性唱和[1]。这里试举两例：《诗章》第51章虽然简短，诗行之间却有多种语言交相辉映。除了英语是主要媒介用来描述"usury"的弊端，里面还出现意大利语"La Calunnia"、希伯来语"neschek"、德语"Königsberg"，并且在该章的最后使用汉语"正名"，这也是《诗章》第一次使用"正名"[2]，第二次使用汉字[3]。在《诗章》第74章，涌现出更多语言的嬉戏和狂欢。除了现代英语表达，还有古英语"bringeth""giveth"、现代意大利语"la Clara a Milano""la Donna"、意大利古语"virtù"、希腊语"Χθόνιά γέα, Μήτηρ"、拉丁语"consummatum""Sunt lumina"、古代波斯语"Zarathustra"、希伯来语"Jeremiah"、德语"Von Tirpitz"、日语"Fujiyama""Kagekiyo…Kumasaka"、菲律宾语"Dai Nippon Banzai"、罗马尼亚语"Perdicaris"、法语"Le paradis n'est pas artificiel"、西班牙语"San Juan"、俄式英语"tovarish""Nevsky"、庞德根据英语"paradise"戏仿的词"Hell-a-dice"、英语与汉语拼音的混搭"Mt. Taishan"、纯粹的汉语拼音"Yao""Shun""Yu"、庞德自造的汉语拼音"Ouan Jin"、汉字"莫"以及"显"的繁体字"顯"，等等。因为语言文字是人类文化发展和思想传承的载体，也是文化意义得以存在和延续的载体，所以东西语言的狂欢也意味着东西文化的狂欢。

其次，东西文化的狂欢表现在"一符多音"的文化呈现及其表述。文论家哈桑曾说："'狂欢'……丰富地涵盖了不确定性、支离破碎性、非原则性、无我性、反讽和种类混杂……狂欢在更深一层意味着'一符多音'。"[4] 在《诗章》中，读者可以找到许多"一符多音"的东西文化狂欢的例子。这里试举一例：

在《诗章》第84章，庞德写道：

---

[1] Ira B. Nadel, "Introduction: Understanding Pound", in Ira B. Nadel, ed., *The Cambridge Companion to Ezra Pound*, Cambridge: Cambridge University Press, 1999, pp. 1-14.

[2] 在《诗章》第60章、第66章、第68章，再次出现正名二字。详见 Ezra Pound, *The Cantos of Ezra Pound*, New York: New Directions, 1971, pp. 333, 382, 400。

[3] 庞德在《诗章》引用的第一个汉字是"信"，出现在第34章末尾。详见 Ezra Pound, *The Cantos of Ezra Pound*, New York: New Directions, 1971, p. 171。

[4] 王逢振：《最新西方文论选》，漓江出版社1991年版，第129页。

>　　当你踏上最高的台阶
>
>　　阶层
>
>　　此为清晰的区别
>
>　　ming **明**　　此为区别
>
>　　约翰·亚当斯，亚当两兄弟
>
>　　具有我们精神的规范
>
>　　……
>
>　　弥迦曰：
>
>　　各以其……之名
>
>　　因而瞧着那噼啪作响的尼古丁罐和
>
>　　陈旧的威士忌
>
>　　（在出去的路上）
>
>　　熊同志①说：
>
>　　我愿意相信美国人。
>
>　　（Pound 539—540）（黄运特　译）

对于该部分，我们可以从多个角度对其多声部的表述进行论证和考察。从语言方面来看，这里有九种不同风格的东西方语言的唱和，包括法语"quand vos……"、意大利语"l'escalina"、希腊语"ήθoε"、英语"gradations" "distinctions"、汉语拼音"ming"、汉字"明"、古英语"saith"、希伯来语"Micah"和庞德杜撰的俄式英语"Kumrad"等；从叙事方面来看，这里实现了多个人称的复调：有第一人称"我"（I）和"我们"（our）、第二人称"你"（vos）、第三人称代名词"约翰·亚当斯"和"亚当两兄弟"（the Brothers Adam）；从内容方面来看，这里着力于凸显"一符多音"式的喧嚣场面：庞德首先以对话方式主动邀请读者思考和讨论"当你踏上最高的台阶"会怎么样？接着用断裂式的语言提示"台阶"与"阶层"有清晰的区别，如同"ming"对应的汉字"明"一样；"明"字包含"日"、"月"，"日"、"月"都会发光，但是"日"与"月"属于两种不同的物质。亚当斯是美国第二任总统，在庞德看来，

---

① 原文为 Kumrad Koba。Koba 是斯大林曾经使用的化名。参见［美］庞德《庞德诗选·比萨诗章》，黄运特译、张子清校，漓江出版社1998年版，第213页注解②。

他是美国领导人当中的杰出典范;"亚当两兄弟"除了指亚当斯自己,还包括为美国立下汗马功劳的"sheriff"①,他们都代表"我们精神的典范"。庞德在此引用古希伯来先知弥迦的话解释说:"各以其……之名"。可是现实社会又怎样呢?看看"出去的路上""那噼啪作响的尼古丁罐和/陈旧的威士忌"就知道了。这是一种反讽式叙述,庞德试图表明现代社会的混乱和颓废。"熊同志"也经不住发表言论:"我愿意相信美国人"。这其实是庞德"一符多音"的结果:一方面让读者知道那混乱的社会原来暗指美国,另一方面表达庞德本人对美国社会现状的批判和不满。或许庞德还有第三个用意:在他看来,"熊同志"所代表的俄国本来与美国实力相当,但是如果美国再不改变现状,"日日新/日新月异",美国就会落后,那么美国一定会被俄国嘲笑。由此可知,庞德此处的"一符多音"除了表达哈桑所说的不确定性、支离破碎性之外,还表达一种潜在的意图,即他的个人隐忧和拳拳爱国之心。

此外,东西文化的狂欢意味着东西文化遗产及传统之间的自由共享与相互借鉴。从某种意义上讲,正是因为庞德积极学习和借鉴中国古典诗歌传统和风格特点,才使他创造性地翻译出彪炳史册的《神州集》;正是因为庞德孜孜以求地吸收中国文化中的儒家思想及传统,才使他的《诗章》充满磅礴汪洋的内容。对于这方面的思考和认识,新超现实主义诗人默温说得恰到好处:"到如今,不考虑中国诗的影响,美国诗无法想象。这种影响已成为美国诗歌传统的一部分。"②

第二节 隐喻性:"黑暗的森林"与美国文化

说庞德的《诗章》充满隐喻性,就在于庞德赋予《诗章》多种阐释和解说的可能,他的语言表达时常模糊和充满不确定性,并带有神秘主义色彩。"黑暗的森林"就是庞德富有隐喻性的表述之一。然而,"黑暗的森林"与美国文化之间到底有没有关系?庞德想展现的美国文化是怎样的?又要表达怎样的文化诉求呢?

---

① 庞德在《诗章》第 64 章首句写道:John's bro, the sheriff。参见 Ezra Pound, *The Cantos of Ezra Pound*, New York: New Directions, 1971, p. 355。

② 转引自赵毅衡《美国新诗运动中的中国热》,《读书》1983 年第 9 期。

一 《诗章》展现的美国文化

庞德在《诗章》第 80 章中说:"有人云:黑暗的森林/经与纬/是为天/'天厌之!'孔子曰"(Pound 495)。根据已有文献知识[1],可以判断庞德此处所说的"有人云"是指但丁,而"黑暗的森林"源自但丁的《神曲》[2]。但是"黑暗的森林"与美国文化有何关系呢?但丁在《神曲》里所说的"黑暗的森林"喻指当时黑暗的意大利社会,而庞德此处的所指与但丁的所指有互文性的内容吗?从庞德的"'天厌之!'孔子曰"可以推测,庞德似乎是有此意。不过,庞德在《诗章》里要以互文的方式展现什么样的美国文化呢?

第一,庞德通过各种神话意象或者宗教想象影射美国文化。在该过程中,庞德巧妙戏仿了荷马的《奥德赛》、但丁的《神曲》以及艾略特的《荒原》的叙述风格,影射美国文化不仅粗犷,而且野蛮、虚无和黑暗。比如在《诗章》第 2 章,庞德说他熟悉的美国社会到处有"野兽的嗅声和足迹""山猫的鸣咽""石南似的野兽腥味",周围的空气是"黑暗的",头顶的天空"干燥,没有暴风雨",整个世界显现出一派颓废、衰败和萧条的景象:

> 野兽像草丛里的黑影,
> 毛茸茸的尾巴拖住虚无。
> 山猫的鸣咽和石南似的野兽腥味,
> 那里曾泛着柏油味,
> 到处是野兽的嗅声和足迹,
> 眼睛的光亮透过黑暗的空气。
> 仰望天空,干燥、没有暴风雨,
> 到处是野兽的嗅声和足迹……
>
> (Pound 8)

---

[1] Marcel Smith & William Andrew Ulmer, eds., *Ezra Pound: The Legacy of Kulchur*, Tuscaloosa & London: The University of Alabama Press, 1988; Stephen Sicari, *Pound's Epic Ambition: Dante and the Modern World*, New York: State University of New York Press, 1991.

[2] 该部分讨论请参见本书第一章第二节。

庞德在那样的环境中苦不堪言。于是，他想快点逃脱，便竭尽全力寻找出口。但是，当他艰难跋涉，在混沌中看到充满希望的大门时，却发现"那大门在铰链上左右摇摆"，于是他：

> 像一条病狗喘着粗气，蹒跚而行，
> 沐浴在碱水里，然后是硫酸中。
> 太阳神啊，太阳神
> 拥有阳光，却已目盲，
> 红肿的眼，停下歇息，
> 眼袋下垂，黑暗无意识。
> （Pound 67）

庞德饱受煎熬，那个世界让他感觉乏味和厌倦。不过，这还不是庞德所指的黑暗世界的全部。庞德说，在他所见的世界里，还有地狱。在那里，他看到"手臂在流动"，"许多胎儿，在水里漂荡"，"新的尸体流进来，浸泡着"。比如，在《诗章》第16章那个被称作死亡之湖的地方，庞德亲眼目睹到这糟糕透顶、恐怖至极的一切：

> 到处是手臂在流动，混合，像箱子里挤满的鱼，
> 这里有一只胳膊冒上来，手里紧握大理石碎片，
> 还有许多胎儿，在水里漂荡，
> 新的尸体流进来，浸泡着，
> 又有一只胳膊冒上来，鳟鱼、鳝鱼淹没了它，
> 从岸上延伸，僵硬的草
> 干瘪、崎岖的路，于是瞬间
> 可见众多认识和不认识的人……
> （Pound 69）

以上种种带有神话隐喻或者宗教隐喻的情境，迫使庞德从美国黑暗的社会中寻找出路，以期望获得肉体的解脱和精神的自由①。

---

① Donald Davie, *Ezra Pound*, New York: Viking Press, 1975; Michael Alexander, *The Poetic Achievement of Ezra Pound*, Edinburgh: Edinburgh University Press, 1998.

第二，庞德通过批判和揭露现实生活展现美国文化。在现实中，庞德热切地渴望"在黑暗中获得光明"（Pound 121）。然而，真实生活却让他不寒而栗："行会精神在走下坡路"（Pound 124），人们被迫流离失所，"离开家园"（Pound 125）；到处是愚蠢与非正义，还有"肮脏的杂草和长过手臂的蛇"（Pound 432）。这还只是冰山一角。人们"无聊之中生无聊"（Pound 65），逐渐道德沦丧，黑白颠倒（Pound 132）……庞德于是以讽刺性的口吻在《诗章》第74章中写道：

> 最伟大的是在
> 不曾遵纪守法的人身上找到
> 慈善
> 当然不是说我们支持——
> 但是小偷小摸
> 在一个以大偷大盗为本的制度里
> 只能算随大溜，除此无他
> （Pound 434）（黄运特　译）

庞德的语言犀利且不加掩饰。他虽是一位诗人，但是凭借文化传播者求真务实的态度，他就是要斗胆揭露美国社会制度是一个以大偷大盗为本的制度，如果想在"不曾遵纪守法的人身上找到/慈善"，那真是"最伟大"不过了。而且庞德通过反思新大陆被发现以来近三百年的文化史，同时通过对照欧洲的文化史，以一种隐喻的方式说，整整三百年的文化，会被"一把从屋顶扔过来的/榔头所左右"，真是荒诞可笑；这无异于浓云压山、大山压云（Cloud over mountain, mountain over the cloud）（Pound 434）。庞德反讽的语气呼之欲出。

在《诗章》第88章，庞德更是认识到美国现行的"体制可能完全与国家意图相违反"，造成极大的腐败。一些特权阶级以盈利为目的，渗入到国家权力之中，实行"绝对的垄断"，把金钱等同于政治（Pound 586）。这样一来：

> 银行开始制约政府；
> 并相互勾结，

借出 50 却要索取 100,
旨在制造公共债务。
(Pound 586)

庞德以 1694 年为例，说政府部门除了罪恶式的贷款，还寻找各种莫须有的借口，以"国家的名义/针对税收"，推行所谓银行贸易，并且通过"它自己拟定的（银行的）支票额度/给政府/支付税收"，真是违逆社会道德和民意，胡作非为：

贷款 120 万
利息 8 万，开支仅为 4 万
（就像）细菌，通过核分裂，现在是 90 亿
……
"以美国的名义
推行银行贸易；
以它自己拟定的（银行的）支票额度
给政府
支付税收"
(Pound 587)

这样做的直接后果是什么呢？庞德给出他的答案："它在引发并延长一无是处的战争；/加速各种不平等；谋财害命。"(Pound 587)

庞德带着强烈的责任心和又爱又恨的爱国心，审视美国的现实世界。虽然后来他远赴欧洲，逃离美国，置身世外，但是他通过冷眼观察，旁观美国，却看得更加真切。他曾专程回国向美国总统和政府要员宣传他的治国方案和政治、经济策略，然而令他愤慨和失望的是，"那时候，美国没有人相信我"(Pound 395)。于是庞德感慨万千，并无奈地叹息：

……在美国没有美国人
我们的联邦党人跟反对者一样都不是美国人
在记忆之镜
(Pound 410)

第三，庞德通过追溯历史、反思历史展现美国文化。在《诗章》中，庞德追溯历史的过程是与他不断叩问、反思历史的过程紧密联系在一起的，这同时也是他不断把历史上的文化遗产以创造性的方式转化为现实的过程[①]。在庞德关于美国历史的篇章中，他先是展现人文环境及社会背景。庞德认为新英格兰要获得理性和秩序，需要去除邪恶动机和对错误的坚守（Pound 341）；坏的律法滋生暴政和腐败，建立宪法才是基石，求助于"宪法……无须诉诸更高的律法"（Pound 343）。然后，庞德重点考察亚当斯的丰功伟绩，同时兼顾华盛顿、富兰克林、杰弗逊等革命先驱的历史贡献及其社会影响。

在《美国诗章》中，尤其是第65—69章，庞德对亚当斯的赞美一览无余。庞德认为亚当斯是美国历史上的杰出领袖，而且拥有"他的对手都无法质疑的正直无私/……（和）权利"。他一方面传播原则性的知识，另一方面坚守正义，最终实现美国的繁荣昌盛和文化复兴，同时居安思危、不忘曾遭受的苦难：

> 他的对手都无法质疑的正直无私
> ……（和）权利
> 传播原则性的知识
> 在签署合约时坚守正义
> 与时俱进，同时没有
> 忘记曾遭受的苦难
> （Pound 351）

庞德还称赞亚当斯在外交方面致力于与法国搞好关系，认为美国没有贸易将无法存活（Pound 367），进而称赞他高瞻远瞩地与该国建立同盟贸易伙伴关系，并积极发展国内民营企业或产业，有计划地：

> 在殖民地的每一个社区
> 供应亚麻、大麻和棉花，以发展

[①] Marcel Smith & William Andrew Ulmer, eds., *Ezra Pound: The Legacy of Kulchur*, Tuscaloosa & London: The University of Alabama Press, 1988.

农业、艺术、手工业
还有社区之间的通信
当然，社区自身优势不能被忽视
像鸭禽和帆布生产……
（Pound 367）

与此同时，庞德歌颂亚当斯体恤民情，用法律手段保障美国人民的基本权利。在那种文化氛围里，亚当斯除了关注老百姓的自由权利，还希望围绕宪法权，倡导正名，那确实是一个合理的判断（Pound 382）：

关注他们的自由权利
各个郡、城镇、私人俱乐部和联谊团体
围绕真实的宪法权
做出最确切的判断
不是空穴来风
……实实在在的
正名 ching
　　　ming
那是一个合理的判断
（Pound 382）

不难看出，庞德对以亚当斯为代表的美国先驱进行讴歌和赞美，旨在弘扬一种具有时代气息的美国真精神[1]。就像他在《诗章》第 64 章所说的那样："你们……作为自由之子，在这里（美国）服役"，"我……作为自由之人，敬重你们"（Pound 360）；并且由衷地希望上帝拯救自由、国会和亚当斯（God save liberty, the congress and adams）（Pound 371）。庞德在《诗章》重点书写亚当斯并回顾美国历史，旨在说明：如果美国要实现民族振兴，就必须追溯历史、反思历史，继承和发扬历史上先驱人物遗留下来的文化传统和民族精神。

---

[1] Hugh Kenner, *The Pound Era*, Berkeley: University of California Press, 1971, pp. 445-459.

二 《诗章》表达的文化诉求

庞德对美国第二任总统亚当斯的赞美,从根本上说还有一个重要原因,那就是以隐喻的方式表达一种文化诉求。该诉求针对社会现实,是希望时任美国总统的罗斯福能够接受庞德在《诗章》里提出的以史为鉴的主张,积极地面对历史,从历史中吸取经验教训,同时能够把历史上的优秀案例拿来并与社会现实结合,成为发展社会生产力的重要力量[1]。正如庞德在《诗章》第81章中所说的那样:重要的是文化层次(Pound 518)。文化层次是庞德殷切希望美国民众和政府官员能够努力做到的地方。

当然,《诗章》表达的文化诉求还蕴含更丰富、更深刻的内容。首先,在《诗章》第28章,庞德主张在美国民众中——以退伍的老兵为例——建立"伟大的道德……计划":

> 伟大的道德……计划
> ……
> 只考虑最崇高的方式,
> 让宣传在退伍的老兵中进行,
> 保持密切联系,尤其当他们
> 触及个人自由……
> ……加强法美两国的友好关系
> (Pound 136—137)

该诉求借助具体事例一方面说明"伟大的道德"是美国民众在文化习得层面需考虑的崇高方式,应该"让宣传在退伍的老兵中进行"起到一种示范作用,然后从"一"到"多";另一方面说明该道德计划具有重要的文化媒介功能:不仅可以建立人与人之间的密切联系,而且可以实现宪法赋予的个人自由(Pound 137)……此外,该道德计划还从现实语境出发,从政治制高点和外交层面建议"加强法美两国的友好关系",以最

---

[1] Donald Davie, *Ezra Pound: Poet as Sculptor*, New York: Oxford University Press, 1964, pp. 182-201.

终建立友好联邦,达到成功外交的目的(Pound 137)。庞德的真实意图在于揭示:美国要发展,绝不可以搞孤立主义或者封闭主义。孤立和封闭就意味着落后和挨打;美国除了自立自强,还要努力与其他国家搞好关系,尤其是内政、外交两大方面,决不能顾此失彼。

其次,《诗章》表达的文化诉求旨在说明,美国人民在文化交际过程中只有高瞻远瞩,把握恰如其分的尺度,才能做到不偏不倚。在《诗章》第70章,庞德直言不讳地说:

> 我支持不偏不倚
> 中
> 我虽不知道它该怎样,但是知道有人厌恶
> 针对政府的任何研究
> (Pound 413)

这里的"中",出自庞德崇拜的中国儒家经典《中庸》。《中庸·第三章》有文字曰:"中庸其至矣乎!"意思是说"不偏不倚,永恒不变的中庸是最高境界"[①]。庞德认为"中"是维系人和人、国与国之间关系的最佳准则,虽然"有人厌恶/针对政府的任何研究",但是这个准则恰恰是所有美国人,尤其是美国领导人和政府要员,应该清楚和需要遵守的。正如他在《诗章》第84章再次强调的那样:"我们的中 chung/对此我们顶礼/膜拜"(Pound 540)。

再次,《诗章》表达的文化诉求是希望美国丢掉幻想,别把希望寄托在过去或记忆里,而是要立足现实,告别"该死的目空一切的时代"(Pound 536),展望未来。在《诗章》第83章,庞德写道:

> 可如果爱德华兹参议员能发言
> 让他的比喻在记忆里保留40年、60年?
> 简而言之/堕落

[①] [英]理雅各英译:《四书》,杨伯峻今译,湖南出版社1996年版,第26页;又参见[美]庞德《庞德诗选·比萨诗章》,黄运特译、张子清校,漓江出版社1998年版,第59页注解①。

对参议院或"社会"
或对人民
都没有好处
美国已告别一个
该死的目空一切的时代
（Pound 536）（黄运特　译）

在这里，爱德华兹参议员代表美国政府，不管他的比喻如何，但是有一点很明确：为了让美国文化能够源远流长，美国人民不能只活在记忆中，或者让过去的东西束缚住他们前进的手脚，因此，"在记忆里保留40年、60年"的比喻无论好与坏都是不提倡的。倘若那是一种关于堕落的比喻，就更要不得了，因为它"对参议院或'社会'/或对人民/都没有好处"（Pound 536）。更进一步说，美国对民族文化的传承和接受应该秉持正确的态度：学习过去，不是固守过去；探讨过去，不是僵化过去；思考过去，不是歪曲过去。更何况，"美国已告别一个/该死的目空一切的时代"（Pound 536）。美国人民所能做的，就是从过去的历史中汲取正能量，以告别虚伪，丢掉幻想；从现实出发，对美国的前途和命运充满期待，并为之群策群力，不懈努力。这当然也是庞德书写《诗章》，展现其多姿多彩文化的终极目标所在。

第三节　人类文化的碎片化叙事

庞德在《诗章》中展现人类文化时，不是以传统的手法整体性地建构其叙事风格，而是别出心裁地采用一种特别的写作策略把文化文本碎片化和现实事件碎片化进行嫁接的叙事模式，展现人类文化的多元性与复杂性[1]。不仅如此，庞德还在《诗章》中借助巧妙的布局和灵活的思维，实现人类文化的杂糅与叙事。

---

[1] Marcel Smith & William Andrew Ulmer, eds., *Ezra Pound: The Legacy of Kulchur*, Tuscaloosa & London: The University of Alabama Press, 1988.

一 《诗章》中文化的碎片化与现实性

庞德的《诗章》是碎片化艺术的结晶,充斥着人类文化的碎片式叙事。从本质上讲,该叙事风格融合了《诗章》中文化的碎片化艺术以及由这些文化碎片折射出的现实性,即"几乎每一首诗章都会借助一些英雄人物的遗痕、些许神话、或者古典的引用、或者以一种宏大叙事的风格,进行抒情性的描述和生动鲜活的书写。"① 具体来看,在庞德精心设计和巧妙安排的喧嚣的文本世界里,存在着文化文本逻辑的碎片化、文化文本内容的碎片化以及文化文本形式的碎片化。

首先,讨论《诗章》文化文本逻辑的碎片化。在《诗章》第74章,庞德有这样的表述:

> 一天,云雾缭绕着泰山
> 或在落日的辉煌里
> 同志无目的地祝福
> 夜间在雨沟里哭泣
> 是光
> 这场戏完全是主观
> 石头知道雕刻者给予它的形式
> 石头知道形式
> ……
> 无人
> 日落西山的人
> 钻石将不会在雪崩中消失
> 即便它脱离其氛围
> 在毁于他人之手前他会先毁自己。
> (Pound 430)(黄运特 译)

初读该部分,确实让人费解,甚至让人不知所云,因为里面充满庞德

---

① Allen Tate, "On Ezra Pound's Cantos", in E. San Juan, Jr., ed., *Critics on Ezra Pound*, Coral Gables, Florida: University of Miami Press, 1972, p. 24.

发散性的关于人类文化的逻辑思维碎片①,而且这些支离破碎的碎片之间似乎没有什么内在联系。但是经过细心品读,读者还是能够发现庞德逻辑思维的碎片化有其特殊的用意和功效,即该碎片化的表达是为了凸显庞德内心深沉的情感和复杂多变的情绪。为了说明问题,这里试做分析和讨论:庞德先是看到牢笼外"云雾缭绕的泰山"(Pound 430),对于泰山是否存在"落日的辉煌里"不敢肯定,因为他身处牢笼之内,所以用"或在"(or)表示猜想;然后睹物思人,想到昔日好友(即庞德的俄语表达 tovarish)"无目的地祝福"(Pound 430),他黯然神伤;尤其是到了夜间,大雨倾盆,友人们曾经祝福他永远快乐,谁会料到他现在居然成了旷野里隔离人世的孤魂野鬼,被淋成落汤鸡且生不如死呢?庞德越想越伤心,只能无助且无奈地"在雨沟里哭泣"。他想到"lumina",那会给他带来希望的"光",然而他很快就知道"这场戏完全是主观"(Pound 430);他似乎意识到自己的所作所为违背了所谓世道,而且暗示他意识到自己可能脱离现实生活太久,竟然一厢情愿去追逐虚无缥缈的政治理想和那个他"画好的天堂"。或许他应该变得像石头那样,因为"石头知道雕刻者给予它的形式/石头知道形式",不该过于锋芒毕露、棱角分明。但是谁会预见到现实是这样的呢?庞德用希腊哲人的语气说"无人"(OY TIΣ)(Pound 430),一方面隐喻自己的身份是奥德修斯②,另一方面实指当时"无人"知道他的苦闷和忧伤。他就像"日落西山的人",但是又不甘心这样潦倒放弃。于是他把自己比作钻石,希望能够经受各种痛苦和考验,"不会在雪崩中消失/即便它脱离其氛围"。他也做好最坏的准备和最绝决的打算,那就是"在毁于他人之手前他会先毁自己"。由此看来,庞德在《诗章》中呈现出的思维逻辑的碎片化,其实是他内心世界某个特殊时刻情感表达的碎片化,可能是稍纵即逝的痛苦,可能是富于哲理的反思,可能又是二者天马行空的聚合。但是不管怎样,总有他出人意料的话语表达和意识流式的文化倾诉。

其次,关于《诗章》文化文本内容的碎片化。庞德在《诗章》第 77

---

① Ira B. Nadel, "Introduction: Understanding Pound", in Ira B. Nadel, ed., *The Cambridge Companion to Ezra Pound*, Cambridge: Cambridge University Press, 1999, pp. 4-5.

② 奥德修斯说自己名叫"无人",以捉弄一个魔鬼。请参见[古希腊]荷马《奥德赛(第一至六卷)》,王焕生译,上海译文出版社 2014 年版,第 6—9 页;另参见[美]庞德《庞德诗选·比萨诗章》,黄运特译、张子清校,漓江出版社 1998 年版,第 5 页注解①。

章有这样的表述：

>（舞蹈是一种媒介）
>"归里返乡"
>你是一个支撑肉体的小灵魂
>
>点一小堆火焰给
>跳庄严的芭蕾时保留一点光亮，这舞蹈从未在剧院上演
>完好无缺得和查士丁尼一世①设计时的一样
>在豪华车把他载过悬崖之前
>帕德雷·荷塞已心中有数
>舟载其一而去
>明了弥撒的含义，
>学会其程序
>圣体日的舞蹈　在奥赛尔
>用的器具
>陀螺，鞭子，及其他。
>（Pound 466）（黄运特　译）

作为一名匠心独运的先锋派诗人，庞德的诗句是他艺术加工的结果。虽然许多诗句附着碎片化的内容，但是不乏互文性的所指与出处。比如，这几行中出现的"有关舞蹈的描述，源自米德登载在他主编的杂志《探索》上的一篇文章《中世纪教堂里仪式性的游戏与舞蹈》（1912）"②。因为庞德回忆不准确，造成诗歌内容的残缺和碎片化。细读原诗，不难发现，上述引文中括号里的第一句应该是庞德对舞蹈艺术价值的个人判断，即认为舞蹈是人们抒发情感、表达自我的一种媒介（Pound 466）；"To his native mountain"（归里返乡）应该出自米德的原文；而第三句"你是一个支撑肉体的小灵魂"原文是希腊语，似乎是庞德戏仿某个希腊评论家的语

---

① 原文为 Justinian，查士丁尼一世是一位热爱舞蹈艺术的古拜占庭皇帝。
② ［美］庞德：《庞德诗选·比萨诗章》，黄运特译、张子清校，漓江出版社1998年版，第81页注解②。

气杜撰出来的措辞;"点一小堆火焰给/跳庄严的芭蕾时保留一点光亮,这舞蹈从未在剧院上演"是米德关于中世纪教堂仪式性舞蹈的客观描述,虽然该描述"完好无缺得和查士丁尼一世设计时的一样",不过仍然属于庞德的记忆残片,内容方面不成体系。基于前一句,庞德还以互文的方式联想到查士丁尼一世戏剧性的一幕,即"豪华车把他载过悬崖";荷塞(Padre José)是帮助庞德获得卡瓦尔凯蒂手稿影印本的西班牙牧师,像预言家一样已经对上述内容做到胸中有数;"舟载其一而去"原文是英国古英语"summe fugol othbaer",出自英国早期的民间故事《漫游者》①。这又是《诗章》在艺术表达和文化呈现方面互文且相得益彰的一个例证。下文出现的"弥撒""程序""圣体日的舞蹈""在奥赛尔/用的器具/陀螺,鞭子,及其他"等,也是米德《中世纪教堂里仪式性的游戏与舞蹈》内容的碎片,具有典型的中世纪宗教舞蹈的属性和特征。

最后,论述《诗章》文化文本形式的碎片化。在《诗章》第82章,庞德有这样的表述:

> 人,大地:一块符节的两半
> 而我将从中走出,不认识一个人
> 也没有一个人认识我
> 大地的婚姻 她说,我的丈夫
> 大地生的,神秘
> 大地的体液淹没我
> 躺在大地的体液里;
> 躺在
> 劲风之中
> 沉醉于大地之伊科
> 大地的体液,强如退潮的
> 底流
> (Pound 526)(黄运特 译)

---

① [美]庞德:《庞德诗选·比萨诗章》,黄运特译、张子清校,漓江出版社1998年版,第81页注解①。

与逻辑思维的碎片化和文本内容的碎片化相比，庞德在《诗章》中呈现的表达形式的碎片化具有鲜明的视觉冲击力，具体反映在：行与行不对等、句式突兀不连贯、书写断裂且随意换行、言语输出支离破碎、语言表达标新立异，等等。就上面的例子而言，庞德涉及至少三种形式上的文化碎片。第一个碎片以人和大地为主要背景：人和大地既是相互独立的个体，又是和谐统一的整体，即"一块符节的两半"（Pound 526）。庞德在表达该意义时，只用了一行，共计七个英文单词；第二个碎片以"我"（I）为主要内容："我"从人和大地构建的神圣世界中走出，因为是新生事物，"不认识一个人/也没有一个人认识我"（Pound 526），庞德表达这种天、地、人浑然一体的时空意义时，仅用了两行，共计十三个英文单词；第三个碎片以庞德头脑当中想象的事物和现实里面存在的事物相类比的互文呈现方式，论及"大地的婚姻"以及"我"作为"大地生的"那超自然的神秘体验。庞德表达该意义时，用了九行，共计二十八个英语单词和九个希腊语单词（其中小写希腊语单词三个）。庞德在《诗章》中展现的类似形式的碎片化，总让人始料不及。再比如在《诗章》第107章，庞德有这样的表达：

　　《大宪章》，第十二章
　　旅程，旅程之基础
　　孔子也是一名大臣
　　本 pen
　　根本在于那个宪章
　　"它出现在格兰维尔"
　　（Pound 757）

短短六行蕴含六个形式上的文化碎片，涉及1215年的英国《大宪章》、在记忆之境的旅程、中国儒家思想创始人孔子、汉字"本"（pen）、有特殊所指的"那个宪章"以及缺乏上下文语境的回答"它出现在格兰维尔"（Pound 757），而且这些碎片表达突兀不连贯、书写随意断裂换行、语言前卫且意识流化……需要指出的是，除了上述两个例子，读者在《诗章》第13章、第25章、第39章、第53章、第68章、第74章、第86章、第91章、第108章、第113章等，还可以找到许多形式类似、极具视觉冲击力和震撼力的例证。对此，评论家帕金斯说得非常直截了当：庞德借助诗歌语言表达其文化形式的碎片化是彰显他的非凡艺术构思的一种手段，而且很明显"碎片化……从一开始就是《诗章》的基本特色"，它也是现代派诗歌的基本特色[①]。

当然，庞德《诗章》表达形式的碎片化只是一个表象，它不仅是呈现诗人写作个性的外在方式，而且是体现诗歌现代性的媒介，并最终为思想内容及其文本意义的建构服务。因此，在考察《诗章》表达形式的碎片化与具体内容之间的关系时，比较合理的做法是把它与逻辑推理和文本意义有机联系并统一起来，然后进行综合考察。

二 《诗章》中的文化杂糅与叙事

根据克里斯蒂娃的互文性理论，"文本都处在多个文本的结合部，它既是复读，也是强调、浓缩、移位和深化。"[②] 由此拓展开来，会有两个发现：一是文本里存在文化的杂糅，文本之间也存在文化的杂糅；二是文化杂糅作为一种现象在文本中呈现和在文本之间呈现都不可避免，而且文化杂糅有一个好处，即"文本与文本之间的相互渗透，不仅能够使一连串的作品复活，能够使它们相互交叉，而且能够使它们在一个普及本里走到极限意义的边缘。"[③]

《诗章》里的文化杂糅与叙事具有多种表现形式，这里以宗教文化意象的杂糅、文化题材的杂糅以及文化典故的杂糅为例，试做分析。

第一，关于宗教文化意象的杂糅。在《诗章》里，宗教文化意象的杂糅有明显撒播的痕迹，它不是大篇幅地出现，而是镶嵌在诗歌文本的字里行间。比如在《诗章》第74章，庞德写道：

  今日天高气爽
  喜迎万福观音菩萨
  利纳斯、克勒特斯、克莱门特

[①] David Perkins, "Modernism and After", in David Perkins, *A History of Modern Poetry*, Vol. 2, Cambridge, Massachusetts: Harvard University Press, 1976, pp. 227-229.
[②] 王瑾：《互文性》，广西师范大学出版社2005年版，第33—34页。
[③] 同上书，第34页。

他们的祈祷，

神奇的圣甲虫匍匐在祭坛前

他的脊壳上散发着绿光

（Pound 428）（黄运特 译）

在该片段里，庞德从"今日天高气爽"及"万道光芒"联想到佛教里的观音菩萨，观音菩萨象征慈悲和智慧，会拯救世人于危难之间，同时会赐福于万民。接着从佛教里大慈大悲的观音菩萨，庞德联想到正在祈祷的"利纳斯、克勒特斯、克莱门特"。这三人是象征罗马天主教最高权威的教皇，真名是"Linus, Cletus, Clement"。他们曾出现在但丁的《神曲》里，都渴望光明并崇拜"光"的存在。这是庞德别出心裁的互文式表达：在庞德看来，他们三人作为天主教皇的杰出代表，为百姓祈福，为世界祷告，不仅谋求人类和平，而且企盼国泰民安，值得历史铭记。由这三位教皇的祈祷，庞德又联想到"匍匐在祭坛前"的圣甲虫，"他"的神奇不只是因为"他的脊壳上散发着绿光"，而是因为"他"是古埃及宗教文化中象征吉祥、光明和丰产的神，后来被埃及人刻在宝石上，用作护身符。由此可见，庞德在这里实现了三重宗教文化意象的杂糅：佛教里的观音菩萨、罗马天主教教皇以及古埃及神灵。

再看一例。同样在该章，庞德写道：

各以其神之名

从特拉契纳港边的大海里冉冉升起，西风神在她身后

······

风属道之一部分

雨属道之一部分

七星座显在她的镜子中

观音的石像能带来心静

（Pound 435）（黄运特 译）

在该部分，"各以其神之名"中的神是指古希腊宗教神话里的众神，这从第二行中的西风神可以推断出来。西风神紧跟在她身后，而她又从特拉契纳港这个神秘的地方在大海里冉冉升起。那么，她会是谁呢？根据古

希腊罗马神话相关文献记载①,她就是代表爱情、美丽与性爱的女神阿佛洛狄忒。阿佛洛狄忒有着古希腊众神中最美丽的身段和最娇俏的容貌,并被认为是女性身体美的最高象征。在著名的帕里斯评判中,阿佛洛狄忒被选定为最有姿色的神,并获得象征最美女神的金苹果。在《诗章》中,庞德有多处关于阿佛洛狄忒的描写,有些是直接描写,有些是间接影射,可见庞德对该女神的喜爱。由西风神和美女神,庞德联想到道(Tao),并认为"风属道之一部分/雨属道之一部分",这里的道是中国道教始祖老子主张的道。老子云:"道可道,非常道。"该道指涉宇宙万物最初本原的东西,风和雨就属于自然之道的一部分②。庞德由风、雨联想到道,然后又联想到"她的镜子"。在这里,她就是希腊神话中的大洋神普勒俄涅,而"她的镜子"是指天空,七星座在希腊神话中是指大洋神与大力神阿特拉斯所生的七个女儿。不仅如此,庞德接着浮想联翩,由她又联想到佛教里的观音石像(Pound 435)。可见,庞德在此也实现了三重宗教文化意象的杂糅,其中希腊宗教神话意象两度出现,镶嵌在另外两个宗教意象之中,其存在模式为:古希腊宗教神—中国道教之道—古希腊宗教神—佛教里的观音。

第二,关于文化体裁的杂糅。在文本互文的世界里,文化体裁作为文本存在的表现形式,其混合和杂糅是一个普遍现象:"不仅包括文学体裁(诗歌、戏剧片段……),也包括非文学体裁(日常生活的、演说的、科技的、宗教的……)",并且"以一种新的关系呈现出不同的意识形态和世界"③。《诗章》里混杂着多种文化体裁,尤其是在第9章、第22章、第26章、第31—34章、第45章、第48章、第52章、第75章、第94章、第110章等章节中,读者可以找到许多文化体裁相互杂糅的例子,里面不仅有信件、戏剧、歌剧、日记、文献资料、报纸新闻、音乐、回忆录等题材的糅合,而且有生活中的调侃、讽刺、寓言、宗教圣歌、祷告语、名言警句、个人评论等题材的混合。

举例来说,在《诗章》第9章,会读到一位名为兰娜达·妲·帕拉的

---

① [德]古斯塔夫·施瓦布:《希腊古典神话》,曹乃云译,译林出版社2002年版,第734页。
② 老子:《老子道德经》,辜正坤译,北京大学出版社1995年版,第5—6页。
③ 王瑾:《互文性》,广西师范大学出版社2005年版,第22页。

女士在1454年12月20日写的一封信,穿插在有关意大利古典文化艺术庇护人马拉特斯塔的趣闻逸事中,内容如下:

尊敬的大人:

  马拉特斯塔先生现在身体状况不错,他每天都在念叨您。他非常喜欢那匹小马驹。如果要我写信告诉您马拉特斯塔先生和他的小马驹在一起的所有快乐事,估计我一个月都写不完。我想再次提示您,请一定给乔治亚·朗伯特姆或他的老板写信,就说伊索塔女士家小花园的墙需要修理了,因为那块墙体已经完全倒塌在地面。我之前告诉他好多次,希望一切都快点好起来。所以,大人先生,我在这里就此事给您写信,我已尽了最大努力,是为了让一切快点好起来。但是,没人听我的,没有您,(我)什么也做不了。

  您忠诚的

兰娜达·妲·达帕拉
1454年12月20日

(Pound 38—39)

在《诗章》第22章,会发现庞德把一个酒吧门前的警示牌杂糅和拼贴到诗行中,充当诗歌细节的重要组成部分,给读者造成视觉冲击力:

……海员们每周都会在那里待上两晚,并把咖啡馆挤得满满当当
岩石蝎子都得紧贴墙沿
直到他们不能再耐着性子忍受
然后他们到了卡尔普(里赛欧)

不管什么级别的
军官
不得进入
该酒吧

那是喂(为)伊贝尔·塔拉总督准备的。

"进—来！进—来！" 默罕默德粗鲁地咆哮，
"噢，啊，伊（给）塔（他）牛（六）便士①。"
(Pound 103)

在《诗章》第48章，会读到法国军事家拿破仑的秘书写的一篇私人日记，旨在还原历史真相：

威尼斯，1807年12月
女王陛下的好兄弟、堂兄弟
拿破仑
(他的秘书
把You，She和she这些人称代词混在一起都用来指女王)
那些"带着野兽般的热情"狗占马槽的人
据地位低人一等的班迪妮说，都被支付最完美的薪水
而且还是提前支付。
(Pound 227)

在转述这篇日记时，庞德还打破文学常规加入他自己的注解和评价，即括号里的"他的秘书/把You，She和she这些人称代词混在一起都用来指女王"（Pound 227），有一种元叙述的味道②。此外，庞德别出心裁地在接下来的环节镶嵌和点缀拿破仑的名言警句，代表自己发言并立言：

"高级别的艺术家，实际上是唯一存在的社会最高层
任何政治的暴风雨都不可能触及他们。"
该论述好像出自
拿破仑
(Pound 227)

---

① 原文为O-ah, geef heem sax-pence。
② 赵毅衡：《元叙述：普遍元意识的几个关键问题》，《社会科学》2013年第9期。

第三，关于文化典故的杂糅。该方面的案例在《诗章》中比比皆是，似乎这是庞德有意而为之的文本写作策略：一方面他要增加《诗章》的文化底蕴以挑战读者的阅读期待，另一方面旨在增添《诗章》语言的陌生化与画面感。

比如，在《诗章》第74章，庞德有这样一些英文表述："To study with the white wings of time passing/ is not that our delight/ to have friends come from far countries/ is not that pleasure/ nor to care that we are untrumpeted ?"（Pound 437）直译成汉语就是："学而见时光之白翼飞驰而过/这不是我们的快乐吗/有朋友从远方的国土来/这不是快乐吗/也不要计较自己是否见之于人？"① 庞德的书写让人似曾相识，但是又有一种陌生感。是否这是庞德对《论语》的互文与戏仿呢？《论语·学而篇第一》有圣人言："学而时习之，不亦说乎？有朋自远方来，不亦乐乎？人不知而不愠，不亦君子乎？"② 通过比较，读者会惊叹庞德超凡脱俗的书写技巧，因为这里既有互文式的内容建构，又有创意性的风格戏仿。不过庞德在对《论语》进行互文时，没有照搬母本原话，而是对它进行了二次加工，或者说进行创造性改写。而且，这种改写带有颠覆和创新的性质：庞德对《论语》中的典故进行思想的杂糅，使它既符合自己的文风特点，又符合欧美人的阅读习惯，实现一种戏仿式的意义撷取。此外，庞德类似的误读式用典和杂糅还包括"闪耀的黎明/旦/在茅屋上"、"口，是太阳——神之口/口/或在另一种联想里"（Pound 466）、"志向所指，若心之士/志"（Pound 467）、"去建造光明/日新"（Pound 642），"尧的忧虑：去寻找一个继位者/一人"（Pound 644），"从孔子的門 men 下/不去欺骗政府"（Pound 691）等，这需要读者具备相关文史知识才能明白他的用意。

相对来说，庞德在《诗章》中使用上述文化杂糅的例子，还比较容易识别它们的来源以找到出处。但是，有些文化典故的杂糅解读起来非常棘手，会给读者阅读和理解《诗章》带来困难。比如，在《诗章》第49章，庞德写道：

---

① ［美］庞德：《庞德诗选·比萨诗章》，黄运特译、张子清校，漓江出版社1998年版，第28—29页。

② 《论语·学而篇第一》，载［英］理雅各英译《四书》，杨伯峻今译，湖南出版社1996年版，第64页。

第一章 《诗章》狂欢化的人类文化   89

KEI   MEN   RAN   KEI
KIU   MAN   MAN   KEI
JITSU GETSU KO   KWA
TAN   FUKU TAN   KAI
(Pound 245)

相信普通读者很难一眼就看出这是中国古诗词吧？不过，这的确是庞德的天才创造。该片段杂糅了拉丁字母和日语读音，尽力保持中国古汉语内容和形式的原有魅力。据说庞德在写该诗章时，迫于不懂汉字，又不会说汉语，所以不得不依赖东方学家费诺罗萨的中国诗笔记，按照汉字日语读音为所引用的中国古诗标注拉丁字母拼音。但是知道了事实真相还是让我们不知所措：这首诗到底在讲什么？真不知庞德的这种杂糅艺术是否考虑过中国人的阅读感受？还好，国内已有学者找到它的出处①，通过分析认为庞德的这些文字源自中国《尚书大传》中的《卿云歌》，是舜时期的民歌，汉语表述为：

卿云烂兮
糺缦缦兮
日月光华
旦复旦兮

庞德的文化杂糅真是让人惊叹不已！

此外，庞德在文化杂糅过程中，还有一个大胆的尝试：他在《诗章》写作时，会有意加进自己的声音或融入自己的身影以参与文本意义的建构，同时增加诗歌叙事的生动性和趣味性。比如，在《诗章》第26章，庞德这样加进自己的声音："大使，为了他伟大的智慧和金钱，/那在这里曾经是一个放逐之人"（Pound 124）；第27章改为第二人称叙事："烤了吃掉，同志，我的孩子，/那就是你的故事"（Pound 132）。在《诗章》

---

① 赵毅衡：《诗神远游》，上海译文出版社2003年版，第139页；孙宏：《论庞德对中国诗歌的误读与重构》，《外国文学》2010年第1期；蒋洪新：《庞德研究》，上海外语教育出版社2014年版，第256—257页。

第 64 章，庞德干脆使用"Ez. P"（即"Ezra Pound"的缩写）入诗："别指望用艺术、诡辩、推诿/对此，他给我支付一基尼的律师费/我收下了/（需要重复的是，那些东西就是促使哈钦森毫无疑问地成为堕落的自我抒情曲的书写者/ Ez. P）"（Pound 360）。在第 79 章，庞德甚至作为一个旁观者观察自己（Old Ez），并进入自编自导的文本叙事中："当旭日把西边的崖路和军营/照亮，云与云相叠/Old Ez 折起睡毯/我从未错待晨星和夜星"（Pound 488），等等。

第四节 "我们思考，因为我们无知"

对于文化存在的社会功能及其价值的哲学思考，庞德曾说过这样的话："We think because we do not know"，即"我们思考，因为我们无知"①。庞德的表达似乎与法国哲学家笛卡尔的哲学命题"Cogito, ergo sum"②，即"思，故是"或者"我思，故我在"，存在一定的互文关系。庞德的本意是想说明：人作为社会群体动物，离不开理性思考和价值判断；思考的过程就是价值观升华的过程，就是从无知到有知、从蒙昧到开化的过程。该过程非常重要，就在于它让人成为真正理性的动物，不仅为自己的生存环境做出有价值的判断，而且为社会的进步和发展提供有价值的参考。无论生存环境还是社会发展，这都是人类文化所关注的内容，也是文化文本作为一个互文本需要经历的复杂过程，更是"增强语言和主体地位的一个扬弃的复杂过程，一个为了创造新文本而摧毁旧文本的'否定的'过程"③。

一 《诗章》中的文化功能论

就《诗章》而言，其文化功能论的形成与诗人庞德思想的成熟有密切关系，不仅涉及他的文化价值观和亲身经历的各种文化、历史事件，而且涉及他对人生、理想的求索，对社会万象的反思，对过去和未来的追

---

① Eva Hesse, *New Approaches to Ezra Pound: A Co-ordinated Investigation of Pound's Poetry and Ideas*, Berkeley, California: University of California Press, 1969, p. 17.
② 原文为拉丁语。在英语中，写作 I think; therefore I am; 在法语中，写作 Je pense, donc je suis。
③ 王瑾：《互文性》，广西师范大学出版社 2005 年版，第 44—45 页。

问。当然，这些因素在使《诗章》成为多元文化载体的同时，也强烈表达了他的文化愿望及理念①。庞德通过《诗章》展现他对人类文化功能的思考，既关照人类文化的传承功能，也关照人类文化的警示功能和批判功能。

首先，人类文化的传承功能在《诗章》中有比较生动的呈现。纵观文学史，任何一部文学作品都是人类文化的思想载体，都是对人类文化的探索和展示②。也就是说，任何文学作品都肩负着人类文化的传承功能，《诗章》也不例外。在《诗章》中，读者不仅可以发现传统的古代文化，而且可以发现前卫的现代文化；不仅可以发现宗教神学，而且可以发现文艺复兴时期的启蒙思想；不仅可以发现彪炳史册的正统文化，而且可以发现名不见经传的民俗文化；不仅可以发现符合历史发展演进的主流文化，而且可以发现被人忽视甚至遗忘的边缘文化；不仅可以发现让人叹为观止的神秘主义超灵文化，而且可以发现富于战斗精神的史诗文化；不仅可以发现顺应时代发展的新人文主义思想及文化，而且可以发现逆潮流而动的法西斯主义和反犹太主义文化；等等。在《诗章》第 11 章，庞德曾明确地说：

想知道我们在谈论什么吗？
……
古代的、现代的都有；书籍、武器
以及出类拔萃的人物，
古代的、现代的都有，简单说就是
睿智之人经常谈论的话题
……
全部以文字的形式写下来
(Pound 51—52)

在第 13 章，庞德接着说：

---

① Ezra Pound, *Guide to Kulchur*, London: Faber & Faber, 1938, pp. 3-5.
② 李杨、洪子诚：《当代文学史写作及相关问题的通信》，《文学评论》2002 年第 3 期。

> 那天，当历史学家在他们的作品中留下空白，
> 我是指，历史学家也有不知道的东西
> （Pound 60）

就像那些杏花，在从东方吹到西方的过程中，"我已尽力不让它们凋谢"（Pound 60），庞德以一名执着的文化传播者的口吻坦言道。不仅如此，他还告诉读者："现在我想让你们做的工作，就是遵守秩序"（Pound 47）……这些细节影射了这样一个事实：《诗章》自觉充当人类文化遗产的媒介，并努力肩负人类文化的传承功能①。

其次，人类文化的警示功能在《诗章》中有比较成功的体现。人类文化是一个多面体，正所谓横看成岭侧成峰，远近高低各不同。当人类文化在文学作品中出现时，可能会以不同的形式和面貌呈现出来，并反映其特殊价值和功能。在《诗章》中，为了宣扬正义和真善美，庞德通过讨论一些不寻常的人类文化现象给人们以警示。比如，在《诗章》第65章，庞德引用1782年亚当斯的话语，警示美国卷入欧洲战争的时间太过长久，不仅对美国文化的因袭传承而言，还是对美国政治经济的未来发展来说，都非常危险：

> 在我看来，美国人民
> 卷入欧洲战争的时间太过长久
> 显而易见
> 法英两国在极力促使我们卷入其中，最显眼的是
> 所有的欧洲势力将会继续操纵局面
> 把我们融入他们真实的或假想的权力
> 制衡之中。
> （Pound 377）

在该部分，庞德除了把"显而易见"写作 easy to see that，还把"最显眼的是"写作 Obvious 予以再次强调，是希望美国当局及政治领导人对

---

① Marcel Smith & William Andrew Ulmer, eds., *Ezra Pound: The Legacy of Kulchur*, Tuscaloosa & London: The University of Alabama Press, 1988.

国际局势要有足够清醒的认识:"欧洲势力将会继续操纵局面",包括对美国文化施加影响并进行控制和干预,所以绝不能让美国融入那种"真实的或假想的权力/制衡之中"(Pound 377)。

无独有偶,早在《诗章》第 8 章和第 14 章,庞德就通过揭露欧洲帝国主义的战争罪恶和黑色阴谋给美国及世人以警示:帝国主义的隆隆声留给人们什么呢?除了道德败坏和无尽的伤悲,还有"谎言家……愚蠢……贫民窟……高利贷……嫉妒……贪污……独裁"(Pound 62—64);除了给世界各国造成无休止的痛苦,还有灾难:那是一个个失去理性和良知的灾难(Pound 73, 90)!这些因为战争而引发的灾难不仅会对人类生存的环境造成摧枯拉朽式的破坏,还会对人类无辜的生命和业已建立的人类文化大厦造成最毁灭性的打击。因为清醒地认识到这一点,庞德焦急万分地在《诗章》里发出呼喊。他呼喊着要人们维护和平,为和平做出自己的努力:

和平!要维护和平,波尔索!
(Pound 91)
要和平!
波尔索……波尔索!
(Pound 95)
"要维护和平,波尔索!"我们在何处?
"要继续进行这个事业
那是我存在的原因"
(Pound 96)

庞德大声疾呼维护和平,有一个更深层的原因,即他认为人类文化一旦失去和平,一切就会变得不可控制,就会发生根本性的变化。就像他在《诗章》第 20 章警示的那样:"从没有看到斯巴达人统治下的橄榄枝/有过绿色的叶子,实际上再也没有绿过"(Pound 94)。波尔索不过是人类文化当中微小的缩影,庞德在《诗章》中这样警示,是希望履行他作为一位倡导和平且追求真理的、有良知的知识分子的责任担当。庞德对自己的角色定位十分明确:"维护和平","要继续进行这个事业/那是我存在的原因"(Pound 96)。

但是，庞德同时又警示世人：要保证人类文化不受摧残，要维护人类和平，其实还有艰难的道路要走。这需要人类想出理性且稳妥的办法。比如，在《诗章》第 26 章，庞德提到争取和平的一条可供参考借鉴的途径："把和平还给马拉特斯塔"，策略是保持严格意义上的中立，自觉到那里以示中立（Pound 121）。当然，庞德这种想象的、过于理想化的建议不一定发挥作用。他自己心里也清楚：人们都希望"穿好制服走出家门迎接和平日"（Pound 138），可是坚守的正义和和平力量：

并不一定
会消除未来的战争
（Pound 474）

对于该矛盾，庞德认为在西方找不到解药，因为西方资本主义的本性就是去掠夺和制造事端（Pound 474—475）。为此，他建议应该谦卑地求助于中国的孔子："孔夫子给出了两个词'秩序'（order）和'兄弟般的顺从'／（他）只字未提'来世'如何"（Pound 59）。对于这一点，庞德的意图是：西方人倘若渴望过上幸福美好的生活，就要丢掉寄希望于来世的幻想，应该脚踏实地、面对现实，为有秩序的社会理想不断奋斗。

再次，人类文化的批判功能在《诗章》中也有比较完美的体现。庞德借助《诗章》表达的批判具有丰富多彩的内容，不仅涉及自我反省式的批判，还有对他人的批判；不仅有对总统的批判，还有对小偷小摸的批判；不仅有对放高利贷者的批判，还有对垄断者的批判；等等。庞德曾经调侃说"军队里／看守的观点和坐牢人的／差多了"（Pound 514），原因是人和人之间的文化水准确实截然不同。

比如，在《诗章》第 25 章，庞德用独白体批判"我们"（we）这个群体，其实什么也没做到：

我们什么也没做到，我们没能把诸事安排得井然有序，
既不涉及房舍也不包括雕刻
（Pound 118）

然后，在《诗章》第 74 章，庞德进行自我批判："若我们不蠢，也

不会待在这里"（Pound 428）；在接下来的章节，比如在第 76 章，庞德对自我批判表达得更加直白：

人愈老愈愚蠢
历经磨难
（Pound 457）（黄运特　译）

除了自我批判，庞德还批判奴隶贩子、美国总统和贴现银行（Pound 436）。在《诗章》第 74 章，庞德公开批判那些"站在甲板间的奴隶贩子/和所有的总统"，因为他们掠夺民众以谋私利：

华盛顿、亚当斯、门罗、波尔克、泰勒尔
再加上出生在卡罗尔顿的卡罗尔，还有克劳福德
掠夺民众以谋私利　蛊惑
每一个贴现银行都是十足的罪恶
掠夺民众以谋私利
（Pound 436—437）（黄运特　译）

接着，庞德以复调的形式引用亚当斯的话，批判当时的美国总统罗斯福，因为庞德认为他折换黄金价格："十足的罪恶，J. 亚当斯说/黄金价从 21.65 变成 35"（Pound 439）。

此外，在《诗章》第 76 章，庞德批判美国的政府纲领，并认为如果政府纲领导向错误或者无作为，就会招致小偷小摸：

若盗窃是政府的纲领
（J. 亚当斯提到的每个贴现银行）
则会有相应的小偷小摸
（Pound 457）（黄运特　译）

不仅如此，在第 77 章，庞德还批判弄虚作假的"意大利鬼"[①]："该

[①] 原文 wop 含有贬义。

死的意大利鬼,除了个别的/在行政管理中弄虚作假,比不列颠人好不了多少/炫耀,虚荣,盗用公款,使20年的努力毁于一旦"(Pound 470)。在第78章,庞德批判和诅咒那些垄断者:

> 让垄断者去啃狗屎
> 一群狗娘养的
> 禁止奴隶买卖,让沙漠出绿洲
> 威胁放债的猪
> (Pound 479)(黄运特 译)

紧接着,庞德以更加犀利的语言批判放高利贷者:

> 日内瓦,放高利贷者的粪堆
> 青蛙,英国鬼,和几位荷兰皮条客
> 作盘上装饰以准备敲诈
> 与常见的肮脏勾当
> ……
> 恶根在于高利贷和转换货币
> 以及丘吉尔的重返弥达斯靠他的骗术宣扬
> (Pound 481)(黄运特 译)

在第80章,庞德批判半生不熟者、浅尝者以及无赖:

> 以50万的价钱把国家出卖了
> 企图从民众身上骗出更多
> 从门房手中把地方买来
> 后者却无法交货
> (Pound 496—497)(黄运特 译)

随后,庞德批判参议员,说他们有黑心肠:

> 若一个人不偶尔在参议会里坐坐

他怎能洞察参议员的黑心肠?

(Pound 496)(黄运特 译)

因为社会的黑暗面太多,庞德在《诗章》中感慨:"汝曾否游于恶风之海/穿越永恒之虚无"(Pound 513);"天堂不是人造的/却显然支离破碎"(Pound 438)。通过种种事例,读者不难看出庞德的文化批判性功能在《诗章》中得到生动体现。当然,庞德在《诗章》中的文化批判性功能表现在诸多方面,这里只能管中窥豹。

二 《诗章》中的文化优势论

虽然庞德在《诗章》中倡导多元文化,但是他在呈现具体文化现象时,还是明显带有他的主观判断和选择。纵观《诗章》的整体内容,庞德系统书写了三种在他看来比较优秀的人类文化:意大利文艺复兴时期的文化、中国古代的儒家文化和美国建国初期的文化。而且,它们都有专章予以重点展示,其他文化镶嵌在整部史诗的不同章节之中,为诗歌主题思想服务。这些章节的特殊安排和内容呈现,反映出一种倾向:《诗章》蕴含着文化优势论思想。

所谓《诗章》的文化优势论思想,是指诗人庞德在《诗章》中以别具匠心的方式采用具有明显导向性、典型性的人类民族文化,给世人带来启迪和希望,一方面旨在形成积极向上的氛围,为社会发展增添正能量,另一方面努力建构某种示范效应,为相对落后的、缺乏生机和活力的文化提供参照,让它们借鉴和学习[1]。在庞德看来,消极堕落、不符合时代潮流的文化就是落后文化,这种文化会从根本上阻碍社会进步,甚至会使人类社会面临崩溃和瓦解。庞德的文化优势论思想反映在《诗章》中,一个重要诉求是:文化强,则国强;文化弱,则国弱[2]。

在《诗章》第8—11章,即《意大利诗章》,庞德带着历史学家那种严谨认真的态度在图书馆的故纸堆里查阅各种文献资料,除了呈现意大利

---

[1] Marcel Smith & William Andrew Ulmer, eds., *Ezra Pound*: *The Legacy of Kulchur*, Tuscaloosa & London: The University of Alabama Press, 1988.

[2] Donald Davie, *Ezra Pound*: *Poet as Sculptor*, New York: Oxford University Press, 1964, pp. 182-201;司马云杰:《文化社会学》,山东人民出版社1987年版,第132—136页。

文艺复兴时期的一些基本史实，还力图复原当时意大利社会的真实面貌和丰富的人文主义因素。在该过程中，庞德重点讲述了意大利社会显赫一时的风云人物马拉特斯塔。关于他的史料是那些已经束之高阁的（搁浅在书架上的）碎片，既有事件也有传说（Pound 28）。西吉斯蒙德是当时意大利社会的正能量：他受到罗马天主教教会的迫害（Pound 32），但是为了城邦的利益和社区的好处，毅然投入城邦的政治斗争，为佛罗伦萨人民争取基本权利（Pound 30）；他勇敢、机智、勤劳，富有热情，在威尼斯、里米尼、佛罗伦萨等地被奉为英雄；他竭尽全力保护意大利的珍奇艺术，自己也有极好的收藏（Pound 31），同时慷慨帮助那些有真才实学的艺术工匠；在里米尼搞文化建设，为古希腊文化正名，这让希腊皇帝造访佛罗伦萨（Pound 31）；按照希腊神庙的模样建造意大利文化神庙，并对它进行艺术性的美化（Pound 36）……在西吉斯蒙德的示范和引领下，意大利的文艺复兴和人文主义精神逐步强盛，并对整个欧洲产生深远的影响。

  在《诗章》涉及的东方文化中，庞德写到中国古代的文化最多、最集中，也最成体系。尤其是在《诗章》第52—61章，即《中国诗章》，庞德根据当时欧洲学术界公认的权威资料和文化典籍，包括19世纪法国学者德玛雅①撰写的十二卷本《中国通史》（*Histoire General de la Chine*）②，对中国文化及历史进行了比较系统的、创造性的诗性书写。这在当时西方世界是绝无仅有的。庞德这样做的目的，是要挖掘中国古代文化中的优秀元素，不仅为美国，而且为其他欧洲国家提供有价值的借鉴和参考。在中国文化中，庞德歌颂古代先贤尧、舜、禹，称颂"尧像太阳和雨露"，无私地泽被天下；"禹，水之统帅"，使"黑地肥沃"，"野生的丝绸不绝于山东"；"舜可比作上帝或天之精灵/可移动太阳和星宿"（Pound 262—263）。随后的中国朝代中，庞德认为凡是遵循尧、舜、禹帝王精神的，国家就兴旺，否则就跟夏朝一样灭亡。直到周朝，出现了孔子。孔子贤德，并有智慧，惠及社稷百姓。庞德认为：中国以后的历朝历代凡尊崇儒术或儒家思想，国家就兴旺；反之，如果佛教徒、道士、贪官、阉官等主持国家建设，华夏文明就会遭受创伤……清王朝的康熙和雍正两位皇帝遵循儒道、倡导仁政，使中国焕发勃勃生机。庞德在《中国诗章》中流露

---

① 即Moyriac de Mailla。该学者也有一个中国名字叫"馮秉正"。
② 赵毅衡：《诗神远游》，上海译文出版社2003年版，第289页。

出的文化优势论思想告诉读者：正统的儒家思想要优越于非正统的道家思想和佛教思想。

庞德书写的《诗章》第62—71章，被誉为《美国诗章》或《亚当斯诗章》。在该部分诗章里，庞德借助大量翔实的史料回顾美国建国初期的政治、经济和社会生活，热情歌颂美国当时的先驱人物如华盛顿、亚当斯、杰弗逊、富兰克林等人。不过，在他们中间，庞德最尊崇亚当斯，歌颂他为美国的建国事业呕心沥血、为美国人民的利益死而后已、为美国的兴旺发达前赴后继、为美国的经济发展和外交事业殚精竭虑、为美国的长远利益和民族利益鞠躬尽瘁……庞德的立场很鲜明：美国之所以在庞德的时代腐败、堕落、毫无生气，就是因为缺乏像亚当斯那样睿智、有责任心的国家领导人，因为没有谦逊的、品德高尚的领路人（Pound 372—373）。换言之，美国的文化如果要复苏和勃兴，就要有亚当斯那样一切从美国的前途着想、一切从美国人民的根本利益出发，脚踏实地勤勉工作的总统，就要有亚当斯总统那样敢于对社会不良现象进行大刀阔斧改革的魄力和勇气。或许只有这样，美国才可能再次兴旺发达，才可能不被苏联和欧洲国家所嘲笑。这就是庞德文化优势论思想的核心内容，也是他作为诗人的绮丽梦想，更是他的拳拳爱国心的生动体现[①]。

第五节　人类文化使者的责任担当

庞德把《诗章》变成人类文化的万花筒，也使它成为一部无所不包的百科全书。他将各种人类文化现象写进《诗章》，除了呈现人类文化的无穷魅力和卓越风姿，还通过《诗章》凸显这些文化的独特价值，展现诗人作为人类文化使者的责任担当。

第一，凭借一颗诚实、充满爱的心，把传统延续下去（Pound 506）。在《诗章》第80章，庞德语重心长地写道：

　　我的小女孩，
　　把传统延续下去

[①] Donald Davie, *Ezra Pound: Poet as Sculptor*, New York: Oxford University Press, 1964; Hugh Kenner, *The Pound Era*, Berkeley: University of California Press, 1971.

>可以有一颗诚实的心
>而没有出奇的才干
>（Pound 506）（黄运特　译）

这是庞德写给女儿玛丽的心里话。庞德试图告诉女儿：作为新生代的代表，她不能丢弃传统或者无视传统的存在，而是应该做好准备，把传统延续下去；在该过程中，没有出奇的才干不是人生成败的重要因素，关键是要有一颗诚实的心，内心充满爱，并能够勇于承担责任。庞德的话具有丰富内涵。除了给女儿以无限的启迪和教诲，或许他还有自我解嘲的味道：像他这样有出奇的才干的人又能怎么样呢？生活不也是充满坎坷，人生不也是跌宕起伏吗？但是如果读者从深层次挖掘，会发现庞德的话似乎又不只是说给"我的小女孩"听，他是要说给所有跟小女孩一样的青少年听，而且在庞德提到把传统延续下去的权利划分和责任担当方面，他自己起到身先士卒的表率作用。就像那位执着、坚毅的阿斯塔菲亚："保留了传统/从拜占庭以至更久远的传统"（Pound 489）。当然，在情感认知方面，庞德本人努力保持一颗诚实的心，又借助生动的文字在《诗章》里表现出一种出奇的才干，尽管他的心和才干受到不少人的质疑和诘难。

在《诗章》，庞德有许多相关或不相关的记忆碎片和隐喻性语言，暗示他是文化传统的化身或是文化传统的继承者、传播者和守望者。比如，庞德在《诗章》中曾借助一些女士们调侃的口吻对自我进行画像：

>女士们
>对我说
>你是一位老人
>阿那克里翁
>（Pound 535）（黄运特　译）

阿那克里翁即古希腊宫廷诗人Anacreon，他非常擅长书写古典的爱情诗和欢宴诗。女士们把庞德比作阿那克里翁，除了表明他在写诗方面的卓越才华，还影射他身上透露出的那种传统气质与古典形象。而且，庞德的这种气质和形象促使他在书写晨光对着旭日时，心里想到的是"旭日……像一枚最珍贵的古希腊铸币"（Pound 205—206）。

庞德在《诗章》里纪念达勒尔，因为达勒尔曾是帕钦寓所的克里斯·哥伦布（Pound 508），即美国传统文化的坚定守护者帕钦私人寓所的第一位发现者。对这样一座充满传统文化底蕴的寓所，另一位对传统怀有深深敬意的诗人兼画家卡明斯，继续诗意地栖居于此。在庞德看来，这些人物都是传统文化的守望者，他们在为人类文化的传承与发展做出特殊的贡献：

传统住在此，正如惠特曼住在坎登
一幅版画莱克星顿街596号，
47街24E
（Pound 508）

鉴于此，庞德也积极地参与其中，为延续人类文化传统贡献力量，并义无反顾地像"圣约翰忍着腹痛/为后世写作"（Pound 438）。

庞德在《诗章》中勇敢表达文化传承思想是伟大的。但是，对于"shall we look for a deeper or is this the bottom?"（我们应该寻找更深层的，还是这已到了底？）（Pound 438）这个疑问，庞德没有给出确切答案。倒是对经营现代艺术还是传统艺术的问题："What art do you handle? 'The best' And the moderns?"，庞德以对话体的方式表明了他的立场："你经营什么艺术？/'最好的'现代作品吗？'哦，没有现代的/我们没法卖任何现代的艺术品'/可巴克尔先生的父亲仍然按照传统制作圣母玛丽亚/像你能在任何大教堂看到的木雕/另一位巴克尔还在雕刻凹槽/如同伊索塔时代的萨鲁斯迪奥"（Pound 448）。在这里，庞德影射了现实生活中坚持传统与追求现代之间的矛盾。同时，针对传统的价值，庞德也婉转表达了他的个人立场和态度：在现代社会中，不能忽视传统的存在及其作用，因为二者在历史的隧道里并不相悖，而是相辅相成[①]。

如果把传统比作庙宇（Pound 440），庞德认为人类文化使者除了需要拥有积极进取的态度和精神，还需要满腔的热情以及神圣的律法作为保护，当然公正的度量衡也必不可少。正如庞德在《诗章》第74章所说的

[①] Marcel Smith & William Andrew Ulmer, eds., *Ezra Pound: The Legacy of Kulchur*, Tuscaloosa & London: The University of Alabama Press, 1988.

那样:"从律法,据律法,去造你的庙宇吧/ 凭着公正的度量衡"(Pound 440)。

第二,传播文化精神,不是简单地把它存储在记忆里,而是放在永恒中。在《诗章》第 106 章,庞德论及记忆与永恒之间的关系(Pound 752—755)。实质上,把文化精神存储在记忆里和放在永恒中,有根本区别:记忆里的文化精神是暂时的,它会随着记忆主体的消亡而消失;而永恒中的文化精神是一种稳定性存在,即使记忆主体消亡,它还会借助除记忆主体之外的其他文化载体进行无休止的复制和传播,使之具有传播性和延伸性[①]。该载体是什么呢?就像庞德《诗章》这样的文化文本,在某些方面能够指引你(Pound 752)。

当然,正是因为有《诗章》这样的客观文本存在,人类文化使者的责任担当和归属才有了生动和鲜活的内容。它不再是某种虚幻和不可知的神秘力量,而是触手可及,具有参照性和柔韧度。但是,这类文化文本倘若要稳定地存在,同时积极主动地发挥作用,还需要一些具体的物质条件予以支撑。

首先,需要人类文化使者有好秉性和"端"的态度。正如庞德在《诗章》第 93 章所说:

一个人的天堂就是他的好秉性
(Pound 623)

换言之,好秉性会使文化使者拥有超凡脱俗的文化品位和人生境界,这是他们最伟大的财富之一。不仅如此,还要有"端"的态度,该态度不只是一种存在,而且是一种符号和力量,一种源于自然又回归自然的状态。正如庞德在第 85 章所写的那样,"端""不是欲望,不是挣扎/而是如同小草和林木"。为此,在文化传播过程中,文化使者要把持住"端",The four tuan(Pound 545)。

其次,需要人类文化使者有献身精神和独立自主的权利。试想,如果

[①] Marcel Smith & William Andrew Ulmer, eds., *Ezra Pound: The Legacy of Kulchur*, Tuscaloosa & London: The University of Alabama Press, 1988; Michael Coyle, *Ezra Pound, Popular Genres, and the Discourse of Culture*, University Park, Pa.: Pennsylvania State University Press, 1995.

人类文化使者意志不坚定，缺乏敬业的态度和献身精神，文化传播工作不可能做好。独立自主的权利同样重要，这不仅保证像庞德这样的人类文化使者能够行使正当权益、从事想做的事业，而且保证他们拥有独立的品格和人格，使文化传播的整个过程充满意义。为此，庞德在《诗章》第104章中说：

还是那句老生常谈的话……"一种独立"
本
pen yeh
業
（Pound 744）

此外，庞德还提出在文化传播问题上，需要人类文化使者张弛有度，能够把握分寸，并做到恰到好处："劳作别太过分/别/勿/助/長"（Pound 531—532）。庞德着重强调的部分带有人类文化传播的方法论的印记，其出处见于公孙丑章（it stands in the Kung-Sun-Chow）（Pound 532），似乎故意向读者说明：诗人关于本业和劳作别太过分的说法是有章可循的。

第三，人类文化要"通过人民/传播"并最终延续"德/te"（Pound 548），以促进文明的发展与进步。在庞德看来，人类文化使者做到自身有所作为只是其责任担当的一个方面，基于社会实践经验还需要拥有另一个不可或缺的品质：

通过人民
传播
德
te
（Pound 548）

一方面，通过传播"德"净化自己的精神境界和修养；另一方面，通过传播"德"达到改造社会、拯救国家和民族命运，进而拯救全人类命运的目的，使人们一心向真善美，走向和谐，这才是文化使者真正的责任担当和归属。庞德通过自己的所作所为努力证明自己就是这样积极向上的人类文化使者。

不仅如此，庞德的"德"还表现在他的爱国心方面。从某种意义上讲，他的《诗章》就是一部为改造美国社会而特意撰写的文化教科书。虽然庞德生前主要居住在欧洲，但是内心并没有忘记美国。不管他身处何地，他的气质和骨子里展示的是美国人的气质；不管他书写怎样的诗歌，字里行间流露的是美国人的感情。英国传记作家文登曾在《游子、诗人和圣徒》一文中称颂艾略特"在放弃美国籍后，他同美国的关系变得更密切。他开始在诗中使用更多的美国背景，同时也频繁地返回美国。"[①] 人文主义者庞德又何尝不是如此呢？尽管庞德不像艾略特频繁地返回美国，但是他不像艾略特放弃美国国籍，这表明他不愿切断美国的根，在内心深处依然是眷恋美国、心系家乡的，这从他的诗歌中有不少美国意象和美国场景也可以看出来：庞德是热爱美国的[②]。但是，爱之愈深，恨之愈切。庞德希望美国好起来，强大起来。然而，现实让他很苦恼。当他面对种种挫折和打击备感失望时，他依然坚强地告诫自己：

　　Chung　中
　　居之中
　　不管垂直还是水平
　　（Pound 464）
　　凡事有始有终。知
　　先　　後
　　则有助悟道
　　（Pound 465）

总之，庞德的《诗章》是一部典型的人类文化文本，多姿多彩的文化现象交相辉映。里面不仅有东西文化的对话，还有东西文化的狂欢，包括东西方语言的杂交、表达意义层面的一符多音以及东西方文化资源的杂

---

① 刘海平、王守仁主编：《新编美国文学史》（第3卷），杨金才主撰，上海外语教育出版社2002年版，第106页。

② Hugh Kenner, *The Poetry of Ezra Pound*, Lincoln & London: University of Nebraska Press, 1985.

呈等。庞德自信地把自己视为人类文化的使者，还义无反顾地把《诗章》作为人类文化呈现的舞台。他把百科全书式的文化现象写进《诗章》，一方面旨在化腐朽为神奇，把许多可能会被历史遗忘或即将被历史遗忘的文化从故纸堆里解救出来，以使它们散发理性的光辉；另一方面旨在呈现庞德作为人类文化使者的责任担当。他称自己是已渡过忘河的人（Pound 472），所以"若我倒下，也不下跪"（Pound 473）。尤其是在宣传人类优秀文化的过程中，庞德表现出前无古人、后无来者的气魄。这种气魄使他原本无畏的革命者角色，多了许多现实和预言性的内容。用美国记者斯蒂芬斯的话说：

……你拿
革命者根本没有办法
除非他们到了穷途末路
（Pound 540）

第二章

《诗章》被言说的历史

1989年10月27—28日,在美国耶鲁大学惠特尼人文研究中心,布鲁克斯教授作为中心主任主持召开了一次别开生面的学术会议。会议主题是"一首包含历史的诗:艾兹拉·庞德《诗章》研究"①。该会议之所以意义非凡,就在于它专门聚焦庞德的《诗章》,并集中探讨《诗章》的历史性。但是,由于"我们仍然对《诗章》知之甚少,而且,它又是英美现代主义文学作品中最深奥难懂的一部"②,会议讨论只做了一些铺垫和抛砖引玉式的工作。《诗章》是一部与人类生活和社会历史紧密联系的文本,倘若读者把它放在一个宏观的历史语境去考察,比如借助文本理论对它进行解读,会发现它有许多待开拓的领域和空间,或者说还有深入研究和讨论的可能性。况且,庞德在《诗章》第98章借助斯托克的口吻说,他所写的文字是历史学家错过的东西(the historians missed it)(Pound 688)。

第一节 "一首包含历史的诗"的历史性内涵

对于"一首包含历史的诗"的英文表达,有两个版本:一是布鲁克斯教授的版本 A Poem Including History,二是瑞妮教授的版本 A Poem Containing History③。查阅《阅读入门》,读者会找到庞德的原文:An epic is a

---

① 英文原文是 A Poem Including History: The Cantos of Ezra Pound。
② Lawrence S. Rainey, "Introduction", in Lawrence S. Rainey, ed., A Poem Containing History, Michigan: The University of Michigan Press, 1997, pp. viii, 1.
③ Lawrence S. Rainey, ed., A Poem Containing History, Michigan: The University of Michigan Press, 1997.

poem including history（一部史诗就是一首包含历史的诗）①。实际上，该说法有它最早的出处，即 1934 年由伦敦费伯 & 费伯出版社出版的庞德名篇《日日新》②。布鲁克斯教授直接挪用庞德的说法，而瑞妮教授却偷梁换柱地将庞德原文中的 including 替换成 containing，暗示庞德的表达还包含另一层意思 history including a poem（包含一首诗的历史）③。这就留给读者可以进一步思考和阐释的空间：作为史诗的《诗章》应该存在双重属性，既具有文本的历史性，又具有历史的文本性。庞德本人在《诗章》中也曾坦言：History is a school book for princes（历史是王子们的教科书）(Pound 280)，该表达明显具有互文性。

一 《诗章》文本的历史性

文本与历史的关系探讨本属于新历史主义研究的范畴，但是在跨学科、跨理论大行其道的今天，文本与历史的关系研究衍生出丰富而有趣的内容。新历史主义流派有许多重要观点，文论家华尔纳提出的"文本是历史性的，历史是文本性的"似乎流传最广④。不管华尔纳是有意识还是无意识，他的说法已把文本和历史置于互文性的世界，并使该表述本身具有互文与对话的性质。就华尔纳强调的文本是历史性的观点来看，任何文本都是在历史发展的过程中形成，任何文本都是人类历史的衍生物；与此同时，人们密切关注的文本意义的生成也离不开具体的历史语境，因为它是历史语境直接作用的结果。对此，新历史主义评论家蒙特罗瑟告诉读者：文本都具有历史性，原因在于"包括批评家讨论的文本以及批评文本自身涉及的一切写作和阅读方式……都产生于特定的社会和物质环境"，而且具有明显的社会历史背景⑤。这为文本的历史性研究提供了理论依据和参考。从文本的历史性角度考察《诗章》，会发现《诗章》作为文本的一种独特性存在，具有让人耳目一新的历史性内容。

---

① Ezra Pound, *ABC of Reading*, New York: New Directions, 1960, p. 46.
② Ezra Pound, *Make It New*, London: Faber & Faber, 1934; also see Ezra Pound, *The Literary Essays of Ezra Pound*, T. S. Eliot, ed., New York: New Directions, 1954, p. 86.
③ Lawrence S. Rainey, "Introduction", in Lawrence S. Rainey, ed., *A Poem Containing History*, Michigan: The University of Michigan Press, 1997, pp. vi-viii.
④ Brook Thomas, *The New Historicism and Other Old-fashioned Topics*, Princeton, New Jersey: Princeton University Press, 1991, p. 7.
⑤ 王岳川：《后殖民主义与新历史主义文论》，山东教育出版社 2001 年版，第 185 页。

首先,《诗章》是特定历史时期的产物。布鲁姆在《读诗的艺术》一文中指出:"诗比其他任何一种想象性的文学更能把它的过去鲜活地带到现在。"① 这说明作为文本存在形式的诗具有特殊的历史属性:一方面,诗是特定的历史人物在特定的历史场合下完成的历史性作品;另一方面,诗记载着特定的历史事件,是对特定历史背景的描摹和复写,是一种基于历史的客观再现。庞德的《诗章》明显具有上述关于诗的历史属性。对于庞德而言,他书写《诗章》的过程,就是他积极借鉴历史、消化历史、反思历史,并且向历史致敬的过程。换言之,他书写《诗章》本身就是一个历史行为。而且,庞德在努力使《诗章》再现历史真相的过程中遵从了某些作诗的原则或规则,这些原则或规则本质上也是历史的、完全不以人的意志为转移的。"既然写诗是有章可循的,诗人就可以通过学习不断提高自己的写作技巧。"② 庞德就是通过不断学习历史完成了他从历史中充分模仿和借鉴,在《诗章》中巧妙移植和转化,然后又通过《诗章》重现历史事实和复原历史真相的过程。《诗章》是历史文本的一个典型范例,它既是历史的衍生物,又是历史延续的载体,旨在实现历史与现实的良性互动和交流。从整体来看,它是历史的诗性书写,也是诗艺的集中展示。诗艺的产生基于两个原因:一是从孩提时候起人就有模仿的本能;二是每个人都能从模仿的成果中得到快感③。当然,不管是模仿,还是从模仿的成果中得到快感,这些行为本身都与特定的历史场合、历史人物和历史事件紧密关联。《诗章》与其他历史文本一样,具有明显的历史性。最重要的是,它是特定历史时期的一个特定的模仿社会和历史的产物。

　　其次,《诗章》是一部具有里程碑意义的史诗④,这决定了它必须具有诗和史的双重属性。亚里士多德在《诗学》中指出,"诗是天资聪颖者或疯迷者的艺术,因为前者适应性强,后者能忘却自我";"至于故事,无论是利用现成的,还是自己编制,诗人都应先立下一个一般性大纲,然

---

①　[美]哈罗德·布鲁姆等:《读诗的艺术》,王敖译,南京大学出版社 2011 年版,第 14 页。
②　[古希腊]亚里士多德:《诗学》,陈中梅译,商务印书馆 2003 年版,第 286 页。
③　同上书,第 47 页。
④　Stephen Sicari, *Pound's Epic Ambition: Dante and the Modern World*, New York: State University of New York Press, 1991, p. ix.

后加以穿插,以扩充篇幅。"① 庞德从 1904 年开始就酝酿书写一部像荷马的《奥德赛》和但丁的《神曲》那样气势恢宏的史诗,但是苦于没有清晰明确的大纲,他那有一定长度的诗进行得比较艰难②。直到 1922 年,他逐渐有了比较清晰的脉络:"可能随着诗歌写作的继续,许多事情(在我脑海当中)就会变得越来越清晰。我已经鼓足勇气去写一首包含 100 个或者 200 个诗章的诗……"③。庞德要使他的《诗章》成为一部包含历史的诗,同时努力使《诗章》历史化(historicized)而非小说化(fictionized)。该观点蕴含在他答复《巴黎评论》记者问的过程中:"我尽力使《诗章》历史化……而不是小说化。"④ 但是,庞德的回答会让读者产生一个疑问:既然《诗章》是诗歌文本的一种表现形式,那么诗与史之间应该有明显的区别,况且先哲们早就界定说:诗是一种比历史更富哲学性、更严肃的艺术,因为诗倾向于表现普遍的事,而历史却倾向于记载具体事件;诗人的职责不在于描述已经发生的事,而在于描述可能发生的事⑤;历史学家的任务是按年代把一段时间内发生的事情全部记下来,而诗人的任务是摹仿完整的行动。⑥ 那么基于先哲的这些智慧,读者就不能把诗与史混为一谈。可是,庞德尽力使《诗章》历史化的目的何在呢?笔者研究发现,一方面,庞德希望延续荷马史诗的传统,使《诗章》充满历史厚重感的同时,继续传承人类历史上普遍认同和接受了的优秀精神品质;另一方面,庞德旨在打破诗歌叙事单一或者封闭的结构,主动邀请历史参与诗歌文本的建构,使诗歌与历史在文本互文的开放结构中接纳更多的史料和信息。对此,庞德希望《诗章》中有一种弹性的东西能够包容历史,并且足以容纳必要的材料⑦。其创作的目的在于:"尽可能地达到最高成就,

---

① [古希腊] 亚里士多德:《诗学》,陈中梅译,商务印书馆 2003 年版,第 125 页。
② Donald Davie, *Ezra Pound: Poet as Sculptor*, New York: Oxford University Press, 1964, pp. 30–35.
③ D. D. Paige, ed., *The Selected Letters of Ezra Pound* (1907–1941), New York: New Directions, 1971, pp. 178–182. 另参见蒋洪新《庞德〈诗章〉结构研究述评》,《外国文学研究》2012 年第 5 期。
④ 转引自蒋洪新《庞德〈诗章〉结构研究述评》,《外国文学研究》2012 年第 5 期。
⑤ [古希腊] 亚里士多德:《诗学》,陈中梅译,商务印书馆 2003 年版,第 80 页。
⑥ 同上书,第 83 页。
⑦ Wilson, Peter, *A Preface to Ezra Pound*, New York and London: Longman, 1997, pp. 166–167.

'有造诣'，有其他令人满意的效果。"① 在庞德那里，有限的生命可以在历史中延长，不仅可以跨越东方与西方的时空，而且可以穿越过去与未来。所以，在诗歌文本建构的过程中，庞德除了使《诗章》具有诗的艺术性和抒情性，还使它具有史的延展性和包容性。从某种意义上讲，《诗章》就是诗与史的完美结合，就是诗与史的自在唱和。

再次，《诗章》书写历史上的各种人和事，以海纳百川的姿态融入各种历史素材，印证它作为诗歌文本的历史性。柏拉图指出："诗的表达可通过三种方式进行：（一）叙述，（二）表演，（三）上述二者的混合。"②而且，"写诗不能完全依靠技艺；有成就的诗人总有一些属于'素质'方面的东西。"③ 亚里士多德进一步阐释说："既然诗人和画家或其他形象的制作者一样，是个摹仿者，那么，在任何时候，他都必须从如下三者中选取模仿对象：（一）过去或当今的事，（二）传说或设想中的事，（三）应该是这样或那样的事。"④ 庞德的诗歌表达法与柏拉图和亚里士多德所说的诗歌表达法有异曲同工之妙，因为他习惯于在诗歌写作过程中有的放矢地穿插各种历史叙事，同时以历史模仿者的姿态借助历史碎片把它们呈现出来。呈现历史碎片时，庞德在《诗章》里不仅有叙述和表演，而且有上述二者的混合；不仅有过去或当今的事、传说或设想中的事，还有应该是这样或那样的事。比如，在《诗章》第 8 章，庞德书写了有关意大利的历史，里面谈到历史人物西吉斯蒙德、弗朗塞斯克等，并涉及关于他们的历史典故：

> 教堂反对他，
> 麦迪锡银行还在运作，
> 高挑的斯福尔扎也反对他
> 斯福尔扎·弗朗塞斯克，长着高挑的鼻子，
> 曾在九月把他的（弗朗塞斯克的）女儿
> 嫁给他（西吉斯蒙德），

---

① Ezra Pound, *The Literary Essays of Ezra Pound*, T. S. Eliot, ed., New York: New Directions, 1954, p. 396.
② [古希腊] 亚里士多德：《诗学》，陈中梅译，商务印书馆 2003 年版，第 43 页。
③ 同上书，第 285 页。
④ 同上书，第 177 页。

第二章 《诗章》被言说的历史

是弗朗塞斯克在十月里偷走了佩扎罗
在十一月还是威尼斯人……
(Pound 32)

除了诗化的历史性叙述和描写,庞德还借用从图书馆里收集来的历史文献,直接穿插在《诗章》文本中,作为书写该部分诗章的重要补充。这里有一个典型案例:庞德发现西吉斯蒙德孩童时代以 Malatesta de Malatestis 为署名于 1454 年 12 月 22 日写给他父亲的信,惊喜之余竟然把该信件内容全部原封不动直接镶嵌在《诗章》第 9 章,烘托并说明西吉斯蒙德从小就聪明伶俐、善解人意:

"马拉戴斯蒂将军:
　　伟大而值得歌颂的主人和父亲,我特别的君王,由于及时派送,您的信件已通过金迪利诺·达·格拉达拉呈现在我眼前;您还给我带来会嘶叫的小马驹。在我眼里,它真是一个美丽可爱的小东西,相信骑在它身上,我会学到所有骑乘的技巧。在这里,我感受到您的慈爱,也赞美您的美德……"
(Pound 39)

就中国历史在《诗章》中的表达,庞德参阅 19 世纪法国传教士莫瓦利亚克·德玛雅所著十二卷巨著《中国通史》,采取以诗代史的策略和方法,"基本上把中国历史全部捋了一遍"[1]。该部分内容具体反映在《诗章》第 52—61 章,包括第一个朝代夏、第二个朝代商、第三个朝代周、第四个朝代秦、第五个朝代汉、第八个朝代(南北朝中南朝的)宋、第十三个朝代唐、第十九个朝代宋、第二十个朝代元、第二十一个朝代明以及第二十二个朝代清[2]。虽然在书写上述诗章过程中,庞德充满雄心壮志,但是由于中国历史源远流长,完全超乎他的想象,加上他不懂汉语,对中国历史的认识和理解也只能停留在德玛雅神父转述、嫁接和挪用的基础之上。不过,庞德在《诗章》中记录的某些中国历史片段还是比较生

---

[1] 赵毅衡:《诗神远游》,上海译文出版社 2003 年版,第 288—289 页。
[2] Ezra Pound, *The Cantos of Ezra Pound*, New York: New Directions, 1971, pp. 255-256.

动和形象。比如,在《诗章》第 54 章,庞德写道:

> 周朝延续了八个世纪,然后是秦
> 秦朝国君是统一六国的秦始皇
> 他自称嬴政
> ……
> 33 年后焚书坑儒
> 因为愚蠢的文人
> 接受李斯的建议
> 除了保留医学和农学书籍
> (Pound 275)

汉朝的情况怎样呢?庞德接着写到关于刘邦、项羽的历史:

> 刘邦和项羽出道
> 项羽要争夺天下
> 但是他在文学方面没有造诣
> 声称只想光宗耀祖,传宗接代
> ……
> 刘邦储存粮食和军备物资
> 促使他登基做皇帝,史称汉高祖
> (给百姓)带来安宁和富足
> (Pound 275—276)

《诗章》关于美国历史文本的叙事集中在第 62—71 章,即《美国诗章》。在这些章节中,庞德忠实记录了美国发展初期的历史事件及社会状况,比如对当时法律、专业知识、议会筹备、艺术和商贸等方面的历史性回顾与描写:

> 爱国者需要法律工作者
> 各种措施都涉及专业方面的知识
> 让知识产生作用/管理委员会应该组建一个议会

……
鼓励艺术、商业和农业……
(Pound 342—343)

然后，聚焦并书写以美国第二任总统亚当斯为代表的政府人员，针对美国民众反映的社会问题在当时做出的各种努力：

1774年
6月7日，由几个殖民地委员会成员获得许可
(他们是) 鲍登、库欣、山姆·亚当斯、约翰·亚当斯和潘恩
(罗伯特)
"忧郁，我沉思，我再做思考"
……
给当地立法/那是根本
我们将赞同国家贸易诸事务
……
引导大家集思广益，拟定国家宪法
(Pound 344)

当然，美国历史的建构是诸多历史人物全力以赴、奋发图强的结果。但是他们之间在政治主张、思想意识、经济策略等方面，又不可避免地存在斗争和较量（Pound 348—349）。这些涉及政治机密的历史事件在美国正史中不可能见到。然而，庞德通过《诗章》以编外史的形式不仅使它们历史重现，还把它们绘声绘色地书写下来：

(华盛顿总统的) 退位消解了党派之间的
猜疑
杰弗逊先生，汉密尔顿先生
后者不看好大部分民众对他的信心
反对汉密尔顿去支持杰弗逊是徒劳
对此，汉密尔顿打算削弱亚当斯的力量
从1796年到1854年，没有哪个竞选的总统反对宾夕法尼亚

"那老家伙会成为好总统的，"贾尔斯评价说
"但是我们必须不定期地对他进行测评"
"各种措施会让你大吃一惊。"约翰·亚当斯给艾碧伽尔写信说
(Pound 349)

庞德除了在《诗章》文本中书写意大利历史、中国历史和美国历史，还镶嵌法国历史，涉及女王的好兄弟拿破仑和他的《法典》（Pound 227）；点缀英国历史，涉及英国首相丘吉尔以及他于1925年恢复金本位制的细节（Pound 426, 481）；穿插俄国历史，如"二战"中斯大林表现得顽固、没有一点幽默感（Pound 445）；等等。另外，还涉及土耳其战争（Pound 240）、1938年左右的/澳洲探险（Pound 427）、非洲的怀斯曼（Pound 513）等历史典故……这一切都使《诗章》文本充满丰富多彩的历史性。

二 《诗章》历史的文本性

史诗兼具诗和史的双重属性，可是从本质上讲，"史诗不应像历史那样编排事件。历史必须记载的不是一个行动，而是发生在某一时期内的、涉及一个或一些人的所有事件——尽管一件事情和其他事情之间只有偶然的关联。"[①]《诗章》中的历史是"发生在某一时期内的、涉及一个或一些人的"具体事件，但是由于诗歌语言的抒情特征又被赋予独特的文本性。概括来说，《诗章》历史的文本性及其自由彰显的个性，主要表现在以下三个方面：

第一，《诗章》中的历史是诗人庞德按照他个人的思想意识和知识体系建构起来的物质系统，这决定了《诗章》中的历史是一种个性化的文本存在。

亚里士多德认为："作诗是一件业务性很强的工作，它要求诗人熟悉典故"；同时，作诗又是"一种合成，它要求诗家有艺人的敏捷，工匠的灵巧。"[②] 对于诗人庞德而言，观其一生，他的确把作诗，尤其是对《诗章》的书写，作为一项崇高的事业，孜孜以求。从庞德身上，读者也发现

---

① ［古希腊］亚里士多德：《诗学》，陈中梅译，商务印书馆2003年版，第163页。
② 同上书，第285页。

作诗是一件业务性很强的工作：一方面，它要求诗人具有强大的思想武器和知识储备，能够灵活自如地运用各种历史知识入诗，比如把历史上出现的各种典故作为诗歌写作的素材和内容，使诗歌成为各种文献材料、历史事件和历史意识的集合体；但是，另一方面，诗人又不能像历史学家那样循规蹈矩地照搬历史材料，或机械被动地堆积历史材料，从而把诗歌写作变成历史教科书式的撰写，所以诗人在书写历史的过程中，只能把各种历史知识进行合成，彰显他作为艺人的敏捷和作为工匠的灵巧。就《诗章》中的历史而言，它既是庞德个人思想意识的反映，也是他内在的知识体系的物质呈现。

《诗章》涉及各个民族的历史，也包括各个发展阶段的历史。虽然庞德不能随心所欲地篡改历史，但是他作为历史书写者有选择历史素材和干预历史事件的权利和自由，而且庞德在行使自己书写历史的权利时，一定是与他的价值观、思想信念和知识体系保持高度的一致。比如，庞德崇尚文艺复兴时期意大利的文化，喜欢中国的儒家文化，认为美国第二任总统亚当斯功勋卓著、业绩突出……这些都归因于庞德的思想意识、知识储备以及他的政治倾向性。

在意大利文艺复兴时期，历史上曾发生许多重大事件，也涌现出许多著名的政治家、军事家、文学家以及相关领域的艺术家和工匠，庞德没有像历史学家那样宏观且全面地进行历史叙事和白描，而是有选择地聚焦人文主义者西吉斯蒙德·马拉特斯塔的历史事迹，重笔墨描写意大利的佛罗伦萨、米兰、瑞米尼等地，原因在于：庞德拥有大量关于西吉斯蒙德的史料，发现西吉斯蒙德对意大利的文艺复兴发挥过重要作用，可是历史学家忽略了这一点。庞德希望走一条与历史学家不一样的路线，以西吉斯蒙德为典型复活意大利文艺复兴时期的文化成就，还原意大利文艺复兴时期的革命精神，重塑意大利文艺复兴时期那些做出过杰出贡献的人文主义者和英雄[1]。更重要的是，庞德通过对意大利文艺复兴时期典型历史人物和历史事件的个性化书写，彰显他的历史观和思想信念。比如，他在《诗章》第74章借助日本能剧中熊坂的鬼魂说："我相信意大利的复兴……"（Pound 442）。这种把自己的主观意识嫁接在历史书写之上的手法，生动

---

[1] Guy Davenport, *Cities on Hills: A Study of I-XXX of Ezra Pound's Cantos*, Ann Arbor, Michigan: UMI Research Press, 1983.

再现了庞德内心隐藏的思想动机和政治倾向性。

庞德是中国儒学坚定的维护者和信徒。他在1969年出版的《孔子》（*Confucius*）一书中，道出了崇拜孔子以及孔子学说的原因：

> 孔子……对政府存在之必要性，尤其对政府管理之重要性，比任何哲学家都要贡献卓著。他参照当时2000多年的历史，化繁为简，目的是对政府官员发挥实际作用……他对先贤国君理性治国方法的概括和总结不仅清晰，而且具有说服力。在他之后，那些在历史上长治久安的王朝莫不遵循他的教诲管理社稷，与此同时，那些开国元勋和有功之臣也莫不是孔子的信徒。①

对孔子的个人崇拜以及对中国儒学的热爱，使庞德在书写《中国诗章》时，多关注儒家学说和思想在中国历史上产生的积极作用与影响；相比之下，对中国历史发展过程中出现的道士、和尚、宦官、外戚、太监、喇嘛等，持贬低和批判的态度。这是庞德个人的思想意识在《诗章》中发挥作用的结果。他认为：中国历史兴盛的时代都是帝王将相把儒学作为正统进行继承和延续的时代，在孔子以后，"那些在历史上长治久安的王朝莫不遵循他的教诲管理社稷，与此同时，那些开国元勋和有功之臣也莫不是孔子的信徒"②，所以凡是奸臣当道、不遵守儒学思想的朝代必将灭亡或被历史淘汰。比如，秦朝焚书坑儒产生社会乱象，导致它43年后就被汉朝取缔（Pound 275）；"汉朝灭亡了/宋朝灭亡了"，是因为和尚、太监、道士和舞女盛行，夜夜笙歌，完全偏离儒家精神和孔子道德（Pound 302）；1368年，朱元璋能够推翻强大的元朝统治，建立明朝，重要原因是 Yuentchang ceased being hochang（元璋放弃做和尚）（Pound 307）……正如赵毅衡先生指出的那样，"庞德对中国历史规律的总结与儒家正史编纂者看法完全一致，所以他把中国历史看成史诗。"③ 的确，在处理中国历史与儒家学说的相互关系时，庞德接受中国儒家正史编纂者那种带有官方伦理和价值判断的，或者说带有明显政治倾向性的、对历史进行个性化

---

① Ezra Pound, *Confucius*, New York: New Directions, 1969, pp. 18–20.
② Ibid., pp. 18–19.
③ 赵毅衡：《诗神远游》，上海译文出版社2003年版，第294—295页。

取材的做法，同时以互文的方式把该做法巧妙地移植和挪用到诗章写作中，使之成为自己史诗体系的重要组成部分①。

在美国历史上，为美国的繁荣昌盛、发展壮大做出杰出贡献的总统、议员、政治家、思想家等不乏其人，包括开国元勋华盛顿、第三任总统杰弗逊、第五任总统门罗、第八任总统布伦、第十任总统泰勒尔、第十六任总统林肯等。虽然庞德把这些历史人物都写进了《诗章》，但是与历史学家的做法完全不同，庞德把目光主要聚焦在美国第二任总统亚当斯，并旗帜鲜明地把他树立为历史典型。这与庞德自己的知识体系、个性特点和政治主张有密切关系：一方面，可以归因于他个人的兴趣爱好或得益于早先求学期间对有关亚当斯史料的占有、挖掘和整理；另一方面，庞德注意到，美国史学家和传记作家往往关注华盛顿、杰弗逊、富兰克林、林肯等历史人物，对亚当斯这样在美国建国初期做出杰出贡献的总统关注不够，更没有得到他们客观且充分的历史书写，这不仅是历史学家的遗憾，也是美国历史的遗憾②。为此，庞德愿意在《诗章》中弥补史学研究的不足，希望把《诗章》作为历史书籍的重要补充材料，以尽量还原历史发展过程中被尘封或被淹埋的历史真相。更何况，亚当斯还是美国第六任总统约翰·昆西·亚当斯的父亲，是总统之总统、模范之模范。庞德书写亚当斯让读者从一个特殊的视角去重新审视美国总统应该具有怎样平凡而伟大的人文主义精神和情怀③。

第二，《诗章》中的历史是诗人庞德人生理想、价值观念的他者呈现，这就决定了《诗章》中的历史不可避免地具有想象或虚构的成分。希腊先哲早就说过："历史记载过去的事，但记载往事的却不一定都是严格意义上的历史；诗，尤其是史诗，记载着发生在遥远年代里的事情。"④这种现实与遥远年代之间的尴尬局面，迫使后来作家和史诗诗人不得不面对故纸堆充分发挥个人想象，以弥补历史书写遗留的缺憾和不足。但是这样一来，原先被视为客观存在的历史和大家普遍接受的事实真相开始变得

---

① Peter Ackroyd, *Ezra Pound and His World*, New York: Scribner Book Company, 1980.

② Michael Alexander, *The Poetic Achievement of Ezra Pound*, Edinburgh: Edinburgh University Press, 1998, pp. 142-145.

③ Humphrey Carpenter, *A Serious Character: The Life of Ezra Pound*, Boston: Houghton Mifflin Company, 1988.

④ ［古希腊］亚里士多德：《诗学》，陈中梅译，商务印书馆 2003 年版，第 279 页。

扑朔迷离。尤其是在文学文本中，历史与虚构的杂糅成为大家的共识，即使那些一开始就扎根历史并宣称历史事实是其重要特征的文学作品，其文本中的主观性和虚构性也最终会昭然若揭。这方面有不少案例。早在古希腊时期，那被称作"严肃作品的'典范'和'代表'"且极具行动模仿力的悲剧，除了使用一两个大家熟悉的人名外，其余的都取自虚构①；即使是历史学之父希罗多德的代表作《历史》（Historiai）也并不都是对历史事件和人物的客观书写，某些描述明显地出自作者的构思和想象②。庞德在《诗章》中书写的历史，从某种意义上讲，就是诗人自己的人生理想和价值观念的他者呈现，这在客观层面决定了《诗章》中的历史记事具有想象和虚构的成分。

比如，庞德在《诗章》第53章书写中国古代社会发展史的过程中，以生动形象的他者视角叙述说：

> 洛阳位于中原之内，方圆
> 17200英尺。孔丘曰：真圣人不懈怠。
> 不劳作只空想很疯狂
> 你的先辈源于民
> 穿戴与民一样
> 关心民之疾苦
> ……
> "一位好的管理者如同草上的清风
> 一位好的统治者会减免苛捐杂税。"
> （Pound 266—267）

在这里，庞德先以历史叙事的方式写洛阳的位置及面积，然后借用孔子之口说出自己心目中理想的圣人形象：真圣人不懈怠（Pound 266）。接着，庞德塑造了他心目中的圣人和圣君形象：首先，要脚踏实地，勤奋劳作，因为"不劳作只空想很疯狂"（Pound 266）；其次，不搞特殊化，要清楚自己的身份源于民，穿戴也应该与民一样；最后，要关心民之疾苦，

---

① ［古希腊］亚里士多德：《诗学》，陈中梅译，商务印书馆2003年版，第61—68、81页。
② 同上书，第83页。

与他们同患难、共生死（Pound 266），这样才能赢得民心。庞德这样写除了彰显他的伦理价值观，还为好的管理者和好的统治者立言："一位好的管理者如同草上的清风／一位好的统治者会减免苛捐杂税。"（Pound 266—267）很明显，在书写理想的圣人或圣君形象时，庞德没有专注于已有的中国历史记载，而是加入他的个人理解和判断，同时运用想象和虚构。这种写作方式还体现在庞德对和平的渴望和对战争的唾弃方面：

……一直统治到 1079 年
和平也伴随他后来统治的岁月
他要求佩戴跟学位帽一样大小的帽子
并在餐桌上摆放奇珍异石
说这是我的愿望和我最后的愿望
维护和平
维护和平，关心百姓。

（Pound 267）

此外，还有一例。庞德在记载亚当斯的历史事迹时，别具匠心地把两种国别完全不同的历史事实混搭和拼贴在一起，以体现历史的自然更迭和前后相承：《中国诗章》结束的那一年，即 1735 年，清朝雍正皇帝（1678—1735）与世长辞，而在同一年，亚当斯总统诞生（1735—1826），《美国诗章》正式拉开帷幕。一个伟大的时代结束时，另一个完全异质的伟大时代紧接着开始。这是历史事件的巧合吗？是巧合，然而更是庞德干预历史、对历史进行精心策划和安排的结果。细读《诗章》第 56—61 章以及第 62—71 章，读者不难体会到这一点。实际上，庞德早在《诗章》第 13 章的末尾就已经给出答案："杏花／从东方吹到西方，／我已努力不让它们凋谢。"（Pound 60）庞德巧妙地把中国的雍正皇帝和美国的亚当斯总统安排在一起，有他特殊的用意：在庞德眼中，优秀的历史人物具有相关性和沿袭性；作为人类历史上伟大且值得敬重的帝王和领袖，他们是混乱无序的现代西方国家领导人（尤其是美国领导人）需要认真学习的楷模和榜样。

不过，庞德在历史想象和虚构的过程中还夹杂个人情感，有主观臆断的嫌疑，如"对唐史一无所知的傲慢的野蛮人用不着骗谁／宋子文来路不明的贷款也骗不了人"（Pound 425）；"只需提醒斯大林一点/你不必，譬如说，不必夺取生产资料"（Pound 426）；"那些狗娘养的傻叉将军们/全是法西斯分子"（Pound 436）；"每一个狗娘养的傻叉将军/搞死他们所有这些法西斯分子"（Pound 439）；"犹太人是兴奋剂，非犹太人大部分/是畜生"（Pound 440）；"当一张发行于/维格尔小镇的钞票出现在/因斯布鲁克的一家柜台上时/银行家瞅着它递进来/全欧洲的笨蛋们都吓怕了"（Pound 441）；"异邦人无疑大多是畜生/而犹太人将获得信息"（Pound 443）；"凯西下士告诉我斯大林/头脑简单的斯大林"（Pound 445）；"拿破仑是一个好家伙，俺们花了/20年时间才搞掉他/搞掉墨索里尼不用20年"（Pound 477）；等等。

需指出的是，在文学作品中书写历史不反对作者发挥想象力进行虚构，但是并非主张甚至纵容作者去粗制滥造、胡写乱写，根本原因在于："作诗是一种要求质量，也讲究质量的活动，粗制滥造不会产生优质的、经得起推敲的作品。"① 这从一个侧面给文本的历史书写者以启示：文本表达与历史书写应该把握一个合适的度，不能顾此失彼，更不能本末倒置。

第三，《诗章》中的历史不只是诗人庞德冷眼旁观、客观白描的对象，还是他亲自参与、实现与历史亲密接触和直接对话的物质媒介。庞德在《诗章》中进行历史汇编或历史重构的过程中，出现了"我"（I）（即庞德本人）参与历史书写的现象。比如，在《诗章》第44章，庞德写道：

> 我已收到女王陛下11月24日的
> 来信，我
> 认为，在现实情况下
> 她应该迅速赶往西班牙或至少
> 离开那个与她高贵的身份不相符的国度
> 我已发号施令，她可以
> 来到我意大利的属国
> 以及荣耀也属于她的我的法国领地……
> （Pound 226—227）

---

① ［古希腊］亚里士多德：《诗学》，陈中梅译，商务印书馆2003年版，第285页。

在这里，庞德直接引用和转述法兰西第一帝国的缔造者拿破仑于1807年12月5日在威尼斯写给女王陛下的信件内容。而且，庞德在《诗章》中记录上述历史事件时，随意撷取和故意挪用的痕迹比较明显：他既没有使用任何的标点符号表明它是一种直接引用，也没有附加任何解释表明它是一个历史文献，而是采用一种非常主观的形式改史为诗，好像自己就是拿破仑的化身，而拿破仑就是他的代言人一样[1]。

此外，"我"甚至是穿越历史时空的见证者，因为"我"不仅看到许多离奇的历史事件，而且听到历史人物在探讨相关历史问题：

> 他们把他从墓中救起
> 据说是搜寻摩尼教徒。
> 阿尔比教派，一个历史问题，
> 萨拉米斯岛的舰队是国家贷款给船匠建造的
> "说话时正是沉默时。"
> 从不在国内提高生活水平
> 却总在国外增加高利贷的利益，
> 列宁说……
> （Pound 429）（黄运特 译）

不仅如此，"我"还是历史的沉思者，可以对已故科学家、思想家、艺术家的生活及想法进行换位思考，并替他们发出"当人与人的朋友憎恨彼此/世上怎么可能会有和平？"的感叹：

> 科学家都处在恐惧之中
> 欧洲的思想家停止了工作
> 温德姆·路易斯宁愿选择双目失明
> 也不愿意让他的思想沉寂
> ……

---

[1] Lawrence S. Rainey, *Ezra Pound and the Monument of Culture: Text, History and the Malatesta Cantos*, Chicago: The University of Chicago Press, 1991; James Longenbach, *Modernist Poetics of History: Pound, Eliot, and A Sense of the Past*, Princeton, New Jersey: Princeton University Press, 2014.

莫扎特，林尼厄斯，苏尔莫纳
当人与人的朋友憎恨彼此
世上怎么可能会有和平？
（Pound 794）

以上事例说明：带有强烈主观色彩和情感认知的"我"可以参与历史的建构与诠释。不过这样一来，历史不再是真正之历史和客观之历史，而是带有了被言说、被篡改的虚构的味道①。

第二节 社会之镜：没有人能看到他自己的终结

庞德在《诗章》第 113 章写道："地狱一圈一圈地延伸，/没有人能看到他自己的终结。/众神还未归来。'他们永远不丢弃我们。'/他们还没有归来。"（Pound 787）在这里，庞德像但丁在《神曲》中预言的那样，所有人都会面临末日的审判，然而一旦到达地狱，就没有人能看到他自己的终结（Pound 787）。当然，一切在没有终结之前，还是有希望存在，因为众神会像指引但丁寻找幸福的维吉尔那样，永远不丢弃我们，目前只是众神还未归来（Pound 787）。人活在世上，不可避免要面对各种是非恩怨、酸甜苦辣；在经历世间万象之后，人又不可避免地沦落为历史的过客。在庞德看来，成为历史的过客是无奈之举，而且带着苦涩的内容；尤其是陷身社会迷宫之时，这个悬而未决的问题，即没有人能看到他自己的终结，就会困扰众生。为此，庞德要使《诗章》成为社会之镜，除了表达他自己的心声，还赋予《诗章》一种神圣的历史记事功能和历史警示功能。

一 《诗章》的历史记事功能

亚里士多德说诗歌是一种技艺，"作诗的知识可以通过学而得之，所以诗人应该善于学习"。可是善于学习什么呢？其中最重要的一个方面就是历史知识，"这一点无论在过去还是现在都是正确的"②。在古代，诗人

---

① Lawrence S. Rainey, ed., *A Poem Containing History*, Michigan: The University of Michigan Press, 1997.
② ［古希腊］亚里士多德：《诗学》，陈中梅译，商务印书馆 2003 年版，第 285 页。

是 aoidos，意思是歌唱者，主要以口头文学的形式反映生活，再现历史，然后口口相传；在现代，诗人是 poets，往往借助形象生动的文字表情达意，以文本的形式记录历史上出现的典型人物及其历史事件，实现历史记事功能①。

在《诗章》中，庞德的历史记事涉及形形色色的内容：

记录中国古代圣贤孔子及其弟子的言行，体现孔子作为教育工作者的循循善诱、大度宽容以及齐多所说的孔子的"民主思想和态度"②：

> 与他（孔子）同行的还有求（Khieu）、赤（Tchi）
> 和点（Tian），他们低声说着话
> "我们都是无名之辈，"孔子说，
> "你们会乘战车打仗吗？
> 那样的话，你们会成为知名人士，
> 或者我也应该乘战车打仗，做个弓箭手？
> 或者发表公众演说？"
> 子路（Tseu-lou）回答说，"我宁愿守秩序去加强国防，"
> 求（Khieu）说，"如果我是郡主
> 我会管理得比现在更加井然有序。"
> 赤（Tchi）说，"我倒更愿意在一座小山上建庙宇，
> 庆典时遵守秩序
> 并恰到好处地行使礼仪"
> ……
> 曾皙（Thseng-sie）急切想知道：
> "哪一个回答正确？"
> 孔子说，"他们的回答都正确，
> 也就是说，每一个答案都符合他们的天性。"
> （Pound 59—60）③

---

① ［古希腊］亚里士多德：《诗学》，陈中梅译，商务印书馆 2003 年版，第 278 页。
② 钱兆明、管南异：《逆向而行——庞德与宋发祥的邂逅和撞击》，《外国文学》2011 年第 6 期。
③ 翻译时，笔者参阅了钱兆明、管南异《逆向而行——庞德与宋发祥的邂逅和撞击》，《外国文学》2011 年第 6 期。

记录斯帕林格尔博士、居里夫人等科学家的坚定执着、做科学实验的各种危险以及他们那个时代复杂的社会背景：

> 他脸上有一千万个细菌，
> "那是该危险性的部分反映，在结核研究中
> 每年都会发生两次，斯帕林格尔博士……"
> "我曾经"，居里夫人，或其他某个科学家说，
> "被烧伤，花了六个月去治疗，"
> 接着做实验。
> 远处，英格兰处于极度黑暗……
> （Pound 129）

记录俄国同志的革命成果以及他们充满智慧的思维、言语和对生命的敬重，比如"我要回归造我的泥土"（I return to the earth that made me），这与美国诗人弗雷诺的名篇《野生的金银花》（*The Wild Honeysuckle*）产生互文和呼应关系[①]：

> 那位俄国同志摧毁了暴君们的住所，
> 然后起身，说着让人费解的话，
> 勇往直前，最后躺在泥土里
> ……
> 那位俄国同志漫无目的地诅咒和祝福，
> ……我，卡德摩斯，在泥土里播种
> 然后在第 13 个秋天
> 我要回归造我的泥土。
> （Pound 131—132）

记录成汤作为中国古代贤君在国家遭遇连年旱灾、黎民百姓食不果腹的情况下做出的历史性贡献：

[①] 在该诗，弗雷诺以野生的金银花为隐喻，说明人从自然界中来，死时又会化作泥土，回归自然。

连年旱灾，滴雨未降
帝王成汤一筹莫展
粮食匮乏，价格暴涨
为此，1760年成汤开铜矿（在耶稣降生前）
制铜币，币圆而孔方
把钱币发给百姓
有了钱，他们可以买谷粮
（Pound 264）

记录庞德对语言的认知和理解，体现作为语言工作者那种严肃认真的态度和一丝不苟的精神；同时透露他书写历史的目的，"为有特殊旨趣的人写作，为那些好奇心极强并希望获得更多细节的人写作"：

当然，这是语言的一种纯化。
如果我们只写大家理解的东西，此外什么都不写，那么人类理解的疆域将永远得不到拓展。作家要求这种权利，时时刻刻，为有特殊旨趣的人写作，为那些好奇心极强并希望获得更多细节的人写作。
（Pound 659）

记录庞德对智慧、光等事物的希冀和渴望，同时表达他对人类历史上和谐社会的向往。难能可贵的是，庞德还把诸如屈原的《离骚》等这样经典的文本引入诗歌，与他的个人情感产生共鸣：

《离骚》，《离骚》，为悲伤吟唱
但是在樱桃核里有智慧存在
运河，桥梁，还有院墙
在阳光下闪烁橙色的光芒
但是要把情感与效率联姻？
小草与花岗岩对抗，
为了微弱的光和更多的和谐
哦，众人之神啊，不排除任何一个
（Pound 788）

庞德在《诗章》中的历史记事远不止上述这些例子。庞德的历史记事包罗万象，超乎读者想象。一方面，庞德旨在通过历史记事还原历史，重塑历史，让历史充满趣味性；另一方面，庞德也试图在《诗章》里呈现历史的复杂性与多元性。亚里士多德说，"诗人绝不是无所作为的""诗人是有一技之长的实干家"①。庞德就是这样一位实干家，他不仅自觉参与其中，履行历史文献搜集者、编撰者的责任，还把自己变成历史书写的工匠、建筑师和雕塑家。所以，在《诗章》里，读者看到的不仅仅是各种历史知识的汇编和集合，还有这些历史知识折射出的思想观念和精神境界②。

二 《诗章》的历史警示功能

"诗是灵感的产物"，但是"写诗，没有过人的感知能力不行，麻木不仁更不行"③。这就要求诗人不能把诗歌简单地等同于历史教科书或当作抒发情感的工具，还要让诗歌发挥潜在的社会功能和价值，给人以警示。亚里士多德认为，"诗歌从一开始便具备了两种社会功能"，一是赞颂（epainos），二是讽刺（psogos）④。《诗章》不仅有赞颂和讽刺，还充满警示语，一方面希望读者不要步前人的覆辙，重犯历史错误；另一方面希望他们吸收历史精华，因为"诗是神赐给人类的一份'神圣的礼物'"，"诗人不仅可以，而且应该用它声张正义，针砭时弊。诗是潜在的舆论工具，诗人有责任用它敦促人民为建立一个公正、稳定的生活秩序而努力。"⑤ 基于上述理念，《诗章》的历史警示功能通过以下三种途径表现出来：

第一，作为历史的独特产物，《诗章》通过神话故事或想象影射人生是一个旅程，同时给人以警示，人间正道是沧桑。在《诗章》第1章，庞德借助希腊神话及其隐喻试图说明，人生在世会遭遇许多未知的磨难，即便是所谓英雄人物也不能幸免，不得不做好战胜困难的准备：

---

① ［古希腊］亚里士多德：《诗学》，陈中梅译，商务印书馆2003年版，第284页。
② James Longenbach, *Modernist Poetics of History: Pound, Eliot, and A Sense of the Past*, Princeton, New Jersey: Princeton University Press, 2014.
③ ［古希腊］亚里士多德：《诗学》，陈中梅译，商务印书馆2003年版，第285—286页。
④ 同上书，第51页。
⑤ 同上书，第277页。

"……奥德修斯,
是该征服邪恶的海神尼普顿,穿越黑暗的大海,回家去了,
(但是)会失去所有的同伴。"
(Pound 4—5)

不仅如此,英雄人物还会在追求梦想和前进的路途上遭遇更多的考验:

深不可测的大海和遥远的星空,
不可见的光,
死魂灵升空,
像鹧鸪群闪着光……
"以无所不在的形式存在":空气,火,苍白又柔软的光。
(Pound 17)

因为人有原始的罪恶(sin),会遭受地狱的惩罚,即使是中世纪伟大的古罗马神学家、翻译家奥古斯丁最终也要接受末日的审判:

(在地狱里)
奥古斯丁,凝视着不可见的亡灵。

在他们旁边,罪人们
浸泡在蓝色的硫黄湖泊……
(Pound 68)

为此,庞德警示人们要丢掉海市蜃楼般的幻想,以正确的人生态度面对现实,即使在漫漫征程中突遇进退两难的困境,或在不知人性如何承受时(Pound 436),也要树立信心、认清形势、正视真实的自己,同时坚定信念,鼓起活下去的勇气。比如,当面对以下这种窘境时:

有一个画好的天堂在其尽头
没有一个画好的天堂在其尽头

(Pound 436)(黄运特 译)

第二,通过戏仿、挪用古代圣贤的话语或直接把圣贤的形象引入诗歌创作,塑造某种典型,给现代人以警示和启示。《诗章》第 13 章有孔子的圣训,包括他对天赋、秩序等的个人理解。孔子的言辞透露出一种历史学意义上的警示功能。庞德在此书写的目的,是善意地提醒执政者和手中拥有特权的人,要有平等意识,要有自知之明,要尊重秩序,要执两用中,要修身齐家治国平天下:

孔子说
"要尊重孩童的天赋
从他吸入第一口清新空气时开始,
但是人到五十岁还一无所知
就不值得尊敬了。"
"当国君在他周围聚集了
所有贤才和工匠,他的财富就会得到充分保障。"
孔子说着,就在树叶上写下:
如果一个人在他内心没有秩序观
那么他就不可能把秩序施加于人;
如果一个人在他内心没有秩序观
他的家人就不会用好的秩序规范行为;
如果国君在他内心没有秩序观
那么他就不能在管辖的领地推行秩序
(Pound 59)

不仅如此,庞德追求社会幸福,并有意识地借助互文的方式把荣耀、美德等品质与孔子、苏格拉底等圣贤联系在一起,旨在影射具有隐喻意义的思想意图,同时告诉人们某种历史性体验和道理,以此警示世人:它会是"所有政府的根基/或者人民富有激情的动力"(Pound 391)。比如,在《诗章》第 67 章,庞德这样写道:

……社会幸福是他们的目标

孔子、佐罗亚斯特、苏格拉底和穆罕默德
"更不要说其他真正神圣的权威"
恐惧让人愚蠢和不幸……
荣耀只是美德的一个片段，然而依然神圣……
在某种原则下，它是所有政府的根基
或者人民富有激情的动力
(Pound 391)

第三，借助历史事实抨击人类社会存在的丑恶，警示人们除了要认清这种危害，还要积极主动地消除这种危害以防患于未然。比如，在《诗章》第45章，庞德这样描述高利贷带给世人的危害及创伤：

高利贷使凿子锈掉
它使精湛的手艺锈掉，使工匠麻木
它腐蚀织布机上的线团
没人愿意把手中的金线缝进图案；
碧空因为高利贷得了溃疡；红色玫瑰没人来绣
绿宝石遇不到梅姆林
高利贷杀死了母亲腹中的胎儿
(Pound 230)

庞德这种愤懑的心情在《诗章》第51章又有所重复并得到进一步加强，以说明高利贷的存在是一种历史性倒退，也是对正常历史秩序和历史关系的破坏和违逆：

因为高利贷，没有人住得起石头结构的
好房子，在他教堂的墙壁之上没有天堂
因为高利贷，石头切割机远离他的石头
织布工也因为高利贷远离他的织布机
……
高利贷使人变得麻木，使他手中的凿子锈掉
它摧毁了艺人，摧毁了手艺；

蔚蓝的天空得了癌症。绿宝石到不了梅姆林的手里
高利贷杀死了母亲腹中的胎儿
(Pound 250)

庞德对高利贷深恶痛绝,他努力寻求答案给世人以警示。在查阅大量第一手文献资料并发现上述问题存在的历史根源之后,庞德用血淋淋的文字揭发已经泛滥的失控状态,同时抨击西方世界对现实生活中金钱的本质竟然表现出一种完全无知(Ignorance)的状态,不管是有意识还是无意识:

无知,完全对金钱本质的无知
完全对信贷和金钱流通的无知
(Pound 257)

这种振聋发聩的控诉让身临其境者不寒而栗。当然,《诗章》中的历史警示功能也因此达到庞德预先设计的目的。批评家埃博哈特论述说:"我把《诗章》视为一种马赛克,或者一部织锦,那是(庞德)经过很长一段时间,凭借非凡的艺术技巧和耐心把复杂的材料拼凑在一起的作品。"① 庞德的用意不是单纯展现这些马赛克或织锦的复杂性,而是要借助非凡的艺术技巧和耐心给人以教益、启迪和警示:真诚面对历史,勇敢探求真理。此外,庞德要让《诗章》成为一艘奇迹之船,一艘既装载建构了的历史,又充满历史警示功能的奇迹之船②。

第三节 个人历史和社会历史的对立统一

亚里士多德说:"诗是'长了翅膀的话语'""是用语言筑成的纪念碑,是人的功过和价值的见证。"③ 庞德的《诗章》充满"长了翅膀的话

---

① R. Eberhart, "An Approach to The Cantos", in E. San Juan, Jr., ed., *Critics on Ezra Pound*, Coral Gables, Florida: University of Miami Press, 1972, pp. 34–35.
② Stephen Sicari, *Pound's Epic Ambition: Dante and the Modern World*, New York: State University of New York Press, 1991, pp. 14–16.
③ [古希腊]亚里士多德:《诗学》,陈中梅译,商务印书馆2003年版,第279页。

语",一方面它是用语言筑成的纪念碑,祭奠着过去,给人以纪念和警醒;另一方面它是"人的功过和价值的见证",是庞德的个人历史和他面对的社会历史的完美统一①。

一 《诗章》的个人历史叙事

庞德在《诗章》中的个人历史叙事是其叙事手段的重要内容和文本策略。一个比较明显的例子,就是庞德总习惯于借助第一人称"我"或"我"的某个替身,展现"我"的思想和行动,反映"我"的历史性思考、人生态度和价值观念等。总体来看,《诗章》折射出的个人历史叙事在风格、语气和特点等方面,有一个明晰的分界线,那就是《比萨诗章》。

首先,在《比萨诗章》之前,即《诗章》第1—73章,庞德展现的个人历史叙事充满激情澎湃和英雄主义的内容,虽然也有灰色、暗淡的情节,但整体来看比较理想化,字里行间洋溢着浪漫主义情愫。比如,最初是《诗章》第1章后来经过调整变为第3章的Canto Ⅲ,以第一人称视角这样开始它的叙事:

> 我坐在海关的台阶上
> 那一年,贡多拉小舟价格昂贵,
> "那些女郎"没有出现,只留下一副面孔,
> 布桑托罗在二十码之外的地方,咆哮着"斯特乐迪",
> 那一年,在意大利的莫罗西尼,有燃着的横梁,
> 在科里的家里有孔雀,或者曾经有过。
> 众神在蔚蓝的天空飘过,
> 欢快的众神和托斯卡纳,在露珠掉落之前回来。
> 在露珠掉落之前,光:有了第一道光。
> (Pound 11)

当"我"坐在海关的台阶上,情不自禁地畅想往事,无数的人和事

---

① Lawrence S. Rainey, *Ezra Pound and the Monument of Culture*: *Text*, *History and the Malatesta Cantos*, Chicago: The University of Chicago Press, 1991.

就会呼啸而过。庞德难以抑制澎湃的心情，凝望小舟，怀念那些女郎，回想当年游历意大利的愉悦，还有印象中的那只孔雀。不过一切如众神在天空飘过，现实与神话自然交融。作为欢乐的众神之一，庞德渴望那启发智慧的光，正如他眼前的第一道光，亦真亦幻。类似的浪漫情怀和想象还出现在《诗章》第7章，庞德写到"我"与"我"的约会：

>爱丽舍家族拥有一个好名声
>我身后的公交车给我一个约会的借口
>……
>这些都留在"时间"里……
>"那位，弗里茨，就是一个时代，今—天对抗着昨天，
>和现代。"激情四射。
>（Pound 25）

这些留在时间里的记忆以及关于昨天、今天和现代的"激情四射"，还激励庞德去做历史的见证者，关于各种物、人和激情的见证者：

>……见证者，
>世间万物永恒的见证者，
>各种物的见证者，各种人的见证者，各种激情的见证者。
>（Pound 27）

庞德甚至在"我的向导"的带领下，穿越茂密的树木，又穿过通道到达地下，进入寂静的世界和新的天地，除了对历史进行反思，还对昔日里的英雄进行回首：

>我穿过通道，到达地下，
>锥形的地下，
>进入寂静的世界
>那新的天地，
>那里的光线与地上日落后的光线差不多，
>经过地下喷泉，路过昔日的英雄，

西吉斯蒙德，以及马拉特斯塔·诺韦洛
（Pound 69）

庞德还借助历史人物的口表达自己内心的愿望。比如在《诗章》第21章，庞德借助意大利人文主义者考希莫于1429年记载在他那"红色皮质笔记本"里的话写道：

"要维护和平……"
"要坚持不懈地进行这项事业"
……
"我来创造你"，考希莫说道，"尽可能多地
创造你想要的诚实的公民。"
（Pound 96）

在《诗章》第34章，庞德渴望一种物质、精神和言论的自由，一种无拘无束、完全意义上的自由，包括：

船只通行的自由，离别的自由，购买与销售的
自由……
也属于外交军团的所有成员，只要他们对
文学和交谈有任何兴趣……
我们因此讨论莎士比亚、弥尔顿、维吉尔，甚至谈到
艾比·德利尔……
（Pound 165）

在第52—61章的《中国诗章》，庞德以别具一格的叙事视角，聚焦中国历史文化书写，展现了与众不同的民族史诗画卷。诗人致力于改写中国文字的雄心壮志，反映在以下文字中：

没有人会满意用一种完全异化的符号系统改写中国文字。由于不想在帮助记忆的东西上付诸垂死挣扎的努力，或徒劳地使区别于一个种族和另一个种族的希望陌生化，我主要参照法语的文本形

式。我们对欧洲化的中国知识早已通过拉丁语和法语得到普遍认同，并且在任何程度上，法语发音正如印刷出来的那样具有某种统一的隐含意义。

（Pound 254）

其次，在《比萨诗章》，即《诗章》第74—84章，庞德展现的个人历史叙事已经有了不知所措、自相矛盾、痛苦不堪的情节及内容，并出现理想与现实激烈冲撞的痕迹。由于庞德的个性得到很好的体现和充分的张扬，他的个人历史叙事在该部分也因此具有了个人史诗的味道：

庞德在《比萨诗章》一开篇，就以一种悲观、绝望的基调写道：
梦想的巨大悲剧在农夫弯曲的
双肩
（Pound 425）（黄运特　译）

庞德被囚禁在比萨监狱，那个被称作死囚室的地方，与世隔绝，生死未卜，他在内心深处充满难以言表的巨大伤痛，只能：

从死囚室仰望比萨的泰山
如同仰望加多纳的富士山
（Pound 427）（黄运特　译）

至于被囚禁的原因，庞德认同K先生的话：

K先生从不讲傻话，一个月都不讲傻话：
"若我们不蠢，也不会呆在这儿"
（Pound 428）（黄运特　译）

"我"居住的环境怎样呢？庞德对此有反复多次的细节描述，那是像猪圈一样给不幸之人接受身体和精神历练的"好地方"：

他们在我周围挖了一条沟

以免潮气咬蚀我的骨头
（Pound 429）（黄运特　译）
我也在猪圈里
人们躺在喀耳刻的猪圈里
我走进猪圈
（Pound 436）（黄运特　译）

庞德自称是日落西山的人（Pound 430）。落日的辉煌让他伤心难过并在夜间哭泣，满天闪烁的群星让他感觉更加无助和孤独：

日落西山的人
……
一天……
夜间在雨沟里哭泣
（Pound 430）（黄运特　译）
日落西山的人
……
孤独者啊
（Pound 431）（黄运特　译）

即便如此，庞德还在同情别人：

我同情别人
可能还不够……
天堂不是人造的，
地狱也不是。
（Pound 460）（黄运特　译）

可是，庞德终究是痛苦不堪，可惜"我才知道你的悲伤"，花甲之年的他感觉一切都"晚了，太晚了"：

我造的泪水淹没自己

> 晚了，太晚了，我才知道你的悲伤
> （Pound 513）（黄运特　译）

庞德对未来产生幻灭感，于是他不停地哭泣，并把哭泣作为精神和肉体片刻解脱的方式：

> 心灵的状态对我们不可名状。
> 哭泣　哭泣　哭泣
> （Pound 460）（黄运特　译）
> 死亡的孤寂向我袭来
> （比如说，在下午3点）哭泣
> （Pound 527）（黄运特　译）

再者，在《比萨诗章》之后，即《诗章》第85—117章，庞德的个人历史叙事依然掺杂消极失望的情绪；因为要书写天堂，他还特意增加了宗教叙事的成分。但是与但丁《神曲》里的天堂相比，庞德笔下的天堂或天国完全不同：里面除了裹藏着无可奈何花落去的惆怅，还弥漫着对往昔既美好又苦涩的追忆与坚守。

比如，在《诗章》第109章，庞德对自己的悲惨遭遇和人生经历有一个互文式的隐喻，该隐喻不仅暗示自己当时的处境，还影射自己在华盛顿法庭上经受的叛国罪审判：

> 他曾经一度待在医院里
> 陪审团的审判在雅典
> （Pound 773—774）

庞德在《诗章》第116章流露出怅然若失的痛苦情绪，一方面遗憾地说自己早期设想的一系列作品尚未完成，另一方面又无助地感叹"我的错误和残骸散落在我的周围"：

> 一系列作品尚未完成。
> ……

然而美并不是疯狂
我的错误和残骸散落在我的周围,
然而我毕竟不是神,
我不能使之连贯统一。
(Pound 795—796)

现实中,庞德的困惑和迷茫不可能消除,因为他在脑海深处还眷恋并幻想着那美丽安静的天堂。关于第三天堂和"我"的天堂,至于它们为什么错了,他似乎还没有完全觉悟和清醒:

但是关于那个第三
第三天堂,
那个韦内雷,
再次强调,是完全的"天堂"
一个美丽安静的天堂
……
去宽恕他的地狱
和我的天堂。
至于它们为什么错了,
想想正确就知道了
(Pound 796—797)

到了后来,庞德说自己愈老愈愚蠢(Pound 457),情绪也变得愈来愈悲伤(Pound 802),其悲痛的心情和那撕心裂肺的呼吼,让天地为之动容:

我的爱人,我的爱人
我到底爱什么
……
所有的梦想碰撞
然后被击得粉碎——
而我曾经试图建立一个地上的

天堂①。
（Pound 802）

二 《诗章》的社会历史叙事

庞德在《诗章》中的社会历史叙事是各种历史素材、社会焦点以及思想观点的杂糅，也是他以独特的社会学视角对社会历史进行透视和解读的结果。

俄国十月革命不仅是俄国历史上重要的历史事件，也是世界历史上具有不朽价值和广泛影响力的政治事件。历史教科书认为，俄国十月革命开创了人类历史的新篇章，因为俄国的布尔什维克在列宁和斯大林的领导下，建立了人类历史上第一个社会主义政权，成为与资本主义政权能够抗衡的重要力量②。但是，在《诗章》第16章，庞德以第三人称叙事视角对俄国十月革命及其发生过程，书写了与史书不一样的内容：

> 一个人站在那里演讲，
> 面对上千人，只发表了一个简短的演讲，然后
> 就让他们出发了。接着，他说：
> 对，就是这些人，他们正确无误，他们
> 有能力做任何事情，任何除了行动之外的事情；
> 快去听他们在说什么，但是当他们完成任务，
> 快来投靠布尔什维克……
> 战争爆发时，群众还在那里，
> 哥萨克人还跟往常一样，
> 但是有一件事情，哥萨克人说：
> "好吧。"
> 开始在群众中传开，

---

① 参见［美］杰夫·特威切尔-沃斯《"灵魂的美妙夜晚来自帐篷中，泰山下"——〈比萨诗章〉导读》，张子清译，载［美］庞德《庞德诗选·比萨诗章》，黄运特译、张子清校，漓江出版社1998年版，第276—299页。

② Mark D. Steinberg, *The Russian Revolution*, 1905-1921, Oxford: Oxford University Press, 2017, pp. 11-13.

然后一个步兵中尉
命令他们朝着群众开火,
在涅夫斯基大街尽头的广场上,
在莫斯科火车站前方,
他们不情愿,
他就拔出剑,对着一个学生,大笑,
然后杀死了他,
一个哥萨克人从队伍里骑马蹿出来
跑到广场的对面
把步兵中尉砍倒在地
那就是革命了……
正如他们命名的那样。
(Pound 74—75)

对美国的社会历史叙事,庞德没有沉浸在他的个性化浪漫想象中,而是根据他从图书馆查阅到的第一手资料,如信件、报纸新闻、日志、日记、回忆录等,进行美国社会历史的再创造和再叙述,达到使史成诗的写作目的。

在《诗章》第 31 章,庞德一开篇就把 1787 年《汤玛斯·杰弗逊至乔治·华盛顿将军的信》呈现在读者面前,并用原汁原味的语言对当时杰弗逊的发展计划和经济策略进行历史性还原:

"当国会还在安纳波利斯时,我记得已经写信给您,
就我们和西方国家之间水上交通的议题展开讨论,
尤其是有关大比弗(Big Beaver)和卡佑赫伽(Cayohoga)之间
平原的……信息,这让我渴望在伊利湖和俄亥俄州之间建立一套
运河……航行系统。就该议题,您应该已经
掌握了更加全面的信息,
如果您有何计划,请随时通知我
以便及时进行沟通。如果可行,
我会把该运河工程,视为头等大事。"
(Pound 153)

庞德同时穿插《杰弗逊先生（总统）致汤玛斯·潘恩的信》，字里行间除了影射当时的社会背景，还反映历史人物之间不平凡的关系和伟大的友谊：

"您表达了一个愿望，想搭乘一艘公共舰艇
取道去该国。达沃森先生已接到
'马里兰号'船长的命令迎接您并给您安排住处，
然后原路返回，如果您能腾出一些时间，有一个建议……
希望您能找到我们，叙叙旧日情怀
那是值得纪念的时光……
希望您健康长寿
继续您的事业，收获属于您的荣耀……"
（Pound 153—154）

接着，庞德引述1785年在法国巴黎发行的时事报纸的原文内容，对当时欧洲的奴隶贸易和烟草交易进行聚焦和透视：

"英国报纸……一派谎言……
几年后……在马里兰州以北的地区没有奴隶……
他们的烟草，九百万吨，发往法国港口；
六百万给烟草商
国王占有三千万
价值二千五百万左右待收取
为此，共计价值七千二百万里弗（livres）的烟草提供给
消费者……"
（Pound 154）

对于社会革命和老百姓之间密切关系的探讨，庞德似乎比较认同亚当斯的说法，因为庞德在《诗章》第32章开始部分就明确说道：

"所谓革命，"亚当斯说，
"发生在老百姓的心中。"
（Pound 154）

对于美国印第安人文明化的进程，庞德穿插了 1823 年 6 月 12 日《致约翰逊法官的信》，内容涉及文明化的历史背景、文明化的四个具体步骤：

> ……首先，组织他们养牛，
> 以获得一种财产拥有感……
> （其次），让他们学数学，能够计算财富价值；第三，让他们学写作，
> 能够记录生产情况，并以此开始真正的劳动；
> 把农场圈起来耕种，让妇女们纺纱织布……
> 第四，让他们阅读《伊索寓言》，这将与《鲁滨逊漂流记》
> 一起成为他们最早的趣味读物。
> （Pound 158）

对于中国社会历史的叙事内容，庞德在《诗章》中更是明确、清晰地给出了目录：《诗章》第 52 章聚焦《礼记》，第 53 章涉及伟大的帝王、第一个朝代夏、商朝之成汤（第二个朝代）、第三个朝代周、孔子（孔夫子），第 54 章涉及第四个朝代秦、第五个朝代汉、第八个朝代南朝宋、第十三个朝代唐，第 55 章涉及唐顺宗、第十九个朝代宋，第 56 章涉及成吉思汗、忽必烈、第二十个朝代元（蒙古）、洪武驾崩、第二十一个朝代明，第 57 章涉及建文帝之谜，第 58 章谈及日本、鞑靼人的马市、太宗、第二十二个朝代满族，第 59 章涉及满族律书、俄国条约，第 60 章涉及耶稣会，第 61 章涉及乾隆、雍正[1]。有趣的是，在《诗章》第 52—61 章《中国诗章》的目录之后，庞德紧接着写下第 62—71 章《美国诗章》的目录，内容包括：约翰·亚当斯、援助法案、普勒斯顿保卫战、国会（华盛顿总统的任命）、法国之旅、拯救渔业、政府计划、荷兰人的贷款与荷兰之条约、伦敦、避免与法国开战等[2]。庞德似乎在暗示，在历史悠久的《中国诗章》过后，美国亚当斯等领导人就延续优良传统，开辟属于他们的历史新篇章了。

总体来看，庞德在对中国的社会历史进行叙事时，展现了以下几个历

---

[1] Ezra Pound, *The Cantos of Ezra Pound*, New York: New Directions, 1971, pp. 255-256.
[2] Ibid., p. 256.

史观：

　　首先，庞德认为中国历史的发展离不开伟大帝王的参与。庞德尤其欣赏中国古代先贤尧、舜、禹，认为尧像太阳和雨露，能够泽被天下；舜是天之精灵，可动日月；禹是水之统帅，使黑土变良田（Pound 262）。凡是遵循先帝之志的朝代往往兴盛，政通人和。庞德赞赏武王，因为他有尧、舜、禹的气魄和胆量，并且凭借智慧和计谋，赢得最后的胜利：

　　　　在牧野之战，纣王辛大军压境
　　　　武王冲破城池
　　　　发放谷物直至财富珠宝被清空
　　　　（Pound 266）

　　凡是坚持尧、舜、禹伟大帝王的善举，就意味着要远离和尚、太监、道士和舞女；反之，如果亲近后者而疏远了前者，就会面临倾覆的危险。比如历史上汉朝和宋朝末年就因为执政者"亲小人，远贤臣"，最终灭亡了：

　　　　和尚、太监、道士和舞女
　　　　夜夜笙歌、各种戏法、纵欲无度
　　　　灭亡，灭亡了！汉朝灭亡了！
　　　　宋朝灭亡了！
　　　　（Pound 302）

　　王朝遭倾覆，意味着新时代即将到来。而新时代的到来仍然需要尧、舜、禹那样的奠基人和领导者，使百姓从水深火热之中走出来：

　　　　（面对）和尚、太监、道士
　　　　外戚，然后出现了一个奠基者
　　　　不说华而不实的话语
　　　　径直赶走道士、贪污犯，给百姓放粮
　　　　开山劈岭……
　　　　（Pound 302）

但是该过程需要警惕王朝复辟的可能性，尤其是在关键时刻警惕道士、和尚、纵欲者等乘虚而入，实现他们所谓的回归（Pound 302），因为他们会使整个社会再次陷入混乱无序。

其次，庞德认为中国历史的发展需要以孔子思想作为引导。一直弘扬孔子精神，会使社会有礼有节，秩序井然；偏离该轨道，国家就会分崩离析，衰败灭亡。庞德以蒙古国的衰落为例：

> 蒙古国衰落了
> 因为没有遵循仲尼的法理
> （孔子）
> ……
> 许多做父亲和丈夫的人都倒下了
> ……
> 蒙古国只是一个插曲
> （Pound 308—309）

那么，帝王们应该怎么做才能解决这样的社会矛盾呢？庞德认为孔子爱民甚于爱己的思想很重要：

> 做做人口普查
> 把大米发给他们的家人
> 给他们足够的钱安排后事
> 让富人把货物存储在他们身边
> 让穷人得到分享
> （Pound 308—309）

庞德还赞赏康熙和雍正父子，认为他们能够以史为鉴，秉承孔子的圣言圣行。庞德在《诗章》第 61 章开篇就以雍正为例，说他作为康熙的第四个儿子，荣耀他的先辈：

> 雍正
> 他（康熙）的第四个儿子，荣耀他的先辈

和田野里的精灵
地神
天神
为百姓提供实用的策略
为百姓谋好处，积极、坚决、充满爱
（Pound 334）

再次，庞德认为中国历史的发展除了要有开明的政治，还要认识到百姓在历史发展过程中扮演重要角色和作用。庞德说：百姓是国家存在之基础（Pound 291）。该表达以互文的方式应和了中国历史上比较重要的史学观：得道者多助，失道者寡助；水可以载舟，也可以覆舟。从历史发展的角度出发，庞德论述说贤明的君主要有所作为（Pound 266—267），必须全盘考虑百姓的历史地位和价值，因为：

一个贤明的君主会使小草如沐春风
一个好的统治者总是压低税收。
（Pound 267）

然而，历史上的确存在不负责任的帝王和达官贵人。鉴于此，庞德以历史学家的口吻对历史的传承者言说，并批判那些"不关心……民众"的所谓达官贵人：

一个国家越大，就更应该为和平努力奋斗
如果孩子们被迫与父母亲隔断关系
如果妻子们不能见她们的丈夫
如果你的房屋被摧毁，你的财富被抢走
这不是说我，而是说满清人
不是我，而是你们的帝王在屠杀你们
你们那些所谓的达官贵人不关心你们的民众
还把士兵们不当回事。
（Pound 321）

为了帝王，也为了百姓，在《诗章》第 59 章，庞德带着高度的历史责任感和历史学家那样严肃认真的态度发出呼吁"凡事……都要做到精益求精"：

> 为了帝王；为了百姓
> 凡事在这里都要做到精益求精
> 为此，我们应该/学习正直诚实的传统
> 为此，我们应该/达到正直诚实的境界
> （Pound 324）

以此为例，庞德《诗章》中的历史观不仅针对第三人称叙事的帝王和百姓，还针对第一人称叙事的"我们"。尤其是"我们"，既需要学习正直诚实的传统，又需要达到正直诚实的境界（Pound 324）。可见，庞德的社会历史叙事具有开放性和多维性，对它进行解读也就充满各种可能性。

第四节 历史之网：一只大蜘蛛的执着梦想

评论家吉布森认为，在人类历史的演变过程中，存在永无止境的历史之网，"诗人是历史废墟中的蜘蛛"；在寻找真理的道路上，蜘蛛要经历各种磨难和未知的困难，"最好的情况下会得到历史的只言片语，最糟糕的情况下仅能捕捉到的历史的谎言"。而且，蜘蛛作为历史的放逐者、拒绝者，甚至是嘲弄者，是历史选择的结果[①]。庞德就是这样一只蜘蛛，而且是一只大蜘蛛，他在特殊的历史情境中编织他的历史之网，同时通过具体的历史行动实践他的执着梦想。这从《诗章》的细节可以得到验证。不过，作为一只大蜘蛛编织的历史之网，庞德在《诗章》中承载的历史有着超现实性和预言性的内容。

[①] Mary Ellis Gibson, *Epic Reinvented: Ezra Pound and the Victorians*, Ithaca, N.Y.: Cornell University Press, 1995, p.39.

一 《诗章》历史的超现实性

谢明指出,"《诗章》整体来看是一部翻译的史诗,是由各种文化和各个时代组成的多语言的、文本交织的网",里面充满"暗示、模仿、转化、引用,甚至是戏仿"①。作为史诗,《诗章》通过富含超现实性的内容凸显它作为独特性文本的存在。而且,在《诗章》超现实性的内容中,充斥着各历史阶段发出的多声部的混杂的声音,以暗示、模仿、转化、引用,甚至是戏仿的互文形式存在,彰显着诗人庞德对社会现实的不满、怀疑和鞭笞,也从另一个侧面反映庞德本人充满批判意识的梦幻想象、对历史的潜意识和非理性表达、超越现实的意象隐喻以及先知先觉式的价值判断等方面。

首先,《诗章》历史的超现实性反映在庞德对待历史时那种跨越时空的表达或者带有某种梦幻色彩的想象当中。

早在1907年,庞德给好友巴克斯特写过一则带有预言性质的、意蕴深刻的寓言故事:

> 从前,有一间屋子里住着一个人。这间屋子布满灰尘,结满被当地人称为"蛛蛛网"的东西。但是,对他来说,这些"蛛蛛网"是远古时期歌手们的唱词。除了这个人,再没有其他人关注这些网的存在。"因为",他们说,"这些网总是布满灰尘,而且样子丑陋不堪。"
>
> 后来,刮过一阵强风,把那人的屋顶吹走了,饱满的露珠洒落在网上。日出时分,许多人惊叹不已。但是,所有人都忘记寻找屋子的主人。后来消息传出,说那人在一个糟糕透顶的黎明时刻得了风寒死去。然而,我知道,那人已变成一只蜘蛛,在其他人的家里织网②。

庞德在这里讲述的那个关注远古时期歌手们的唱词的人,不就是他自己的写照吗?那个对历史怀有深深的敬意,并在历史的残垣断壁中默默守

---

① Ming Xie, "Pound as Translator", in Ira B. Nadel, ed., *The Cambridge Companion to Ezra Pound*, Cambridge: Cambridge University Press, 1999, p. 219.
② Mary Ellis Gibson, *Epic Reinvented: Ezra Pound and the Victorians*, Ithaca, N.Y.: Cornell University Press, 1995, pp. 39–40.

候的,不也是庞德自己的画像吗? 在《诗章》中慢慢爬行,试图把人类历史的遗迹联系在一起,后来做出牺牲在其他人的家里织网的人,不正是庞德自己的传奇经历吗?《诗章》里流露着庞德超现实性的思维和细节,这使庞德居于历史之内但又超脱在历史之外,最终成为世界之网的英雄建造者①。

在《诗章》第 17 章一开始,庞德写道:

> 因此藤蔓从我的手指缝里长出来
> 蜜蜂满载着花粉
> 在藤蔓的嫩芽中间缓慢地飞行:
> 吱吱——吱吱——吱吱喳喳——猫的咕噜声,
> 小鸟们疲倦地躲在树丛中。
> 扎格列欧斯! 我是扎格列欧斯!
> 带着天堂的第一道曙光……
>
> (Pound 76)

庞德作为历史的见证者和书写者,在历史的隧道中踯躅前行时,意气风发的他充满浪漫情怀和豪情。历史对他而言仿佛亦真亦幻,他于是也就置身于一种充满幻觉的天地之间,纵横驰骋。他借助神话典故称自己是"扎格列欧斯! 我是扎格列欧斯",又以互文的方式言说天堂的第一道曙光。他看到自然界的伟大和神奇,而历史掩映在其中:

> 低矮的树林,沼泽里的灌木,
> 那头母鹿,年轻的梅花鹿,
> 跳跃着穿过金雀花的花丛,
> 枯萎的叶片掩映在黄色的花海之中。
> 经过连绵小山的一个豁口,
> 可见著名的门农大街。
> 越过小山,那是大海,掠过沙丘可见层峦叠嶂……
>
> (Pound 77)

---

① Mary Ellis Gibson, *Epic Reinvented: Ezra Pound and the Victorians*, Ithaca, N. Y.: Cornell University Press, 1995, p. 40.

他似乎听到历史学家在绘声绘色地谈论忽必烈，所讲内容与柯勒律治在《忽必烈汗》(*Kubla Khan*) 里所讲的故事内容不同，那是忽必烈作可汗时人们用桑树皮造钱币的传奇经历：

> 谈到忽必烈：
> "我已经详细地告诉过你那位帝王的城池
> 并且将要告诉你堪巴鲁克铸造金币的事
> 那地方被称作点金术的秘密场所：
> 他们从桑树上取下树的内皮，
> 那是介于树干和树皮之间的部分，
> 他们就用这个来造纸，还在上面做标记
> 半枚托尼斯钱币，一枚托尼斯钱币，或者半枚银质格鲁特钱币，
> 或者两枚格鲁特钱币，五枚格鲁特钱币，十枚格鲁特钱币，
> 或者，造一张大纸，一枚金质贝占特钱币，三枚贝占特钱币，
> 十枚贝占特钱币；
> ……"
> (Pound 80)

他似乎还听到历史学家讨论孩提时代的拿破仑，说他才 12 岁就关心时事并恨这些法国佬（Pound 80），同时提及名叫迈特乌斯基和老比尔斯的历史人物，并且讲述关于他们的故事和传说：

> "我恨这些法国佬，" 拿破仑说到，那时他才 12 岁，
> 对着年幼的布里昂，他还说 "我要尽我所能
> 给他们颜色看看。"
> 带着泽诺斯·迈特乌斯基那样的姿态。
> 老比尔斯站在外面，他是一名新手，
> 要卖机关炮……
> 大约在该事件后十年，
> 他拥有了一大块亨伯赛德郡的土地
> (Pound 80—81)

他还紧随历史学家的脚步穿越历史的尘埃,对180年以来几乎空空如也的过去予以刻骨铭心的纪念。在此过程中,诗人庞德会自得其乐,以浪漫或狂欢的心态陶醉在历史片刻的愉悦与享受之中,在历史的亭榭里倾听那温柔的低语,或让"新的微妙的目光进入我的帐篷":

> 或为精神或为物质,
> 但那蒙布遮掩的
> 或在狂欢中
> 没有一双表示愤怒的眼睛
> 看见的只是双眼以及双眼之间的神态,
> 色彩,分离
> (Pound 520)(黄运特 译)

其次,《诗章》历史的超现实性,反映在庞德对待历史的潜意识表达和超越理性等方面。

作为诗人,庞德除了以梦幻、想象的方式在《诗章》中表现历史的超现实性,还借助潜意识探索内心世界的活动,通过超越理性和不受逻辑准则制约的个性化写作,去诠释思想的真实[1]。庞德这种特别的超现实的历史观使他相信,人潜在的意识世界、被掩埋的情绪和看似非理性的方面,正是人最本真、最原始、最纯粹的精神状态,当然也比受压抑的意识世界更能展现灵魂深处潜伏着的智慧和思想,使人对生存的世界有更加入木三分的认识[2]。

在《诗章》第75章,庞德以一种意识流的方式回顾和思考他的人生:面对已经发生的历史和难以接受的现实,他"以泪洗净/优雅的眼泪 眼泪"(Pound 462)。但是更多的时候,他情愿放飞思绪超越现实,通过潜意识的创造性发挥,对现实世界造成影响[3]。当历史的洪流到来,或者置

---

[1] C. Brooke-Rose, "Lay Me by Aurelie: An Examination of Pound's Use of Historical and Semi-historical Sources", in Eva Hesse, ed., *New Approaches to Ezra Pound: A Co-ordinated Investigation of Pound's Poetry and Ideas*, Berkeley, California: University of California Press, 1969, pp. 242-279.

[2] Hugh Kenner, *The Poetry of Ezra Pound*, Lincoln & London: University of Nebraska Press, 1985.

[3] Donald Davie, *Ezra Pound: Poet as Sculptor*, New York: Oxford University Press, 1964.

身于暗礁险滩之中时,庞德就情不自禁地浮想联翩,他会纪念永生(Pound 462),他会想到魔鬼和屠夫:

> 砖头从虚无中想象出来
> 岩石凹处的温和　海螺
> 备受尊崇,永生
> 那只蝴蝶从我的烟囱中飞走了
> 永生,残酷……
>
> 在阿雷佐一座祭坛的遗迹(科托纳,安杰利科)
> 可怜的魔鬼
> 可怜的魔鬼去见屠夫
> (Pound 462)(黄运特　译)

在《诗章》第81章,庞德一方面以客观写实的方式,对现实处境表示憎恨:"热风来自沼泽地/死亡般的阴冷来自山间";另一方面通过对历史的潜意识表述和超越理性的表达,对人类社会进行再认识和重新思考。事实上,庞德的历史记忆连同他的个人感受,融合在他的潜意识和超越理性的文本叙述之中[①],好像所有的历史人物和事件都是诗人潜意识和超越理性的外化和意义重组,比如下面历史就这样开篇(Pound 518)的例子:

> 后来鲍尔斯写道:"如此的憎恨,
> 我闻所未闻。"
> 伦敦红色分子不愿暴露他的同伙
> (亦即活动在伦敦的
> 弗朗哥的同伙)而在阿尔卡萨
> 40 载已逝……
> 山羊铃整夜叮当作响
> 女主人咧嘴道:"那是哀悼,嗬!

[①] Noel Stock, *Reading The Cantos: A Study of Meaning in Ezra Pound*, New York: Pantheon Books, 1966.

我丈夫死了。"
……
历史就这样开篇。
(Pound 517—518)(黄运特 译)

此外,诗人庞德对历史的潜意识表述和超越理性的表达还反映在《诗章》第110章。因为人间世事风云变幻,爱恨情仇不可捉摸,这就要求史诗诗人在书写《诗章》时必须秉持灵活性原则。尤其是在错综复杂的历史面前,庞德自觉培养了一种超凡脱俗的能力,不仅可以凭借潜意识跨越时空,超越理性,而且可以借助独特的认知方式把握时代脉搏,判断历史方向[①]。在此过程中,庞德实践"新 hsin"、日日新,并努力向前走(Pound 780)。比如,在历史的旋涡中,庞德认为让爱成为恨的原因和山中落日倒转需要潜意识赋予力量,因为有事情被搅在一起,而"新 hsin"衍生出某种历史性动机:

新 hsin
也就是,每一天都要向前走
新 hsin
让爱成为恨的原因,
有事情被搅在一起,
……
山中落日倒转。
(Pound 780)

再次,《诗章》历史的超现实性反映在庞德超越现实的意象隐喻和先知先觉式的价值判断方面。

作为一只窥探历史的大蜘蛛,庞德在纷纷扰扰的大千世界特立独行。他有自己的信念和价值判断,他不苟同于现实当中的人和事,于是把目光

---

① B. D. Rachewiltz, "Pagan and Magic Elements in Ezra Pound's Works", in Eva Hesse, ed., *New Approaches to Ezra Pound: A Co-ordinated Investigation of Pound's Poetry and Ideas*, Berkeley, California: University of California Press, 1969, pp. 174-197.

转向布满灰尘的历史,那其实是由历史废墟装点的茫茫荒原。庞德就在历史的荒原上苦苦求索,然后把所得记录在《诗章》里面,使《诗章》富有历史的隐喻性。那些超越现实的意象隐喻于是变成一个个历史符号,悄无声息地叙说着什么。而庞德本人呢?在历史的荒原上逐渐发生蜕变,超脱自我,以先知先觉者的口吻发声。他在《诗章》里做出各种各样的历史判断,可以被解读为先知先觉式的个人判断①。这一切使《诗章》充满超现实性的内容。比如,《诗章》里关于意象的产生过程,就被庞德赋予一种超现实性:

>   某些意象在脑中形成
>   留在那里
>   在一处预备的地方
>   阿拉克涅带给我好运气
>   留在那里,
>   复活的形象
>   (Pound 446)(黄运特 译)

这里的阿拉克涅是希腊神话中与雅典娜比赛织布的女神 Arachne,雅典娜将计就计把阿拉克涅变成一只大蜘蛛,使她不停地织布。后人径直把阿拉克涅视为蜘蛛的化身②,人神合一。阿拉克涅不就是庞德1907年讲给巴克斯特的"那个人"吗?不停地织布的阿拉克涅不就是一种超现实的隐喻符号吗?实际上,庞德在《诗章》中用到许多超越现实的意象隐喻③。比如,早在《诗章》第3章开始部分,庞德谈到超越世俗的第一道光,让人自然联想到《圣经·旧约》里上帝造就的那万能的纯洁的光:

    在露珠掉落之前,光:有了第一道光。

---

① Mary Ellis Gibson, *Epic Reinvented*: *Ezra Pound and the Victorians*, Ithaca, N. Y.: Cornell University Press, 1995, pp. 42–43.

② [美]庞德:《庞德诗选·比萨诗章》,黄运特译、张子清校,漓江出版社1998年版,第46页注解③。

③ Mary Ellis Gibson, *Epic Reinvented*: *Ezra Pound and the Victorians*, Ithaca, N. Y.: Cornell University Press, 1995, pp. 42–43.

帕尼斯克斯，从橡树中走来的仙女，
还有从苹果树中走来的女神，
穿过所有的林木，叶片儿发出各种声响，
一个耳语，众云朵对着湖面鞠躬，
云朵上面是众神
(Pound 11)

紧接着在《诗章》第4章前半部分，出现了伊甸园式的意象，不仅有浮动的黎明、充满露水的薄雾，还有在草丛中移动的脚步和行走到苹果树下的身影。这让人想起史前神话以及基督教《圣经·旧约》中的先祖亚当。难道亚当是去找他心爱的夏娃吗？

黎明，为让我们苏醒，在绿色的清爽的光中浮动；
充满露水的薄雾使视野模糊不清，在草丛中，苍白的脚步移动。
啪踏，啪踏，发出呼呼声，落在柔软的草地
行走到苹果树下……
(Pound 13)

此外，在该章，庞德还穿插了关于风的历史性隐喻。具体内容虽然涉及中国古代历史人物宋玉与楚襄王，但是字里行间流露出庞德作为历史先知先觉的超然姿态，似乎是在重现历史的同时，质疑历史，审视大王之风的历史价值（Pound 15—16）：

宋玉云：
"此风，陛下，是大王之风，
此风是殿宇之风，
可撼万水之水。"
襄王松开衣领，道：
"此风盛怒于土囊之内，
它使水流湍急。"
没有什么风是大王之风。
(Pound 15—16)

庞德超越现实的意象隐喻和先知先觉式的价值判断，在《诗章》中还存在在相互交织、彼此关联的情形。庞德这样做有自我反思和警示的目的：虽然不是每个人都可以洞察历史、辨别善恶，但是可以通过基于现实又超越现实的思维去积极尝试，这样就会收获不一样的结果。他的这种观念可以从《诗章》第89章的开篇得到验证。在该部分，庞德以先知先觉的姿态告诫世人说：

> 要去了解历史　書
> 要区分善恶
> 經①
> 要知道该相信谁。
> 经好（Ching Hao）
> 谁将会长大
> （天堂）
> "社会的，"伊曼纽·史威登堡断言道。
> （Pound 590）

在这里，庞德先是借助孔子的口吻劝诫人们"要去了解历史/要区分善恶/要知道该相信谁。"（Pound 590）接着，建议人们去潜心研读各种中国儒学经典，即庞德所说的"經書"（Pound 590），包括《大学》《中庸》《论语》《孟子》以及《诗经》《礼记》《春秋》等典籍②。对庞德而言，这似乎是寻找历史之真理的法宝③。"经好"是庞德个人的评价，表明他对中国儒学经典的认同和接受。"谁将会长大/（天堂）"［Chi crescera/（Paradiso）］源自《神曲·天堂篇》，明显是借助先知但丁的智慧影射庞德自己对美好天堂和天堂秩序的热切渴望④。史威登堡即欧洲18世纪的预言家、科学家、哲学家和神秘主义者 Emanuel Swedenborg，曾被誉为西欧

---

① 此处是庞德笔误，正确写法是經書。下文中的 Ching Hao 应该是 Hao Ching。
② 赵毅衡：《诗神远游》，上海译文出版社2003年版，第292—293页。
③ Hayden White, *Metahistory*: *The Historical Imagination in Nineteenth - Century Europe*, Baltimore: Johns Hopkins University Press, 2014, pp. 16-17.
④ Mary Ellis Gibson, *Epic Reinvented*: *Ezra Pound and the Victorians*, Ithaca, N.Y.: Cornell University Press, 1995, pp. 155-156.

历史上最伟大的、最不可思议的人物①，庞德在这里借助史威登堡的口说出"of societies"（社会的），也明显以互文的方式影射他自己具有先知先觉式的价值判断和理性思考。

二 《诗章》历史的预言性

历史、历史人物、历史性作品与预言之间似乎存在某种天然的纽带。在人类历史上，许多伟大的历史人物都是预言家，比如希腊哲学家亚里士多德曾对人类幸福做出预言："幸福不是'状态'，而是'活动'"，因为"生活的目的是追求幸福"；还对诗人的命运进行预言："无缘入诗的人，一旦死后就完全'销声匿迹'，后人将不再铭记他的业绩"②。不仅如此，凡是不朽的、经典的作品也无不具有历史的预言性，因为它们是伟大历史人物（集体的或者个人的）智慧的结晶，不仅具有历史的代表性和先验性，还具有历史的前瞻性和丰富性。像众所周知的古希腊神谕、希伯来《圣经》、中国古典名著《道德经》《论语》《孟子》、英国莫尔的《乌托邦》、德国歌德的《浮士德》、法国司汤达的《红与黑》、美国海明威的《老人与海》等，都是举世公认的伟大且具有历史预言性的作品。庞德的《诗章》也不例外。但是，与前面提到的经典名著有所不同，庞德的《诗章》具有它特殊的、个性鲜明的历史预言性。

一方面，《诗章》历史的预言性通过呼唤社会变革、重塑艺术经典表现出来。

文论家缪勒在《文学的哲学》（*Philosophy of Literature*）一书中认为，在浩瀚的人类诗歌史上，诗人及其创作的艺术都具有历史性："艺术不是主观性的，也不是私人或心理的愉悦，诗人不是为了减轻自己的痛苦才吟唱的，而是为了照亮这个世界。"③ 换言之，诗人创作诗歌的目的不是单纯释放内在的个人情感，而是要实现某种潜在的、能够产生正能量的社会功能。比如，为了照亮这个世界，诗人可以发挥聪明才智具有某种预言能

---

① Stephen McNeilly, ed., *On the True Philosopher and the True Philosophy: Essays on Swedenborg* (Vol. 2), London: Swedenborg Society, 2005.
② [古希腊] 亚里士多德：《诗学》，陈中梅译，商务印书馆 2003 年版，第 279 页。
③ [美] 古斯塔夫·缪勒：《文学的哲学》，孙宜学等译，广西师范大学出版社 2001 年版，第 2—3 页。

力,呼唤社会变革到来,或者重构需要变革的历史①。

庞德在《诗章》第 35 章说:愚蠢会传染,理由是没有什么好东西被记录下来(Pound 172—173)。他对历史这样断言,其中一个重要依据,是在一个历史性场合,他从一位女士那里感悟到暴露在势利的美国人面前是多么可怕。为了纪念该时刻,预言社会变革必然发生,庞德用细腻、幽默的笔写下相关细节:

> ……"我是一个商品,"
> 这位年轻女士说,"米特勒罗帕的商品,"
> 可是她看起来一直能自由活动
> 而且好处是,家人们不再
> 因为担心父亲搅乱了音乐会就用绳索把他勒死
> 音乐会似乎与(父亲)正常情况下就无数次的抽搐相抵触
> ……这是因为……
> 哦,是的,有许多贵族,仍痴迷于马球
> 这位在马球场卖淫的女伯爵说,因为有许多贵族
> (Pound 173)

对此,庞德像英国新古典主义时期著名诗人蒲伯在他的《人论》(*An Essay on Man*)中批评、预言的那样,在《诗章》第 36 章公开抨击和诅咒投机式的爱情、黑暗中的分离、基于死亡的权利和谬误中的分崩离析。庞德呼唤真理、希望、理性、美德、愉悦和真爱,也呼唤光明、完美、救赎、信任、仁慈、灵魂之习性和内心之愿望(Pound 177—180)。基于此,他在《诗章》中强烈表达对社会变革的渴望,预言重塑艺术和历史的种种可能性:

> 因此我想给现在的有知者说
> 如果意志消沉者不重拾希望
> 把光明带给理性

---

① Noel Stock, *Reading The Cantos: A Study of Meaning in Ezra Pound*, New York: Pantheon Books, 1966.

如果没有自觉的行动展示
我也就毫无必要费尽心思去拿什么证据
或者道出它根源何处……
或者愉悦，并因此获得所谓"真爱"
或者倘若有人能够把它展现给光明……
（Pound 177）

另一方面，《诗章》历史的预言性旨在拨云见日或者帮助人们走出历史的迷雾，自觉把握历史真相。

庞德在《诗章》第 32 章中说："动物是完全没有思想的"（Pound159）。他的言外之意是，作为人应该有思想。可是人是否自觉用思想指导行动呢？庞德在考察完人与历史的关系之后，认为不尽然。他仔细研读了欧洲史，发现有一批没有思想的人物，尤其是那些居高位者，像路易十六、西班牙国王、撒丁岛国王、葡萄牙女王等，庞德予以毫不隐晦、痛快淋漓的批判。庞德批判的目的是站在历史的高度让读者对历史进行再审视，希望这样的历史不要再发生：

……不管是在猪圈、马厩或者在公寓……
路易十六都是一个傻子
西班牙国王是一个傻子，那不勒斯国王是一个傻子
……撒丁岛国王
是，就像所有波旁王朝成员一样，是一个傻瓜，
葡萄牙女王，一个布拉干萨人，因此本质上讲也是白痴，
普鲁士弗雷德里克的继承者，只不过是一头猪
……
欧洲的食人族又开始接二连三地啃食
躺下时①
（Pound 159）

对于上面提到的这些历史人物和历史事件，如何拨开历史迷雾、辨明

---

① 原文是"quando si posa"。

历史真相呢？庞德似乎也不十分清楚，于是他去查阅各种史料找出真相。他的经验是：不能只知道所谓正史，尤其是官方正史，还要到各地图书馆去查民间的史料，充分挖掘各地和民间存储的知识。在庞德看来，地方志可能会比正史更真实可信。此外，读史的人还需要学会独立思考，用理性的头脑和已习得的知识对历史进行评判①。但是，拥有了知识，获得了理性，就能还原历史，推翻愚蠢、腐朽和堕落吗？比如说要应对上面提到的那些历史人物和历史事件？这似乎并非易事。庞德给出的策略是革命，用潜伏在"人们头脑中的……革命"（Pound 157）。可是，当局者迷。新问题又产生了：一旦人们（包括历史学家）只捕捉历史的细枝末节，仅仅关注历史表象，那就很容易身陷历史的迷雾而不能自拔，更不可能自觉去把握历史的真相。那该怎么办呢？庞德给读者的暗示是：站在局外，运筹帷幄，因为旁观者清②。庞德通过《诗章》还试图说明：西方的力量已经衰微，到了穷途末路的阶段。一方面，人们要清醒地认识到这一点；另一方面，人们要履行责任，走出困惑。比如求教于东方，让东方的杏花吹到西方，并尽力不让它们凋谢（Pound 60）。或许只有这样，人们才真正尊重历史。

鉴于此，庞德以历史预言家的身份，在《诗章》第53章告诫世人要像中国古代商朝皇帝成汤那样"苟日新，日日新，又日新"。只有心中有"新"（hsin）并"求新"，才可能走出历史迷雾，辨明历史真相：

成汤在高山上祈祷，然后
在他的浴盆上
写下求新
日日新，求新　　新 hsin
　　　　　　　　　日 jih
　　　　　　　　　日 jih
　　　　　　　　　新 hsin

（Pound 265）

---

① Wendy Stallard Flory, *Ezra Pound and The Cantos: A Record of Struggle*, New Haven: Yale University Press, 1980.

② Noel Stock, *Reading The Cantos: A Study of Meaning in Ezra Pound*, New York: Pantheon Books, 1966.

同时，庞德还以历史预言家的身份激发读者去尊敬、重视和实践中国儒学创始人孔子的智慧和劝诫。比如，对和平与富足带来美德的深刻理解和认识（Pound 268），因为：

凡事有始有终（末）。　知
先　　　　　后
则有助悟道
（Pound 465）（黄运特　译）

还要相信"Chung 中"，因为：

社稷整治
尽管不常，却为
事物遵循之某种水准
Chung 中
居之中
（Pound 77）（黄运特　译）
我们的 中 chung
对此我们顶礼
膜拜
（Pound 465）（黄运特　译）

但是，庞德还提醒一点：人们在具体的历史语境进行执行过程中不能违背客观规律、揠苗助长，否则会事半功倍，即：

　　　勿
别　　助
　　　长
（Pound 532）（黄运特　译）

此外，《诗章》历史的预言性意味着人类历史发展的某种可能性和自在性，其功能要么为现实生活服务，要么为历史的多元性代言。

庞德在《诗章》第32章提到古希腊民间广为流传的讽喻故事集《伊索寓言》(*Aesop's Fables*) 以及18世纪英国小说家笛福的名作《鲁滨逊漂流记》(*Robinson Crusoe*) (Pound 158)。庞德书写这两部极具预言性作品的目的，是想说明它们在启发人的心智方面、在为历史进行预言方面，有其特殊的价值和贡献。美国政府在建立之初，曾使用此类作品教化和改造野蛮的、未开化的土著印第安人，为的是构建一个称职的政府。这些细节本是1823年6月12日《致约翰逊法官的一封信》里的内容，却被庞德摘录和镶嵌在《诗章》里。庞德一方面想揭示已发生过的历史以及在经典文学作品中描述的历史，会为今天历史的发展和演变提供借鉴和参考，使之具有现实意义；另一方面通过批判现实和反思过去对历史进行预测或者预言，最终为历史的多元化发展做贡献。在《致约翰逊法官的一封信》里，读者看到的不只是早期美国政治家的睿智、多谋和远见，而且还有他们的狭隘、自私、种族主义和作为政客的阴险。美国早期的决策者们认为，在对待土著印第安人的问题上，除了用宗教渗透和文化渗透，还有必要使用一种特别的方式控制他们：

> 认为还有必要通过艰苦的劳动、贫穷和无知
> 控制他们，
> 从他们那里索取足够多的好处，就像从蜜蜂那里索取蜂蜜一样
> 因为那种不间断的劳动将是获取足够多盈余的
> 一种必要手段
> 仅（让他们）勉强维持一种卑微的生活。
> (Pound 158)

不仅如此，《诗章》借助历史的预言性在以互文的方式描述历史发展的种种可能性和自在性方面，还存在一些让人匪夷所思的细节。比如，在《诗章》第74章，里面有成为批评家们耻辱的内容：

> 当和平主义者被烧鸡诱惑，却不赞成
> 战争，《尿壶的花环》
> 自费出版
> 成为批评家们的耻辱

……
在这次战争里有乔·古尔德、邦廷和卡明斯
他们反对愚蠢与非正义
(Pound 431—432)(黄运特　译)

由此可以看出，庞德在《诗章》里嵌入历史预言性的内容，其策略不只是为了揭示历史发展的运行轨迹，还通过批判现实和自我批判实现历史的隐喻功能，启发人们对历史做深入思考和解读，最终为历史的多元性做代言。这一切，折射出庞德与众不同的历史观和世界观，正如他对诗人命运的预言那样：

一位诗人的终结，
在一口枯井之下，哦，一位诗人的终结。
(Pound 20)

第五节　历史拾荒者与历史的放逐

通过对《诗章》历史性的互文解读，会发现庞德的历史观渗透在《诗章》的字里行间；而且，《诗章》的历史性从一开始就被庞德赋予神圣的史诗一样的价值，并因此备受关注。文论家布什评述说，《诗章》因为恢宏、壮美的历史篇章在美国诗歌史上，甚至是在世界诗歌史上，都独树一帜[1]。该说法的确一语中的。《诗章》是西方文学史上的一座丰碑，是一名历史放逐者用心血铸成的纪念碑，同时也是一位历史拾荒者用沸腾的激情和燃烧的岁月铸就的纪念碑[2]。

第一，说《诗章》是历史放逐者的纪念碑，是因为《诗章》是庞德在被放逐的过程中，将自己的所思、所想、所感记录下来的个人档案，具

---

[1] Ronald L. Bush, *The Genesis of Ezra Pound's Cantos*, Princeton：Princeton University Press, 2014.

[2] Hugh Kenner, *The Poetry of Ezra Pound*, Lincoln & London：University of Nebraska Press, 1985.

有自我写实的味道。庞德作为历史的放逐者，他的放逐与我国历史上战国时期屈原那种因为国君昏庸无能、亲小人远贤臣，最后被迫背井离乡、客死他乡的放逐有本质区别。庞德的放逐有他客观的原因。他曾经自述："……到处都是怨声载道的声音。一周的时间还没结束，我就遇到或者听说某某人打算自我放逐，某某报道者宣称要放弃稳定的工作'到欧洲呼吸新鲜空气'；某某教授来自某个新办的院校因为微薄的收入要离开。我们的艺术家现在都去欧洲了。严格意义上讲，我们不是为了享乐而离开。我们，我们曾经时常抱怨那些'移居海外的离乡者'，而现在无论如何不能带着不满情绪对此充耳不闻了。"[1] 从庞德的自述文字可以看出，他所处的那个时代和那个时代的美国，都还处在方兴未艾的状态。美国虽然已经获得政治独立和经济快速发展，但是整体实力与文化积淀深厚的欧洲还是无法比拟。在欧洲各国，英国伦敦是公认的世界文化中心、诗歌中心，聚集了当时世界上许多伟大的哲学家、历史学家、艺术家和诗人；法国的巴黎、意大利的威尼斯、希腊的雅典等地，也是欧洲文化极具特色、富有魅力的地方，这对热切渴望美国文艺复兴的庞德来说，无疑具有无与伦比的吸引力[2]。况且这些地方，从长远来看，不仅适合庞德的个性发展，也有助于他诗歌艺术水平的提高，所以庞德迫切希望自己能够像他描述的移居海外的离乡者那样自我放逐，然后到欧洲呼吸新鲜空气。鉴于此，把庞德称为自我放逐者或者自愿放逐者，似乎更符合他当时的身份[3]。在自我放逐的过程中，庞德以恢宏的气魄把《诗章》作为思想表达、畅所欲言的艺术舞台，并且一直乐此不疲。里面不仅涉及他个人生活的历史记录和片段，而且包括他个人理想的各种宣泄和表达。从某种意义上讲，《诗章》就是庞德个人的抒情史诗，就是他思想的艺术加工厂。比如，除了《诗章》第1—3章庞德以极具浪漫主义的想象把自己喻为离开家乡、踏上征途、不畏艰险的奥德修斯：

"……穿越黑暗的大海，战胜邪恶的海神尼普顿"

---

[1] William Cookson, ed., *Selected Prose* 1909-1965, London: Faber & Faber, 1973, p. 133.
[2] Lawrence S. Rainey, ed., *A Poem Containing History*, Michigan: The University of Michigan Press, 1997.
[3] Mary Ellis Gibson, *Epic Reinvented: Ezra Pound and the Victorians*, Ithaca, N.Y.: Cornell University Press, 1995, p. 52.

（Pound 5）
看到我应该看得到的
（Pound 9）

还在《诗章》第 8—11 章，以放逐者的身份书写意大利文艺复兴时期的英雄人物表示纪念：

他，西吉斯蒙德，是所有威尼斯人的首领。
他卖掉许多小城堡
然后按照计划建造了一座宏伟的罗卡城堡，
在蒙特鲁罗战役中，他勇猛得胜过十位彪形大汉
最终大获全胜
（Pound 34）

在第 13 章，以放逐者的身份把自己读到并领悟到的中国儒家智慧以及孔子教育其弟子的言行记录在案，旨在揭示历史学家也有不知道的东西：

孔子说："……
我甚至还记得
那天，当历史学家在他们的作品中留下空白，
我是指，历史学家也有不知道的东西，
但是时间在一分一秒地过去"
（Pound 60）

在第 16—17 章，以放逐者的身份模仿历史预言家但丁在《神曲》里的做法，希望把地狱看穿：

……罪人们
浸泡在蓝色的硫酸之湖
……死尸之湖，死亡之湖
（Pound 68—69）

在第 45 章，以最直白、最犀利的方式表达对高利贷深恶痛绝的个人体会和感受：

> 因为高利贷，人的罪恶对抗人的本性，
> 你的面包总是充满更多变质的碎屑
> 你的面包干燥无味如纸，
> 没有大山孕育的小麦，没有使人变得强壮的面粉
> ……
> （Pound 229）

在第 56—61 章，以放逐者的身份编撰和书写关于中国的史诗，并对中国各个历史时期进行透视和解读：

> 诗章
> 第 52 章 《礼记》
> 第 53 章 伟大的帝王
> 　　　　　第一个朝代夏
> 　　　　　商朝之成汤（第二个朝代）公元前 1766 年
> 　　　　　第三个朝代周 公元前 1122 年—前 255 年
> 　　　　　孔子（孔夫子）公元前 551 年—前 479 年
> ……
> （Pound 255）

在第 62—71 章，以放逐者的身份把自己在大学期间和在欧洲自我放逐过程中收集到的关于美国历史的真相记录下来，特别写给统治者及其伙伴（to the governor and the companie）（Pound 341）：

> "对邪恶动机的清算
> 或者对错误的坚守
> 去愉悦地予以矫正
> 尤其是关于欧洲强国
> 行动的目的"

为了新英格兰的殖民、统治和
维持秩序
从北纬 40 度到 48 度的范围
特别写给统治者及其伙伴
（Pound 341）

在第 74—84 章，以放逐者的身份把自己在意大利比萨监狱所遭受的痛彻心扉的苦难和折磨留作难以忘却的纪念：

日落西山的人
……
夜间在雨沟里哭泣
……
这场戏完全是主观
……
钻石将不会在雪崩中消逝
（Pound 430）（黄运特　译）

在第 85—109 章，以放逐者的身份书写个人心目中以及理想状态下的爱情、天堂和光明：

爱情，逝如闪电，
却延续了 5000 年。
……
繁衍生息，
纳税人，画好的天堂
……
为了公平，带来光明
（Pound 644）（黄运特　译）

在第 110—117 章，以放逐者的身份记录自己梦想破碎后极度的伤感和失落：

> 所有的梦想碰撞
> 然后被击得粉碎——
> 而我曾经试图建立一个地上的
> 天堂。
> （Pound 802）

总之，上面读者阅读到的各种细节和内容，见证了《诗章》是庞德精神和肉体层面各种不平凡经历的历史纪念碑。

第二，说《诗章》是历史拾荒者铸就的纪念碑，理由在于：《诗章》是庞德充当并扮演历史拾荒者的角色时，以另类和特别的方式把捡拾到的历史碎片装入他那庞大且深不见底的历史之袋中进行深度熔铸，然后矗立起来留给历史和后人去品评[1]。评论家吉布森说，在自我放逐过程中，庞德是历史拾荒者，他还是逃跑的艺术家、存在主义历史学家、历史素材搬运工、民间文学翻译家、历史巨著模仿者、史诗题材戏仿者、历史知识收藏家、现代生活油画家，而且是世界历史之网的英雄缔造者[2]。对此，读者不一定完全认同，但是管中窥豹可以看到西方学者对他身份的多重界定。

《诗章》里不仅有庞德从历史废墟中拯救出来的各种民族文字和几乎被废弃、遗忘或者即将消失的僵死的语言，比如盎格鲁—撒克逊语、拉丁语、古希腊语、普罗旺斯语、古汉语等[3]，还有众多被新历史主义文论家怀特称作情境化的历史的东西[4]。

通过《诗章》，庞德对 1813 年 11 月 15 日《亚当斯先生致杰弗逊先生的信》中有关富兰克林对理性之人问题探讨的情境和语境，进行了生动的历史性复原：

---

[1] Hugh Kenner, *The Poetry of Ezra Pound*, Lincoln & London: University of Nebraska Press, 1985.
[2] Mary Ellis Gibson, *Epic Reinvented: Ezra Pound and the Victorians*, Ithaca, N. Y.: Cornell University Press, 1995, pp. 39-78.
[3] Ibid., p. 53.
[4] Hayden White, *Metahistory: The Historical Imagination in Nineteenth-Century Europe*, Baltimore: Johns Hopkins University Press, 2014, pp. 16-17.

"伙计，理性之人啊！"富兰克林说道。
"别，让我们假设真有理性之人存在。
剥夺他的所有胃口，尤其不让吃喝。
他待在房间，一心做试验，
或者正在思考什么问题。
这时，仆人敲门。'先生，
晚餐准备就绪。'
'火腿和鸡块？''火腿！'
'难道我现在必须打断思路
走到楼下，只为啃一口糟糕透顶的猪屁股肉吗？
请你把火腿放一边；我明天享用。'"
废寝忘食，这一代人不可能
过活一个月……
（Pound 155—156）

通过《诗章》，庞德对1927年史学家争议的一个历史片段进行情景式复原。他说一切都通过对话完成，除了谈到维也纳住着不同种族的人，还涉及一个罗密欧与朱丽叶式的悲剧，与莎翁的剧作产生互文效应：

一切都通过对话完成，
或许因为有人交谈时重复观点：
"维也纳住着不同种族的人。"
……
不要发生罗密欧与朱丽叶式的悲剧……太不幸了
我忘了剪辑，但是很明显
这样的事情确实还在发生，他
在她的门外自杀了，同时
她的家人正准备埋葬她的尸体，
她知道这个事件的始末……
（Pound 189—190）

不仅如此，庞德还以历史拾荒者的角色在《诗章》里对中国的古代社会状况、帝王形象、良臣形象等进行情境化的复原和再现：

> 各省以大山为界，择河流划分。
> "好皇帝善于纳谏。"
> ……
> 魏徵在朝廷像一块顽石
> 迫使皇帝穿上他最好的朝服
> 曾说：战时，我们需贤能之人
> 和平年间，我们亦需个性之人
> ……
> "吾与民同生长"太宗云
> "吾之子在官廷"
> （Pound 285—286）

除了上面提到的案例，读者还可以在《诗章》里找到更多验证庞德以历史拾荒者的角色对历史进行情境化个性表达的例子。而这一切，都见证了《诗章》是庞德作为茫茫荒原的历史拾荒者在自我放逐的过程中，给自己也给整个西方树立的一个气势宏伟但又具有神秘气息的历史纪念碑[①]。

按照尼采在《历史的用途与滥用》一书中展现的历史观[②]，读者可以把庞德视为世界历史之网上的一只大蜘蛛，《诗章》是庞德编织出的一张大网。而这张网中的历史，有着诗人酣畅淋漓的情绪以及惊天地、泣鬼神的内容。庞德在《诗章》第74章中说："'我的身边鬼影幢幢''缝满历史的补丁'"（Pound 446）。该表述充满历史隐喻性。作为一部独具艺术特色的社会历史文本，《诗章》散发着晶莹剔透的魅力。尤其当读者把它置于宏大的历史语境，从互文性视角去考察，会发现作为史诗的《诗章》既具有文本的历史性，又具有历史的文本性。从文本的历史性角度透视《诗章》，会发现它既是特定历史时期的产物，又是穿越时空的史诗，因

[①] Mary Ellis Gibson, *Epic Reinvented: Ezra Pound and the Victorians*, Ithaca, N.Y.: Cornell University Press, 1995, pp. 56—58.

[②] [德] 弗里德里希·尼采：《历史的用途与滥用》，陈涛、周辉荣译，上海人民出版社2005年版。

为《诗章》包含各种历史符号的书写，印证它作为诗歌文本的历史性特征；从历史的文本性角度考察《诗章》，会发现该史诗中的历史是诗人庞德按照他个人的思想意识和知识体系建构起来的物质系统，决定了《诗章》中的历史是一个特殊的文本存在。此外，《诗章》中的历史是诗人庞德人生理想、价值观念的他者呈现，这就决定了该史诗记载的历史具有想象和虚构的成分。而且，《诗章》中的历史不只是庞德冷眼旁观、客观白描的结果，还是他亲自参与、主动与历史互动与对话的结晶。

总之，《诗章》作为社会历史文本，具有它存在的自足性和特殊性。

第三章

《诗章》臭名昭著的政治经济学

柏拉图在《理想国》和《法律篇》中"从政治或道德的角度出发谈论诗的'正确'或'不正确'"①。这说明,在欧洲经典诗学体系中,把政治和诗歌联系起来进行探讨,已有较长的历史。被称作欧美诗歌宁馨儿和叛逆者的《诗章》,因为受西方文学传统影响也继承了欧洲经典诗学体系中政治和经济的因素②,这从某种意义上促使《诗章》成为一个特殊的政治经济学文本。当读者翻阅《诗章》,把注意力集中在该史诗的政治经济学层面,并对它进行文本解读和阐释时,会发现《诗章》与东西方社会政治和经济在诸多方面存在千丝万缕的联系,而且这些联系远比读者预想和期待的要复杂。好在不少《诗章》章节的主题明显是把某些政治经济学思想或理论作为文本支撑,对读者认识和理解史诗中的政治经济学思想提供了帮助。对于庞德在《诗章》中的政治经济学思想倾向,评论家伯恩斯坦以"痛击法西斯主义"为题对它展开犀利的政治经济学批判,认为庞德是在盗用意识形态③。对此,国内学者孙宏、李英经过文本分析和研究后也认为,庞德的《诗章》是为君主撰写教科书,庞德的政治经济学暗含对历史的曲用④。但是,到底《诗章》中的政治经济学思想是怎样形成的?具体表现在哪些方面?其目的何在?为什么《诗章》这部不朽的诗学巨著,会因为庞德政治经济学思想的黑暗,蒙受反犹太主义和法

---

① [古希腊]亚里士多德:《诗学》,陈中梅译,商务印书馆2003年版,第181页。
② Peter Ackroyd, *Ezra Pound and His World*, New York: Scribner Book Company, 1980.
③ Charles Bernstein, "Pounding Fascism", in Charles Bernstein, *A Poetics*, Cambridge, Massachusetts: Harvard University Press, 1992: 121-127.
④ 孙宏、李英:《为君主撰写教科书:埃兹拉·庞德对历史的曲用》,《外国文学评论》2011年第2期。

西斯主义的骂名①？带着这些疑问，笔者结合互文性理论的相关知识，对《诗章》中的政治经济学思想进行剖析。

第一节　家族传统与政治经济学理想

通过对庞德传记的阅读和研究，会发现庞德的政治经济学思想与他的家族传统之间存在根深蒂固的互文关系，有些表现为显性，有些则为隐性。诸多因素促使庞德在个人成长的道路上，对社会政治经济学产生天生的敏感性和热情②。这也促使他不由自主地与社会政治事件和经济问题靠近，同时用他个人所知道的或者理解的政治经济学视角看问题、想办法，并试图对西方世界和社会生活产生影响。而这一切，淋漓尽致地反映在庞德人生中精彩的华章《诗章》当中。其实，庞德早就自诩说，根据他的家族编年史，可以"写出整个美国社会史"③。

一　《诗章》折射出的"家族意识"

追溯庞德家族的政治传统和经济背景，不难看出：庞德的基因中天生携带着某种政治经济学"密码"。根据《庞德百科全书》④，在庞德母亲的家族体系中，庞德的曾祖父威廉·华兹沃斯曾是一名清教徒，为了躲避当时英国政治和宗教迫害，从英格兰艰难跋涉、漂洋过海来到美国波士顿；而庞德的外祖父哈尔丁·韦斯顿曾在政治上追求成功，后来未能如愿反而使家庭经济陷入困顿，好在庞德的外祖母玛丽·帕克·韦斯顿出生于名门望族"华兹华斯家族"，获得亲戚救济使家庭渡过难关。庞德的姨妈弗朗希丝·维塞尔斯·韦斯顿，即庞德笔下的"弗兰克姨妈"，年轻时热衷于

---

① ［美］查尔斯·伯恩斯坦：《痛击法西斯主义》，载［美］庞德《庞德诗选·比萨诗章》，黄运特译、张子清校，漓江出版社1998年版，第267页。
② Humphrey Carpenter, *A Serious Character: The Life of Ezra Pound*, Boston: Houghton Mifflin Company, 1988.
③ Tim Redman, "Pound's Politics and Economics", in Ira B. Nadel, ed., *The Cambridge Companion to Ezra Pound*, Cambridge: Cambridge University Press, 1999, p.250.
④ Demetres P. Tryphonopoulos & Stephen Adams, eds., *The Ezra Pound Encyclopedia*, Westport: Greenwood Publishing Group, 2005.

政治,"养成了每隔一段时间就去批评华盛顿的习惯"①。在庞德父亲的家族体系中,庞德的曾祖父约翰·庞德是贵格会成员,1650 年由于受到英国国教迫害,与清教徒一起背井离乡来到美国定居。庞德的爷爷塔德斯·科尔曼·庞德是一名共和党国会议员,一生投身政治,曾担任美国威斯康星州副州长,在当地享有较高的政治威望,经济状况、生活条件都比较优越。庞德的爸爸荷马·卢米思·庞德没有特别显著的政治业绩,受父亲塔德斯影响从事商业,做过木材生意,后来成为爱达荷州海莱市土地管理局注册员,经济收入比较稳定。后来,庞德的母亲伊萨贝尔·韦斯顿由于不喜欢海莱的气候条件和单调生活,1887 年带着 18 个月大的庞德暂住在纽约。两年后,庞德的爸爸在费城造币厂谋得一职,担任该造币厂化验员,收入稳定。到了 1893 年,即在庞德满 8 岁时,全家搬迁至温克特,并在那里定居②……这一系列环境变迁以及与政治、经济有直接或间接关系的多重因素,为庞德日后关注并涉足政治、经济生活埋下了伏笔。

此外,从庞德接受教育的整个历程来看,他刚开始上学,就在主张和平正义和宗教自由的贵格会教派学校学习和生活,包括 1892 年在珍金镇的爱列特女士学校以及 1893 年和 1894 年分别在温克特的切尔顿·希尔斯学校和弗洛伦斯·里德帕思学校等。受这些学校政治环境以及思想意识的熏陶,加上庞德平时耳濡目染,很早就对政治表现出敏锐的洞察力和判断力③。1892 年庞德 7 岁那年,他因为克莱夫兰德在总统选举中战胜哈里森,就"愤怒地在屋内就把自己的小摇摇车抛向空中",原因很简单:他支持哈里森竞选总统,而不喜欢克莱夫兰德;当结果公布出乎他的意料,他既感到失望又感觉愤怒④。他后来自述说还有一个重要原因:克莱夫兰德总统选举获胜,意味着"我(庞德)的父亲很可能会丢掉他的工作;那样的话我们全家就失去衣食来源"⑤。由此管中窥豹,庞德天生就有一

---

① Tim Redman, "Pound's Politics and Economics", in Ira B. Nadel, ed., *The Cambridge Companion to Ezra Pound*, Cambridge: Cambridge University Press, 1999, p. 251.

② Humphrey Carpenter, *A Serious Character: The Life of Ezra Pound*, Boston: Houghton Mifflin Company, 1988.

③ Demetres P. Tryphonopoulos & Stephen Adams, eds., *The Ezra Pound Encyclopedia*, Westport: Greenwood Publishing Group, 2005.

④ Tim Redman, "Pound's Politics and Economics", in Ira B. Nadel, ed., *The Cambridge Companion to Ezra Pound*, Cambridge: Cambridge University Press, 1999, p. 250.

⑤ Ibid., p. 249.

种自觉的政治意识潜伏于心，他要呈现自己的政治立场和观点，他要行使作为美国公民的政治权利，并且有胆量敢于去表达。

庞德还有一种被亚里士多德称为诗人天赋和灵感的东西①。11岁那年，即1896年，庞德在《珍金镇时报·纪实栏目》(Jenkintown Times-Chronicle)发表了《由11岁的E.L.庞德写于温克特的诗》(by E. L. Pound, Wyncote, aged 11 years)，内容如下：

> 一位来自西部的年轻人，
> 他竭尽所能为梦想奋斗；
> 但是当选举如期举行；
> 他发现自己竟然落选，
> 后来的事由报纸告诉你②。

这是迄今为止笔者读到的在庞德写作生涯中最早一首正式出版的诗，也是一首典型的政治打油诗③。该诗聚焦并书写的那位来自西部的年轻人，名叫威廉·詹宁斯·布莱恩，他是1896年在第25任美国总统大选中落选的政治家、演说家和社会活动家，当年输给他的竞争对手威廉·麦金莱。布莱恩曾担任托马斯·伍德罗·威尔逊总统的国务卿，也是美国民主党和平民党领袖。布莱恩在总统竞选演说中，提议把黄金和白银同时作为美国通用的货币，这对少年时代的庞德来讲，既新鲜又充满诱惑力；要知道庞德父亲当时从事的工作就与钱币直接挂钩④。当然，庞德以打油诗的形式书写政治家布莱恩以及总统大选，表明他对时事政治已经开始主动关心并思考，对政治事件及人物还拥有自己的独立判断。

此外，庞德还在1897—1900年参加了切尔登纳姆军事学院的政治培

---

① [古希腊] 亚里士多德：《诗学》，陈中梅译，商务印书馆2003年版，第281页。

② 该诗发表于1896年11月7日。原文为：There was a young man from the West, / He did what he could for what he thought best; / But election came around; / He found himself downed, / And the papers will tell you the best. 参见 Humphrey Carpenter, *A Serious Character: The Life of Ezra Pound*, Boston: Houghton Mifflin Company, 1988, p. 36.

③ Tim Redman, "Pound's Politics and Economics", in Ira B. Nadel, ed., *The Cambridge Companion to Ezra Pound*, Cambridge: Cambridge University Press, 1999, p. 251.

④ Wendy Stallard Flory, *The American Ezra Pound*, New Haven, Connecticut: Yale University Press, 1989.

训。其间除了身穿美国内战时期的军服接受射击术、军事演练等方面的训练，他还接受相关政治经济学、历史学、语言学等方面的知识培训，对遵守社会秩序、服从国家命令、以民族利益为重、服务社区等的思想认识上升到政治学、经济学的高度，这也为他在《诗章》中彰显政治经济学思想提供了最原始的素材[①]。在庞德后来的人生轨迹上，他又屡次以政治言说者和经济观察家的身份，参与社会政治和经济的相关讨论。其中一个重要案例是，1911年8月庞德从法国巴黎回到英国伦敦后，受雇于欧雷奇主编的《新时代》（*The New Age*）杂志，为这份体现社会主义价值观和改革思想的时代刊物撰写音乐、艺术等方面的评论文章，同时受到卡尔里尔、约翰·鲁斯金、威廉·莫里斯等费边学社成员以及行会社会主义成员广泛的影响[②]，并积极把这些影响变成现实中的文字。总之，庞德无论是在美国，还是在后来的英国、法国和意大利，他的政治观点以及经济学主张，既有自觉输入的内容，也有外界影响的成分。无论是内因还是外因，都对庞德后来创作《诗章》以及政治经济学思想的形成，起到潜移默化的作用。

可以说，庞德因为家族意识、政治传承以及他自身对政治和经济天生的敏感性，使他后来养成一种习惯：不仅自觉运用政治经济学观点看待社会问题，而且把对政治经济学方面的认知和思考主动融入个性化写作当中。反映在《诗章》里，就让读者在字里行间发现，那些镶嵌和穿插着的许多身份特殊的政治经济学人物、历史事件以及敏感的政治经济学话题，恰好影射了庞德建构起来的政治经济学知识体系、思想认知及其观点和主张：

《诗章》中不仅包括颁布《法典》的拿破仑、美国第一任总统华盛顿、厌恶君主制的杰弗逊、具有领袖风范的亚当斯、意大利法西斯头目墨索里尼、德国法西斯头子希特勒、英国首相丘吉尔、苏联军事统帅斯大林、固执的美国总统罗斯福，还包括美国独立运动的支持者"这个机智的人"奥蒂斯、曾信誓旦旦参与总统竞选的美国商人特雷恩、主持凡尔赛和

[①] Humphrey Carpenter, *A Serious Character: The Life of Ezra Pound*, Boston: Houghton Mifflin Company, 1988.

[②] Tim Redman, "Pound's Politics and Economics", in Ira B. Nadel, ed., *The Cambridge Companion to Ezra Pound*, Cambridge: Cambridge University Press, 1999, p. 252.

会的法国人克莱蒙梭、一战中指挥凡尔登战役的法国元帅贝当、第一慕尼黑议会共和国金融部长格塞尔、多次担任英国首相但是政绩不佳的麦克唐纳德、为发展经济整治法兰西银行的法国总理雷昂·布勒姆、意大利商人兼金融家科勒、在西西里指挥迦太基军队与罗马交战的迦太基统帅哈米尔卡、劝说那不勒斯国王以争取和平的意大利佛罗伦萨银行家美蒂齐、由于政治联姻嫁给贵族的教皇亚历山大六世的女儿卢克雷齐娅·博尔贾、1485—1603年统治英格兰的都铎王朝、"缝满历史的补丁"的斯图亚特王朝、支持美国独立运动的爱国人士奥蒂斯、掠夺民众以谋私利的卡罗尔、欧洲经济史上著名的银行家迈耶·安塞姆、美国第七任总统杰克逊、美国南北战争时期南方军事联盟的统帅戴维斯、探讨商业与伦理关系的美国音乐家拉尼尔、创办保皇派报纸《法兰西行动》以宣扬民族沙文主义的法国龚古尔院士杜德特、因地制宜摆脱经济危机的奥地利维戈尔市长、意大利社会党领袖皮耶罗·内尼、墨索里尼政府财政部部长沃尔皮、曾担任驻西班牙大使的美国外交家鲍维尔斯、热心研究社会政治和经济问题的意大利作家奥东·珀尔、"二战"期间把法国出卖给纳粹德国的法国傀儡政府总理拉瓦尔、重视黄金价格的英国首相艾德礼、美国众议员乔治大叔、依靠纳粹德国和意大利的帮助在西班牙内战中获胜的西班牙独裁者佛朗哥、从事20世纪经济问题研究的女作家西尼约拉·阿雷斯蒂、曾担任英国情报大臣的布拉肯、德国海军上将特皮茨、腐败至极的墨索里尼的女婿齐阿诺、"二战"中做过飞行员并在经济方面有特长的英国诗人安格尔德、规定了每块面包价格的伦敦市长威尔克斯、国际银行家罗斯柴尔德、德意志帝国第一任首相俾斯麦、埃塞俄比亚皇帝尼格斯，等等。

除了关于美国和欧洲的政治经济学人物及其事件，《诗章》还涉及实施仁政的中国古代开明皇帝周武王、政治暴虐并焚书坑儒的秦始皇、建立第一个汉朝的汉高祖刘邦、擅纳贤臣魏徵之谏的唐太宗、北宋政治家司马光、希望变法图强的宰相王安石、善骑射的辽朝开国皇帝耶律阿保机、遵循孔子儒学传统的康熙和雍正、中国近代通过来路不明的贷款发家致富的宋子文，等等。

可见，从渊源来看，庞德的政治经济学思想复杂且多元：它不是单纯来自美国本土，或者局限于上面提到的欧洲诸国，也来源于包括中国在内的东方世界；从覆盖面和时间维度来看，庞德的政治经济学思想既跨越国界，又穿越古今。

二 《诗章》中的政治经济学思想

庞德喜欢博览群书，广交朋友，这对他政治经济学思想的形成与发展有重要作用。他认同《新时代》主编欧雷奇的政治经济学主张"经济权利先行于政治权利"，也赞赏西方非正统经济学家道格拉斯的经济学观点，认为"货币储备不足和商品生产过剩，都会引发周期性的经济大萧条"[①]。庞德在《诗章》中穿插并论述关于19世纪以来席卷资本主义社会几次大规模的经济危机，就是对欧雷奇和道格拉斯经济学观点的回应和佐证。不过，庞德只是一位受到诸多政治经济学理论和观点熏陶的学者，他不是一个严格意义上的政治经济学家。换句话说，他只是一名博学的诗人。虽然他通过《诗章》生动彰显了他的政治经济学思想，但是字里行间夹杂着以自我为中心的、诗性的，甚至是天真和肤浅的想法[②]。这也直接导致庞德在《诗章》中勇敢表达他的政治经济学立场时，既存在理性的一面，又存在非理性的一面。比如，关于以下观点的讨论：

第一，要照顾大多数人的利益，而不是少数有权者的利益。庞德有较强的社会平等意识和平民意识，在这一点上，庞德与他曾担任共和党国会议员的爷爷塔德斯·科尔曼·庞德的思想很接近[③]。

他在《诗章》第77章中写道：世界属于所有活着的人（Pound 468），要处理好绝大多数人与少数有权者之间的关系。从国家层面而言，为了公众利益"可以贷款"，这会是一种良策。比如公元前1766年，中国商朝君主成汤为了百姓利益，贷款开采铜矿并制造铜钱；再比如，"萨拉米斯岛的舰队是国家贷款给船匠建造的"（Pound 429）。当然，在国家贷款的过程中，要抵制垄断；至于社会群体中每位公民要履行和担当的责任，既应该做到诚实，又需要讲信用。这方面做得比较好的地方是意大利的锡耶纳，曾大力推崇社会信用制度。此外，庞德通过《诗章》还让人们认识到：少数有权者可能为了谋取私利形成利益集团或者开办银行，他们的目

[①] Ira B. Nadel, "Introduction: Understanding Pound", in Ira B. Nadel, ed., *The Cambridge Companion to Ezra Pound*, Cambridge: Cambridge University Press, 1999, pp. 1–21.

[②] Tim Redman, "Pound's Politics and Economics", in Ira B. Nadel, ed., *The Cambridge Companion to Ezra Pound*, Cambridge: Cambridge University Press, 1999, p. 252.

[③] A. Marsh, "Thaddeus Coleman Pound's 'Newspaper Scrapbook' as a Source for *The Cantos*", *Paideuma*, Vol. 24, No. 2-3, 1995, pp. 163-193.

的是"从无到有/榨取利息",而且其"十足的罪恶",莫过于"转化货币的价值/货币单位的价值":

> 公元前 1766 年
> 据记载,国家可以贷款
> 如在萨拉米斯所见
> 至于有关垄断的记录
> 泰利斯;还有信用,锡耶纳;
> 同时针对信任与不信任;
> "世界属于所有活着的人"
> 该死的银行从无到有
> 榨取利息;十足的邪恶
> 转换货币的价值,货币单位的
> 价值
> (Pound 468)(黄运特 译)

虽然古希腊哲人泰利斯建议"哲学家可以造钱"来解决社会矛盾,但是在利益面前,当阶级人物有了特权,尤其是当他们离开工业界进入政界,一些丑恶的社会现象就会接踵而至。此时,差异性诞生,就像日、月那样有清晰的区别(Pound 539)。在庞德看来,这是一种社会无序的象征。这些细节反映在《诗章》第 84 章:

> 至于那些阶级人物
> 他们离开工业界进入政界
> 当暴跌即将来临时
> 与此相对的,有人经过考虑,脱离帝国化工
> 于 1938 年
> 以便拒绝以别人的血汗为食?
>
> 当你踏上最高的台阶
> 阶层
> 此为清晰的区别

ming 明　　此为区别

（Pound 539）（黄运特　译）

庞德还认为，在为大多数人的利益做出努力的时候，科学会与政治行动原则形成某种合力，即作为一种政治行动原则的科学（Pound 171）。但是，他同时也发现，普通老百姓在对待政治和社会经济问题方面会表现得与哲学家、诗人、社会学家等群体不同，因为"他们"（普通老百姓）会有消极、倦怠的表现，正如印度中世纪神秘主义哲学家兼诗人卡比尔评述的那样："政治上……他们很不活跃"（Pound 474）；社会活动家、1913年因为《吉檀迦利》获得诺贝尔文学奖的印度大诗人泰戈尔也认为：

"他们很不活跃。他们思考，但有
气候问题，他们思考，可是天太热或有苍蝇或有
别的虫子。"
（Pound 474）（黄运特　译）

第二，民族政治和民族经济复苏需要有民族英雄、"王"等的英明决断和领导，才可能完成大业。

庞德在《诗章》第78章预言并强调："经济战争已经开始"，"布置世界和平／在一枚硬币上"（Pound 477）。在他看来，要想打赢经济战争这场仗，要保证民族政治和经济成功复苏与转型，需要出现民族英雄或者"王"，需要让他们进行英明决断和领导。原因是多方面的，其中之一就是，"当王退位了，银行家就又开始行动。"（Pound 672）银行家开始行动，其危险性何在呢？一方面他们会掩人耳目，谋取私利；另一方面他们会在宏观上盗窃，引起小偷小摸，造成社会秩序混乱（Pound 482）。此外，他们还是：

半生不熟的浅尝者
或只是一伙无赖
以50万的价钱把国家出卖了
企图从民众身上骗出更多
（Pound 496）（黄运特　译）

就连最重要的国家军队和军队的政治教育，也因此受牵连，不仅危机四伏，而且让"我"这样的无辜者以及对国家和军队有期待的大众也产生无尽的挫败感：

> 我们杰出的军队的政治教育
> 水准
> 大概，还没有建立　可是
> 我就这样乘邪风而下
> （Pound 499）（黄运特　译）

在庞德的政治经济学体系中，银行家是我们"乘邪风而下"的罪魁祸首，因为他们导致无可挽回的后果。他们的罪状包括：

（1）经济瘫痪和商品滞销，换言之，"贫困存在于大多数人"；
（2）权力集中在少数人手中；
（3）对已有沉重债务的工人进行剥削；
（4）独立政府职能的终结和金融控制的开始
（5）竞争国之间为了滞销的商品强行出口外销，导致战争爆发[①]

民族英雄或者"王"的存在以及他们的英明决断会扭转"邪风"不再产生坏影响，以便形成良好的社会环境，最终建构公平、正义的政治秩序和经济秩序。比如，意大利民族英雄西吉斯蒙德·马拉特斯塔就比较英明和伟大：

> 在春天的时候指挥米兰人战斗
> 在仲夏的时候指挥威尼斯人战斗，
> 在秋天的时候又指挥米兰人战斗，
> 在十月指挥那不勒斯同盟军战斗，
> 他，就是西吉斯蒙德……
> （Pound 32）

[①] 转引自 William M. Chace, *The Political Identities of Ezra Pound & T. S. Eliot*, Redwood City, California: Stanford University Press, 1973, p. 25。

西吉斯蒙德不仅骁勇善战，而且身体力行给百姓树立遵守秩序的榜样（Pound 34—36）。从对西吉斯蒙德的书写，读者可以看出，庞德非常重视遵守秩序在治国治民过程中的作用。为说明这一点，庞德在《诗章》第10章再次强调："我想让你做的，就是去遵守秩序"（Pound 47）。中国古代圣贤孔夫子也强调秩序，指出秩序对于个人以及良好的政治环境和经济环境至关重要，同时认为"好的社会秩序"造就好的君王，好的君王反过来会影响更多的人成为爱国者：

> 如果一个人的内心深处没有秩序
> 他就不可能把秩序带给周围人；
> 如果一个人的内心深处没有秩序
> 他的家庭就不会用好的秩序行动；
> 如果君王在内心深处没有秩序
> 他就不可能在他的属地推行秩序。
> （Pound 59）

对此，常耀信指出："孔子热衷于秩序……庞德看到了这一点"，而且庞德很警觉地发现："他的（孔子的）秩序依赖于英明君王的德行"[1]。在庞德看来，有了良好的社会秩序，良好的政治秩序和经济秩序才会自然而然地建立起来，那样"国家不必借钱/退伍兵也不必有国家的担保"：

> 以维戈尔的市长所作为例
> 他有一条牛奶发送线
> 妻子卖衬衣和短裤
> ……当一张发行于
> 维戈尔小镇的钞票出现在
> 因斯布鲁克的一家柜台上时
> 银行家瞅着它递进来

---

[1] Yaoxin Chang, "Pound's Cantos and Confucianism", in Marcel Smith & William Andrew Ulmer, eds., *Ezra Pound: The Legacy of Kulchur*, Tuscaloosa & London: The University of Alabama Press, 1988, p. 91.

全欧洲的笨蛋们都吓呆了
"在这村庄,"市长夫人说,
"没有谁能写一篇报刊文章。
明知它是钱,却当作它不是,
以站在法律的安全的一边。"
(Pound 441)(黄运特 译)

庞德还热情歌颂意大利"英雄"墨索里尼,认为他虽然无法得到贵族称号,但是仍不愧为佛罗伦萨的荣誉公民(Pound 473),因为他曾在维罗纳计划中发挥重要作用(Pound 478);墨索里尼还是措辞精确的文体老手,语出惊人,因为他提出对资产的占有权,而不是财产的占有权(Pound 478),该说法在庞德看来接近完美。为此,庞德赞颂梅塔斯塔齐奥追随他,暗含他本人的心理动机和政治取向:

"去被遗弃的土地"
梅塔斯塔齐奥追随他;
在维罗纳计划里的措辞用了"对"而不是"……的"
文体老手仍不减其锋芒
(Pound 478)(黄运特 译)

当然,民族政治和民族经济复苏要有民族英雄不是说不加选择地任人唯贤。庞德指出,像英格兰银行总裁蒙塔古爵士那样的人是要唾弃的,因为他自私自利,希望"随着金本位制的恢复"为自己谋求利益,而且要求"每个农民要用双倍的谷物/支付税和利息。"(Pound 474)为此,他在《诗章》第74章中指出,只有从社会秩序的稳定出发制定政治和经济政策的民族英雄和领导人才是值得敬重和歌颂的,否则:

不懂劳动证券的含义……
把人当机器的牺牲品……
故意低价倾销,以搅乱虚股……
这一切都通向死囚室
(Pound 441)(黄运特 译)

第三，社会理想、政治理想和经济理想要协调统一，要接受政治学家和经济学家的建议和意见。

庞德受叶芝政治生涯的深刻影响[①]；此外，当他得知好友、雕塑家亨利·高蒂尔-布勒泽斯卡突遭政治事件无辜死亡的消息[②]，在愤慨和痛苦之余觉悟到：诗人及艺术家不应该只埋头在故纸堆里孤芳自赏，也不应该只陶醉在自己的精神世界与社会格格不入，而是需要发挥自身潜力，让自己对社会生活起到应有的责任和实质性的作用。按照道格拉斯在《信贷权力与民主》一文中的说法："象征主义的姿态，与世事疏远的艺术工作状态，在当前局势下是不合时宜的。"[③] 庞德认可道格拉斯的观点，认为诗人及艺术家应该积极行动起来做点实际的工作，比如在社会活动中扮演好角色、充分发挥自身价值和作用等。否则与社会脱节，只知道闭门造车，两耳不闻窗外事，就会犯"名声显赫的巴克斯先生"那样贻笑大方的错误：

  然后 C. H.[④] 对名声显赫的巴克斯先生说：
  "什么是 H. C. L. 存在的原因？" 巴克斯先生,
  这位掌握多国情况的经济学家，答曰：
  "缺乏劳动力。"
  其实有 200 万劳动力已处于失业状态。
  C. H. 缄默了，他说
  他宁愿省些气力去冷却他的麦片粥呢，
  但是我不需要，于是我继续向巴克斯先生发问
  他最后回答："我是一名正统的
  经济学家。"

---

  ① Thomas Parkinson, "Yeats and Pound: The Illusion of Influence", *Comparative Literature*, 1954, Vol. 6, No. 3, pp. 256-264.

  ② Tim Redman, "Pound's Politics and Economics", in Ira B. Nadel, ed., *The Cambridge Companion to Ezra Pound*, Cambridge: Cambridge University Press, 1999, p. 252.

  ③ 原文是 "The symbolist position, artistic aloofness from world affairs, is no good now." 参见 Tim Redman, "Pound's Politics and Economics", in Ira B. Nadel, ed., *The Cambridge Companion to Ezra Pound*, Cambridge: Cambridge University Press, 1999, p. 252。

  ④ C. H. 即 C. H. Douglas, Mr. Bukos 是经济学家 Maynard Keynes 的一个笔名。下文中 H. C. L. 是 high cost of living 的缩写。

> 耶稣基督啊!
> 站在地上的天堂
> 想着该如何给亚当找一个伙伴!!
> (Pound 101—102)

看得出,庞德对"名声显赫的巴克斯先生"是持奚落和批判态度的。他希望社会上像他那样不关心时政和世事的伪政治经济学家越少越好。当然,庞德也认为:诗人及艺术家还要端正态度及时向现实生活学习,让政治、经济等方面的知识丰富和完善要创作的内容[1]。庞德自己就身体力行,不仅及时关注社会时政,还接受欧雷奇、道格拉斯、墨索里尼、杰弗逊、亚当斯、孔夫子、马克思、西尔维欧·杰塞尔、奥登·波尔等知识分子的政治经济学理念,并把学习心得记录在《诗章》中。

庞德提出可以在现实生活中尝试道格拉斯的"A-+-B理论"(A-plus-B Theorem)[2],认为它"与其说是一种措施,不如说是一种政策性工具"(Pound 572),并通过《诗章》第38章予以展示:

> "我当然没有说现金是不变通的
> (道格拉斯),实际上,(1914年英国)人口
> 有80亿'存款'剩余"
> 毕竟,所有的现金已被支取,而且
> 这些存款已通过印刷国库券的方式
> 得到满足。
> 工厂
> 存在另一种情况,我们称之为金融状况
> 它给人们提供购买力(工资、红利
> 这些都是购买力),但是,它也是商品价格
> 或价值存在的原因,金融的,我是说金融价值
> 它给工人支付工资,并购买生产资料。

---

[1] Tim Redman, "Pound's Politics and Economics", in Ira B. Nadel, ed., *The Cambridge Companion to Ezra Pound*, Cambridge: Cambridge University Press, 1999, pp. 249-262.

[2] Ibid., pp. 252-254.

> 它支付的工资和红利
> 一直处于流通状态，作为购买力，这种购买力是比较少的
> 当然，糟糕透顶的是会冲击你的智力，相对于
> 工厂支付的所有费用是比较少的
> （比如工资、红利以及购买原材料的费用
> 银行手续费，等等）
> 总体来讲，那就是全部，那就是上述费用的
> 全部，累加进那个工厂，任何一个糟糕透顶的工厂，产生的
> 全部价格，
> 当然存在，而且最终一定存在一种障碍
> 于是购买力永远不可能
> （在当前体制下）整体赶得上
> 商品价格……
> (Pound 190)

对于杰弗逊和亚当斯政治经济学思想的继承，庞德认为："杰弗逊和亚当斯在某种意义上能够把革命时期和战争时期的无序变为公民秩序"[1]，是个了不起的壮举。尤其是他们能够在极端恶劣的日常工作条件下维持劳动秩序，体现了他们在政治、经济等层面的杰出领导才能。庞德在《诗章》第31章以互文的方式把他们的相关日记、信函内容镶嵌其中，再现了当时的一些社会背景：

> 那个国家的处境已非常严峻
> 我猜想有钱人情愿把他们的钱财转移国外。
> 亚当斯先生大概可以从那里为我们借钱
> 该国真的已危在旦夕……
> （该信不少部分是用密码书写）
> 杰弗逊从巴黎写给麦迪逊的信，1787年8月2日
> 我听说布马尔查先生想使自己扬名立万……

---

[1] William M. Chace, *The Political Identities of Ezra Pound & T. S. Eliot*, Redwood City, California: Stanford University Press, 1973, p. 51.

……通过波托马克河……做伊利湖的商贸……
我能更进一步准确说出欧洲已没有哪个领袖
能够凭借其智力和功绩足以使他有权力
通过美国社区教堂当选为教区代表。
托马斯·杰弗逊致华盛顿总统，1788年5月2日
（Pound 154—155）

庞德接受时任美国国务卿的马丁·凡·布伦的政治经济学思想，并且借着"买羊毛的人"的口吻说："凡·布伦……才华横溢"，"是的，非常才华横溢"（Pound 186），因为他正视社会问题，敢于发表自己的政见，同时会积极果断地采取行动。这些细节出现在《诗章》第37章：

"雇佣意味着在银行支配下
搅乱国家信用，以恐慌的方式
获得对民心的控制，"凡·布伦说道，
……
"有前车之鉴，汉密尔顿先生曾经
雷厉风行地推动特殊利益的实现
使民众陷入危险境地。"
……
其中一个买羊毛的人说：
"凡·布伦的演说才华横溢，
是的，非常才华横溢。"
（Pound 184—186）

庞德接受西尔维欧·杰塞尔的金钱量化理论和奥登·波尔的社会信用政策[1]，认为公正的度量衡对社会发展至关重要。在《诗章》第74章，庞德写道：

从哈楠业楼到歌亚
一直到马门，付了8.5元买本杰明

---

[1] Tim Redman, "Pound's Politics and Economics", in Ira B. Nadel, ed., *The Cambridge Companion to Ezra Pound*, Cambridge: Cambridge University Press, 1999, pp. 257-258.

境内的亚拿突，花了 8.67 元
去买乔可鲁瓦山上的清新空气
在一片枫林地里
从律法，据律法，去造你的庙宇吧
凭着公正的度量衡
……
而两个最大的骗局
是转换货币值
（货币的单位，转换货币）
（Pound 440）（黄运特　译）

　　此外，庞德受到马克思政治经济学理论的影响。评论家雷德曼（1999）说"庞德潜心阅读过马克思的《资本论》（Kapital），并对马克思有关社会公平方面的执着追求非常敬仰"，这当然得益于道格拉斯的推荐和帮助①。翻阅《诗章》，读者的确可以找到相关例证。在《诗章》第 19章，庞德第一次提到马克思和马克思经济学理论，说"他尽全力把我引向马克思，他告诉我说/有关'他的商业传奇'"（Pound 84）。此处第一个他是指道格拉斯，最后一个他是指马克思。就是通过道格拉斯对马克思政治经济学的阐释以及"道格拉斯和马克思在某些基本问题上"的相似性，庞德接触到马克思和他的政治经济学理论②。庞德读过马克思撰写的《政治经济学批判》，对其中的政治经济学思想进行了有选择性的领悟和接受，比如他有保留地接受马克思关于物质和意识关系的论述："物质生活的生产方式在总体上决定了社会生活、政治生活以及精神生活的进程。不是人的意识决定社会存在，而是恰恰相反，人的社会存在决定人的意识。"③ 基于此，庞德在《诗章》中，有仿马克思式的唯物主义的书写。比如，在第 45 章，他对高利贷的丑恶面目进行了一次马克思式的唯物主义的批判：

---

① Tim Redman, "Pound's Politics and Economics", in Ira B. Nadel, ed., *The Cambridge Companion to Ezra Pound*, Cambridge: Cambridge University Press, 1999, p.257.
② Ibid., pp.257-258.
③ William M. Chace, *The Political Identities of Ezra Pound & T. S. Eliot*, Redwood City, California: Stanford University Press, 1973, p.31.

第三章 《诗章》臭名昭著的政治经济学　　187

　　因为高利贷，道路杂草丛生
　　因为高利贷，不再有清晰的界限
　　没有人能够找到合适的地方安居乐业
　　石匠被迫远离石料
　　织布工被迫远离织布机
　　就是因为高利贷
　　羊毛不再卖到市场
　　羊也没有任何利润可图……
　　（Pound 229）

　　但是庞德对马克思政治经济学的局限性同时进行了质疑，认为它缺乏某种预见性。比如，在《诗章》第46章，庞德写道：

　　旨在对各种形式的
　　资金实现有利可图，正是它，银行，无中生有。
　　……卡尔·马克思先生，没有
　　预见到这个结论，你已经目睹许多
　　这方面的证据，不知道它是证据，只当它是历史遗迹
　　看看你的周围，如果可以，请你看看圣·彼得大教堂
　　看看曼彻斯特贫民窟，看看巴西的咖啡
　　或者智利的硝酸盐……
　　（Pound 233—234）

当然在这里，庞德并没有否认他"作为下一代的奠基人"的贡献（Pound 240）。
　　总之，庞德的政治经济学思想受到多位历史人物和多种政治经济学理论的影响，所以其最终成型有着错综复杂的社会背景和内在因素。但是不管怎样，庞德政治经济学的理想在于，他想通过《诗章》把"不同社会不同历史时期的不同人物的嘉言懿行"呈现给读者，"以期用他们作为人类文化的精英去陶冶人民，改造社会，建立一个政府仁道地掌握金融、取

消高利贷盘剥、真正热爱文学艺术的理想国家。"① 事实上，庞德的确通过《诗章》为他的政治经济学理想付出艰苦的努力，后来甚至付出惨痛的代价。

第二节 一厢情愿的"民族振兴"教科书

《诗章》独特的政治经济学思想引领读者对社会现实、政治事件、经济现象等做批判性思考。虽然有学者认为庞德有"曲用历史为法西斯'继续革命'理论正名"②的嫌疑，但是从纷繁复杂的历史背景考察，还是会发现庞德在书写《诗章》的过程中，有比较明确的创作思想和比较个性化的政治经济学理念，即针对"那不可毁灭的/ 本土主义的愚昧"（Pound 525），"把《诗章》视为'王子们的教科书'"③，或者说《诗章》是庞德为美国的民族振兴撰写的教科书。

一 《诗章》政治经济学思想的"普适性"

由于亲历过一战，加上好友在战场上无辜死去，庞德对战争深恶痛绝。面对极度厌恶的战争，他一直努力试图对它爆发的原因做入木三分的分析，以揭露其血腥和残酷的本质。在他看来，充满大屠杀、火药味的一战，源于西方社会的腐败、像瘟疫一样在西方世界蔓延的高利贷制度以及唯利是图、只顾及少数有产者的利益而忽视无产者利益的资本主义政权④。如果说庞德在《诗章》创作中有理想主义色彩的关于"我"的个性化写作，那么细读《诗章》，读者还会发现庞德有去除个性、消隐自我、聚焦事实的非个性化的写作内容。该非个性化的写作内容从一个侧面暗示：《诗章》的政治经济学思想具有一定的普适性。具体表现在以下三个方面：

---

① 张子清：《美国现代派诗歌杰作——〈诗章〉》，《外国文学》1998年第1期。
② 孙宏、李英：《为君主撰写教科书：埃兹拉·庞德对历史的曲用》，《外国文学评论》2011年第2期。
③ Stephen Sicari, *Pound's Epic Ambition: Dante and the Modern World*, New York: State University of New York Press, 1991, p. 112.
④ Tim Redman, "Pound's Politics and Economics", in Ira B. Nadel, ed., *The Cambridge Companion to Ezra Pound*, Cambridge: Cambridge University Press, 1999, pp. 257–258.

第一，去除个性，超越救赎（Pound 178）。为了凸显政治经济学思想的非个性化，庞德在《诗章》里有意识地去除个性，其真实目的是彰显共性，使自己的政治经济学思想具有某种普遍性。怎样做到这一点呢？庞德认为要"超越救赎，秉持他的判断力"（Pound 178），而且要相信意念会成为理性的同龄者与伙伴。比如，在《诗章》第36章，庞德以一种非个性化的姿态写道：

> 超越救赎，秉持他的判断力
> 相信意念会成为理性的同龄者与伙伴，
> 洞察力不足，会因此成为弱者的朋友
> 他的权利往往以死亡做结，
> 即使被搁浅
> 也还有摇摆的平衡力。
> 不是它会成为自然的对立者，而是仅仅
> 与完美偏离了一点
> （Pound 178）

如果遭遇黑暗，要敢于凝望光明，"从所有的谬误中分离出来"，因为"你的理性/应该从理解你的人那里得到赞美"（Pound 179）。为此，庞德写道：

> 在黑暗之中分离
> 凝望光明，一束接一束地移动
> 被分离出来，从所有的谬误中分离出来
> ……
> 去吧，赞歌，当然你可以
> 不管它是否取悦你
> 对此，你变得华丽，以至你的理性
> 应该从理解你的人那里得到赞美
> （Pound 179）

此外，因为"权利源自正确的理性/没有其他出路可寻"，所以人要正确处理政治权力和经济权利的内在关系,要懂得去除个性,超越救赎。而且庞德认为,像阿奎奈和亚里士多德这样伟大的哲学家,都需要对正确的理性充满敬意:

> "权利源自正确的理性,
> 没有其他出路可寻"
> 因此,就有谴责他的那种等待
> 阿奎奈在一种真空状态低下头去①
> 亚里士多德何以在真空中存活?
> (Pound 179)

第二,消隐自我,让事实说话。庞德在《诗章》描写他的政治经济学思想时,还采取了消隐自我、让事实说话的策略和方法。比如,在《诗章》第45章,为了揭露高利贷剥削的危害,庞德先是把奥德修斯式的自我张扬隐匿起来,然后借助手术刀一样犀利的语言,对它进行非个性化的剖析与透视。所以在该章,庞德从一开篇就直白地写道:

> 因为高利贷
> 因为高利贷,没有人住得起优质的石屋
> ……
> 因为高利贷
> 没有人愿意在教堂的墙上绘制天堂
> ……
> 因为高利贷
> 没有人再看到贡萨格、他的子嗣以及他的嫔妃
> ……
> 因为高利贷,人的原罪对抗本性
> (Pound 229)

---

① 该句及下一句的原文为:"Aquinas head down in a vacuum, / Aristotle which way in a vacuum?"。参见 Ezra Pound, *The Cantos of Ezra Pound*, New York: New Directions, 1971, p.179。

接着，庞德进行素描，"高利贷是一场瘟疫，高利贷/钝化了女工手里的针头/阻碍了纺织者的聪慧"（Pound 229）。而且，"'由此而生的价值'/那是问题的关键"（Pound 486）。鉴于高利贷的罪恶，历史上许多有智慧的正直之人都对它嗤之以鼻，不屑一顾。庞德给出一些具体史实予以论证：

> ……皮特罗·隆巴尔多
> 不是因高利贷到来
> 杜齐欧不因高利贷到来
> 皮埃尔·德拉·弗朗塞斯卡也不是；祖安·博林不因高利贷到来
> 这也不是《诽谤》被绘制的理由。
> 安吉利科不因高利贷到来；安布罗基欧·普拉迪斯不因高利贷到来，
> 没有哪个教堂的石板上刻着"我是亚当"
> （Pound 229—230）

为了深刻揭露高利贷的丑恶本质，庞德在该章的最后还对 N. B. Usury 做了注解，这在整部《诗章》中罕见、醒目而且意义非同寻常。这也是庞德非个性化政治经济书写策略的一个文本体现，旨在揭示它是一种罪恶的存在。比如，它是导致美蒂帝齐银行破产的东西，需要进行特别聚焦和说明。内容如下：

> 一种通过操纵购买力获得的费用，完全不顾及生产实际获取收益；通常情况下，也完全不顾及生产的各种可能性。（因此，导致美蒂帝齐银行的破产。）
> （Pound 230）

第三，客观描述，化有形于无形。庞德政治经济学思想的另一个非个性化表达，反映在他对一些政治经济学现象进行第三人称的客观描述，同时巧妙地借助叙事细节，把自己的政治经济学思想融入其中，化有形于无形。在《诗章》中，读者会发现这样的情境：庞德或者把自己变身为某个政治经济学家，或者把自己幻化成某个政治领导人物，并以一种审判者的口吻对客观事实进行说教和裁决。比如，在《诗章》第74章，庞德以互文的方式转述 J. 亚当斯的话，婉转表达自己的政治经济学立场和观点：

> 妖怪，或不吉利的
> 鹰翅，带有一个未来的名字
> 十足的罪恶，J. 亚当斯说
> 黄金价从 21.65 变成 35
> 无疑取决于他父亲在拜占庭的见闻
> 无疑取决于伟大的迈耶·安塞姆的子孙
> 那老 H 在拜占庭听驴耳的军事主义分子说：
> "干吗要停战？""等我们强大时卷土重来。"
> （Pound 439）（黄运特　译）

接着，庞德以一个设问句做引子描写正义在政治经济学当中的作用，并且把耶和华在《利未记》第十九章中有关钱和高利贷的律法与治水的禹、"向着/金秋的九天《韶》"的舜的律法和契约进行比较：

> 一块地被糟蹋了会怎么样？
> 凭正义，
> 据律法，从律法上讲或这本不在契约里，
> 禹比不过耶和华
> 受命于舜，舜向着
> 金秋的九天《韶》
> 和太阳一道在其旋律之下
> 向着感应的九天
> 同样在《利未记》第十九章。
> "汝将以钱购地。"
> （Pound 440）（黄运特　译）

与此同时，庞德还巧妙借用客观描述法影射美国农学家、经济学家乔治·卡弗的理论观点，并论及他在美国南方推广花生种植的经济策略，暗示诗人自己比较赞同卡弗的欧洲经济复兴计划：推广花生和大豆种植会挽

救欧洲经济普遍不景气的状况，会帮助欧洲走出困境（Pound 448）。不仅如此，庞德还以一种特别的情景再现方式，论及意大利及其商业的有效运转、意大利商业运转下的艺术等方面，其文本策略是将庞德个人的政治经济学思想化有形于无形，比如以下这些内容：

> 而卡弗先生推广花生种植
> 值得称赞，
> 花生、大豆应该挽救欧洲
> 意大利移民不用槭糖浆
> 商业的有效运转
> 一座座美的石雕完成了
> （Pound 448）（黄运特　译）

二　《诗章》政治经济学思想的民族性

庞德的《诗章》是为包括美国在内的西方文明复兴和民族文化振兴而撰写的教科书。一方面，庞德以世界公民代言人的形象展现他所知道的不同民族的优秀政治经济学思想；另一方面，作为自我放逐的诗人，因为对家乡和故土的眷恋又促使他积极思考美国的政治出路和经济发展走向，这无形当中就使《诗章》里的政治经济学思想充满民族性的内容。所谓民族性，是指一个民族区别于另一个民族的行为方式、情感、习俗和思维方式，是任何民族存在和发展的物质基础[①]，也是凝聚民族全体成员心灵的纽带，是各民族交流和发展的源泉[②]。具体到庞德这里，具体到《诗章》内容，不难看出：庞德希望通过《诗章》为美利坚民族的立足提供精神动力，为美利坚民族的发展提供理性参考，同时为美利坚民族的繁荣提供方法论指导。

首先，《诗章》旨在为美利坚民族的立足提供精神动力。作为怀揣美

[①] Adrian Hastings, *The Construction of Nationhood: Ethnicity, Religion and Nationalism*, Cambridge: Cambridge University Press, 1997.

[②] Gat A. Nations, *The Long History and Deep Roots of Political Ethnicity and Nationalism*, Cambridge: Cambridge University Press. 2013. 另参见阿拉坦《论民族问题的含义》，《民族研究》1986年第3期；李太平、黄岚《论教育的民族性》，《高等教育研究》2012年第1期。

好梦想的美国诗人,作为一名在欧洲自我放逐的艺术家,庞德其实自始至终没有忘记要为美国创造历史(Pound 584),要认真履行作为艺术工作者为社会和国家效忠的神圣使命。但是庞德所目睹和了解到的美国并不是美好的,而是充斥着黑暗的色彩,尤其是美国的政治经济状况令人担忧。庞德在《诗章》第37章揭露说:

> 商人们不会因为交易坦白一切
> 投机者也不会对投机行为做出解释
> 政府急需的税收
> 将被安排在公共管制之下……他们愿意把
> 国家税收
> 在不同的投机时刻到来时
> 充当银行存款吗?
> (Pound 182)

唯利是图者只知道赚钱。在庞德看来,"我想赚钱""我的钱!"(pound 579)就是商人们、投机者和政府的共同心声。不仅如此,银行业的垄断地位也给美国社会带来焦虑和麻烦(Pound 586)。这让庞德恨得咬牙切齿:

> 政府的智囊团被排除在外。
> 银行总裁控制政府基金
> 违背国家意志……
> 政府基金阻碍政府发展……
> 同时还滞纳了政府可控资金……
> (有条款、日期、正文和摘要为证)
> (Pound 184)

那么,美国普通劳动人民对此历史事实的反应如何?他们的情绪和精神状态又怎样呢?

> 易怒且忐忑不安,

第三章 《诗章》臭名昭著的政治经济学　　195

情绪时好，时坏，
重新调整，然后再一次被瓦解
（因此，降格为草芥之命）
（Pound 185）

为了扭转这种不利局面，庞德借助《诗章》为美利坚民族在世界民族之林能够真正立足提供智力支持，为美国梦的实现提供精神动力。比如，庞德在《诗章》中以猫的形象向人类大声地呼吼，希望有良知的人类能够意识到猫生活的世界已经变成绝望之地：

绝望之地是屋顶，猫蹲坐在那里
绝望之地是铁轨，他行走在那里
绝望之地还有那拐角的柱子，他在那里迎接日出
（Pound 193）

是该好好反省一下了。但是，人类应该采取怎样的政治经济学措施才可以挽救这种让人叹息的、荒原式的绝望之地呢？庞德于是从猫语转到人语，接着说道：

"永远不要带着针对公众的阴谋
聚在一起。"
要独立使用钱币（我们自己的）（our OWN）
要建造属于我们的（OUR）银行，自己的银行
在那里存款，收钱，收该收的钱。
（Pound 197）

其实，庞德早就心急如焚地告诫过自己的同胞："拥有财富者叫嚣政府贷款"／"……目的是为了滋生腐败。"（Pound 181）而此时，庞德已明显变得气急败坏：

牛市基于黄金，熊市基于联盟
"商业兴旺归因于战争失利。"

"如果一个国家可以掌控它的钱财。"
（Pound 198）

在《诗章》第 89 章，庞德还提出要借助中国的义和何必曰利的思想，去解决政府、银行与老百姓之间的矛盾，并且借用美国诗人、思想家拉尼尔关于贸易的想法化解已经白热化的劳资矛盾：

政府急需"存款，而非流通"。
義　i^4
……
公共债务被清除　　1834
　　　　　　　何　ho^2
　　　　　　　必　pi$^{4-5}$
　　　　　　　曰　yueh$^{4-5}$
　　　　　　　利　li^4
（Pound 594—595）
"贸易，
　贸易，
　　贸易！"
　　　　拉尼尔歌唱到。
（Pound 597）

其次，《诗章》旨在为美利坚民族的发展提供理性参考。庞德在《诗章》中展示各个民族具有代表性的政治经济学案例，真实目的是想从黑暗中撷取光明（Pound 121）以及从众星之中寻找光明（Pound 186）。换言之，《诗章》里镶嵌的那些典型的民族发展模式是庞德有意而为之的结果，希望为美利坚民族发展献计献策。比如，在《诗章》第 18 章和第 37 章，庞德写到英国：

然后出现了另一番景象：80 辆火车机车
落户曼彻斯特和卡迪夫，并被安装了
新的燃油装置……

由此引发的各种名目繁多的大型股票（比如，石油）
(Pound 82)
英国银行没能阻止信贷的使用……

"在各个银行公司，"韦伯斯特说，"富人
和穷人的利息被愉快地混合在一起"
(Pound 182)

通过查阅布鲁塞尔沃登君主的日志，庞德了解到1862年比利时首都布鲁塞尔的政治经济状况：

罗杰尔（大臣）告诉我，这个（布鲁塞尔）政府已经
着手推行这样一条法律，但是发现实施过程
（童工不再被限制一天12小时的工作时间）总被
那些因怨恨产生的不安所阻止，那些不安
需有配套律法干预绝对劳动的自由
(Pound 162)

在《诗章》第33章，庞德涉及俄国的政治经济状况：

十年来，我们的（俄国）大使们已经在质疑，什么样的
理论正在莫斯科流行，同时汇报了他们
认为可行的诸多事实依据。
(Pound 163)

在该章，庞德还谈到德国的政治经济状况：

德国革命的兴起产生许多新问题，
日常的商业行为被两种
基金的创立所取代，而且（德国）无产阶级胜利的命运
指日可待
至于柏林公使馆内的公务人员，他们都是那个政党的

成员
（Pound 163）

在《诗章》第41章，庞德写到梵蒂冈的政治经济状况：

教皇所到之处总缺乏资金
因为大批神职人员
他们把支票带到银行兑换成现金，
在这些人看来，银行一定会把钱支付给他们。
而你必须知道它们该如何支付，然后
在何时以及在哪些日子有市场
在哪个季节有集市，以及
何时他们急需资金，用在什么事情上，
并要知道交易率怎么样
（Pound 203）

然而，相比之下，庞德似乎更认同中国古代尧、舜、禹等帝王与庶民同乐的政治经济学观念，认为真圣人不倦怠（Pound 266），同时对孔子提出的以礼治国（Pound 266，278）、百姓是立国之本（Pound 291）以及儒家倡导的"日日新，又日新"（Pound 265）等思想和主张深信不疑。在庞德看来，"孔子对于中国，就像水对于鱼一样"（Pound 285）意义非凡，所以凡是坚持孔子思想和儒家道德，对百姓实施仁政的君王会使国家政治开明，经济繁荣；相反，疏远孔子智慧，失去礼节，同时置百姓疾苦于不顾，而与道士、和尚、太监（Pound 285）为伍的帝王在位时间短暂，并且政治混乱，经济每况愈下。庞德的这种思想集中反映在《中国诗章》第52—71章。这里以一些史料记载为例：

"好君主如同草上微风
好帝王压低税收。"
（Pound 266—267）
唐太宗不与道士、和尚和仇敌为友
观四时，曰：

……

"我与民一起成长"

(Pound 285—286)

蒙古国衰败了

因为疏于遵守仲尼的律法

(孔子)

(Pound 308)

道士和仇敌,两类人都不得善终。

背着金字塔下地狱

(Pound 313)

  最后,《诗章》旨在为美利坚民族的繁荣提供方法论指导。翻阅《诗章》,读者会发现庞德还通过《诗章》阐发一些量体裁衣式的政治经济学思想,其目的是要为美利坚民族的繁荣与振兴提供参照和方法论指导①。在《诗章》第19章,庞德借助斯托夫的口问道:"政府财产呢?"/"所以两个小时过后,一部引擎随着指令启动了:/如何不充公去挖地"(Pound 86)。在《诗章》第34章,庞德又谈到"玛蒂诺小姐……《政治经济学对话》的作者/一位年轻的女人……耳聋……只能借助号角状助听器听取声音"(Pound 170)。无论是斯托夫还是玛蒂诺小姐,他们的见解和主张都曾为美国政府的政治改革和经济转型起到重要作用,尤其是玛蒂诺小姐的《政治经济学对话》(*Conversations upon Political Economy*)曾对美利坚民族的繁荣提供过相关政策和方法论指导。庞德在这里提到他们的名字和作品,一方面有互文性的所指,另一方面旨在抛砖引玉,通过《诗章》展示诗人的政治经济学思想和主张。

  庞德倡导银行在国家危难时刻发挥它们应有的价值和作用。比如,当战争爆发时,银行应该对国家的贸易和商业有所裨益,以保护"我们(整个国家)":

倘若(财政部的)塔尼先生没有阻挠

---

① Wendy Stallard Flory, *The American Ezra Pound*, New Haven, Connecticut: Yale University Press, 1989.

> 那家（纽约）银行支行在那时囤积
> 八百七十万，在这场战争中
> 针对国家的贸易和商业就应该用九百万
> 武装我们的城市以保护我们（整个国家）
> ……
> （Pound 185）

银行的存在不应该以盈利和牟取暴利为目的，更不应该以垄断的形式存在，应该有所担当和作为，应该充分发挥其责任（REE-/sponsibility）：

> 针对公民个体的
> 可变和不可变的
> 安全性
> 不管在城里还是其他什么地方，
> 责——
> 任……
> （Pound 217）
> 针对可变和不可变的安全性
> 责——
> 任……
> （Pound 218）

庞德倡导民本位思想，认为在现实的政治和经济生活中，君主及国家领导人应该为民着想，任人唯贤，一切以民的需要出发。如果君主及国家领导人自身出了问题，或者在政治上无作为，应该发扬民主作风，由更称职的人或者更合适的继承人代替他/他们担当责任（Pound 218）。这样做在体现君主高风亮节的同时，也会自然成为百姓荣耀的对象，比如"唐顺宗，那位生病的君王"：

> 军队还未得到安抚
> 新继位的帝王唐顺宗因病危在旦夕
> 紧急立李纯为他的继承人

第三章 《诗章》臭名昭著的政治经济学　　201

　　就在此时，韦皋，那位公正的纳税判官死去
　　曾经为寡妇设立抚恤金
　　他的庙宇矗立到今天
　　那是他的士兵为他建造的。
　　荣耀献给唐顺宗，那位生病的君王。
（Pound 290）

不仅如此，民族的繁荣和振兴还需要仁者以及他们的智慧，尤其是在国家危难时刻，或者在政治以及经济体制方面出现困难的时候，仁者及其智慧就会发挥积极作用。庞德同时转述《大学·第十章》里的话"仁者，以财发身，不仁者，以身发财"①，作为该政治经济学思想的理论根基：

　　检查员说李锜囤积了十个省份的财富
　　如果这些钱财上缴国库
　　它们将不再流通
　　人民因此被剥夺使用权，
　　所以唐宪宗把这些财富投入商业

仁者，以财发身，不
仁者，以身发财

（Pound 290）

庞德还在《诗章》中建议，美国的政治家和经济学家不能只见树木不见森林，或者无知地做个井底之蛙。他们应该像中国的河间王（Pound 278）那样，虚心且虔诚地去阅读古典历史书籍，包括中国的儒家经典，以寻找智慧和获得灵感：

----

① ［英］理雅各英译：《大学》，载［英］理雅各英译《四书》，杨伯峻今译，湖南出版社1996年版，第18页。

> 河间王选择历史，《经书》
> 和《周礼》，孟子的《礼记》
> 以及《诗经》，别名《毛诗》，或者《春秋》
> 有左丘明注解
> 以及礼乐，针对音乐的文章。
> （Pound 278）①

当然，其过程需要把握合适的度，即劳作别太过分，否则容易弄巧成拙。用《孟子·公孙丑章句上》里的话来说就是："别／勿／助／长"（Pound 532）。不仅如此，庞德还希望美国居高位者在行使具体的政治经济学政策时，能够秉持一种不偏不倚的中庸思想和态度：

> 我们的　　中 chung
> 对此我们顶礼
> 膜拜
> （Pound 540）（黄运特　译）

所有这一切，都表明庞德对美利坚民族的繁荣和发展充满了期待，其最终当然是希望美国："告别一个／该死的目空一切的时代"（Pound 536）。

第三节　"政治糊涂虫"与梦想的幻灭

文论家斯卡里在《庞德的史诗抱负》一书中评述说："庞德的政治经济学——也就是说，他对意大利法西斯的赞赏和拥护。"② 斯卡里把庞德政治经济学等同于法西斯主义，"也就是说，他对意大利法西斯的赞赏和拥护"，该理解明显带有个人偏见，而且界定比较狭隘。但是，该观点确实代表了一部分西方学者和不少美国读者对庞德政治经济学的认识和评

---

① 该译文笔者参阅了赵毅衡先生的版本。根据原文有改动，特此说明。请参见赵毅衡《诗神远游》，上海译文出版社 2003 年版，第 292—293 页。
② Stephen Sicari, *Pound's Epic Ambition: Dante and the Modern World*, New York: State University of New York Press, 1991, p. 67.

价,这也是他们不喜欢庞德及其《诗章》的重要原因。国内学者张子清先生(1995)没有把庞德的政治经济学简单地等同于庞德的法西斯主义或者反犹太主义,他认为:"庞德因反对私人高利贷而大反犹太主义,被墨索里尼法西斯式的'社会主义'所迷惑";除了盲目吹捧墨索里尼,他还在意大利电台上胡言乱语,最终证明他是一个政治上的糊涂虫①。相比之下,张子清先生的解读比较客观且具有说服力,这恰好呼应了后晋刘昫在《旧唐书·元行冲传》中所说的话:"当局称迷,傍(旁)观见审。"基于张子清先生的解读,加上细读《诗章》,笔者发现:作为政治糊涂虫的庞德在宣传他的政治经济学思想时,其实还包含学者们可能忽视或未曾阐释的方面,而这些方面与庞德政治经济学梦想的最终幻灭息息相关。

一 《诗章》政治经济学的理性与非理性

从根本上说,庞德《诗章》的政治经济学存在理性与非理性的内容,而这些内容是一种旨在反映社会现实的,或者说与社会现实形成某种互文关系的客观存在。

一方面,《诗章》的政治经济学存在比较理性和预言性的内容。诗人庞德通过研究欧美各国的政治经济学思想以及参阅以中国为代表的古代典籍当中的政治经济学案例,认识到政治经济学与社会发展之间存在密切关系,认识到资本主义社会在政治经济发展过程中存在一些不可调和的社会矛盾、突出问题和体制弊端,仅靠资本主义制度,仅靠西方的价值体系和思想观念根本无济于事。比如,在《诗章》第74章,庞德认为:

> 每一个贴现银行都是十足的罪恶
> 掠夺民众以谋私利
> (Pound 437)(黄运特 译)
> 两个最大的骗局
> 是转换货币价值
> ……或借贷
> 从无造有
> (Pound 440)(黄运特 译)

---

① 张子清:《20世纪美国诗歌史》,吉林教育出版社1995年版,第110—113页。

在《诗章》第78章,庞德再次强调:

就是说,若想知道一些更显易的细节,
恶根在于高利贷和转换货币
(Pound 481)(黄运特 译)
若在宏观上盗窃是
政府的主要动机
那肯定会有小偷小摸
(Pound 482)(黄运特 译)

除了认识到贴现银行和政府通过转换货币价值、借贷或高利贷"掠夺民众以谋私利",庞德还发现资本主义国家政府的高层组织国会非常虚伪和狡猾。身居高位的国会议员,不仅无所作为,还利用政治手段愚弄百姓。他们对民众的教育,如少年儿童的教育不仅无动于衷,还只想把他们变成战士,暴露了其阴险的阶级本质:

他们(国会议员)对少年儿童的教育
无动于衷,只想把他们变成战士,他们
更不情愿给任何一所大学捐款(1826年)
(Pound 168—169)

庞德除了学习和领会已有政治经济学方面的价值观念,还通过观察社会做出自己的思考:人参与社会活动要敢于矫枉过正,更要正确处理人与人、人与社会、人与国家等不同对象之间的关系。为此,庞德在《诗章》中弘扬一种正气,抵制倦怠、虚荣、惰性和怯懦,因此歌颂像布伦特那样有志气、不虚荣的人。或许更重要的是,在庞德看来,布伦特是一位德行俱佳的诗人:

实行而非倦怠
此乃非虚荣
曾以威仪叩
布伦特应打开之门

> 曾从氛围中收集活传统
> 或从敏锐之老眼光看那不灭之火
> 此乃非虚荣。
>
> （Pound 521—522）（黄运特 译）

庞德在德行方面把布伦特树立为典型，不仅因为他诗写得好，在读者中拥有较好的影响力，而且因为他积极参与社会政治运动，为国计民生身先士卒。布伦特在写诗及社会政治活动方面的表率作用，让庞德仰慕和尊重。当然还有一个深层原因，那就是庞德愿意成为布伦特这样文武兼修的诗人，而且他坚信：事实胜于雄辩，行动胜于空言。他在内心深处似乎也想通过自己的实际行动验证他的思想：一是要努力矫正已知的错误，消除弊端；二是要获得真知和勇气。这就要求包括西方政治经济学家在内的所有人，要勇敢地扯下汝之虚荣，向有正气、有远见的布伦特学习：

> 世界属何人？属吾？属彼等？
> 或不属任何人？
> 先有所见，后有可触之物
> 福地，纵然位于地狱之厅，
> 君之最爱为君生来之权利
> 在其龙之世界蚂蚁乃一只半人半马怪。
> 扯下汝之虚荣，乃非人
> 造就勇气，或造就秩序，或造就恩典，
> 扯下汝之虚荣，吾命汝扯下。
>
> （Pound 521）（黄运特 译）

此外，庞德的理性还反映在他对虚伪的社会现实进行唾弃，对唯利是图的垄断资本家进行冷嘲热讽，对造成社会动乱的因素予以人道主义的担心和忧虑[1]。比如，庞德批评"意大利鬼"：

> 该死的意大利鬼，除了个别的，
> 在行政管理中弄虚作假，比不列颠人好不了多少

---

[1] Peter Ackroyd, *Ezra Pound and His World*, New York: Scribner Book Company, 1980; Hugh Kenner, *The Poetry of Ezra Pound*, Lincoln & London: University of Nebraska Press, 1985.

炫耀，虚荣，盗用公款，使20年的努力毁于一旦
（Pound 470）（黄运特 译）

另一方面，与上述内容相反，《诗章》里的政治经济学还充满非理性的内容。这表现在，庞德以自己的主观态度和愿望追求一种自以为是抑或按照他自己的理想设计出来的美好世界。比如，他心中那个神圣的地上的乐园（Pound 802）。为此，他曾付出惨痛的代价。不仅如此，庞德还追求一种无政府主义，认为无政府主义是政府的真正形式，流露出他对政府存在价值的怀疑：

无政府主义是政府的真正形式
（也就是说，据我理解，是一种
辛迪加组织）
（Pound 504）

庞德这种非理性的、带有强烈个人主观感情色彩的政治经济学，使他错误地对美国总统罗斯福本人以及罗斯福推行的新经济政策[①]（Pound 441）进行历史性的质疑和批判[②]。不仅声称罗斯福是神话的帝王和傲慢的野蛮人，而且明目张胆地指责他"不懂劳动证券的含义/实施新经济政策却陷入灾难"：

……神话的帝王
而对唐史一无所知的傲慢的野蛮人用不着骗谁
（Pound 425）（黄运特 译）
不懂劳动证券的含义
实施新经济政策却陷入灾难
把人当机器的牺牲品
运河工程和大批伤亡

---

① 庞德在《诗章》中将罗斯福的新经济政策缩写成 N.E.P.。
② Victor C. Ferkiss, "Ezra Pound and American Fascism", *The Journal of Politics*, Vol.17, No.2, 1955, pp.173-197.

（或许如此）
（Pound 441）（黄运特　译）

除此之外，《诗章》政治经济学的非理性，还表现在庞德对待战争的那种模棱两可、玩世不恭的态度上：一方面，庞德痛恨和唾弃战争；另一方面，他又认为战争有其存在的合理性：

要成为一杆枪，去射击别人的军火。
（Pound 204）
"对于战争，我们想要的一切，乃是火药和子弹"
（Pound 366）
"干吗要停战？""等我们强大时卷土重来。"
（Pound 439）（黄运特　译）
我们没有计算总数
猩猩＋刺刀
（Pound 445）（黄运特　译）
"干吗打仗？"酒贩中士说
"人太多啦！当人太多时
就得杀掉一些。"
（Pound 499）（黄运特　译）

庞德本来是主张和平与正义的，比如在《诗章》第53章中指出要"维护和平/维护和平，体恤百姓。"（Pound 267）"'尧舜既归'/农夫们唱到/'和平和富足带来美德'。"（Pound 268）但是在对待具体问题、具体事件方面，他又自相矛盾地希望通过枪去解决："对于战争，我们想要的一切，乃是火药和子弹"，暴露了庞德简单、粗暴的心理；"猩猩＋刺刀"从另一个方面反映了庞德内心潜伏的某种极端主义思想和行为；虽然他在《诗章》中转述酒贩中士的话具有某种调侃的味道，但是从一个侧面反映出他对打仗的某种认同："当人太多时/就得杀掉一些"（Pound 499），甚至用再直白不过的语言说："等我们强大时卷土重来"（Pound 439）、"'我要你的命。'/'我要你的。'"（Pound 518）。

庞德政治经济学思想的非理性，还表现在他轻信那些荼毒世界生灵的法西斯暴君、魔鬼及其帮凶,比如希特勒、墨索里尼及其党羽,并把他们奉为时代英雄。即使在庞德自己遭受牢狱之灾、备受众人指责、身心困顿之时,仍然执迷不悟,以为那个比美学家还措辞精确的"老板"真会拯救人类,拯救他以及他的灵魂(Pound 202,478)。所以,庞德后来的一系列痛苦就是他自己的不理性、不理智造成的结果。

其政治经济学的非理性,还突出表现在他对犹太民族的种族偏见、狭隘的个人理解以及非常理想化地追求一种虚无缥缈的空想社会主义价值观方面①。那是一种脱离实际、一厢情愿、不经过深思熟虑就被所谓君子迷惑的疯狂状态②。比如,他与危险的公牛接触,并彻底被他所谓的个性魅力和完美措辞所打倒(Pound 96,202,442)。

二 《诗章》政治经济学与危险的"公牛"

庞德对自己的政治经济学理念深信不疑,这使他先后完成多部著作,包括《经济学入门》(*The ABC of Economics*)(1933)、《社会信贷的影响》(*Social Credit: An Impact*)(1935)、《杰弗逊和/或墨索里尼》(*Jefferson and/or Mussolini*)(1935)、《金钱何为?》(*What is Money For?*)(1939)等。在《杰弗逊和/或墨索里尼》一书中,庞德声称:

> 杰弗逊、昆西·亚当斯、年迈的约翰·亚当斯、杰克逊、凡·布伦等人的遗产都在这儿,从法西斯第二个十年开始就在现在的意大利半岛,而不是在马萨诸塞州或者特拉华州。③

庞德在该著作中旗帜鲜明地把美国的重要国家领导人"杰弗逊、昆西·亚当斯、年迈的约翰·亚当斯、杰克逊、凡·布伦等人的遗产"与法西斯、意大利和墨索里尼联系起来,并试从政治的、经济的、文化的各个方面,否认遗产继续存在于美国的"马萨诸塞州或者特拉华州",无疑具有极为偏激的政治倾向性。该作品遭到出版商和读者的质疑和指摘,据说

---

① 关于该部分的详细讨论,请参见本章第四节内容。
② Victor C. Ferkiss, "Ezra Pound and American Fascism", *The Journal of Politics*, Vol. 17, No. 2, 1955, pp. 173–197.
③ Stephen Sicari, *Pound's Epic Ambition: Dante and the Modern World*, New York: State University of New York Press, 1991, p. 86.

40多个出版商都拒绝它①,以至于庞德1933年完成的作品,直到1935年4月才找到出版商勉强同意出版。不过,这已经比《诗章》中《意大利诗章》的命运好很多。

庞德在《诗章》第33章中说:"拿破仑发明了一个词,意识形态,这个词表达了我的见解。"(Pound 160)谈到庞德的意识形态,从根本上说,明显存在其缺陷和问题,因为那是他自以为是的意识形态。然而,庞德本人并没有清醒地认识到这一点,他顽固不化地在第74章中说:

"我相信意大利的复兴"……
四次随着加西尔曲
如今在不朽的思绪里
(Pound 442)

庞德在这里说"我相信意大利的复兴"(Pound 442),明显是指意大利法西斯头子墨索里尼在意大利的所谓复兴。因为庞德被墨索里尼在意大利的社会主义运动所迷惑,认为那是英明的决策和伟大的尝试,所以即使墨索里尼和他的情妇一起在意大利的米兰被反法西斯队伍处死,他的丰功伟绩仍然留在庞德"不朽的记忆里"。这说明庞德已经无可救药地眷恋着英雄般的墨索里尼,对他的个人崇拜已经根深蒂固到无以复加的地步。这种不合时宜的、怪诞的情感反映在《诗章》的许多细节当中。

在《诗章》第74章开始,庞德带着非常悲痛的心情写道:

梅恩斯!梅恩斯被抽打,塞满干草,
同样,本和克莱拉在米兰
被倒挂在米兰
蛆虫们该去啃死公牛
(Pound 425)(黄运特 译)

在这里,庞德带着梦想的巨大悲痛书写梅恩斯(Pound 425),明显是

---

① Tim Redman, "Pound's Politics and Economics", in Ira B. Nadel, ed., *The Cambridge Companion to Ezra Pound*, Cambridge: Cambridge University Press, 1999, p. 256.

借助互文和隐喻的手法影射意大利法西斯头目墨索里尼及其情妇,即文中的"本①和克莱拉"(Pound 425)。历史事实是,1945 年 4 月 27 日,墨索里尼和他的情妇克莱拉·贝塔奇以及部分法西斯主义分子被反法西斯队伍抓捕后,先是被处死,然后尸体被倒挂在意大利的米兰示众。在墨索里尼被捕期间,庞德自己的处境也非常糟糕。他被关押在意大利比萨监狱,并被当作死囚犯锁在露天的铁笼子里生不如死,但是依然带着同情又悲痛的心情书写那头蛆虫们该去啃死的"公牛",即墨索里尼。只可惜,庞德通过互文和隐喻的方式所崇拜的对象,是一头极其危险的"公牛"。

其实,早在《诗章》第 41 章,就有庞德对墨索里尼的讴歌和赞美。不过,庞德的讴歌和赞美是通过回忆、插叙和对话的方式进行②。就在该章,庞德亲切地把这头危险的公牛称为老板,并且声称:"我们宁愿为墨索里尼去死":

> "但是这种,"
> 老板说,"乐趣"。
> 在美学家们说到关键点之前,一语中的;
> 已经在瓦达(Vada)附近清理干净淤泥。
> 从齐尔切奥(Circeo)河边的沼泽地里,以前从没有人
> 情愿做清理的工作。
> ……
> 老板说:但是你将会怎样
> 支配那笔钱呢?
> "但是!但是!夫人,你不应该问一个男人
> 他应该怎样去支配他的钱。
> 那是一个私人问题。
> 老板接着说:但是你将如何做呢?
> 你其实并不真正需要那些钱财

---

① 墨索里尼全名是 Benito Amilcare Andrea Mussolini。庞德此处用 Ben 比 Benito 更亲切。
② Alfred Kazin, "Homer to Mussolini: the Fascination and Terror of Ezra Pound", in Marcel Smith & William Andrew Ulmer, eds., *Ezra Pound: The Legacy of Kulchur*, Tuscaloosa & London: The University of Alabama Press, 1988, pp. 41–42.

因为你的就是所有开销的全部。"
"我们宁愿为墨索里尼去死"
(Pound 202)

庞德还试图进行一种政治性的美化，对自己心目中英雄般的公牛进行一次公正的评价，一方面试图把他埋藏在记忆不灭的地方，另一方面借助一位在意大利从事20世纪经济问题研究的女作家阿雷斯蒂的口，若有所悟又有所保留地说，可以"瓦解他的政治/而非经济体制"：

……被出卖的意大利
如今在不灭的记忆里
(Pound 430)
最终——在脑幕上刻下痕迹
记忆不灭的地方
(Pound 457)
……城市四次重建，
而今在不灭的记忆里
(Pound 465)
"将要，"西尼约拉·阿雷斯蒂说，"瓦解他的政治
而非经济体制。"
(Pound 452)（黄运特　译）

不管怎样，庞德还在用无可救药的头脑怀念那头倔强的、措辞精确的"公牛"，包括他的政治主张、他的经济政策。在《诗章》第89章，庞德说"既不通过武力也不通过欺骗，那应该/也没有强制，或者通过武力或者通过欺骗"，同时执迷不悟地转述"公牛"的话："从查理曼大帝的谷物价格，威尼斯，汉莎/到伪造的君士但丁堡的捐赠/'因为在命令?'（你有自己的想法）/墨索里尼说"（Pound 601）。在庞德心目中，墨索里尼的措辞连同他的举动，都充满至高无上的聪慧[1]。

---

[1] E. R. Davis, *Vision Fugitive: Ezra Pound and Economics*, Lawrence: University Press of Kansas, 1968.

庞德除了怀念他心目中的英雄"公牛",还由此及彼,爱屋及乌,带着崇敬的心情去纪念"公牛"的元首,并暗暗佩服那个"好家伙"、纳粹德国元首和法西斯头目希特勒。其中一个重要原因就是,"好家伙"不仅敢于制止"J.亚当斯提到的每个贴现银行"的盗窃和小偷小摸行为,而且敢于以电影的效果屠杀制造混乱的犹太银行家:

> 若盗窃是政府的纲领
> (J.亚当斯提到的每个贴现银行)
> 则会有相应的小偷小摸
> 几辆军车,一袋丢失的白糖
> 和电影的效果
> 看守不认为那是"元首"发动的
> XL中士认为人口过剩
> 要求其间屠杀
> (至于有谁来干……)由号称的"好家伙"
> (Pound 457)(黄运特 译)

在人类历史上,"可怜的犹太民众在德国、意大利、法国、比利时、荷兰、希腊、挪威、丹麦被拆散、被放逐、被监禁、被拷打、被屠杀,他们在为犹太银行家的罪恶付出代价。"对此,庞德"佯装予以同情",实质上采取一种非常偏执的方式纵容和认同以墨索里尼和希特勒为首的法西斯党羽惨无人道的行为,而他自己也逐渐演变成一个"十恶不赦的法西斯主义分子"[①]。对此,评论家卡曾认为:"法西斯主义的残暴和衰亡构成他的(庞德的)史诗重要组成部分,而且绝不可以与判定他的诗歌作品的性质分开"[②]。

三 《诗章》政治经济学梦想的幻灭

当庞德回国,想通过与时任美国总统的罗斯福进行面对面的探讨以说

[①] Alfred Kazin, "Homer to Mussolini: the Fascination and Terror of Ezra Pound", in Marcel Smith & William Andrew Ulmer, eds., *Ezra Pound: The Legacy of Kulchur*, Tuscaloosa & London: The University of Alabama Press, 1988, p. 45.

[②] Ibid., 1988, p. 47.

服他接受自己的政治经济学思想的计划最终破产；当"那时美国上下没有一个人相信我"（Pound 395）；当庞德因为叛国罪和亲法西斯主义罪行被美国军队抓进比萨监狱；尤其是当庞德寄托了深厚希望的民族英雄墨索里尼、那头在庞德心目中倔强的公牛突然被处死的消息传出，庞德政治经济学的虚幻梦想就被完全瓦解，进而走向完全意义上的破灭。对庞德来说，这种梦想破灭的方式来得太不可思议、太在意料之外，或者说太早、太快了些！至少这些事件的发生完全超出庞德所有的心理准备，或许说庞德一点心理准备也没有！正是这样，庞德才表现得束手无策、痛苦得不能自拔：

"无策……"
困住了："无策……束手无策。"
（Pound 197）

其实，早在《诗章》第5章，庞德就预言某种政治经济学梦想会最终破灭，那是一个诗人的终结，不过那时该终结似乎与他自己无关：

……莫扎勒罗
占着卡拉布里亚人的道路，因为终结
在一头骡子身下窒息，
一个诗人的终结
（Pound 20）

的确，应该承认，庞德在那时不会想到自己会有什么样的终结。但是，庞德天生有一种预见能力，该能力使他超凡脱俗，甚至与众不同。在《诗章》第25章，庞德曾自我解嘲地对自己的政治经济学思想及行为做出解释："我们没有创造什么，我们也没有把什么安排得井然有序"（Pound 118）。谈到秩序和对社会的贡献，庞德认同孔子的思想：五十知天命：

如果人到五十岁了，还一无所知，

就不值得尊敬了①。
(Pound 59)

  对此,庞德黯然神伤,因为1945年他被抓进比萨监狱时,已过了五十知天命的年龄,到了60岁花甲之年。那时,庞德觉得自己一事无成,尤其是在政治经济领域毫无建树可言。更惨烈也更富有戏剧性意味的是,他因为叛国罪被美国军队抓捕,失去人身自由。后来要进行军事审问,但是鉴于他精神状态不佳,加上麦克利什、弗罗斯特、艾略特、海明威等好友的鼎力帮助,庞德才有了一个相对不错的去处,那就是美国华盛顿的圣·伊丽莎白医院②。不过,庞德一待就是13年(1945—1958)。后来,当他走出圣·伊丽莎白医院时已经72岁,是一位到了古稀之年的老人。在妻子多萝西和追随者斯潘的陪同下,到达意大利西南部港市那不勒斯。当时,有备而来的《纽约时报》(The New York Times)记者问了庞德一个非常敏感的问题:"您究竟何时从精神病院被释放的?"他的回答让人不知所措,却也定格了那个充满戏剧性的瞬间:"我从来没有。当我离开那所医院时,我其实还在美国,因为整个美国就是一所精神病院。"③说完,他站在甲板上面对记者镜头,郑重其事地敬了一个法西斯式大礼④。

  庞德很失落,一方面他认为再也没有像"公牛"那样能够支持他并产生广泛影响力的所谓老板和志同道合之人;另一方面他所推崇的政治经济学的一些美好实施计划最终变成幻影,而且整个局势每况愈下。比如,"美国愿意给出一种公正的利息",实际上是一种欺骗(Pound 401, 458),这与英国政治欺骗的艺术如出一辙(Pound 398);诸如此类。为此,他困惑不堪,痛苦迷茫;因为哭干了泪水,现在只能用沉默对抗对现实的不满。实际上,庞德已有他的答案,但绝不是什么好答案,或者说确

---

① 原文为"But a man of fifty who knows nothing/ Is worthy of no respect"。
② Ira B. Nadel, "Introduction: Understanding Pound", in Ira B. Nadel, ed., *The Cambridge Companion to Ezra Pound*, Cambridge: Cambridge University Press, 1999, pp. 1-21.
③ 庞德的原话是"I never was. When I left the hospital I was still in America, and all America is an insane asylum." See Rinaldi, Andrea & Matthew Feldman, " 'Penny-wise…': Ezra Pound's Posthumous Legacy to Fascism", *Journal of Literary and Cultural Inquiry*, Vol. 2, No. 1, 2015, pp. 27-52.
④ Alfred Kazin, "Homer to Mussolini: the Fascination and Terror of Ezra Pound", in Marcel Smith & William Andrew Ulmer, eds., *Ezra Pound: The Legacy of Kulchur*, Tuscaloosa & London: The University of Alabama Press, 1988, pp. 45-47.

切的好答案。正如他在《诗章》第58章含沙射影地指出的那样：

> 对此，我没有答案
> 我不是说没有答案
> 我没有好的答案
> （Pound 319）

于是，他情不自禁地喟叹人生、喟叹人性，对着那个莫须有的天堂：

> 我不知道人性如何承受
> 有一个画好的天堂在其尽头
> 没有一个画好的天堂在其尽头
> （Pound 436）（黄运特 译）

庞德虽然极力克制自己不去悲伤，尽量做到此间不含怨恨（Pound 457），然而，他却真的无法做到。毕竟庞德是人，而不是他笔下的神。

随后，他在《诗章》第76章自喻说：

> 他伤心至极因为他能摸得出
> 他的母牛的每一根肋骨……
> （Pound 458）（黄运特 译）

庞德宁愿相信英国的 B.B.C. 在撒谎，一直在撒谎：

> ……B.B.C. 可以撒谎
> 可至少会吐出别样的污水
> 至少有一点点，如其本质
> 可以继续，就是说，撒谎。
> （Pound 458）（黄运特 译）

但是，庞德也深深地知道，他：

仿如一只孤独的蚂蚁爬离崩塌的蚁山
爬离欧洲的残骸，我，作家。
雨已落下
（Pound 458）（黄运特　译）

庞德只能是一名作家或者诗人，他成不了真正意义上的政治经济学家，尽管他为此付出全部的心血和最艰苦卓绝的努力。庞德对自己的人生，对自己苦苦追寻和实践的政治经济学理想，有一个绝妙的回顾和总结，那就是他在《诗章》第117章里歇斯底里的、充满绝望的呐喊：

我的爱人，我的爱人
我到底爱什么，
你又在哪里？
（Pound 802）

第四节　带着伤疤的政治经济学

庞德竭尽所能在《诗章》中建构他的政治经济学，并且试图使他的政治经济学形成某种思想和理论的体系。然而令人遗憾的是，通过《诗章》读者看到，庞德的政治经济学带着许多伤疤，这使其思想体系从根本上具有悲壮性和不可知性，并最终造成《诗章》梦想的破碎（Pound 802）。

庞德在《诗章》第77章中警示说："你若有一个傻叉头脑，你就危险了"（Pound 471）。庞德不愿意做一个有"傻叉头脑"的人，更不愿意看到有"傻叉头脑"的人演绎出有损于社会和人类的政治经济学思想和理论。然而，事实情况是，当庞德在《诗章》信誓旦旦地去批判有"傻叉头脑"的人以及他们的政治经济学思想及其理论的时候，有"傻叉头脑"的人依然存在，而且有"傻叉头脑"的人演绎出的、有损于社会和人类的政治经济学思想和理论依然存在。可是，让人啼笑皆非的是，当庞德批判一些人拥有"傻叉头脑"的时候，他自己也被一些人骂作歇斯底里、神经过敏与狂妄自大，是带着幽闭恐惧症的还原经济主义和法西斯种族主义的艺术家①。甚至干脆就被界定为"法西斯主义评论家/作家"②。还有一个充满反讽意味的案例是，正是庞德在《诗章》里批判的那位"对唐史一无所知的傲慢的野蛮人"（Pound 425），命令游击队员在他的政治经济学乐园里，以突然袭击的方式把他带走，然后将他与世隔绝，囚禁在意大利的比萨监狱，让他痛不欲生、生不如死。

庞德痛恨唯利是图、无中生有的垄断者，包括一切银行家、资本家和政治家，并且在《诗章》中大声疾呼："让垄断者去啃狗屎"（Pound 479）。但是，在现实生活中，这些以银行家、资本家和政治家为代表的垄断者并没有因为庞德在《诗章》中的批判而消失，而是依然存在，并且有愈演愈烈的趋势。这就暴露了庞德政治经济学的缺陷：他只能通过《诗章》对西方（包括美国在内）腐朽且衰败的政治和经济现象进行表面的、浅层的批判，并不能深入到资本主义社会的心脏和骨髓，去揭发资本主义社会的本质和颠覆资本主义社会制度。

庞德在《诗章》里谩骂："一群狗娘养的/禁止奴隶买卖，让沙漠出绿洲"（Pound 479），但是奇迹并没有发生：奴隶贸易，尤其是非洲奴隶贸易并没有因为庞德在《诗章》里咒骂和号叫而停止（Pound 170，171），种族矛盾依然存在，沙漠也没有变成绿洲。就连庞德在《诗章》中热情讴歌的那些倡导人类理性和人类良知（Pound 156）的美国总统如华盛顿、亚当斯、门罗、波尔多、泰勒尔等，都无一例外都是站在甲板上的奴隶贩子（Pound 437）；其他总统如出生在卡罗尔顿的卡罗尔，还有克劳福德，都在掠夺民众以谋私利（Pound 437）。庞德痛恨蔑视人的人，而他本人却蔑视地把黑人称为 nigger 或 negro（Pound 105，123，357，358，367，485），并且认为奴隶是红色的鲱鱼（Pound 732）。即使后来他做出努力，认为"理性是抵制奴隶制的/最热情澎湃的抨击"，也已改变不了他盗用意识形态去表现种族主义的身份③。

庞德在《诗章》第 80 章引用《奥德赛》的典故说，"不幸之人，留

---

① ［美］查尔斯·伯恩斯坦：《痛击法西斯主义》，载［美］庞德《庞德诗选·比萨诗章》，黄运特译、张子清校，漓江出版社 1998 年版，第 267—275 页。

② Victor C. Ferkiss, "Ezra Pound and American Fascism", *The Journal of Politics*, Vol. 17, No. 2, 1955, pp. 173-197.

③ ［美］查尔斯·伯恩斯坦：《痛击法西斯主义》，载［美］庞德《庞德诗选·比萨诗章》，黄运特译、张子清校，漓江出版社 1998 年版，第 267—275 页。

名后世"（Pound 514）。庞德这种互文式转述手法明显具有一语双关的功效：一方面，庞德有自我解嘲的味道，因为他的《诗章》虽然被许多学者公认为是史诗，但是难以掩盖它带着伤疤的事实，尤其是他的政治经济学思想有诸多值得怀疑和批判的地方；另一方面，庞德在《诗章》中以隐喻的方式谈到的不幸之人（Pound 514）还包括墨索里尼、希特勒这样的法西斯头目和虚伪的社会主义者。说墨索里尼和希特勒虚伪，是因为前者曾经肆意彰显他作为老板的权威（Pound 202），而后者阿道夫则会以卑鄙的手段通过枪支买卖获得更多的钱财（Pound 191）。庞德对此视而不见，或者表现出麻木不仁的状态，这就造成他的悲剧：他没有认识到自己才是真正不幸的人，先是被假象蒙蔽成为被墨索里尼、希特勒这样的法西斯分子利用和唆使的对象，然后还不遗余力去纪念他们，并试图让他们留名后世（Pound 514）。

庞德曾像萨罗和加尔多内那样梦想共和国回归（Pound 478），也曾像陶潜那样带着美好的愿望建构世外桃源（Pound 539），但是庞德在《诗章》里的政治经济学理想明显表现得太过完美，因为脱离了现实语境而显得动力不足，或者根基不稳。更何况，庞德曾寄希望于墨索里尼这样的政治家和阴谋家，并希望在他的带领下完成既定的目标，其结果必然是竹篮打水一场空。

虽然庞德在《诗章》里坦白说，自己想做一位诚实之人（Pound 464），无论是在政治方面，还是经济层面，要竭力去帮助别人。然而遗憾的是，他所帮助的对象，除了前面提到的墨索里尼和希特勒，竟然还有"L."，即在"二战"期间出卖法国给纳粹德国的法国傀儡政府总理拉瓦尔以及"P."，即那位在"二战"中任维希亲纳粹政府元首、因通敌罪被判终身监禁的贝当，还包括英国法西斯联盟首领莫斯利，等等。尽管如此，庞德仍然觉得自己帮助的广度和同情的力度还不够，因为"只在自己方便的时候"。结果怎么样呢？让他始料未及、惊魂失魄，并且让他痛苦地发现：

> 天堂不是人造的
> 却显得支离破碎
> （Pound 438）（黄运特　译）
> 天堂不是人造的，
> 地狱也不是。
> （Pound 460）（黄运特　译）

"……有些事情无法改变"
（Pound 518）

既然天堂和地狱都不是人造的，庞德就不得不再次反思他的政治经济学的合理性和可适性。不过，他就是不能翻过那一章，或者说还不能翻过那一章（Pound 468），因为：

> 该死的银行从无到有
> 榨取利息；十足的罪恶
> 转换货币的价值，货币单位的
> 价值
> 货币的单位，转换货币
> 我们还不能翻过那一章
> 天堂不是人造的
> （Pound 468）（黄运特　译）

为了消除社会的肌瘤，庞德希望自己的政治经济学像一支箭，去铲除社会的黑暗：

> "像一支箭，
> 在腐败的社会里
> 像一支箭。"
> 射者正己而后发，发而不中，不怨胜己者，
> 反求诸己而已矣。
> （Pound 468）（黄运特　译）

庞德还想以一种以赛亚的狂热宣扬自由诗（Pound 472），只可惜自由诗不等于政治经济学。为此，庞德为自己辩解说：

> 这个事实　似乎　大部分，若不是所有的，批评家都
> 忽略了
> （Pound 471）

然而，这一切，正如他的共和国梦想和世外桃源般的梦想一样，变得虚无缥缈，并且使《诗章》表现出的政治经济学拥有诸多莫名的遗憾和苦恼。这似乎不可避免。但是庞德努力做最后的挣扎，他在苦苦追问，并努力为后世写作（Pound 438），却永远得不到答案：

现在是不是更黑？还是以前更黑？灵魂的黑夜？
是否有更黑的，还只是圣约翰　忍着腹痛
为后世写作
总之，我们应该寻找更深层次的，还是这已到了底？
（Pound 438）（黄运特　译）

综上所述，《诗章》中的政治经济学思想与庞德的家族意识有明显的互文关系，他在年轻时代所学的各类社会学课程以及后来大量阅读的古今中外各种社会学著作，对他此后政治经济学思想体系的形成起到触媒作用。庞德在《诗章》中进行非个性化的写作，包括去除个性，彰显共性；消隐自我，让事实说话；客观描述，化有形于无形等。从对美国的贡献而言，《诗章》是一部旨在为美国民族振兴撰写的教科书。《诗章》中的政治经济学思想，是庞德强烈的历史使命感和责任感的体现，不仅在为美利坚民族的立足提供动力，还为美利坚民族的发展提供参考，更为美利坚民族的繁荣提供方法论指导。

当然，《诗章》里的政治经济学思想最终证明庞德是一位政治糊涂虫。虽然他在《诗章》中展示的政治经济学理念含有理性的内容，但是更多的非理性因素注定了他的政治经济学理想必将走向幻灭。一方面，庞德凭着主观的态度和思想追求一种自以为是的精神世界，抑或按照他自己的设想建构美好世界，这使他不仅缺乏政治经济学理论和实践的正确引导，而且缺乏宏观把握世界政治经济学脉搏和历史走向的能力；另一方面，由于庞德迷信并盲目崇拜墨索里尼和希特勒等法西斯头子的思想，他书写的关于政治经济学方面的论述及观点具有激进的政治经济学内容，这使他的政治经济学思想不可避免地含有"恶毒的反犹太主义和法西斯主义"的内容①,这必须引起读者的高度警觉。而且,因为各种错综复杂的历史因素同时起作用,庞德的政治经济学思想带有许多伤疤。客观地讲,庞德只能是一名有雄心的诗人和作家,他成不了真正意义上的政治经济学家,尽管他为此曾经付出艰苦卓绝的努力。

---

① Charles Bernstein, "Pounding Fascism", in Charles Bernstein, *A Poetics*, Cambridge, Massachusetts: Harvard University Press, 1992: 121–127.

第四章

《诗章》开放多元的道德哲学观

在西方古典文学与经院哲学发展史上,哲学与诗的论战从未停止过。柏拉图在《理想国》中说:"哲学与诗一直长期对抗"①;文论家桑布拉诺在《哲学与诗》一文中也指出"诗与哲学的敌对由来已久"②。这种对抗与敌对不仅发生在古希腊喜剧之父阿里斯托芬与古希腊三哲人之首的苏格拉底之间,还发生在苏格拉底与古希腊悲剧诗人之父荷马之间。柏拉图在他的哲学论稿中也毫不客气地对希腊训谕诗之父赫西俄德以及古希腊悲剧之父埃斯库罗斯进行批判,提出要把诗人赶出理想国③。上述案例都把哲学与诗或诗与哲学放在二元对立层面,认为它们水火不容。到了亚里士多德时代,该局面发生重大转变。亚氏并不认为"诗和哲学是势不两立的'敌人'",也不认为"诗是哲学的一种消极的反衬",而是相反,"诗包含了向哲学趋同的倾向,因为它克服了历史的局限,为哲学在更高层次上的求证提供了经过初步加工的、具有一定普遍意义的素材。"而且"作为一种技艺,诗可以在哲学的思辨体系内体面地占有一个应该属于它的位置。"④ 庞德早在学生时代就系统阅读过亚里士多德的《诗学》,不仅熟悉他的诗学主张和哲学思想,而且认同亚里士多德这位斯达吉拉人的道德哲学观点(Pound 444),并把相关论述和思考书写在《诗章》里⑤。所以说,《诗章》不只是庞德抒发个人情感的舞台,也是他传播道德哲学观的

---

① [古希腊]柏拉图:《理想国》,郭斌和、张竹明译,商务印书馆1986年版,第407页。
② María Zambrano, "Philosophy and Poetry", D. Ohmans, Trans., *Fondo de Cultura Económica*, 4th ed., 1996. See http://webshells.com/spantrans/Zambrano.htm, December 20, 2019.
③ Yun Lee, *The Idea of the Library in the Ancient World*, Oxford: Oxford University Press, 2010.
④ [古希腊]亚里士多德:《诗学》,陈中梅译,商务印书馆2003年版,第286—287页。
⑤ Donald Davie, *Ezra Pound*, New York: Viking Press, 1975; Humphrey Carpenter, *A Serious Character: The Life of Ezra Pound*, Boston: Houghton Mifflin Company, 1988.

文本媒介。一方面，庞德把习得的东西方道德哲学智慧汇集在《诗章》里，予以个性化的书写或者互文式的改写；另一方面，他又巧妙移植外来哲学思想，并把它们及时转化为自己的诗学思想，使诗学观与道德哲学观和谐建构在一起。

第一节　道德意识与哲学思想的合欢

庞德在《诗章》第 28 章中写道："事物之存在是去寻找某种简单的道理"（Pound 138）。庞德的愿望之一，是要把高尚的道德情操和纯粹的哲学思想以一种艺术的、浅显易懂的方式表达出来，使《诗章》富有诗意的同时，更富含哲学韵味与深度。《诗章》不仅是庞德道德智慧的根据地，而且是他的哲学思想熠熠生辉的场所，更是他的道德智慧和哲学思想相互作用、形成合力的港湾。

一　《诗章》处处点缀"闪光的细节"

庞德在探讨艺术和艺术家对生活的作用时说过："艺术作用于生活就像历史作用于人类文明以及文学的发展。艺术家需要极力寻找闪光的细节，并以恰当的方式把它们表达出来。"[1] 庞德把诗歌当作艺术，在生活中汲取营养，然后反作用于生活并希望对生活有益；他努力发挥作为艺术家的作用，在生活中极力寻找闪光的细节，最后通过《诗章》把它们表达出来。当读者阅读《诗章》，在那充满闪光的细节的文本中，读到的不只是艺术的光辉，还有闪烁着光芒的哲思与理性。这是一个奇妙的文本互文世界。在此，从哲学之维探讨闪光的细节在《诗章》里存在的意义，有两点需要提及：

第一，庞德在《诗章》中频繁地把光、光线以及与光有关的日/太阳、月、星辰等光明之物作为他的哲学思想的依托物或载体，同时借助生动的文本细节及其隐喻展现他的道德哲学观念，其真实目的是要把自己变成光明的使者[2]。从《诗章》首章的创作到最后的诗章草稿及残篇，庞德

---

[1] William Cookson, ed., *Selected Prose* 1909-1965, London: Faber & Faber, 1973, p. 23.
[2] Massimo Macigalupo, "Pound as Critic", in Ira B. Nadel, ed., *The Cambridge Companion to Ezra Pound*, Cambridge: Cambridge University Press, 1999, pp. 190-191.

一以贯之，以一个充满隐喻精神的、旨在凸显光明和道义的使者形象，匠心独具地把各国文字中有关创造和光明的字词联系在一起①，充分体现一位艺术家兼思想者的哲学探索②。比如，英语中的 sun-rays（Pound 3）、light/Light（Pound 11，13，143，223，238，370，429，616，644，722，756，762，783，788，790，795）、lightning（Pound 196）、fires/Fire（Pound 200，242，258）、sun blaze（Pound 244）、sunrise/sun rise（Pound 260，800）、solstice（Pound 266）、twilight（Pound 764）、sunlight（Pound 730，773，788）、God's eye（Pound 790）、mirrour/Mirror/mirror（Pound 700，760，792）、crystal（Pound 619，634，644，716，718，762，795）、rushlight（Pound 797）、twilit sky（Pound 801），拉丁语的 lumina（Pound 429），意大利语的 virtu（Pound 429），法语的 de la lumière（Pound 756），汉语的日（Pound 265，571，629，656，642，719，781）、顯（Pound 429，550，612，630）、韶（Pound 439）、旦（Pound 466，476，554，615，675，677，679）、明（Pound 539，552，557，693，719）、光（Pound 719）、月（Pound 785）等，撒播和镶嵌在《诗章》的字里行间，一方面以互文的方式呈现不同文化群体中有关光的、富有民族特色的哲学表达③，另一方面借助这些词，把光、光明与正义、慷慨、友善、美德、爱等哲学概念融合在一起，使光和光明富含至仁、至善、至爱等哲学意义。

第二，庞德有的放矢地在《诗章》中点缀关于光的或明或暗的描写，不仅有对光之重要来源太阳的描写，还有对星光、火光、烛光、黄金之光、圣坛之光、珍珠之光等光的传播之物的描写④，甚至包括对粉红的手指（βροδοδακτνλος）⑤ 等的描写，使闪光的细节充满《诗章》撰写的全

---

① ［美］庞德：《庞德诗选·比萨诗章》，黄运特译、张子清校，漓江出版社 1998 年版，第 11 页。
② Peter Wilson, *A Preface to Ezra Pound*, New York and London: Longman, 1997.
③ Guy Davenport, *Cities on Hills: A Study of I-XXX of Ezra Pound's Cantos*, Ann Arbor, Michigan: UMI Research Press, 1983；Hugh Kenner, *The Poetry of Ezra Pound*, Lincoln & London: University of Nebraska Press, 1985.
④ Herbert N. Schneidau, *Ezra Pound: The Image and the Real*, Baton Rouge: Louisiana State University Press, 1969.
⑤ 在希腊古典哲学及诗歌中，粉红的手指喻指黎明。参见［美］庞德《庞德诗选·比萨诗章》，黄运特译、张子清校，漓江出版社 1998 年版，第 41 页注解①。

过程，同时也在互文性层面使庞德个人对光的哲学思考贯穿《诗章》的始末。所以，在庞德的哲学乐园里，有太阳、有光的地方，就充满了希望和力量；没有太阳、没有光的地方，就意味着黑暗和萧条。本质上讲，这是一种与新柏拉图之光有互文关系的光的哲学（philosophy of light）①。柏拉图在《理想国》中写道："灵魂，从黑暗般的昏晦的日子里转过身子来进入真正的白天，这是一条向着'是'的上升之路，后者，我们将要说，它是真正的哲学"，旨在把城邦里的人向上引导到光明中去，直到入于诸神之城②。基于这种特别的光的哲学，庞德在《诗章》中呼唤太阳、光和光明，诅咒黑暗、昏晦、阴影等光的对立面。而且，为了营造光的哲学的浓厚氛围，庞德不惜笔墨从《诗章》第1章到第117章有意拼贴关于光的画面和内容，使《诗章》成为一部璀璨夺目的光明之书：

在《诗章》第1章，庞德写道：

> 太阳开始安眠，阴影笼罩整个海面
> ……
> 覆盖着密织的薄雾，无法洞穿
> 即使用闪烁的阳光
> （Pound 3）

在《诗章》第3章，庞德写道：

> 光：第一道光，在露珠掉落之前
> （Pound 11）

在《诗章》第11章，庞德写道：

> 在幽暗中，黄金聚光驱散它
> （Pound51）

---

① 宋晓春：《新柏拉图之光与庞德的〈中庸〉翻译》，《中国比较文学》2014年第2期。
② ［古希腊］柏拉图：《理想国》，郭斌和、张竹明译，商务印书馆1986年版，第330—331页。

在《诗章》第 17 章,庞德写道:

现在有光,不是太阳光
(Pound76)

在《诗章》第 25 章,庞德写道:

比阴影清晰多了
……
山中烟雾下,火光闪烁
(Pound118)

在《诗章》第 30 章,庞德写道:

身着圣坛之光
以及烛光之华贵
(Pound 148)

在《诗章》第 38 章,庞德写道:

光变得如此明亮,如此炫目
在天堂这边
(Pound 190)

在《诗章》第 48 章,庞德写道:

在那里,太阳针对黑夜投射光芒;
在那里,光芒把草坪变成绿宝石
(Pound 243)

在《诗章》第 52 章,庞德写道:

生与死现在平分秋色，
光明与黑暗之间是战争
（Pound259）

在《诗章》第69章，庞德写道：

鲸鱼体内的脂肪
发出自然界
所能知道的事物里最清晰、最美丽的光
（Pound406）

在《诗章》第74章，庞德写道：

在光之光中是创造力
"是光"埃里吉那·司各脱斯说
（Pound 429）（黄运特 译）

在《诗章》第83章，庞德写道：

因为光
是火的一种属性
……
一切存在皆光，或无论什么
（Pound 528）（黄运特 译）

在《诗章》第93章，庞德写道：

Jih　日
Hsin　新
再新
加上发光的眼睛
見　chien
（Pound 629）

在《诗章》第100章，庞德写道：

Kuan 光
Ming 明
再说一遍
Kuan 光
Ming 明
（Pound 719）

在《诗章》第 110 章，庞德写道：

还有太阳　　日 jih
日日新
（Pound 781）

在《诗章》第 117 章，庞德写道：

或者当雪花像大海的泡沫
黄昏下的天空拖着铅一样的榆树枝
（Pound 801）
飞得如此之高奔向太阳，然后跌落
"唉，我的欢乐"
（Pound 802）

　　可见，庞德通过以上对阳光、火光、烛光、灯光、星光、幽暗之光等闪光的细节的描写，淋漓尽致且生动形象地影射了他内心深处潜伏着的道德智慧和哲学思想。而且，庞德的道德智慧和哲学思想正是通过对光和光明之物的书写，得到互文式的呈现与表达。总之，庞德的光的哲学使《诗章》成为光明之书。

二　《诗章》的道德哲学思想及呈现

　　柏拉图在《理想国》中指出："诗人不应编写好人遭殃，恶人走运的故事""因为真正的好人不会、也不应该不幸福。美好的事物应该符合道德的原则,文学艺术应该接受道德标准的检验。"① 庞德的《诗章》充满了争议,因为它的确书写了关于好人和恶人的故事②。但是,作为文学艺术的一种表现形式,它又努力呈现美好的事物,宣扬道德的原则,理应接受道德标准的检验。

在《诗章》中,庞德以哲学家和道德说教者的身份传播习得的智慧和真理,像柏拉图当年在雅典的阿卡德米学园(Academus)传播他的智慧和真理一样,传授人类知识、正义以及理性③。在传播上述人类成果的过程中,庞德除了以互文的方式把它们转化为"闪光的细节",还赋予这些"闪光的细节"某种道德智慧和哲学思想④。换言之,在《诗章》庞杂的文本之网中,庞德有对自然界和人类社会涌现的各种物质现象、精神现象所进行的哲学思考,并使《诗章》成为充满哲学思辨的世界。在该世界中:

庞德探讨时间。说时间是被错置的东西和邪恶的东西,与生命、死亡等概念相关;"一日,又一日"不只是外在形式,还预示着逝去与消亡;时间与空间属性不同、场域不同,在它们里面,生与死都不是答案:

> 时间被橡胶遮蔽
> (Pound 25)
> 时间是被错置的东西
> (Pound 45)
> 时间是邪恶的东西。邪恶。
> 一日,又一日
> (Pound 147)
> 时间是邪恶,时间不是可爱的、
> 可爱的时辰

---

① 转引自[古希腊]亚里士多德:《诗学》,陈中梅译,商务印书馆2003年版,第103页。
② Peter Ackroyd, *Ezra Pound and His World*, New York: Scribner Book Company, 1980; Mary Ellis Gibson, *Epic Reinvented: Ezra Pound and the Victorians*, Ithaca, N.Y.: Cornell University Press, 1995.
③ Hugh Kenner, *The Poetry of Ezra Pound*, Lincoln & London: University of Nebraska Press, 1985.
④ Marcel Smith & William Andrew Ulmer, eds., *Ezra Pound: The Legacy of Kulchur*, Tuscaloosa & London: The University of Alabama Press, 1988.

（Pound 444）（黄运特 译）
时间，空间
生与死都不是答案。
（Pound 794）

庞德探讨爱情。说爱是哲学的"形式"（love is the "form" of philosophy）（Pound 626）；还说嫉妒和隐私都与爱相关，爱的存在使"吾/我"的存在成为必然，所以即使"吾/我"变老了，还要大胆去爱：

无嫉妒则无爱
无隐私则无爱
（Pound 483）（黄运特 译）
吾爱故吾在
……
吾老矣
然吾爱
（Pound 493）（黄运特 译）

庞德探讨知识和美德。说知识具有某种神秘性，好像阴影中的阴影，而"你"作为求知者只能尾随其后；而美德就像天堂之女：

知识是阴影中的阴影，
你在知识的后面航行
（Pound 236）
美德是天堂之女
（Pound 278）

庞德探讨理性和幸福。说理性是派生的、源于天，却发挥着启蒙万物的功用；而幸福的取得不能依靠他人，要自立自强，要"依靠他自身"：

理性源于天……
启蒙万物

（Pound 298）
一个人的幸福依靠他自身，
别指望他的帝王
（Pound 338）

庞德探讨思想之美和炼狱。认为思想之美具有崇高性，并非可视之物能够比拟，所以塑造思想之美乃是一种境界；而炼狱呢？炼狱里怎么会有胜利可言？现实中的炼狱，存在于奴隶贩子和甲板之间：

没有什么可视之物，抵得上我之思想之美
（Pound 645）
在炼狱里没有胜利，在那里，没有胜利——
那是炼狱；在奴隶贩子站着的甲板之间
（Pound 470）

庞德探讨恐惧和死亡。认为恐惧是造成残忍的根本原因，是残忍之父，而死亡是扑朔迷离、不可捉摸的东西：

恐惧，乃残忍之父
（Pound 793）
只有死……
是不可弥补的
（Pound 494）（黄运特　译）
死亡
……是某种不可捉摸的东西
（Pound 524）（黄运特　译）

庞德探讨灵魂和记忆。说抽象的灵魂之习性源于人的内心，是可见的能够被理解的形式；而记忆的存在价值是"无论……存在何处"，总留有某种迹象，亦即它的形态，因为记忆犹如一面镜子：

灵魂之习性

> 将来自内心
> 来自一种可见的能够被理解的形式
> (Pound 177)
> 无论记忆存在何处
> 它总有它的形态
> (Pound 177)
> 在记忆之境
> (Pound 186)

庞德探讨荣誉和悲伤。说荣誉不代表人的全部，它只是美德的一种外化、一个片段；悲伤犹如一出完整的戏，吊唁者一次次重演，不管是虚情还是假意：

> 荣誉只是美德的一个片段
> (Pound 391)
> 悲伤是一出完整的戏
> 每一位新来的吊唁者都会重演
> (Pound 519)（黄运特　译）

庞德探讨舞蹈与好秉性。说舞蹈是艺术作用于生活的一种媒介，比如归里返乡的情节；同时认为一个人最优秀的品质就是秉性纯粹、境界高尚，这是人之为人的根本所在：

> 舞蹈是一种媒介
> "归里返乡"
> 你是一个支撑肉体的小灵魂
> (Pound 466)（黄运特　译）
> 一个人的天堂是他的好秉性
> (Pound 623)

庞德探讨警觉在现实生活中的重要性。认为保持警觉是为了不栽跟头；反之，"不能保持警觉，我们就会栽跟头"。这就告诉读者：一是要尊重警觉的存在，二是要训练合适的人选：

> 如果我们不能保持警觉，就会栽跟头
> ……
> 要尊重警觉的存在，同时
> 训练合适的人选
> （Pound 557）

庞德探讨遗憾。认为遗憾的表现形式多种多样。其中与诗人有关的遗憾，是他使用了象征和隐喻，却没有人从中领悟到什么。这似乎暗示庞德自己的境遇：

> 有一种遗憾，是诗人使用了象征和隐喻
> 却没有人从它们当中领悟到什么
> （Pound 799）

庞德还探讨作家和艺术家的使命。说自以为是就是作家和艺术家的通病，因为他们主观性强，且急于表达自己的所思所想。要解决该问题，需摆正心态、端正态度，成为真正的人：

> 作家总是自以为是
> （Pound 279）
> 要成为真正的人，而不是破坏者
> （Pound 802）

以上例子，只是庞德在《诗章》中通过互文手法书写的、有关他的道德哲学思想的一个微小世界。但是管中窥豹，仍然可以看出庞德道德哲学观念的多元性与复杂性。这也为读者借助互文性视角去理解庞德道德哲学大厦的宏观布局和思想体系，提供了参考。

第二节　作为人存在驱动力的道德哲学

庞德在《诗章》第62章中说："文学和哲学即使在非常流行的圈子里/也只是愤怒。"（Pound 347）对此，不禁要问：为什么文学和哲学要愤怒呢？对于庞德而言，文学和哲学要愤怒的价值和作用何在呢？庞德在《诗章》中表达愤怒的落脚点何在呢？带着这些疑问，笔者对《诗章》进行考察，发现庞德在表达他的文学和哲学愤怒的时候，有一个基本的思想主线，那就是他把人作为关注的核心，把人生活的世界作为他关注的焦点，把人生活的幸福和美好作为他道德哲学的最高目标。也就是说，庞德把他的道德哲学作为揭示人之所以为人、人之所以存在的一种驱动力。在此过程中，庞德吸收和借鉴了许多外来的哲学思想和观念，并以互文建构的方式融入《诗章》写作当中。这些思想不仅包括古希腊哲学和爱默生的超验主义思想，还包括东方的道教、佛教、儒家智慧，等等。

一　《诗章》中的古希腊哲学

庞德在《文化导读》中指出："希腊哲学家被奉为有文化修养的人……我们把他们当作智慧的代表，他们当中每一个人到我们这里都是一部格言。"[1] 虽然有学者质疑庞德对待古希腊哲学及哲人的态度，但是不可否认他年轻时代受到过古希腊哲学的影响，并曾主动从古希腊哲学中汲取营养、获得智慧[2]。这从庞德频繁地在《诗章》里书写古希腊哲人、还原他们的行为方式、论述他们的思想观点甚至以幽默和调侃的语气互文式地再现他们的哲学形象等细节，能够看出来[3]。另外，笔者注意到，庞德书写古希腊哲人时偶尔会带着玩世不恭的态度。即便如此，当庞德把这些哲人写进他的《诗章》并展现给读者时，这些哲人实际上已经作为约定

---

[1] 原文是 "The Greek philosophers have been served up as highbrows…We know them as ideas, each handed us as a maxim." Ezra Pound, *Guide to Kulchur*, London: Faber & Faber, 1938, pp. 23-24。

[2] Yao Hsin Chang, "Pound's Cantos and Confucianism", in Marcel Smith & William Andrew Ulmer, eds., *Ezra Pound: The Legacy of Kulchur*, Tuscaloosa & London: The University of Alabama Press, 1988, p. 87.

[3] Hugh Kenner, *The Pound Era*, Berkeley: University of California Press, 1971, pp. 343-358.

俗成的哲学符号起到互文影射的作用：一方面，《诗章》里出现的古希腊哲人形象，是一种哲学意象，从一个侧面说明庞德对他们及其哲学思想是比较熟悉的；另一方面，庞德把他们写出来是想反作用于读者，让读者在读到这些哲学意象时，能够对他们的哲学思想和观念进行重新认识和再解读。

在庞德的《诗章》中，涉及了古希腊哲学三杰苏格拉底、柏拉图和亚里士多德[①]，并且有意识地用一语双关的语调说"他想办一个出版社/印刷希腊古典"（Pound 444），旨在宣传希腊文化以及古希腊先哲们的思想。不过，庞德在论述他们时，采取了灵活多样的文本策略和互文方式。比如，在《诗章》第67章，庞德把苏格拉底与中国孔子、古代波斯国国教拜火教始祖佐罗亚斯特和伊斯兰教圣徒默罕默德并置在一起，认为社会幸福是他们的目标（Pound 391）。这从语体学讲，是庞德在表达对他们的热情讴歌和赞美：

  ……一些形式要比
  其他一些形式要好……社会幸福是他们的目标
  孔子、祖佐罗亚斯特、苏格拉底和默罕默德
  "更别说其他真正神圣的权利了"
  （Pound 391）

庞德在《诗章》中不止一次提到柏拉图。柏拉图这位描绘了雅典的神话、主张理念世界和现象世界、希望在《理想国》中建立乌托邦的圣人形象，在《诗章》中频繁出现或者被重复，从一个侧面说明庞德受到柏拉图的影响比较深刻。肯纳指出，柏拉图提到的"理念与原型虽然无数，但并非乱成一团没有秩序"的观点和要建立和谐且有秩序的国家的理念，与庞德治国治民的哲学理念存在某种契合[②]。当然，庞德对柏拉图的文本书写不只是讴歌和赞美，还有白描和幽默式的调侃。比如，在《诗章》第8章，庞德由希腊国王引出叙事情节，然后以一种别开生面的、话

[①] [美]梯利：《西方哲学史（增补修订版）》，[美]伍德增补，葛力译，商务印书馆2004年版，第45、56、72页。

[②] Hugh Kenner, *The Pound Era*, Berkeley: University of California Press, 1971, pp. 354-356.

中话的方式谈到柏拉图：

> 希腊国王在佛罗伦萨
> ……
> 戈米斯特斯·普莱桑与他
> 谈到关于德尔福斯庙的战争，
> 谈到波塞冬，具体的汇报，
> 谈到柏拉图如何投奔锡拉库扎的狄俄尼索斯
> （Pound 31）

庞德在《诗章》第 33 章写到他本人从柏拉图那里学到两样东西：

> 但是，我确实从他（柏拉图）那里学到两样东西：一是富兰克林
> 使农夫、水手等平民免受战争摧残的想法，是从
> 他那里借鉴来的
> 然后（第二）通过打喷嚏治打嗝是个好方法
> （Pound 162）

庞德在《诗章》第 68 章中"认为柏拉图和汤玛斯·莫尔的一些篇章/与百德拉姆的胡言乱语一样疯狂"，同时提到有思想的蒲伯先生以及哲学家的家园希腊和德国：

> 认为柏拉图和汤玛斯·莫尔的一些篇章
> 与百德拉姆的胡言乱语一样疯狂……
> ……没有什么像它在原创中那样
> 蒲伯先生已经让它符合
> 英国人和美国人的观念
> 在塔西佗和荷马那里，三个命令，在希腊正如在德国一样
> （Pound 395）

此外，庞德在《诗章》第 74 章中连续五次提到一个重要的哲学命题"beauty is difficult"（美是难的），以别具匠心的互文写作手法论及柏拉图

和他的导师苏格拉底,以及他们的哲学论断。庞德的这种手法显得隐晦而高明,因为他在引用上述哲学命题时根本没有给出它们的出处,只是一味地言说,似乎该命题是他自己提出的一样。但是通过查阅文献,笔者发现该句出自柏拉图的《大希庇阿斯篇——论美》,是《柏拉图文艺对话集》的一个重要组成部分①。该文紧密围绕希庇阿斯和苏格拉底关于美的定义展开多角度、多层面的辩论和讨论,由于美涉及善、视觉、听觉、快感等哲学概念,复杂、抽象且难以给出让人信服的答案,苏格拉底最后感慨地说:"美是难的"②。作为苏格拉底的高徒,柏拉图试图解决该哲学难题,提出"美是理念"(Beauty is idea)的说法③。当然,该哲学典故被庞德以互文的方式镶嵌在《诗章》文本叙事当中,产生陌生化效果,既是一种诗学语言,又是一种哲学语言。

不仅如此,庞德还有的放矢地借助互文方式谈论亚里士多德及其哲学主张。在《诗章》第36章,庞德第一次提到亚里士多德:

阿奎那在真空中低下头去,
亚里士多德何以在真空中存活?
(Pound 179)

在这里,庞德对亚里士多德以及真空关系的探讨,其实影射了亚里士多德的空间观念:宇宙空间是一种物质存在,本质上是由同质的要素或同质的成分构成④。庞德在此说"亚里士多德何以在真空中存在?",有哲学式思辨和思想性引申的作用。

然后在《诗章》第74章,庞德又提到亚里士多德,并且通过他的口阐发了一种另类的伦理哲学观:"哲学不适于年轻人"(philosophy is not for young men),原因在于:

---

① [古希腊]柏拉图:《柏拉图文艺对话集》,朱光潜译,人民文学出版社1963年版,第178—210页。
② 同上书,第209—210页。
③ [美]梯利:《西方哲学史(增补修订版)》,[美]伍德增补,葛力译,商务印书馆2004年版,第61—62页。
④ Samuel Enoch Stumpf & James Fieser, *Socrates to Sartre and Beyond: A History of Philosophy (8th Edition)*, New York: McGraw-Hill, 2008, pp. 22-24.

他们的共性无法充分地从他们的
个性中归纳出来
他们的个性无法从许多群集的个性中
派生出来
（Pound 441）（黄运特　译）

紧接着，亚里士多德的话在该章中又再次以复调的形式呈现出来：

"不适于年轻人"亚里士多德说，这位
斯达吉拉人
但如西风下的野草
如东风下的绿叶
（Pound 444）（黄运特　译）

　　庞德引述亚里士多德的话时把他的名字亲昵地写作 Arry，其实有他特殊的思想意图，那就是通过异化的方式偷梁换柱，借以彰显他个人的伦理学和哲学立场：哲学与政治学一样"不适于年轻人"，理由是他们缺乏生活经验和引导，容易走极端和感情用事①。对此，肯纳解释说，庞德对亚里士多德的哲学接受既深刻又充满矛盾，理由是：庞德有所保留地吸收亚里士多德的思想，后来甚至认为，在伦理学和政治学方面，亚里士多德与孔子相比，明显做得不够好②。

　　庞德除了接受苏格拉底、柏拉图、亚里士多德等古希腊先哲的思想，还涉猎古希腊唯物主义哲学家、客观唯心主义哲学家以及新柏拉图派代表人物的哲学思想。比如，在《诗章》第 77 章，庞德除了写到柏拉图、柏拉图的头脑以及英国文艺复兴时期重要哲学家、散文家培根，还写到德谟克利特和赫拉克利特：

---

　　① ［美］庞德：《庞德诗选·比萨诗章》，黄运特译、张子清校，漓江出版社 1998 年版，第 40 页。
　　② 原文是"Aristotle…doesn't get as far as Kung (i. e. in ethics and politics)."参见 Hugh Kenner, *The Poetry of Ezra Pound*, Lincoln & London：University of Nebraska Press, 1985, p. 78。

第四章 《诗章》开放多元的道德哲学观

"柏拉图的头脑……或培根的,"厄普华说,
寻找和他自己相称的对手。
"你难道莫有整治急情?……"
"德谟克利特,赫拉克利特,"斯洛尼姆斯基博士大声道,
时在1912年
(Pound 469)(黄运特 译)

德谟克利特和赫拉克利特何许人也?前者英文名为 Democritus,是古希腊最伟大的唯物主义哲学家之一,也是原子学派的创始人,曾有预见性地提出世间万物都是由看不见、透不进、占有空间而不可分的实体(原子)构成,亚里士多德等哲学家也承认他是原子论的真正鼻祖[①];后者即 Heraclitus,是古希腊具有朴素辩证法观点的卓越思想家和哲学家,爱菲斯学派的代表人物,认为"人不能两次踏进同一条河流,因为新而又新的水不断地向前流动"。赫拉克利特与柏拉图一样,曾接受毕达哥拉斯的和谐观念(Pound 788),提出"原始的统一是不断地活动和变化的"以及"对立和矛盾统一起来乃产生和谐",同时主张四种哲学观念:(1)永生的火,认为"万物变成火,火变成万物;正如货物换成黄金,黄金换成货物一样";(2)万物皆流,认为世间万物不是固定不动的,而是不停地在发生变化;(3)逻各斯,认为万事万物虽然永恒变动,但是所有变动不是杂乱无章、毫无秩序的,而是按照"一定的尺度"或者"规律";(4)对立统一,认为万事万物都要经历"原始的创造"和"原始的毁灭",其关系是创造就是毁灭,毁灭就是创造[②]……庞德吸收和借鉴赫拉克利特的哲学观点,并机智地把相关论点撒播在《诗章》中。最明显的例子是在《诗章》第74章和第83章,庞德援引赫拉克利特那句在欧洲流传了很久的话"万物皆流"(Pei Iianta):

万物皆流
盈科而后进

[①] [美]梯利:《西方哲学史(增补修订版)》,[美]伍德增补,葛力译,商务印书馆2004年版,第32—33页。
[②] 同上书,第18—20页。

(Pound 433)(黄运特　译)
或万物皆流
……
"盈科而后进
放乎四海"
(Pound 529)(黄运特　译)

在《诗章》第83章一开始,庞德还写到杰米斯图。杰米斯图又是谁呢?他是拜占庭新柏拉图派的哲学家,于14世纪中叶出生,在15世纪前叶去世,其真实姓名是Gemistus Plethon,译为杰米斯图斯·普莱通①。杰米斯图是经典哲学著作《论不同》(*De Differentiis*)的作者,里面就苏格拉底和柏拉图关于上帝的概念进行比较和讨论,不过杰米斯图似乎更主张柏拉图的理念说②。庞德直接引述他的哲学思想,并以互文的方式把它融入《诗章》的具体情节之中,同时涉及水、涅普顿、里米尼等:

水
水与平静
杰米斯图认为一切源于涅普顿
因而有里米尼的浅浮雕
(Pound 528)(黄运特　译)

除此之外,庞德还接受其他古希腊先哲或者流派的思想或理念,比如斯多葛派哲学里关于实质和精神相对的观念(Pound 458);古希腊哲学家爱比克泰德关于事物运行规律和先后秩序的观念(Pound 465);古希腊哲人泰利斯关于哲学家与社会存在相互作用的观念(Pound 468);古希腊新学院派哲学中关于全知、爱和秩序的观念(Pound 520—521);等等。

---

　　① [美]庞德:《庞德诗选·比萨诗章》,黄运特译、张子清校,漓江出版社1998年版,第194页注解①。
　　② [美]梯利:《西方哲学史(增补修订版)》,[美]伍德增补,葛力译,商务印书馆2004年版,第127—128页。

二 《诗章》中的德国哲学和法国启蒙思想

除了学习古希腊哲学，庞德还涉猎德国哲学和法国启蒙思想。早在《诗章》第16章，庞德就曾影射自己学习德国哲学的历程：除了在伦敦图书馆里阅读柏拉图、亚里士多德，他还在医院里阅读康德（Pound 71），并以此为乐。康德是德国古典哲学创始人，德国启蒙思想运动最后一位重要哲学家，也是他那个时代各种思潮，诸如启蒙运动、经验主义、怀疑主义和神秘主义的集大成者和批判家。他的哲学思想及学说中和了法国哲学家笛卡尔的理性主义和英国哲学家培根的经验主义，为此全面影响了西方社会，被西方哲学界和思想界公认为是"继苏格拉底、柏拉图和亚里士多德后，西方最具影响力的思想家之一"①。为了"一方面限制休谟的怀疑论，另一方面限制古老的独断论；反驳和摧毁唯物论、宿命论、无神论以及唯情论和迷信"，康德完成三大哲学批判：《纯粹理性批判》《实践理性批判》和《判断力批判》，这三部作品系统且全面地考察理论的理性或科学、实践的理性或道德以及美学和目的论的判断，不仅意味着西方哲学研究的主要方向由本体论转向认识论，而且标志着西方近代哲学正式拉开序幕②。庞德对康德及其作品崇拜有加，同时由于庞德对康德道德思想的密切关注和哲学认识，使他在自己哲学体系的形成、发展和建设方面，受到一定的启迪和教化。当然，还有一个隐形的哲学思想动机，那就是庞德希望借助康德哲学去"照亮公牛"（Pound 40），并使公牛变得像康德那样富有智慧和思想：

> 不管它是否取悦于你
> 你是如此智慧，以至于你的理性
> 应该从理解你的人群当中得到赞美。
> （Pound 179）

庞德接触并领教过德国唯物主义哲学家马克思的哲学思想。在《诗

---

① ［美］梯利：《西方哲学史（增补修订版）》，［美］伍德增补、葛力译，商务印书馆2004年版，第278—289页。
② 同上书，第403—408页。

章》第 19 章，庞德描述说，自己在哈米什那位绰号叫老朽的年迈的教友派信徒的热情推荐下，读到马克思的著作，他还给"我"讲述关于他的商业传奇：

> 那位老朽，曾经搭建起 1870 年的哥特式纪念碑
> 他极力推荐我去读马克思的著作，并且告诉我
> 关于他的"商业传奇"
> （Pound 84）

作为犹太裔德国哲学家、政治家、经济学家和社会活动家，马克思是举世公认的世界马克思主义理论的奠基人，《共产党宣言》和《资本论》的撰写者，共产主义运动的发动者和领导人，被誉为世界无产阶级的革命导师和精神领袖。马克思最为人津津乐道的哲学思想，就是对资本主义社会制度的理论分析以及对人类历史上存在的阶级斗争的理性批判。他通过对社会经济基础和政治上层建筑的历史唯物主义的判断，认为共产主义社会必将取代资本主义社会，而社会主义社会是共产主义社会的初级阶段。以此为哲学基础，马克思在革命战友恩格斯的协助下，使社会主义运动在全世界范围内展开，并逐渐朝着科学社会主义和国际共产主义的路线蓬勃发展[1]。虽然客观地说，庞德对马克思的哲学思想和社会学理论并不完全认同[2]，但是他在《诗章》中极力推崇和希望建立的和谐、美好和秩序井然的天国，与马克思在哲学上倡导的最终实现人类社会共产主义的理想有着某种契合之处。

庞德除了领悟柏拉图的理念（Pound 469）、借鉴康德哲学和马克思唯物主义哲学，他还积极学习和借鉴法国启蒙思想家伏尔泰的哲学思想，并把伏尔泰称为有名望的伏尔泰（Pound 372）。不仅如此，伏尔泰的形象在《诗章》中还多次出现。比如，在第 89 章："'我有一个朋友，'伏尔泰说"（Pound 594）；在第 104 章："因此出现韦伯斯特、伏尔泰、雷波尼茨"（Pound 743）；在第 107 章："伏尔泰做不到/法国人也做不到"

---

[1] 马克思、恩格斯：《马克思恩格斯论人性和人道主义》，《马克思主义文艺理论研究》编辑部编，光明日报出版社 1982 年版。

[2] Ezra Pound, *The Cantos of Ezra Pound*, New York: New Directions, 1971, p. 234.

(Pound 757)等。庞德甚至把自己等同于伏尔泰,声称"我不恨任何人"(Pound 791),而且还说"伏尔泰几乎和我一样选择"(Pound 468)。该说法出现在《诗章》第77章:

"符节之半,"
伏尔泰几乎和我一样选择
作为他的《路易十四时代》的结尾
(Pound 468)(黄运特 译)

在这里,庞德互文式地影射了一个哲学事实:法国新思想的领跑者伏尔泰在他的《路易十四时代》一书的末章,曾比较中国礼仪与基督教信仰,批判君主专制制度,倡导以理性改造世界。他把顽固的路易十四作为书中批判的典型,同时将有耐心的康熙皇帝与约束自己的新教徒和詹森派教徒进行有的放矢的对照,认为只有发挥理性的力量,才能推动社会的进步①。不过,庞德在这里有一种居高临下、傲视群雄的姿态,并且故意把自己的哲学立场凌驾于伏尔泰之上:他不说"我几乎和伏尔泰一样选择",而是说"伏尔泰几乎和我一样选择"(Pound 468)。在后面的诗章(如第107章)中,庞德又提到伏尔泰:"皮尔·阿普列斯……走向地契/伏尔泰做不到这一点;/法国人也做不到这一点/他们没有《大宪章》"(pound 757—758)。这里的地契让人想起卢梭的《社会契约论》,而伏尔泰和法国人"做不到这一点"暗示他们对"地契"持有异议。在庞德看来,根本原因是"他们没有《大宪章》"(Pound 758)。此外,庞德接受伏尔泰道德哲学中法律从道德哲学中分离的思想,并记录在《诗章》文本中(Pound 717)。客观地说,庞德对伏尔泰的道德哲学早有涉猎。作为18世纪法国启蒙运动著名的思想家、哲学家,伏尔泰被誉为法兰西思想之王和法兰西最优秀的诗人。他的作品《路易十四时代》《哲学通信》《形而上学论》等,在欧美各国流传很广;其作品里的哲学观点,更是被欧美各国人民津津乐道,其中包括:(1)要依法治国,主张推行自然法和制定法。自然法适用于所有人,是指符合人性及人的本能的公正无私的

---

① 参见[美]庞德《庞德诗选·比萨诗章》,黄运特译、张子清校,漓江出版社1998年版,第83页注解③。

法律；制定法属于政治法律范畴，是指任意制定的、纯粹民政的法律；（2）认为理性是社会发展的动力和源泉。换言之，人们发扬理性，就是推动历史；蒙蔽理性，就是阻碍进步；（3）倡导言论自由，捍卫说话者的权利。伏尔泰有一句名言："Je ne suis pas d'accord avec ce que vous dites, mais je me battrai jusqu' à la mort pour que vous ayez le droit de le dire." 意思是"我不同意你所说的话，但是我会誓死捍卫你说话的权利"[1]。庞德把伏尔泰视为学习的对象和楷模；此外，正因为他对伏尔泰的哲学思想和道德理念有深刻的领悟力和感受能力，才促使他大胆地将自己与法兰西思想之王的哲学观点进行互文式的对照、类比和呈现。

三 《诗章》中的超验主义哲学思想

庞德的《诗章》还受到超验主义哲学的影响，这主要是因为庞德曾得益于美国超验主义之父爱默生的思想熏陶，并从他的演讲与著作中获得哲学教诲。评论家维特梅耶尔认为，庞德其实在早期的《诗章》创作中就有爱默生超验主义哲学的影子以及对超灵论等哲学思想产生的共鸣；而且，源于爱默生的那些精神层面的东西，通过庞德别出心裁的艺术构思，后来无意识地融入诗人"清醒的和睡梦中的思想"[2]。

在《诗章》第103章，庞德以互文的方式提到爱默生，并写到一个重要细节：

> 爱默生、阿加西、奥尔科特
> 在霍桑的葬礼上
> （Pound 732）

作为闻名遐迩的美国思想家、哲学家和诗人，爱默生被认为是19世纪确立美国文化精神的代表人物。1836年发表处女作《论自然》，1837年发表《美国学者》，1840年担任超验主义刊物《日晷》（*The Dial*）杂志的主编并开始系统宣传超验主义思想，1841年发表《论文集·第一集》

---

[1] 冯俊：《法国近代哲学》，同济大学出版社2004年版。
[2] Hugh Witemeyer, "Early Poetry 1908–1920", in Ira B. Nadel, ed., *The Cambridge Companion to Ezra Pound*, Cambridge: Cambridge University Press, 1999, p. 48.

涉及《论自助》《论超灵》《论补偿》等 12 个名篇，1844 年发表《论文集·第二集》并赢得"美国文艺复兴的领袖"之美誉，同时他的思想被公认为超验主义思想的核心①。爱默生的超验主义哲学影响广泛，重要的思想观点包括：（1）要观察自然，认识自己，注意吸收各民族文化的长处，创造属于美国的新文化；要敢于发出自己的声音，并不断完善自己，以最终为人类社会的全面进步做出贡献；（2）美国哲人要做思想独立的思考者，而不要做其他民族哲学的附和者；要创作自己的作品，在观点、行为、表达方面有创造性，能够反映时代风貌，对待传统和过去不能循规蹈矩、亦步亦趋；（3）相信你自己的思想，聆听心灵的声音，从内心深处感受善与美，个性与自由，"满怀希望地奏出时代的最强音，（因为）每个时代都应该有它最美的声音"②。由于爱默生富有启发性的思想，美国第十六任总统林肯曾专门称赞他，说他是当之无愧的美国的孔子、美国文明之父③。

　　爱默生的道德哲学思想深刻影响了美国的后起之秀庞德，并且促使他身体力行，为美国思想文化真正的独立和自强做出新贡献④。尤其是 1837 年爱默生发表关于美国学者的启蒙性作品，使庞德受益匪浅。庞德深有感触地认识到：（1）美国文学必须脱离欧洲文学（尤其是英国文学）的束缚走向独立；（2）美国学者不能因循守旧，让腐朽的学究气滋生蔓延；（3）美国思想要立足和发展，就不能盲目追逐传统，更不能进行无意义的模仿；（4）美国思想文化要独立，需要摈弃拜金主义，并努力凸显人的价值⑤。为此，文论家汉金森指出，"爱默生与他的学说，因为是美国那个时代……最富代表性的声音……激励了许多人。"⑥ 庞德当然是受激励的诸多文人中的一个。

---

① Barry Hankins, *The Second Great Awakening and the Transcendentalists*, Westport, Connecticut: Greenwood Publishing Group, 2004, pp. 132-136.

② Ralph Waldo Emerson, *Essays and Lectures*, New York: Library of America, 1983, pp. 57-59.

③ Joel Myerson, *A Historical Guide to Ralph Waldo Emerson*, Oxford: Oxford University Press, 2000.

④ Hugh Kenner, *The Pound Era*, Berkeley: University of California Press, 1971.

⑤ Marcel Smith & William Andrew Ulmer, eds., *Ezra Pound: The Legacy of Kulchur*, Tuscaloosa & London: The University of Alabama Press, 1988.

⑥ Barry Hankins, *The Second Great Awakening and the Transcendentalists*, Westport, Connecticut: Greenwood Publishing Group, 2004, p. 136.

另外，庞德知道超验主义大师爱默生与《红字》的作者霍桑以及《瓦尔登湖》的作者梭罗生前都是要好的朋友①。他们曾经常一起聚会或在康科尔德散步，探讨宗教、人生、哲学等话题。所以，1864年霍桑在美国新罕布什尔突然去世时，爱默生连同小说家阿加西和奥尔科特会一同出现在霍桑的葬礼上（Pound 732）。庞德在《诗章》中旧事重提再现这段历史，巧妙地使之成为历史的补丁（Pound 446）。

从庞德的立场来说，他积极响应爱默生的号召，并在《诗章》中自信展示"我们美国人的哲学开明"（American bubbles of our own philosophical liberality）（Pound 406）。他崇尚自然和人本身的价值。比如，他在《诗章》第28章写到，世间万物都以一种简朴的状态存在（Pound 138）。许多事物，不管是可见还是不可见，最终都会化归虚无（Pound 140），就像那天晚上和那只船：

> 然而那天晚上，看不到天空也看不到海洋
> 只发现那只船……为什么？……又能怎么样？……
> （Pound 140）

但是，化归虚无的事物当中也有美及其结果，比如：

> 白云下，比萨的天空，
> 从这一切美之中应当有所结果
> （Pound 539）（黄运特　译）

庞德还试着以超验主义者的姿态融入自然，探讨那个神秘的周围世界和灵魂之间复杂和微妙的关系，说灵魂融入空气中（Pound 783），成为宇宙的一部分。庞德在《诗章》中论述自然、灵魂和宇宙是在用爱默生的超验主义哲学思考问题并积极实践他的思想主张，因为爱默生在他的《论自然》中说过："自然既是自在的存在又是神性的存在……从哲学角度考察，宇宙由自然和灵魂组成"，至于心中的理念，那是与人的精神融合在

---

① Joel Myerson, *A Historical Guide to Ralph Waldo Emerson*, Oxford: Oxford University Press, 2000.

一起的①。

不过，对庞德来说，只崇尚自然显然不够。在《诗章》第31章，他声称：要开创美国新时代，还需要继承与先前时代相称的东西，并追求人自身价值的最大化，即努力劳作（Pound 154），为人类的最终幸福奋斗。同样在该章，庞德通过重新书写史密斯先生的信函内容，彰显他作为超验主义者的姿态，声称不仅要洞察人的内心及本质②，还要做个超灵预言自然的事物（Pound 154）。

除此之外，庞德希望建构人与自然之间的和谐关系（Pound 788）。这是一种具有超验主义特征的"知觉里的和谐或者有知觉的人的和谐。那里面，思想有它的界限，物质有它的品德；那里面，麻木的人也不会永无止境地消耗体力去追求未经辨别的抽象。"③ 人与自然之间的关系不再紧张无序，而是变得其乐融融。就像庞德在《诗章》第79章描写的那些止于电线上的"婉转的黄鸟"：

> 两只鸟在两根电线上
> ⋯⋯ 黄
> 三只鸟在三根电线上
> 婉转的　黄鸟　鸟
> 飞落　在瓶中三个月
> （作者）
> 止
> （Pound 487）（黄运特　译）

或者像《诗章》第83章中，庞德抓住生命的律动在"湿透的帐篷里⋯⋯

---

① John Lachs & Robert B. Talisse, eds., *American Philosophy: An Encyclopedia*, New York: Routledge, 2007, p. 310.
② 原文是"with respect to his motives … I had been much puzzled to divine any natural ones/ without looking deeper into human nature/ than I was willing to do."参见 Ezra Pound, *The Cantos of Ezra Pound*, New York: New Directions, 1971, p. 154。
③ 原文是"harmony in the sentience or harmony of the sentient, where the thought has its demarcation, the substance its virtu, where stupid men have not reduced all energy to unbounded undistinguished abstraction."参见 William M. Chace, *The Political Identities of Ezra Pound & T. S. Eliot*, Redwood City, California: Stanford University Press, 1973, p. 39。

歇息",聆听雨点的音乐声,享受平静和"知者/乐水"的感觉。这是人与自然和谐共处的又一个佳例:

湿透的帐篷里一片静寂
干枯的双眼在歇息
雨敲击着,闪耀着长石的颜色
蓝如佐阿利海岸外的飞鱼
平静,水　水
知者
乐水
（Pound 529）（黄运特　译）

第三节　道德哲学思想与社会理想的重构

庞德在《诗章》中反映的道德哲学思想与他的社会理想之间有着密不可分的关系,与他的儒学品质以及与他所倡导的世界大同思想也存在文本层面的互文关系。为了展现社会理想,庞德通过《诗章》的诗性书写,影射他的是非观、美丑论和正邪意识。

一　《诗章》中的是非观

在《孟子·公孙丑章句上》中有这样的描述:"无恻隐之心,非人也;无羞恶之心,非人也;无辞让之心,非人也;无是非之心,非人也。"原因在于:"恻隐之心,仁之端也;羞恶之心,义之端也;辞让之心,礼之端也;是非之心,智之端也。"[1]《孟子·告子章句上》更进一步指出:"是非之心,人皆有之。"[2] 这些哲学观点是庞德《诗章》中是非观

---

[1] [英]理雅各英译:《孟子·公孙丑章句上》,载[英]理雅各英译《四书》,杨伯峻今译,湖南出版社1996年版,第320页。
[2] 同上书,第476页。

第四章 《诗章》开放多元的道德哲学观   249

的重要出处，也成为读者研究庞德是非观的重要依据①。对于庞德在《诗章》中的是非观及其表现，笔者发现庞德参照《孟子》中基于民本思想的是非观念和仁政与王道的哲学理念，不仅认为客观现实的是非曲直与秩序井然的社会理想之间关系非同小可，而且认为解决是非矛盾的基本途径，就是要有高度的道德责任心（Pound 770）和维护社会秩序的观念（Pound 47，225，267，324，341，394），因为"那是确定不移的"（Pound 756）。

"我赋予你各种责任"（Pound 56），庞德在《诗章》中如是说。理由是，"正如你所希望的那样"，人类社会需要"尽可能多的诚实的公民"（Pound 96）。要做到这一点，在庞德看来，树立正确的是非观至关重要。

首先，要明辨是非。在浩瀚的《诗章》文字里面，庞德告诉读者："贪婪、谋杀、嫉妒、杂税"等罪恶（Pound 274）是"非"，造成社会混乱和无序状态（Pound 224）的战争、税收、压迫（Pound 281）等也是"非"；与此相对，荣耀（Pound 50）、智慧（Pound 59）、规范（Pound 324）、信任（Pound 325）、正义（Pound 332）、荣誉（Pound 337）、正直（Pound 338）、自由（Pound 341）、勇气（Pound 780）等，则是"是"。

其次，要制定明辨是非的标准。庞德在《诗章》第103章中说：上天让耳聪目明者拥有原则和权利（Pound 735—736）。这些原则和权利涉及对人性的叩问（Pound 525，698）、对自由的向往（Pound 732）、对真理的追求（Pound 735）、对理性的坚守（Pound 747）和对现实的反思（Pound 784），等等。"尽管不常……/遵循某种水准/Chung 中"，即采取不偏不倚的中庸态度。而且，庞德在对待是非曲直的个人立场方面特立独行："我，特立独行，渴求事实，而不是一味吝啬地劳作。"（Pound 19）

最后，解决社会中形形色色是非矛盾的手段是建立秩序、遵守秩序和使秩序走向常态（Pound 58—60）。其实，早在《诗章》第10章，庞德就说："我想让你做的是遵守秩序"（Pound 47）；在《诗章》第44章，庞德说"针对社区、博爱、礼仪"的秩序，应该与尊严共存（Pound 226），因为那是众人崇尚的至高无上的秩序和美好的秩序（Pound 225）。更何

---

① J. P. Sullivan, "Ezra Pound and the Classics", in Eva Hesse, ed., *New Approaches to Ezra Pound: A Co-ordinated Investigation of Pound's Poetry and Ideas*, Berkeley, California: University of California Press, 1969, pp. 215-241.

况，人间之爱、和平和人民安居乐业存在于秩序之中（Pound 266）。鉴于此，庞德对遵守秩序、妥善处理是非矛盾的人和事予以歌颂和赞美。比如，"12个小姑娘有秩序地骑着白色的小马驹"（Pound 51），"我会井然有序地安排防御"（Pound 58），"凡事有始有终"（Pound 465）等。而对那些不遵守社会秩序的人和事，庞德则予以批评和抨击。比如，"没有好的秩序，他的家人也不会有好的行为规范"（Pound 59）；"没有秩序，畜生都变得野蛮"（Pound 73）等。

二 《诗章》中的美丑论

在《诗章》第96章，庞德用法语书写了一个具有哲学意蕴的词Aestheticisme（美），并把它与politique（政治）联系在一起，即"Aestheticisme comme politique d'eglise"（像平等的政治似的唯美主义），从而表达他的唯美主义立场（Pound 651）。此外，庞德还以美学家的口吻，频繁地探讨美（beauty）的存在、美的状态和美的效果等，反衬现实生活中客观存在的丑（ugliness）以及社会学和道德哲学层面的不善和不义，旨在揭示：社会的正义（Pound 440）与和谐（Pound 788）需要宣扬美，抵制丑。但是，该过程在实践方面需要循序渐进，不能一蹴而就。

首先，美和丑如何界定呢？庞德认为美是愉悦人的东西，它陶冶人的性情，而且无所不在，"然而美不是疯狂"（Pound 795）；丑阻碍社会进步，是违背人类意志的力量，比如"作为与自然秉性相抵触的邪恶/与美是相抵触的"（Pound 798）。

其次，庞德认为美和丑有自然的与人为的之分。自然的美如尼西亚的"完全裸露的美"（Pound 26）、"在榆树下……被松鼠和冠蓝鸦拯救"的美（Pound 796）、拥有和平的"美的时日"（Pound 801）等；而人为的美包括现代艺术的美（Pound 444）、一座座美的石雕（Pound 448）等。自然之丑包括吃屎的猪、各种猪和猪崽子（Pound 54）、蟑螂和臭水沟（Pound 62）、蛆虫和霉菌（Pound 63）、虱卵和僵尸（Pound 69）等；人为之丑包括歪曲和滥用语言（Pound 61）、唯利是图的金融交易（Pound 61）、自甘堕落的贫民窟（Pound 62）、压榨无辜者血汗钱的肮脏高利贷（Pound 63）等。当然，还有想象中的美和丑。想象中的美，以阿尔特弥斯的美最为典型，因为这种美在《诗章》里被庞德重复了许多遍。比如，在第106章："在你的心中，美，哦，阿尔特弥斯/在日光兰之上，在金雀花之上"（Pound 754）；在第 110 章："在你的心中，美，哦，阿尔特弥斯/直到黎明中的高山和湖泊"（Pound 778）；在第 113 章："在你的心中，美/哦，阿尔特弥斯/至于原罪，是他们发明了它——不是吗？"（Pound 789），该表达在该章的末尾予以再次强调："在你的心中，美/哦，阿尔特弥斯"（Pound 790）。想象中的丑，涉及多个方面，但是以扰乱社会秩序、破坏人际关系、违逆传统道德为最甚，包括长着巨型肛门并使社会陷入恐慌的苍蝇（Pound 64）、放高利贷并以压榨他人为乐趣的猪（Pound 482）、朝三暮四且满脑子里都是东方金钱观念的骡子（Pound 537）等。

最后，庞德认为美和丑总是相伴而生。一方面，因为丑的存在，"美是困难的"（Pound 444）；另一方面，人类对美的坚守，不可能一帆风顺。庞德在《诗章》第 20 章中说："为了这种美，既不怕死也不怕痛/如果有伤害，就来伤害我们自己"（Pound 93）。但是，庞德对美是否能够最终战胜像黑暗这样的丑，持一种怀疑的态度："美怎么能够抵挡这种黑暗？"（Pound 796）。庞德在《诗章》第 74 章探讨美的价值以及对美的认识，五次说到"美是困难的"（Pound 444—446）。而且，庞德酣畅淋漓地赞美爱美者："老里斯，厄内斯特是一位爱美者"（Pound 445），"格兰维尔是一位爱美者"（Pound 445），因为庞德认为这些爱美者不畏惧各种艰难险阻，充满对美的执着、坚守和热爱。此外，在《诗章》第 113 章，庞德探讨美与死亡之间的神秘关系，认为美与死亡有时紧密联系在一起。比如，"谁不再从美中制造诸神/这是死亡"（Pound 786），"为了懂得美、死亡和绝望/为了思考曾经拥有的将会怎么样……没有人能够看到他自己的终结"（Pound 787），等等。

三 《诗章》中的正邪意识

庞德在《诗章》中阐释道德哲学思想与社会理想时，也潜意识地表达了他的正邪意识。庞德在《诗章》第 74 章里公开表示，他反对愚蠢与非正义（Pound 432）。然后，在第 113 章再次强调，说他"看到了正义和非正义，/品尝到了甜蜜与辛酸。"（Pound 786）庞德的言外之意旨在表达：人类社会在演进和发展过程中，不可避免地要面对正义与非正义，也就是正与邪的矛盾冲突和较量。

首先，正与邪是一对矛盾统一体。"不管是在古代还是现代"（Pound

51），正与邪都客观存在，而且它们存在于与"民众进行日常交流的过程中"（Pound 98）。对于正而言，"从耕地开始就有了正义"（Pound 715），并且坚持正义的人在历史上层出不穷。比如，"1868 年 11 月，一位和平的狂热者"俾斯麦（Pound 715）作为正的代表，曾为民众的共同理想和命运拼尽全力。正有许多表现形式，客观来说，钱币可以是公正的象征（Pound 748）；但是如果用金钱来购买和平，那么金钱就变成了邪（Pound 731）。对于邪而言，它不仅是上帝的敌人也是人类的敌人，并促使万物变坏（Pound 147）。从根本上讲，邪是正的对立面，是阻碍社会发展和人类进步的负面因素和力量。

其次，正与邪作为社会的两极，需要做理性的分析。辩证地来看，社会中没有纯粹的、一成不变的正，也没有绝对的、完全意义上的邪。作为社会的两极，正与邪相对而生。即使像希特勒、墨索里尼这样的法西斯恶魔，在庞德看来，也有他们思想闪光的地方；即使像华盛顿、杰弗逊这样彪炳史册的伟大人物，也存在支持蓄奴制的邪的一面。基于此，庞德说："为了所有要做的善"（Pound 43），为了免于灾难（Pound 45），需要众人"不失去正直而去承认错误"（Pound 797）。在历史的漫漫长河中，在理性的岩石上，让人类的思想和智慧光芒万丈、熠熠生辉，这正是全世界所有人的渴望（Pound 771）。其中，有一道光芒照射在慎思之上（Pound 719），似乎在提醒世人：崇尚正，麻木的人都会"向往光明，如日升起"（Pound 719）；支持邪，所谓聪明者也会失去人身自由，变成恶毒的魔鬼，不得超脱（Pound 713, 732）。最可怕的，是社会中不乏自以为是、目空一切的人，不学习古代贤者努力地以其昭昭使人昭昭，而是相反，放纵自我以其昏昏使人昭昭①。所以，旁观者亲眼看到的，是"除了他们的无知，没有留下什么新东西"（Pound 788）。这当然是混乱之错（Pound 788）。可是，庞德同时还启发读者进一步认识到：公正源自善心。对于需要信念而不是正义的人（Pound 788），人们要能够拯救其灵魂、剔除其恶习，目的在于：尽可能使更多的人得到真正意义上的和谐（Pound 788），以最终服务于社会并贡献于现实世界。

最后，正作为一种积极向上的能量，需要人们共同维护和坚持；邪作为

---

① ［英］理雅各英译：《孟子·尽心章句下》，载［英］理雅各英译《四书》，杨伯峻今译，湖南出版社 1996 年版，第 542 页。

正的消极力量，不可等闲视之，需要人们发挥外在的智慧力量和慷慨精神，使之得到改造或者转化。庞德说："我想要的是民风民俗中的一种慷慨精神/……/那不是文本的"（Pound 711）。该精神当然应该包括爱、善、仁、德等正能量，使已经堕落的人类社会或者即将堕落的人类社会见到曙光。比如，"你们这些在这片土地变老的精灵/每一个都沐浴在爱之中……/随着你们的笛声悠扬……/去摇醒整个夏季"（Pound 30）。此外，还可以借用庞德本人的例子。庞德曾在《诗章》里反省说："虽然我的错误和残骸散落在我的周围"（Pound 796），邪试图压倒正，但是因为爱的存在，"我"不仅从艰难困苦中活过来，而且得到精神和思想的意外收获。这是"我"在酝酿《诗章》史诗的篇幅和内容时始料不及的①。为此，庞德坦言："我"应该心存感激，因为如果"屋子里没有爱，那我就什么也没有了"（Pound 796）。换言之，如果庞德生命中缺少了爱，那就意味着邪战胜了正。这当然不是任何正直、善良之人情愿看到的结果。

第四节　平民主义哲学体系的建构

批评家雷德曼就庞德的平民主义信仰发表言论，认为庞德的哲学观，尤其是他的核心政治哲学（core political philosophy）②与他的平民主义信仰关系密切，而且该信仰深深扎根于美国的历史当中；同时认为庞德通过重新解读和阐释有关杰弗逊、亚当斯等美国革命先驱的历史文献，培养了他本人对平民阶层的理性认识和同情之心。纳德尔则认为，庞德因为笃信道格拉斯的社会信贷理论，转而对美国平民主义信仰感兴趣，进而去积极建构"庞德平民主义"（Poundian Populism）③哲学体系。当然，也有费尔克斯等学者，认为庞德的平民主义哲学观念是他的法西斯主义思想和反犹太主义理论的影射和反映，更是美国法西斯（American fascism）的代

---

① Daniel Albright, "Early Cantos I-XLI", in Ira B. Nadel, ed., *The Cambridge Companion to Ezra Pound*, Cambridge: Cambridge University Press, 1999, pp. 60-62.

② Tim Redman, "Pound's Politics and Economics", in Ira B. Nadel, ed., *The Cambridge Companion to Ezra Pound*, Cambridge: Cambridge University Press, 1999, pp. 249-263.

③ Ira B. Nadel, "Introduction: Understanding Pound", in Ira B. Nadel, ed., *The Cambridge Companion to Ezra Pound*, Cambridge: Cambridge University Press, 1999, p. 19.

名词①。

对于菲尔克斯的说法，笔者不敢苟同。因为细读《诗章》，会发现庞德的平民主义哲学蕴含较为崇高的内容。一个典型案例是，庞德的平民主义哲学体系涉及中国儒家哲学中的平民主义思想，并且与源远流长、以民为本的中国古代史学观和发展观有高度的一致性。

首先，来考察庞德平民主义的哲学内涵。根据菲尔克斯（1955，1957）的说法②，庞德和考夫琳、史密斯等同时代的思想激进分子：

> 对自由主义和资本主义联合旗帜下建立一个公平社会感到绝望。于是抨击金融资本主义，厌恶社会民主和社会主义；认为代议制民主不过是掠夺成性的金融富豪统治集团实施权力的面具，而强有力的执行委员会，只是给由小而独立的土地拥有者组成的中产阶级社会群体进行创造和发展提供了基本条件；怀疑出版业的自由权；认为公民自由权不过是富豪统治集团、极端民族主义、反犹太主义（不管是隐性还是显性）的挡箭牌和工具；当然，最后，对历史进行一种特别的阐释，该阐释透过历史事件，看到针对金融寡头和生产商的一种辩证法的运作过程——这些平民主义信仰和态度构成庞德哲学的核心（these populist beliefs and attitudes form the core of Pound's philosophy）③。

菲尔克斯的讨论旨在证明：庞德的平民主义思想具有美国法西斯主义的特征；同时，庞德因为以法西斯主义思想为基础又产生危险的、极端主义的政治信念和道德准则④。一石激起千层浪，菲尔克斯的观点引起诸多西方学者的反驳和批评。根据美国印第安纳大学 Lilly Library 馆藏的文献资料，笔者读

---

① Victor C. Ferkiss, "Ezra Pound and American Fascism", *The Journal of Politics*, Vol. 17, No. 2, 1955, pp. 173-197.

② Victor C. Ferkiss, "Populist Influence on American Fascism", *Western Political Quarterly*, Vol. 10, No. 2, 1957, pp. 350-373; Victor C. Ferkiss, "Ezra Pound and American Fascism", *The Journal of Politics*, Vol. 17, No. 2, 1955, pp. 173-197.

③ Victor C. Ferkiss, "Ezra Pound and American Fascism", *The Journal of Politics*, Vol. 17, No. 2, 1955, p. 174; Tim Redman, "Pound's Politics and Economics", in Ira B. Nadel, ed., *The Cambridge Companion to Ezra Pound*, Cambridge: Cambridge University Press, 1999, p. 261.

④ Victor C. Ferkiss, "Populist Influence on American Fascism", *Western Political Quarterly*, Vol. 10, No. 2, 1957, p. 352; Victor C. Ferkiss, "Ezra Pound and American Fascism", *The Journal of Politics*, Vol. 17, No. 2, 1955, pp. 173-197.

到学者们为庞德辩护的内容:"菲尔克斯在撒谎";"埃兹拉·庞德是一名法西斯主义批评家(critic of fascism)",是"法西斯主义行为的反对者";"埃兹拉·庞德的政治原则(political principles)其实就是约翰·亚当斯和美国宪法的政治原则";"从1908年开始,庞德一直住在欧洲,对菲尔克斯所说的美国法西斯主义一无所知(E. P. knew nothing of anything which Ferkiss calls american fascism)";"埃兹拉·庞德从没有提出什么主义是一种唯一的存在(E. P. has NEVER suggested that any ism is the only)"[1]……一位有识之士甚至一针见血地指出:"菲尔克斯先生大概从没读过埃兹拉·庞德翻译的孔子典籍,孔子典籍才是他(庞德)的哲学思想根基"(Mr. Ferkiss has probably NOT read E. P. trans/ of Confucius which define the basis of his philosophy)[2]。必须承认,该学者说到了问题的实质和要害,只可惜并没有就孔子典籍和庞德的平民主义哲学之间的关系展开论证并进行深入探讨,也没有从《诗章》里引用具体的例子来证明:孔子典籍就是庞德哲学思想的根基。在笔者看来,庞德平民主义哲学体系的建构不仅与"约翰·亚当斯和美国宪法的政治原则"有关,而且与美国的历史、政治、经济和文化有关,也与孔子典籍所蕴含的民本主义思想有关。前者,卡曾[3]、吉布森[4]、瑞尼[5]等学者已有相关的讨论,后者尚属待开拓的领域。

需要明确一点,孔子典籍是孔子思想的载体,也是儒家思想及其哲学体系的载体。庞德的平民主义哲学与孔子典籍关系密切,意味着庞德的平民主义哲学与儒家思想和儒家哲学有互文关系。在从事《论语》《大学》《中庸》等儒家经典的翻译过程中,庞德认识到孔子典籍充满理性和智慧的东西,像民本主义思想这样的原则性问题遍布孔子哲学的始终;"毫无

---

[1] Tim Redman, "Pound's Politics and Economics", in Ira B. Nadel, ed., *The Cambridge Companion to Ezra Pound*, Cambridge: Cambridge University Press, 1999, pp. 261-262.

[2] Ibid., p. 261.

[3] Alfred Kazin, "Homer to Mussolini: the Fascination and Terror of Ezra Pound", in Marcel Smith & William Andrew Ulmer, eds., *Ezra Pound: The Legacy of Kulchur*, Tuscaloosa & London: The University of Alabama Press, 1988, pp. 25-50.

[4] Mary Ellis Gibson, *Epic Reinvented: Ezra Pound and the Victorians*, Ithaca, N.Y.: Cornell University Press, 1995, pp. 157-176.

[5] Lawrence S. Rainey, "All I Want You to Do Is to Follow the Orders", in Lawrence S. Rainey, ed., *A Poem Containing History*, Michigan: The University of Michigan Press, 1997, pp. 63-116.

疑问，它是一种真理，影响非常广泛，在教育及政府管理方面尤其重要"①。庞德学习和接受孔子思想及其哲学观，并从儒家经典《论语》《大学》《中庸》《孟子》中领会以民为本的思想。比如，《大学》云："大学之道，在明明德，在亲民，在止于至善"；"道得众则得国，失众则失国"；"为人君，止于仁"；"以不能保我子孙黎民，亦曰殆哉"；《中庸》云："舜好问而好察迩言，隐恶而扬善，执其两端，用其中于民，其斯以为舜乎"；"故为政在人……修道以仁"；"凡为天下国家有九经，曰：修身也，尊贤也……子庶民也"；"在下位不获乎上，民不可得而治矣"；"唯天下至诚，为能经纶天下之大经"；《论语》云："道千乘之国……使民以时"；"泛爱众，而亲仁"；"有君子之道四焉：其行己也恭……其养民也惠，其使民也义"；"居敬而行简，以临其民，不亦可乎？"；"务民之义……可谓知矣"；"修己以安百姓"；"天下有道，则庶人不议"；《孟子》云："施仁政于民"；"民为贵，社稷次之，君为轻"；"黎民不饥不寒"；"今王与百姓同乐，则王矣"；"乐民之乐者，民亦乐其乐；忧民之忧者，民亦忧其忧"；"贤者与民并耕而食"；"得志，与民由之"；"不教民而用之，谓之殃民"；"亲亲而仁民，仁民而爱物"；"诸侯之宝三：土地，人民，政事"；等等②。这些内容成为庞德平民主义哲学的重要思想来源和出处。

庞德在撰写《诗章》的过程中，到底参阅和翻译了哪些儒家典籍以及关于孔子思想的作品呢？根据目前掌握的文献资料，笔者发现：庞德于1928年发表英译本《大学》(*Ta Hio or the Great Learning*)（华盛顿大学出版社）、1934年9月发表《日日新》(*Make it New*)（伦敦 Faber & Faber 出版社）、1937年6月发表《孔子：论语解读》(*Confucius, Digest of the Analects*)（米兰 Giovanni Scherwiller 出版社）、1947年发表《不动摇的枢纽》(即《中庸》，庞德英译为 *The Unwobbling Pivot & The Great Digest*)（美国新方向出版公司）、1951年发表英译本《论语》(*Confucian Analects*)（纽约 Square & Series 出版社）、1954年发表《孔子古诗选集》

---

① Donald Davie, *Ezra Pound: Poet as Sculptor*, New York: Oxford University Press, 1964, pp. 186-201.

② 该部分所引《大学》《中庸》《论语》《孟子》里的文字，均出自［英］理雅各英译《四书》，杨伯峻今译，湖南出版社1996年版。

（即《诗经》，庞德英译为 The Classic Anthology Defined by Confucius）（美国哈佛大学出版社）、1964 年发表《从孔子到卡明斯》（Confucius to Cummings）（美国新方向出版公司）等①。可见，庞德尊崇孔子，而且是儒家思想忠实的信徒。庞德没有专门关于《孟子》的鸿篇译著，目前只发现他翻译的《孟子，或经济学家》（Mencius, or the Economist）一文刊登在 1947 年《新插图》（New Iconograph）秋季刊第一卷第一期上②。其实，在《比萨诗章》，读者会发现不少庞德直接引用或改写《孟子》的细节。当然，这一切自有庞德的计划和打算。尤其是在身陷囹圄的现实语境中，随着世事变化，他后期翻译的主要任务似乎就是要把孔子的思想尽可能完整、全面地展现给西方读者，一方面服务于国家和社会，另一方面也为建构自己的平民主义哲学体系考虑。

但是，庞德平民主义哲学思想的最终形成与儒家典籍之间，不是一种简单的一维结构，即不是因为有了儒家典籍才有了庞德的平民主义哲学思想，而是因为以孔子为代表的儒家民本思想符合庞德平民主义哲学的主张，并能够为他的平民主义哲学思想体系提供佐证③。当然，庞德在翻译儒家典籍时，一方面旨在向西方介绍东方的哲学智慧，他本人充当不让杏花凋谢的历史重任（Pound 60）；另一方面出于对中国文化的浓厚兴趣和对孔子思想的热爱，在译介儒家典籍的过程中，愈发体会到中国文化的博大精深和以孔子为代表的儒家思想的无穷魅力。这也促使庞德在翻译儒家典籍时，不断吸收孔子民本思想的精华，并源源不断地拼贴、转化和融解在《诗章》文本之中。

那么，庞德的平民主义哲学思想在《诗章》中是怎样呈现的呢？从《诗章》的具体内容来看，中国文化对庞德的影响要早于儒家典籍对庞德创作的影响。因为 1925 年出版的《诗章》首部诗歌集《16 篇诗章草稿》（即诗章第 1—16 章）中，在第 4 章出现了宋玉的《风赋》、楚襄王游兰

---

① 参见 Eva Hesse, ed., *New Approaches to Ezra Pound: A Co-ordinated Investigation of Pound's Poetry and Ideas*, Berkeley, California: University of California Press, 1969; Ira B. Nadel, ed., *The Cambridge Companion to Ezra Pound*, Cambridge: Cambridge University Press, 1999。

② Ezra Pound, Trans., "Mencius, or the Economist", *New Iconograph*, Vol. 1, No. 1, 1947, pp. 19-21.

③ Hugh Kenner, *The Poetry of Ezra Pound*, Lincoln & London: University of Nebraska Press, 1985.

台的典故以及二者杂糅和拼贴的内容:"宋玉云:/'此风,陛下,是大王之风,/此风是殿宇之风……'/襄王松开衣领,道:'此风盛怒于土囊之内,/它使水流湍急。'"紧接着,庞德站在平民百姓的立场,以互文的方式表达他的平民主义思想:

没有什么风是大王之风。
让每一头奶牛都育有她的孩子。
"此风拘于纱幔之内……"
没有什么风是大王之风……
(Pound 16)

此外,在《诗章》第7章,还出现了汉武帝刘彻《落叶哀蝉曲》[①]的踪影:"厄俄涅,死去已有多年/我的门楣,还有刘彻的门楣"(Pound 25)。

《诗章》里最早书写孔子并明显受到儒家典籍影响的篇章出现在第13章,里面记录了孔子与弟子求、赤、点、曾皙等人的对话[②]。该章是对《论语》原文的摘录和改编。其中,除了谈到秩序对发展社稷的作用,还提到孔子以民为本的思想:每个人的言论都有道理、尊重孩童的天赋、主张兄弟般的谦恭、倡导秩序、任何人都能尽其所需(Pound 58—59),等等。此外,庞德的平民主义思想反映在《诗章》第26章:以平民的自由为出发点,把"陆路自由,航海自由/装载在他们的大帆船里"(Pound 125);反映在第32章:"革命,"亚当斯说,/"发生在普通民众的思想之中"(Pound 157);反映在第40章:"不要用阴谋针对普通民众",要"独立地使用存款(我们自己的)/拥有我们自己的银行,自己的银行/在里面存款、收款,按规矩收款"(Pound 197);反映在第42章的开始:"我想,我应该用平民的术语说:你这该死的东西!……那是一种银行——在锡耶纳的混账好银行"(Pound 209),接着写到"用公众熟悉的文件资料/为公共设施服务,也为个人服务"(Pound 214);反映在第43

---

① 该诗的原文是:"罗袂兮无声,/玉墀兮尘生。/虚房冷而寂寞,/落叶依于重扃。/望彼美之女兮,/安得感余心之未宁?"

② 钱兆明、管南异:《逆向而行——庞德与宋发祥的邂逅和撞击》,《外国文学》2011年第6期。

章:一切为了社区的公共利益(Pound 215),比如要给平民提供工作,还要有相应的法律或法令(Pound 220);反映在第 44 章:"把所有的钱倒进你的钱盒子里/发给社区的平民",还要加上"爱戴,问候"(Pound 226)。当然,比较典型的案例是,庞德把以民为本的历史观反映在《中国诗章》,即第 52—61 章中,里面有庞德关于孔子思想的精彩论述。

在第 52 章,庞德描绘了平民百姓心中向往的生活,认为他们的生活应该是自由、祥和、安定和其乐融融的局面:

> 在孔子和希腊神埃莱夫西斯中间
> 在金色屋檐下
> ……
> 没有木头被烧成木炭
> 大门全部敞开,不针对摊位收税
> 现在,雌马驹去吃草了
> 与雄马拴在一起
> (Pound 258—259)

在第 54 章,庞德书写汉高祖刘邦做了皇帝后,仍然坚持亲民、爱民的民本主义思想,不仅给平民百姓带来安宁与富足,而且誓言"不收苛捐杂税,直到百姓能够承担得起",彰显了他的博大胸怀;还拜谒孔墓,表达对孔子的崇敬之情:

> 刘邦储备粮食和军火
> 最终他登基做皇上,史称汉高祖
> 带来安宁与富足
> 一整年不收苛捐杂税,
> "不收苛捐杂税,直到百姓能够承担得起"
> ……
> 汉高祖拜谒孔墓
> (Pound 276)

在第 55 章，庞德借助唐宪宗李纯之口说："平民百姓是国家建立之基础"（Pound 291）。同时，他还以史学家的口吻说道，国君和帝王如果要使社稷稳定，就要心系百姓，避免被宦官愚弄，被道士蒙蔽，被和尚麻痹，不然必将走向灭亡。为维护平民利益，避免社会乱象发生，需要贤臣变法。比如，北宋政治家王安石顺应时代潮流变法，且站在平民百姓的立场上，就值得纪念：

> （王安石）要求众官重新制定
> 市场管理法，
> 每天张榜公布出售什么商品以及它的合理价格
> 是多少
> 就像周朝皇帝从前做的那样
> ……
> 因此缓解所有关口贫民的经济负担
> 给他们提供简易市场进行商品买卖
> 还通过流通全国富足的商品
> 使百姓的商业活动充满生机
> （Pound 296）

在第 60 章，庞德写到希望"万民康宁、天下熙盛"的清朝仁义皇帝康熙，一方面对包括西藏在内的国内各民族实行仁政，并赋予他们正义，最终受到平民百姓的爱戴与尊重；另一方面对外国宗教和科学知识持一种开放和包容的姿态。这些仁政措施促使他在位 61 年，成为中国历史上在位时间最长的皇帝：

> 西藏被收复，1722 年是一个和平年
> ……
> "没有哪个朝代能够像我们的朝代以如此之正义
> 到来的。我从没有浪费国家的财富
> 因为把它们视为平民百姓的血汗
> 每年有三百万投入河堤建设
> ……"

康熙帝在位61年
(Pound 332—333)

在第61章，庞德聚焦康熙的四儿子雍正荣誉他的祖先，为平民百姓的利益着想，并受到爱戴。雍正为平民百姓所做的贡献很多，庞德给出不少特写镜头。其中，以雍正主张合适的价格卖粮，同时又保障平民百姓的生活最为精彩：

在春天，我们以合适的价格把粮食卖出
以保证市场价格平稳
又获得一小部分收入
该收入将被用来收购下一轮产出的更多粮食
称作理性积蓄，
以在第二年获得更丰厚的供给
换言之，增加我们荒年的粮食储备
也因此保证了粮库里的大米完全新鲜
在粮食短缺的年份，再以公平的价格卖出
在特殊时期，还可以把粮食借给平民百姓
在大灾大难到来时，会将粮食免费发放
(Pound 335)

除了上述《中国诗章》里庞德展示的平民主义思想，在《诗章》后面的章节中，还有诸多关于平民百姓的生活细节和内容，直接镶嵌或点缀在诗行中间，验证了庞德的道德哲学思想与他的平民主义观念息息相关。比如，在第62章，庞德认为政府和众议院应该从平民的实际需求出发，鼓励艺术、商业和农业（Pound 342）；在第66章，庞德认为平民的自由选举权是我们祖先留给我们的公共权力，神圣不可侵犯（Pound 383）；在第67章，庞德认为整个社会的幸福应该是立法、行政、司法三个部门共同奋斗的目标，而所有平民的信任则是任何一届政府立足的基础（Pound 391）；在第74章，庞德在比萨监狱遭受精神和肉体的折磨时，虽说害怕神和民众的愚昧（Pound 425），但是仍然诗意地、乐观地夹在民众和士兵中间遥望泰山（Pound 432）；在第88章，庞德说只有小面值的货币在劳动人民手中流通，这是社会无序的象征（Pound 588），大量金钱成为银行交易的对象，最终造成社会混乱（Pound 587—588）；在第 93 章，庞德探讨美德、激情、怜悯和仁爱时，以海纳百川的情怀对平民百姓说："我怜悯其他人"，但是知道这样做远远不够！（Pound 628）；在第 98 章，庞德认为国君的工作要以民为本、考虑平民利益，要远小人、亲贤臣；在这方面要学习康熙与庶民同乐并且完全以人民的利益为重，所以实现太平盛世（Pound 686，688）；在第 109 章，庞德认为佃户等平民都应分到足够多的土地；如果站在平民百姓的立场，需要对社会服务和公共责任重新进行评价和认识，所以他认为无视平民存在价值的行为是失礼仪的（Pound 771）。

　　总之，庞德的平民主义思想不仅确实存在，而且贯穿《诗章》写作的始终。《诗章》作为道德哲学文本充满让人惊叹的思想内容。从互文性的视角看，道德意识和哲学思想作为庞德话语的特殊表述形式在《诗章》中得到完美的唱和。《诗章》是一个充满无穷魅力的道德哲学文本，它展现了庞德作为一名道德说教者和思想家的哲学观念，也证明了庞德是一位充满人文主义情怀的平民主义诗人和有一定哲学理念的思想家。

结　　语

一

庞德是 20 世纪充满争议的大诗人，他也是英美诗歌史上最难懂的作家之一。他之所以难懂，不仅因为他标新立异、特立独行，而且因为他在诗歌创作时神游万仞，任凭思绪穿梭在人类历史的时空隧道，同时不断融合社会政治、经济、文化、哲学、艺术等多学科知识并乐此不疲，使诗歌创作变成一种自由嬉戏的、具有现代主义品格和先锋派风格的文本体验。

庞德花费 54 年时间仍未创作完成的史诗代表作《诗章》是一部奇书，它把传统与现代、过去与当前、想象与现实、古典与浪漫、东方与西方等各种素材荟萃其中，大胆呈现他的所见、所闻、所想；《诗章》也是一部天书，除了 20 多种语言文字造成的阅读障碍，还有支离破碎的排版印刷、杂乱无章的文本结构、意识流式的表达陈述以及透着神秘主义面纱的思想主张。这一切给中外读者带来阅读的快乐，也带来阅读的挑战。

多年来，诗歌评论家对《诗章》的阐释各有千秋。然而，即使权威作者对不少细节内容和篇章的解读仍然欠缺且未能从宏观上把相关讨论有机统摄到一起。该作品立足文本理论的同时借助互文性视角，努力解决历史遗留问题。借助文本理论和互文性视角解读《诗章》，旨在揭示：《诗章》是各种文本现象中的文本，是一个特殊的文本存在；该文本的独特性不仅因为它是人类文化文本，还是社会历史文本、政治经济学文本和道德哲学文本；该文本不仅蕴含狂欢化的人类文化和被言说的历史，还涉及庞德臭名昭著的政治经济学思想与开放多元的道德哲学观。

该作品立论的依据主要基于两个方面：第一，庞德的思想复杂且多元，对此《诗章》从头到尾都有书写和呈现；第二，《诗章》本身是一个众声喧哗的文本，里面镶嵌着庞德诗性的表达和诗化的主张。

二

在互文性视阈下，《诗章》是一个开放、立体、多维的结构，其艺术性和思想性杂糅在具体的文字表述中。《诗章》作为人类文化文本、社会历史文本、政治经济学文本和道德哲学文本，不仅各自独立地与文本外因素发生各种可能性的互文关系，而且借助拼贴、挪用、隐喻、摘抄、暗示、改写、重塑和再造等写作手法使上述互文关系动态地得以展现出来。实质上，这四个并列分层、表面上看似毫无联系的内容体系之间也彰显了一种宏观的互文关系，因为它们以辐射式的网状结构相互关照、对话和连接，在体现《诗章》宏观方面文本建构和表述的同时，最终为《诗章》的艺术特色和主题思想服务。

《诗章》蕴含狂欢化的人类文化。它以海纳百川的气魄诠释古希腊、古罗马、古中国、中世纪意大利、西班牙、法国、近代美国、英国、日本等各个历史时期、各个民族和国家的文化元素及符号，一方面真实再现人类文化的丰富多彩和生动鲜活，另一方面有意制造东西方文化的对话与狂欢。在对美国文化聚焦时，《诗章》充满隐喻性。庞德认为，美国要想摆脱文化困境，唯有向意大利文艺复兴时期的人文主义者和中国古代先贤尧、舜、禹以及孔子学习，庞德的任务是努力把优秀的东方文化传播到西方。针对人类文化的复杂内容，《诗章》采取线性叙事、回忆叙事、环形结构叙事相结合的手法予以呈现，同时结合碎片化叙事和杂糅。庞德在《诗章》中凸显了人类文化的功能和价值，表达了他的文化优势论思想。此外，庞德告诉读者要有文化担当和文化传承的责任意识。

《诗章》涉及被言说的历史。作为一首包含历史的诗，《诗章》兼具文本的历史性和历史的文本性。因为历史是一面镜子，《诗章》在记录历史事件和试图还原历史真相的过程中，展现了它以古讽今、借古喻今的历史警示功能。从某种意义上讲，《诗章》是庞德个人历史叙事和对社会历史叙事的建构统一。一方面，庞德把个人冥想、人生体验、价值观念等作为历史遗存镶嵌在诗歌文本的字里行间；另一方面，他又把人类社会（尤其是意大利文艺复兴时期的社会、美国建国初期的社会和中国自远古时期到清雍正年间的社会）发展变化的历程，进行历史透视和扫描，实现历史与现实、历史与真实、历史与变革之间的对话和交流。在庞德看来，历史是一张大网，人类社会不过是历史之网中的尘埃而已；即便如此，人依然应该坚守梦想，在社会舞台发挥好自己的作用。鉴于此，《诗章》充满历史的超现实性和预言性，并对人类以及社会进行审视、批判和预测。庞德把自己视为历史的拾荒者并在《诗章》里塞满各种历史碎片；他不是要把历史机械地堆积在里面，而是要实现对历史的放逐、叩问与反思。

《诗章》涉及庞德臭名昭著的政治经济学思想。该部分内容不可绕过，是因为它是庞德研究和《诗章》文本研究最有争议性的部分。一方面庞德受家族传统的影响，对政治经济问题既敏感又热心；另一方面庞德本人具有强烈的公民意识，认为应该为民族振兴和国家繁荣尽到政治责任。基于该理念，他把《诗章》作为自己政治经济学思想的前沿阵地，以教科书的形式宣传他所坚持的政治经济学观点，同时将它们与美国的前途和命运联系在一起，试图建立他的政治经济学思想体系。但是在该过程中，由于复杂的国际、国内局势，庞德错误地把理想天国的梦想建构在法西斯主义和空想社会主义之上，在抨击以罗斯福总统为代表的美国政府及其外交策略的同时，明目张胆地把墨索里尼、希特勒等法西斯头目作为顶礼膜拜和追随的对象，结果成为政治糊涂虫。不仅如此，庞德因为反对高利贷剥削和国际财阀的金融垄断，还滋生一种可怕的反犹太主义的民族偏见，这让不少美国民众对他产生厌恶和反感。更可悲的是，庞德毫无顾忌地把他的亲法西斯主义思想和反犹太主义观念暴露在《诗章》里面，导致《诗章》的艺术性和思想性受到评论家的质疑和批判。虽然1949年《比萨诗章》获得美国国会图书馆颁发的博林根诗歌奖，但是那不过是艾略特、塔特、奥登等友人据理力争的结果，更多的是社会舆论给予他的口诛笔伐。直到今天，不少美国民众仍然不能原谅他的过失，对《诗章》也颇有微词。总之，庞德的政治经济学思想充满争议性。当然对《诗章》中诗人政治经济学思想的解读，也要做到客观和理性。

《诗章》还表达开放多元的道德哲学观。《诗章》是一部点缀闪光细节的书，它里面不仅渗透着庞德的道德意识，还容纳他深沉的哲学思想，尤其对光的渴望、追寻和探讨彰显了他的新柏拉图主义理念。在庞德看来，道德哲学是人之所以为人的内在驱动力，也是人存在和发展的前提条件。在《诗章》中，庞德展现了古希腊、古罗马哲学，认为它们给人提供了认识世界的思维方法；展现了德国哲学和法国启蒙思想，认为它们在社会学层面给人以智慧和启蒙；展现了美国超验主义思想，认为它使人和自然的关系变得和谐与融洽，等等。当然，庞德最推崇以仁、义、礼、智、信为核心内容的中国儒家思想和哲学，该哲学思想和观念对颓废、堕落的西方社会无疑是一味良药。除了凸显和展示中国儒家哲学，庞德还表达了他对道、佛的认识和理解，认为天人合一的道家智慧和仁爱慈悲的佛学思想对社会发展有积极作用，但是出于对儒者和儒家思想的偏爱，庞德对道士、佛教徒持贬低和排斥的态度。《诗章》中还有不少细节影射了庞德的是非观、美丑论以及正邪意识，这与庞德平民主义哲学体系的建构有着千丝万缕的联系。

总之，《诗章》的文本性表现在微观和宏观两个层面，反映在历时性描述和共时性描述两个方向。《诗章》作为人类文化文本、社会历史文本、政治经济学文本和道德哲学文本不仅内在地彰显着特立独行的文本特点，而且外在地向"他者"世界进行指涉和关联，从而使《诗章》的互文性内容焕发出耀眼的光芒。

三

文本理论和互文性视角是解读《诗章》的媒介与工具。借助文本理论去关照《诗章》，会发现《诗章》作为文本具有开放、多元和跨语境的特征；借助互文性视角解读《诗章》，会发现对《诗章》的互文性阐释本身在某种意义上又是对互文性理论的一种回应与个性化思考。克里斯蒂娃通过研究巴赫金的小说发现表述以及文本之间存在对话性和互文性，认为复调小说是一种全面对话和多声部的小说。这里通过透视《诗章》，读者会有意外惊喜和收获：对话性、复调性和互文性并不是小说专有的属性，诗歌作品中也存在对话性、复调性和互文性，因为诗歌也是文本存在的一种形式。在《诗章》中，不仅有东西方文化的对话和交流，而且有东西方历史人物、伦理道德和哲学思想等的呼应与交流，其潜在的东西方话语的复调性和多声部更是不言而喻。当然，与小说中讨论的思想、主题、话语、叙事等方面的互文性不同，《诗章》里的互文性有其独特属性和表现方式，可以作为诗歌文本互文性分析的典型案例。

就该研究而言，以文本理论和互文性视角对庞德的《诗章》展开系统研究，还只是一次文本解读和理论阐释相得益彰的尝试。虽然可以把《诗章》视为人类文化文本、社会历史文本、政治经济学文本和道德哲学文本，但是不可能穷尽这些领域所有现象的研究，因为从一种现象到另一种现象充满了所指，而且由一种所指又可以产生更多的所指，以至于在文本延异和撒播的过程中，无数话语在同时发挥作用。更何况，《诗章》本身就是由各种所指和无数话语组成的集合体，充斥着无限的可能性；而且从一首诗的所指可以引申出更多的所指，以至于从某个诗歌话语中可以读出无数隐含话语。①

四

当然，该研究也存在一定的局限性。表现在：第一，只聚焦庞德的史诗《诗章》，对诗人早期、中期的诗歌作品并未涉及；第二，在研究的深度方面，还存在可以继续书写和拓展的空间。比如，未对《诗章》的现代主义风格展开研究；在对《诗章》中的人类文化进行考察时，还有部分国家、民族的独特文化只是蜻蜓点水式的点到为止，没有具体展开；在对《诗章》中的社会历史进行聚焦时，由于庞德旁征博引，加上隐喻和所指内容比较庞杂，未能面面俱到；在对《诗章》中的政治经济学思想进行讨论时，由于涉及一些敏感话题和庞德本人的政治经济学倾向，不敢下草率或者武断的结论；在对《诗章》中的道德哲学思想进行梳理时，因为自身知识的贫乏和能力的缺陷，未对古代盎格鲁—撒克逊时期的哲学、古代意大利人文主义哲学等进行讨论；等等。当然，上述不足为作者以后的研究工作指明了方向。

---

① Julia Kristeva, *Semiotike*, Paris: Seuil, 1969, pp. 224-225. 另参见王瑾《互文性》，广西师范大学出版社2005年版，第72页。

附录一

《诗章》的新旧版本内容[①]

一 《诗章》（全集）最早的两个版本：《诗章第 1—117 章全集》（第 1 版）（1970）、《诗章第 1—117 章全集》（第 2 版）（1971）的版本内容如下：

内容	CONTENTS
《30 首诗章草稿》（1930）	A Draft of XXX Cantos（1930）
《11 首新诗章：第 31—41 章》（1934）	Eleven New Cantos：XXXI- XLI（1934）
《诗章的第 5 个十年：第 42—51 章》（1937）	The Fifth Decad of Cantos XLII- LI（1937）
《诗章：第 52—71 章》（1940）	Cantos LII- LXXI（1940）
《比萨诗章：第 74—84 章》（1948）	The Pisan Cantos LXXIV- LXXXIV（1948）
《部分：掘石机诗章：第 85—95 章》（1955）	Section：Rock-Drill, De Los Cantares LXXXV- XCV（1955）
《王座诗章：第 96—109 章》（1959）	Thrones de los Cantares XCVI- CIX（1959）
《诗章草稿及残篇：第 110—117 章》（1969）	Drafts and Fragments of Cantos CX- CXVII（1969）

二 《诗章》（全集）最新版本：1998 年纽约 New Directions 出版社出版的《埃兹拉·庞德诗章全集》第 14 版的内容如下：

内容	CONTENTS
《30 首诗章草稿》（1930）	A Draft of XXX Cantos（1930）
《11 首新诗章：第 31—41 章》（1934）	Eleven New Cantos：XXXI- XLI（1934）
《诗章的第 5 个十年：第 42—51 章》（1937）	The Fifth Decad of Cantos XLII- LI（1937）
《诗章：第 52—71 章》（1940）	Cantos LII- LXXI（1940）

[①] 书写该部分时，笔者参考了庞德《诗章》（全集）最早的两个版本《诗章第 1—117 章全集》（第 1 版）（1970）（first printing of Cantos 1-117 in one volume, 1970）和《诗章第 1—117 章全集》（第 2 版）（1971）（second printing of Cantos 1-117 in one volume, 1971）。此外，笔者参考了庞德《诗章》最新的一个版本：1998 年纽约 New Directions 出版社出版的《埃兹拉·庞德诗章》。

《诗章：第72—73章》（1944）   *Cantos LXXII–LXXIII* (1944)

《比萨诗章：第74—84章》（1948）   *The Pisan Cantos LXXIV–LXXXIV* (1948)

《部分：掘石机诗章：第85—95章》（1955）   *Section: Rock-Drill, De Los Cantares LXXXV–XCV* (1955)

《王座诗章：第96—109章》（1959）   *Thrones de los Cantares XCVI–CIX* (1959)

《诗章草稿及残篇：第110—117章》（1969）   *Drafts and Fragments of Cantos CX–CXVII* (1969)

《断章》（1966）   *Fragment* (1966)

附录二

《诗章》成书的过程年表[1]

约1904　庞德开始构思《诗章》内容,有了一些想法和写作框架[2]。

1915　　9月,正式写作《诗章》。"他就是想写",但是没有明确的写作目的,也没有特定的写作模板[3]。

1917　　6—8月,庞德在蒙罗主办的《诗刊》(Poetry)杂志第3、4、5期,连续发表三首诗章,构成《三首诗章》(Three Cantos)的雏形,正式拉开《诗章》发表及出版的序幕。同年,《三首诗章》收入诗集《仪式》(Lustra),由纽约Alfred A. Knopf出版社出版。

1919　　《三首诗章》与《仪式》一起,由伦敦The Ovid Press再版。同年10月,《诗章第4章》也由伦敦The Ovid Press出版。

1920　　6月,《诗章第4章》由《日晷》(The Dial)杂志发表。

1921　　8月,《三首诗章》刊发在《日晷》杂志。同年,《三首诗章》、《诗章第4章》与庞德新书写的《诗章第5章》、《诗章第6章》、《诗章第7章》汇编成《诗集1918—1921》(Poems 1918-1921),由纽约Boni & Liveright出版社出版。

---

[1]　2014年5月在本人博士论文预答辩后,陕西师范大学文学院李强教授建议我附一份关于《诗章》成书的过程年表,以方便读者参阅。遂遵照执行。当时书写该部分时,我参考了Ezra Pound, The Cantos of Ezra Pound, New York: New Directions, 1971; George Dekker, Sailing after Knowledge: The Cantos of Ezra Pound, London: Routledge, 1963, pp. 167-204; Eva Hesse, ed., New Approaches to Ezra Pound: A Co-ordinated Investigation of Pound's Poetry and Ideas, Berkeley, California: University of California Press, 1969, pp. 383-385; Ira B. Nadel, ed., The Cambridge Companion to Ezra Pound, Cambridge: Cambridge University Press, 1999, pp. 43-109。2015年5月博士论文答辩之前,本人参阅过蒋洪新:《庞德研究》,上海外语教育出版社2014年版,第204—266页。另外,我于2019—2020年在美国新泽西罗文大学访学时,又参照英国爱丁堡大学Roxana Preda博士、Andrew Taylor博士及其创立的网站http://thecantosproject.ed.ac.uk/index.php,参考The Cantos Project项目中心的The Publication Timeline of The Cantos,予以相关细节的补充与完善。特此鸣谢!此外,需要说明的是,该数据统计截止到2020年5月1日。

[2]　该说法的重要依据是庞德与一位记者访谈时的回忆:"I began the Cantos about 1904, I suppose. I had various schemes, starting in 1904 or 1905."参见Donald Davie, Ezra Pound: Poet as Sculptor, New York: Oxford University Press, 1964, p. 30。

[3]　原文是"The Pound of 1915 did not want to ask himself such questions; he simply wanted to write, and to write without any particular sense of a model."参见Daniel Albright, "Early Cantos I-XLI", in Ira B. Nadel, ed., The Cambridge Companion to Ezra Pound, Cambridge: Cambridge University Press, 1999, p. 60。

1922	5月，《诗章第8章》由《日晷》杂志发表。
1923	7月，《诗章第9—12章》（Cantos IX to XII），即《马拉特斯塔诗章》，由《论衡》（Criterion）杂志发表。
1924	1月，《诗章第12章》前半部分与新书写的《诗章第13章》组成《两首诗章》（Two Cantos），发表在《跨大西洋评论》（Transatlantic Review）杂志。
1925	庞德前期发表的《诗章》与新书写的内容组成诗集《16首诗章草稿》（A Draft of XVI Cantos），由巴黎 Three Mountains Press 出版。同年夏与次年冬，《诗章第17—19章》（Cantos XVII-XIX）发表在《此季》（This Quarter）杂志第1、2期。
1927	春，《诗章第20章》部分内容（Part of Canto XX）发表在《放逐》（Exile）杂志。
1928	1月、2月，《诗章第27章》部分内容（Part of Canto XXVII）和《诗章第22章》（Canto XXII）分别发表在《日晷》杂志第1、2期；3月，《诗章第23章》部分内容（Part of Canto XXIII）发表在《放逐》杂志。同年9月，《诗章第17—27章草稿》（A Draft of the Cantos 17-27）由伦敦 John Rodker 出版社出版。
1930	4—6月，《诗章第28章》《诗章第29章》《诗章第30章》发表在《猎犬与号角》（Hound & Horn）① 杂志第3期；8月，200本《30首诗章草稿》（A Draft of XXX Cantos）由巴黎 Hours Press 出版。
1931	7月、9月，由《诗章第31章》《诗章第32章》《诗章第33章》组成的《三首诗章》（Three Cantos），发表在《异教徒》（Pagany）杂志。
1933	3月、9月，《30首诗章草稿》分别由纽约 Farrar & Rinehart 出版社和伦敦 Faber & Faber 出版社出版；4月，《诗章第34章》由《诗刊》发表；9月，《诗章第38章》由《新英语周刊》（New English Weekly）发表，并于次年2月重印于《哈佛先锋》（Harvard Advocate）杂志。
1934	3月，《诗章第37章》由《诗刊》发表；4月，《诗章第36章》由耶鲁大学《哈克尼斯的呼吼》（Harkness Hoot）杂志发表；10月，诗集《11首新诗章：第31—41章》（Eleven New Cantos：XXXI-XLI）由纽约 Farrar & Rinehart 出版社出版；11月，《诗章第41章》由《新英语周刊》发表。同年，庞德获得《诗章》版权。此后，1937年、1940年、1948年、1950年、1956年、1959年、1962年、1963年、1965年、1968年、1970年、1971年的版权，也归庞德所有。
1935	3月，《诗章第31—41章草稿》（A Draft of Cantos XXXI-XLI）由伦敦 Faber & Faber 出版社出版。
1936	2月，《诗章第45章》由《繁荣》（Prosperity）杂志发表；3月、11月，《诗章第46章》分别由《新民主》（New Democracy）杂志和《散文与诗歌发展新方向》（New Directions in Prose and Poetry）刊物发表。
1937	4月，《诗章第42—44章》（Cantos XLII-XLIV）由《论衡》杂志发表；6月、11月，《诗章的第5个十年：第42—51章》（The Fifth Decad of Cantos XLII-LI）分别由伦敦 Faber & Faber 出版社和纽约 Farrar & Rinehart 出版社出版。
1940	1月、9月，《诗章第52—71章》（Cantos LII-LXXI）分别由伦敦 Faber & Faber 出版社和纽约 New Directions 出版社出版；夏，《诗章第5个十年》由纽约 New Directions 出版社出版第2版。同年，《11首新诗章》由纽约 New Directions 出版社再版。
1942	Vice Versa 公司获得《诗章》出版的版权。

---

① 该刊物最初有个副标题 "A Harvard Miscellany"（哈佛杂记），是哈佛大学本科生 Lincoln Kirstein 和 Varian Fry 在1927年创办的文学季刊。详见 https：//en.wikipedia.org/wiki/Hound_%26_Horn，2020-04-20。

1944	庞德用意大利语完成亲法西斯主义的诗章，即《意大利诗章：第 72—73 章》(*Italian Cantos LXXII-LXXIII*)。这两首诗章因为反动、激进的内容，直到 1986 年才正式收入《诗章》全集。
1945	1 月、2 月，《诗章第 72 章》和《诗章第 73 章》分别发表在意大利 *La Marina Repubblicana* 杂志第 2、3 期。
1946	夏，《诗章第 77 章》由《落基山评论》(*Rocky Mountain Review*) 杂志发表；9 月，《诗章第 80 章》由《诗刊》发表；同年，《诗章第 84 章》(*Canto LXXXIV*) 由《文学评论季刊》(*Quarterly Review of Literature*) 发表。
1947	1 月、3 月，《诗章第 76 章》由《斯瓦尼评论》(*Sewanee Review*) 杂志发表；6 月，《诗章第 83 章》由《耶鲁诗歌评论》(*Yale Poetry Review*) 杂志发表。
1948	7 月，庞德以"遗言"的方式在比萨监狱完成《比萨诗章：第 74—84 章》(*The Pisan Cantos LXXIV-LXXXIV*)，由纽约 New Directions 出版社出版。同时，纽约 New Directions 出版社还出版了庞德人生中首部以《埃兹拉·庞德诗章》(*The Cantos of Ezra Pound*) 命名的诗歌全集。该诗集除去《意大利诗章：第 72—73 章》，包括庞德此前发表的诗章第 1—84 章的内容。
1949	7 月，《比萨诗章》由伦敦 Faber & Faber 出版社出版。
1950	《70 首诗章》(*Seventy Cantos*) 由伦敦 Faber & Faber 出版社出版，并首次使用胶印技术制作。同年，美国 Harcourt, Brace & World, Inc. 出版公司获得《诗章》出版的版权。
1954	6 月，《埃兹拉·庞德诗章》第 1—84 章在英国再版，内容方面有 11 处修改。同年冬，《诗章第 85 章》发表在《哈德逊评论》(*Hudson Review*) 杂志第 4 期。
1955	3 月、6 月，《诗章第 86—87 章》发表在《哈德逊评论》杂志第 1、2 期；同时，《诗章第 90 章》发表在《尖峰》(*Meanjin*①) 杂志第 4 期。9 月，《部分：掘石机诗章：第 85—95 章》(*Section：Rock-Drill, De Los Cantares LXXXV-XCV*) 由米兰 All' insegna del pesce d'oro 出版社出版。
1956	3 月，《部分：掘石机诗章》由纽约 New Directions 出版社出版；《埃兹拉·庞德诗章》第 1—95 章由纽约 New Directions 出版社出版第 2 版。此外，《诗章第 96 章》发表在《哈德逊评论》杂志春季刊第 1 期；《诗章第 97 章》发表在《哈德逊评论》杂志夏季刊第 3 期。
1957	2 月，《部分：掘石机诗章》以及《埃兹拉·庞德诗章》第 1—95 章由伦敦 Faber & Faber 出版社出版。
1958	6 月，《诗章第 99 章》发表在《弗吉尼亚评论季刊》(*Virginia Quarterly Review*) 第 3 期；9 月，《诗章第 98 章》发表在 *L' Illustrazione italiana* 杂志第 9 期；12 月，《诗章第 100 章》发表在《耶鲁文学杂志》(*Yale Literary Magazine*) 第 5 期。
1959	2 月，《诗章第 101 章》发表在《欧洲人》(*European*) 杂志第 6 期；3 月，《诗章第 102 章》发表在《倾听》(*Listen*) 杂志第 2 期；12 月，《王座诗章：第 96—109 章》(*Thrones de los Cantares XCVI-CIX*) 分别由米兰 All' insegna del pesce d'oro 出版社和纽约 New Directions 出版社出版。
1960	3 月，《王座诗章》由伦敦 Faber & Faber 出版社出版；同时，该出版社还出版了《埃兹拉·庞德诗章》的第 2 版更新版。

---

① *Meanjin* 是澳大利亚文学杂志。该名称源自单词 Turrbal，指的是布里斯班市所在土地的尖峰。它由 Clem Christesen 于 1940 年在布里斯班创立，1945 年迁至墨尔本，现在是墨尔本大学的子公司。参见 https：//en. wikipedia. org/wiki/Meanjin，2020-04-22。

1962	3 月，《诗章第 115 章残篇》（*Fragment from Canto* 115）发表在《门槛》（*Threshold*）杂志第 17 期①；6 月，由《诗章第 115 章》部分内容②和《诗章第 116 章》组成的《两首诗章》（*Two Cantos*）发表在《巴黎评论》（*Paris Review*）；10 月、11 月，《诗章第 113 章》发表在《诗刊》第 1、2 期。
1963	3 月、4 月，《诗章第 111 章》发表在《日程》（*Agenda*）杂志第 11、12 期。
1964	伦敦 Faber & Faber 出版社出版了《埃兹拉·庞德诗章》的第 3 版，内容是诗章第 1—109 章。
1965	纽约 New Directions 出版社出版了《埃兹拉·庞德诗章》的第 2 版，内容是诗章第 1—95 章，共计 3000 册。10 月，《诗章第 114 章》发表在《文本＋评论》（*Text ＋ Kritik*）杂志第 10/11 期；11 月，《诗章第 115 章》发表在《日程》杂志第 2 期。此外，《诗章第 110 章》由马萨诸塞州 As Sextant Press 出版社出版。
1966	《诗章第 110 章》和《诗章第 116 章》组成《两首诗章》（*Two Cantos*）发表在《尼亚加拉边境评论》（*Niagara Frontier Review*）杂志秋季版和次年春季版；《断章》（*Fragment*）由纽约 New Directions 出版社出版，但未收入《诗章》全集。
1967	《埃兹拉·庞德诗章选集》（*Selected Cantos of Ezra Pound*）由伦敦 Faber & Faber 出版社出版；同年，《诗章第 110—116 章》由纽约 Fuck You Press③ 出版。
1968	9 月，《诗章第 114 章》发表在《石溪》（*Stonybrook*）杂志第 1/2 期；11 月，《诗章第 113 章》发表在《纽约人》（*New Yorker*）杂志第 41 期。
1969	4 月，《诗章草稿及残篇：第 110—117 章》（*Drafts and Fragments of Cantos CX-CXVII*）由纽约 New Directions 出版社出版。同年以及 1972 年，埃兹拉·庞德遗产基金会（The Estate of Ezra Pound）获得《诗章》出版的版权。
1970	2 月，《诗章第 110—117 章草稿及残篇》由伦敦 Faber & Faber 出版社出版。同年，《埃兹拉·庞德诗章选集》和《诗章第 1—117 章全集》（第 1 版）（first printing of *Cantos* 1-117 in one volume）由纽约 New Directions 出版社出版，后者是美国首次胶印版，而且与以前版本相比有一百多处修改。
1971	《埃兹拉·庞德诗章全集》（*The Cantos of Ezra Pound*）（《诗章第 1—117 章全集》（第 2 版）second printing of *Cantos* 1-117 in one volume）由纽约 New Directions 出版社出版。
1972	11 月 1 日，庞德在意大利威尼斯逝世，享年 87 岁。《埃兹拉·庞德诗章全集》由纽约 New Directions 出版社出版第 3 版，增加了《诗章第 120 章》和两处修订。
1973	同年以及 1986、1993 年，埃兹拉·庞德文学遗产信托委员会（The Trustees of the Ezra Pound Literary Property Trust）获得《诗章》出版的版权。《埃兹拉·庞德诗章全集》由纽约 New Directions 出版社出版第 4 版，但仍未收录《诗章第 72—73 章》。
1975	纽约 New Directions 出版社出版《埃兹拉·庞德诗章全集》第 5 版；同年，伦敦 Faber & Faber 出版社从纽约 New Directions 出版社获得《埃兹拉·庞德诗章全集》文稿，统一规格后在英国出版。此外，《诗章第 110—117 章》由米兰 Guanda 出版社出版英语—意大利语双语版。

---

① 该部分内容发表时共计 25 行，其中 5 行与现有的版本吻合，6 行后来分离出来作为《诗章第 120 章》的内容。

② 发表时共计 21 行，其中 4 行与在《门槛》杂志发表的原文内容稍有差异。

③ 美国纽约 20 世纪 60 年代有一份地下杂志名叫 *Fuck You：A Magazine of the Arts*。该杂志的创办人是诗人、音乐家、和平爱好者以及出版家 Ed. Sanders。当时他还有个小出版社，名叫 Fuck You Press。具体参见 https：//en. wikipedia. org/wiki/Fuck_You_（magazine），2020-04-23。

1976	伦敦 Faber & Faber 出版社出版《埃兹拉·庞德诗章全集》第 4 版。该版本与纽约 New Directions 出版社第 5 版相比，缺少《诗章第 120 章》。
1977	纽约 New Directions 出版社出版《埃兹拉·庞德诗章全集》第 6 版。
1979	纽约 New Directions 出版社出版《埃兹拉·庞德诗章全集》第 7 版。
1981	纽约 New Directions 出版社出版《埃兹拉·庞德诗章全集》第 8 版。同年，伦敦 Faber & Faber 出版社出版《埃兹拉·庞德诗章全集》修订版。
1983	纽约 New Directions 出版社出版《埃兹拉·庞德诗章全集》第 9 版。
1985	纽约 New Directions 出版社出版《埃兹拉·庞德诗章全集》全新版。
1986	纽约 New Directions 出版社出版《埃兹拉·庞德诗章全集》第 10 版。该版本比 1971 年的版本增加了《意大利诗章》和《断章》。同年，伦敦 Faber & Faber 出版社出版《埃兹拉·庞德诗章全集》修订版，该版本也增加了《意大利诗章》和《断章》。
1987	伦敦 Faber & Faber 出版社出版《埃兹拉·庞德诗章全集》全新版。
1989	纽约 New Directions 出版社出版《埃兹拉·庞德诗章全集》第 11 版。
1991	纽约 New Directions 出版社出版《埃兹拉·庞德诗章全集》第 12 版。同年，学者泰勒（Richard D. Taylor）编辑完成庞德《三首诗章》的变奏曲版：原型（Variorum Edition of "Three Cantos" by Ezra Pound: A Prototype），由德国 Boomerang Press 出版。
1993	《诗章第 72 章》的英译本首次发表在《巴黎评论》秋季版。
1995	纽约 New Directions 出版社出版《埃兹拉·庞德诗章全集》第 13 版。该版本首次把《诗章第 72 章》的英译本收录其中①。
1996	纽约 New Directions 出版社出版《埃兹拉·庞德诗章全集》全新版，这也是《诗章》第五次平装印刷（The Fifth Paperbound Printing）。
1998	纽约 New Directions 出版社出版《埃兹拉·庞德诗章全集》第 14 版。全书 824 页。
1999	庞德的儿子奥玛（Omar S. Pound）作序的《莎士比尔②笔下的庞德：闪光的诗章》（Shakespear's Pound: Illuminated Cantos），由美国得克萨斯州 LaNana Creek Press 出版社出版。
2015	学者巴斯嘎鲁普（Massimo Bacigalupo）编辑的《庞德诗章遗稿》（Posthumous Cantos）由英国曼彻斯特 Carcanet Press 出版社出版。同年，学者泰勒（Richard D. Taylor）在线发表《诗章第 4 章残篇》[Canto IV (fragment with variants)]。

---

① 在 1996 年纽约 New Directions 出版社出版的《埃兹拉·庞德诗章全集》致谢部分，有文字写道："Pound's English translation of Canto LXXII was first published in the fall 1993 issue of *The Paris Review*, and was included for the first time in the thirteenth printing of *The Cantos*."［庞德《诗章第 72 章》的英译本首次发表在《巴黎评论》1993 年秋季版，后又首次收录在《诗章》（全集）的第 13 版中］。

② 这里指庞德夫人、奥玛的母亲 Dorothy Shakespear（1886—1973）。

附录三

以《诗章》为研究专题的国内外文献[①]

一 国外文献

（一）专著、文集类

1. 20 世纪 30—40 年代（3 部/篇）

1930—Williams, William Carlos, "A Critical Sketch: A Draft of XXX Cantos by Ezra Pound", in W. C. Williams, *Selected Essays of William Carlos Williams*, New York: New Directions, 1931, pp. 106-108. 另参见 Juan, E. San Jr., ed, *Critics on Ezra Pound*, Coral Gables, Florida: University of Miami Press, 1972, pp. 20-22。

1936—Yeats, William Butler, "Ezra Pound", in W. B. Yeats, *The Oxford Book of Modern Verse*, 1892—1935, Oxford: Clarendon Press, 1936, pp. xxiv-xxvi.

1949—Peter, Russell, *The Pisan Cantos of Ezra Pound*, New York: Changing World.

2. 20 世纪 50—60 年代（10 部）

1950—MacLeish, Archibald, *Poetry and Opinion: The Pisan Cantos of*

[①] 该部分文献资料系本人于 2013—2014 年、2019—2020 年在美国北亚利桑那大学英语系和新泽西罗文大学创意写作系访学期间搜集到的关于庞德《诗章》研究材料的汇总。部分第一手资料和最新资料来源于罗文大学 Campbell Library 数据库以及 The Cantos Project 数据库，同时声明：本人受到 The Cantos Project 数据库的启示和启发，参考 http://thecantosproject.ed.ac.uk/index.php/bibliography/secondary? start=1 及其 general bibliography to the cantos of ezra pound 得以完成此项工作；部分内容有删减。这里对相关工作人员及数据库建设者予以诚挚谢意！此外，需要说明的是，该数据统计截止到 2020 年 5 月 1 日。

Ezra Pound, *A Dialog on the Role of Poetry*, Urbana: University of Illinois Press.

1951—Kenner, Hugh, *The Poetry of Ezra Pound*, London: Faber & Faber.

1952—Watts, Harold Holliday, *Ezra Pound and The Cantos*, New York: Routlege.

1957—Edwards, John Hamilton & William Wood Vasse, *Annotated Index to The Cantos of Ezra Pound: Cantos I-LXXXIV*, Berkeley: University of California Press.

1958—Emery, Clark Mixon, *Ideas into Action: A Study of Pound's Cantos*, Coral Gables: University of Miami Press.

1961—Leary, Lewis, ed, *Motive and Method in The Cantos of Ezra Pound*, New York: Columbia University Press.

1963—Dekker, George, *Sailing after Knowledge: The Cantos of Ezra Pound*, London: Routledge.

1963—Zukofsky, Louis, *Ezra Pound: His Cantos (1-27)*, New York: Kulchur Press.

1966—Stock, Noel, *Reading the Cantos: A Study of Meaning in Ezra Pound*, New York: Pantheon Books.

1969—Pearlman, Daniel D., *The Barb of Time: On the Unity of Ezra Pound's Cantos*, Oxford: Oxford University Press.

3. 20世纪70年代（13部）

1970—Baumann, Walter, *The Rose in the Steel Dust: An Examination of The Cantos of Ezra Pound*, Miami: University of Miami Press.

1970—Contino, Vittorugo, *Ezra Pound in Italy, from The Pisan Cantos, Spots and Dots*, Venezia: Ivancich.

1971—Brooke-Rose, Christine, *A ZBC of Ezra Pound*, London: Faber & Faber.

1971—Miyake, Akiko, *A Thematic and Structural Unity in Ezra Pound's Eleven New Cantos*, American Literature Society of Japan.

1971—Hénault, Marie, ed, *The Merrill Studies in The Cantos*, Columbus: Ch. Merrill Publishing Company.

1971—Pound, Ezra, *The Cantos of Ezra Pound*, New York: New Directions Publishing Corporation.

1974—Wilhelm, J. J., *Dante and Pound: The Epic of Judgment*, Orono: University of Maine Press.

1975—Sanders, F. K., *John Adams Speaking: Pound's Sources for the Adams Cantos*, Orono: University of Maine Press.

1975—Nassar, Eugene Paul, *The Cantos of Ezra Pound: The Lyric Mode*, Baltimore: Johns Hopkins University Press.

1976—Brooke‑Rose, Christine, *Structural Analysis of Pound's Usura Canto: Jakobson's Method Extended*, Berlin: Mouton DeGruyter.

1977—Wilhelm, James J., *The Later Cantos of Ezra Pound*, New York: Walker.

1979—Eastman, Barbara, *Ezra Pound's Cantos: The Story of the Text, 1948-1975*, Orono, MA: National Poetry Foundation.

1979—Surette, Leon, *A Light from Eleusis: A Study of Ezra Pound's Cantos*, Oxford: Oxford University Press.

4. 20世纪80年代（28部）

1980—Bacigalupo, Massimo, *The Forméd Trace: The Later Poetry of Ezra Pound*, New York: Columbia University Press.

1980—Durant, E., *Ezra Pound, Identity in Crisis: A Study of Writing in The Cantos*, Cambridge: Cambridge University Press.

1980—Flory, Wendy Stallard, *Ezra Pound and The Cantos: A Record of Struggle*, New Haven: Yale University Press.

1980—Kearns, George, *Guide to Ezra Pound's "Selected Cantos"*, New Brunswick: Rutgers University Press.

1980—Terrell, Carroll, *A Companion to the Cantos of Ezra Pound, Volume 1 (Cantos 1-71)*, Berkeley: University of California Press.

1980—Woodward, Anthony, *Ezra Pound and The Pisan Cantos*, London: Routledge.

1981—Dilligan, Robert J., Parins, J. W. & Bender, T. K., *A Concordance to Ezra Pound Cantos*, New York: Garland.

1981—Read, Forrest, *One World and The Cantos of Ezra Pound*, Chapel

Hill: University of North Carolina Press.

1982—Kimpel, Ben D., *Pound's Research for the Malatesta Cantos*, Orono: University of Maine.

1983—Culver, Michael, *The Art of Henry Strater: An Examination of the Illustrations for Pound's A Draft of XVI Cantos*, Orono: University of Maine.

1983—Davenport, Guy, *Cities on Hills: A Study of I-XXX of Ezra Pound's Cantos*, Ann Arbor, Michigan: UMI Research Press.

1983—D'Epiro, Peter, *A Touch of Rhetoric: Ezra Pound's Malatesta Cantos*, Ann Arbor: UMI Research Press.

1983—Driscoll, John, *The China Cantos of Ezra Pound*, Stockholm: Almqvist and Wicksell.

1983—Nolde, John J., *Blossoms from the East: The China Cantos of Ezra Pound*, Orono, Maine: National Poetry Foundation, University of Maine.

1984—Davis, Kay, *Fugue and Fresco: Structures in Pound's Cantos*, Orono: National Poetry Foundation.

1984—Furia, Philip, *Pound's Cantos Declassified*, University Park: Pennsylvania State University Press.

1984—Froula, Christine, *To Write Paradise: Style and Error in Pound's Cantos*, New Haven: Yale University Press.

1984—Nicholls, Peter, *Ezra Pound: Politics, Economics and Writing: A Study of The Cantos*, London: Macmillan.

1984—Terrell, Carroll, *A Companion to the Cantos of Ezra Pound, Volume 2 (Cantos 74-117)*, Berkeley: University of California Press.

1985—Cookson, William, *A Guide to the Cantos of Ezra Pound*, New York: Persea Books.

1985—Cookson, William, *Reader's Guide to the Cantos of Ezra Pound*, London: Croom Helm.

1985—Makin, Peter, *Pound's Cantos*, London: George Allen & Unwin.

1986—Rabaté, Jean-Michel, *Language, Sexuality and Ideology in Ezra*

Pound's "*Cantos*", Albany: State University of New York Press.

1986—Childs, J. S., *Modernist Form: Pound's Style in the Early Cantos*, Selinsgrove: Susquehanna University Press.

1987—Furia, Phillip, *Pound's Cantos Declassified*, Philadelphia: Pennsylvania State University Press.

1988—Bell, Terence Anthony, *The Hero Polumetis: a New Interpretation of The Cantos of Ezra Pound*, Oxford: Oxford University Press.

1988—Singh, Gurbhagat, *Transcultural Poetics: Comparative Studies of Ezra Pound's Cantos and Guru Gobind Singh's Bachitta Natak*, Blaby: Advent Books.

1989—Kearns, George, *Ezra Pound: The Cantos*, Cambridge: Cambridge University Press.

5. 20世纪90年代（12部）

1991—Miyake, Akiko, *Ezra Pound and the Mysteries of Love: A Plan for The Cantos*, Durham, NC: Duke University Press.

1991—Rainey, Lawrence, *Ezra Pound and the Monument of Culture: Text, History and the Malatesta Cantos*, Chicago: The University of Chicago Press.

1991—Sicari, Stephen, *Pound's Epic Ambition: Dante and the Modern World*, State University of New York Press.

1991—Taylor, Richard, *Variorum Edition of "Three Cantos" by Ezra Pound: A Prototype*, Bayreuth: Boomerang Press.

1992—Tryphonopoulos, Demetres, *The Celestial Tradition: A Study of Ezra Pound's The Cantos*, Waterloo, Ont., Canada: W. Laurier University Press.

1993—Terrell, Carroll F., *A Companion to The Cantos of Ezra Pound*, Berkeley: University of California Press.

1995—Brint, Terri Joseph, *Ezra Pound's Epic Variations: The Cantos & Major Long Poems*, Orono: National Poetry Foundation.

1995—John, Roland, *A Beginner's Guide to The Cantos of Ezra Pound*, Salzburg: University of Salzburg Press.

1995—Gibson, Mary Ellis, *Epic Reinvented: Ezra Pound and the Victori-*

ans, Ithaca: Cornell University Press.

1995—Stoicheff, Peter, *The Hall of Mirrors: "Drafts and Fragments" and the End of Ezra Pound's Cantos*, Ann Arbor: University of Michigan Press.

1997—Rainey, Lawrenceed, *A Poem Containing History: Textual Studies in The Cantos*, Ann Arbor: University of Michigan Press.

1997—Shioji, Ursula, *Ezra Pound's Pisan Cantos and the Noh*, Frankfurt: Peter Lang.

6. 2000—2018 年（12 部）

2004—Liebregts, Peter, *Ezra Pound and Neoplatonism*, Madison: Fairleigh-Dickinson University Press.

2005—Malm, Mike, *Editing Economic History: Ezra Pound's The Fifth Decad of Cantos*, New York: Peter Lang.

2006—Makin, Peter, ed., *Ezra Pound's Cantos: A Casebook*, Oxford: Oxford: Oxford University Press.

2006—Selby, Nick, *Poetics of Loss in The Cantos of Ezra Pound: From Modernism to Fascism*, Lampeter: Edwin Mellen Press.

2006—Henriksen, Line, *Ambition and Anxiety: Ezra Pound's "Cantos" and Derek Walkott's "Omeros" as Twentieth-Century Epics*, Amsterdam: Rodopi.

2010—Farahbakhsh, Alireza & Zeinab Heidary Moghaddam, *Dominant Themes in Ezra Pound's 1930s and 1940s Cantos (Cantos XXXI-LXXXIV)*, Saarbrücken: Lambert Academic Publishing.

2012—Eyck, David Ten, *Ezra Pound's Adams Cantos*, London: Bloomsbury.

2012—Hilmy, Hassan, *Altar to Zagreus: Dionysus in The Cantos of Ezra Pound*, Saarbrücken: Lambert Academic Publishing.

2014—Bush, Ronald L., *The Genesis of Ezra Pound's Cantos*, Princeton: Princeton University Press. 1st ed. in 1977.

2017—Kindellan, Michael, *The Late Cantos of Ezra Pound*, London: Bloomsbury.

2018—Parker, Richard, ed, *Readings in The Cantos* (Vol.I), Clemson:

Clemson University Press.

2018—Howard, Alexander, ed., *Astern in the Dinghy: Commentaries on Ezra Pound's Thrones de los Cantares 96 – 109*, Glossator: Create Space Independent Publishing Platform.

(二) 学位论文

1. 20 世纪 50 年代 (2 篇)[①]

1958—Fang, Achilles, *Materials for the Study of Pound's Cantos*, Diss., University of Harvard.

1959—Halperen, Max, *A Structural Reading of The Cantos*, Diss., Florida State University.

2. 20 世纪 60—70 年代 (5 篇)

1961—Davenport, Guy, *A Reading of I-XXX of The Cantos of Ezra Pound*, Diss., University of Harvard.

1963—Heffernan, T. C., *City of Universals: Siena in The Cantos of Ezra Pound*, Diss., University of Manchester.

1973—Murray, David J., *The Treatment of History, Politics and Economics in The Cantos of Ezra Pound and the Maximus Poems of Charles Olson*, Diss., King's College, London.

1976—Hood, Joseph S., *Leaning Toward Zen: A Study of Harmony and Disharmony in The Cantos of Ezra Pound*, Diss., Midwestern State University, Wichita Falls, Tex.

1977—Freudenheim, R. J., *Ezra Pound: Canto 85*, Diss., University of California, Berkeley.

3. 20 世纪 80 年代 (18 篇)

1981—Crisp, P. G., *Time Past and Present, and Its Transcendence in The Cantos of Ezra Pound*, Diss., University of Reading.

1985—Beebe, Alice Deming, *Canto 91 by Ezra Pound: So Hath Sibile A*

[①] 这里仅罗列那些以《诗章》为主要研究对象的学位论文，故 1955 年荣之颖 (Angela Chih-ying Jung) 在美国华盛顿大学完成的博士论文《埃兹拉·庞德与中国》(*Ezra Pound and China*) 未统计在内。荣之颖的论文内容请参见 Angela Chih-ying Jung, *Ezra Pound and China*, Diss., University of Washington, 1955。

Boken Isette, Diss., Columbia University.

1986—Baker, Edward Harbage, "*Timing the Thunder*": *Ezra Pound's Poetic Historiography*, Diss., University of Michigan.

1986—Clark, Hilary Anne, *The Idea of a Fictional Encyclopaedia*: "*Finnegans Wake*", "*Paradis*", "*The Cantos*", Diss., University of British Columbia, 1985.

1986—Coyle, Michael Gordon, "*The poetry breaks off*": *Generic Combination in The Cantos of Ezra Pound*, Diss., University of Virginia.

1986—Kelly, Alan Lawrence Jr., *Confucianism and the Meaning of The Cantos of Ezra Pound*, Diss., Indiana University.

1986—Rainey, Lawrence Scott, *The Earliest Manuscripts of the Malatesta Cantos by Ezra Pound*, Diss., University of Chicago.

1986—Reid, Richard G., "*Discontinuous Gods*": *Ezra Pound and the Epic of Translation*, Diss., Princeton University.

1986—Wacker, Norman John, *Constructive Traditions*: *The Cantos of Ezra Pound*, Diss., University of Washington.

1987—Lee, Il-Hwan, *The Drama of Desire*: *The Cantos of Ezra Pound*, Diss., Seoul National University, Korea.

1987—Cody, Thomas Robert, *The Cantos of Ezra Pound*: *The Politics of Modernist Poetry*, Diss., University of California.

1987—Warner, Michael Lee, *Cantomorphosis*: *Multilingualism in The Cantos of Ezra Pound*, Diss., University of Tulsa.

1988—Bell, Terence Antony, *The Hero Polumetis*: *A New Interpretation of The Cantos of Ezra Pound*, Diss., University of Oxford.

1988—Leland, Blake Thomas, *Heroic Economies*: *Ezra Pound, James Joyce and the Modernist Epic Between the Wars*, Diss., Cornell University.

1988—Olson, Peter David, *Seizing "Hagoromo"*: *Ezra Pound's Imaged Drama and The Cantos*, Diss., University of Michigan.

1988—Tryphonopoulos, Demetres P., "*To enter Arcanum*": *Gnosticism in Ezra Pound's Cantos*, Diss., University of Western Ontario.

1989—Lynch, Robert Lee Jr., *Rereading America: The American Historical Epos of Ezra Pound and William Carlos Williams*, Diss., Indiana University.

1989—Phelps, Mary Ella, *Ezra Pound and Music: The Convergence of Music and Poetry in The Pisan Cantos*, Diss., Texas A&M University.

4. 20世纪90年代（14篇）

1990—Hilmy, H., *Dionysus in The Cantos of Ezra Pound*, Diss., University of Essex.

1991—Bennett, Peter, *The Thematic Centrality of "America" in the First Fifty One of The Cantos of Ezra Pound: an Exposition of the Poem's Unity and Purpose from the Evidence on the Page*, Diss., University of Essex.

1991—Sousa, Irene Ferreira de., *Pound's "sumbainai": Coherence and incoherence in The Cantos*, Diss., Tulane University.

1991—Wellen, Paul Anthony, *Ezra Pound's Use of Chinese Characters in Relation to His Ideas on Aesthetics, Politics, and Religion*, Diss., University of Virginia.

1992—Kim, Yoon-Sik, *Gorilla Language: Pound's Pictographing Technique in The Pisan Cantos*, Diss., Oklahoma State University.

1992—Krishnan, Rajiv C., *Self and Form in the Early Cantos of Ezra Pound*, Diss., University of Cambridge.

1992—Selby, Nicholas, *Poetics of Loss in The Cantos of Ezra Pound*, Diss., University of York.

1993—Gill, Julian, *"What need of many words?": Writing and Self-Representation in Wordsworth's "The Prelude" and Pound's "Cantos"*, Diss., University of Sussex.

1993—Shen, Fan A., *Ezra Pound's Ideogrammic Poetics*, Diss., Marquette University.

1993—Tayler, Anne Hamilton, *Viva Voce: The Oral and Rhetorical Power of Quotation in The Cantos of Ezra Pound*, Diss., University of British Columbia.

1997—Marsden, Stephen, "*Barred lights, great flares, new form*": *A Study of A Draft of XXX Cantos of Ezra Pound*, Diss., University of Manchester.

1998—Deissner, Kai–Ulrich, *Ezra Pound's Later Cantos and His Early Work: Modes of Time and the Example*, Diss., University of Cambridge.

1999—Carroll, Zoe, *Content as Technique: Ezra Pound and the Problem of Encyclopaedic Form*, Diss., University of Oxford.

1999—Cockram, Patricia A., *Ezra Pound's Italian Cantos: Collapse and Recall*, Diss., City University of New York.

5. 2000—2016 年（9 篇）

2001—Byron, Mark Stephen, *Exilic Modernism and Textual Ontogeny: Ezra Pound's Pisan Cantos and Samuel Beckett's Watt*, Diss., University of Cambridge.

2002—Eyck, David Ten, *The Development and Composition of Ezra Pound's Adams Cantos*, Diss., University of Oxford.

2003—Wilson, Stephen, *Reading and Writing History: A Study of Ezra Pound's American History Cantos*, Diss., University of Dublin, Trinity College.

2004—Pereppadan, Sophy, "*Let Him Celebrate Christ in the Grain*": *Eucharistic Aesthetics in The Pisan Cantos of Ezra Pound*, Diss., English and Foreign Languages University, Hyderabad.

2005—Menzies–Pike, Catriona Jane, *The Composition of the Modernist Book: Ulysses, A Draft of XXX Cantos and The Making of Americans*, Diss., University of Sydney.

2009—Lin, Baomei, *Crossing the Divide between East and West, Ancient and Modern: An Interdisciplinary Study of the Chinese Characters in Ezra Pound's The Cantos*, Diss., The University of Texas at Dallas.

2009—Laines Welch, Michael, *Mythic Pound: An Examination of the Central Place of Myth and Ritual in the Poetry of Ezra Pound*, Diss., Claremont Graduate University.

2015—Mohandas, C. B., *The Poetry of the Process: A Study of The Cantos of Ezra Pound*, Diss., University of Calicut.

2016—Seguy, Robin, *Prolegomena to the Automated Analysis of a Bilingual Poetry Corpus, with Particular Reference to an Annotated Edition of The Cantos of Ezra Pound*, Diss., University of Pennsylvania.

(三) 期刊文章

1. 20 世纪 60—70 年代（20 篇）

1968—Gross, Harvey, "Pound's Cantos and the Idea of History", *Bucknell Review*, Vol. 9, pp. 14-31.

1970—Dickey, R. P., "Introduction to the Esthetic and Philosophy of *The Cantos*", *Sou'wester*, Vol. 9, pp. 21-35.

1970—Pearlman, Daniel, "The Inner Metronome: A Genetic Study of Time in Pound", *Agenda*, Vol. 8, No. 3-4, pp. 51-60.

1971—Peck, John, "Landscape and Ceremony in the later Cantos", *Agenda*, Vol. 9, No. 2-3, pp. 26-69.

1971/2—Pearlman, Daniel D., "The Blue-Eyed Eel. Dame Fortune in Pound's Later Cantos", *Agenda*, Vol. 9, No. 4 - Vol. 10, No. 1, pp. 60-71.

1972—Davie, Donald, "The Cantos: Towards a Pedestrian Reading", *Paideuma*, Vol. 1, No. 1, pp. 55-62.

1972—Kohli, Raj K., "'Epic of the West' Some Observations on American History and *The Cantos*", *Indian Journal of American Studies*, Vol. 2, No. 2, pp. 40-54.

1972/3—McDiarmid, Hugh, "Ezra Pound: the Master Voyager of Our Age", *Agenda*, Vol. 10, No. 4 - Vol. 11, No. 1, pp. 139-145.

1973—Pevear, Richard, "Notes on *The Cantos* of Ezra Pound", *The Hudson Review*, Vol. 25, pp. 51-70.

1975—Adams, Stephen J., "Are the Cantos a Fugue?", *University of Toronto Quarterly*, Vol. 45, No. 1, pp. 67-74.

1976—Quinn, Bernetta, "The Moon-Goddess in Pound's Cantos", *Paideuma*, Vol. 5, No. 1, pp. 61-62.

1977—McNaughton, William, "A Note on Main Form in *The Cantos*", *Paideuma*, Vol. 6, pp. 147–152.

1977—David, Donald, "Sicily in the Cantos", *Paideuma*, Vol. 6, No. 1, pp. 101–107.

1977—Adams, Stephen J., "The Soundscape of the Cantos: Some Ideas of Music in the Poetry of Ezra Pound", *Humanities Association Review*, Vol. 28, No. 1, pp. 167–188.

1977—Rosenthal, M. L., "The Structuring of Pound's Cantos", *Paideuma*, Vol. 6, pp. 3–11.

1978—Lauber, John, "Pound's Cantos: A Fascist Epic", *Journal of American Studies*, Vol. 12, No. 1, pp. 3–21.

1979—Murray, David, "A Reply to John Lauber's 'Pound's Cantos: a Fascist Epic'", *Journal of American Studies*, Vol. 13, No. 1, pp. 109–113.

1979——Witemeyer, Hugh, "Pound and *The Cantos*: 'Ply Over Ply'", *Paideuma*, Vol. 8, No. 2, pp. 229–235.

1979/80—Adams, Stephen J., "Musical Neofism: Pound's Theory of Harmony in Context", *Mosaic*, Vol. 13, No. 2, pp. 49–69.

1979/80—John, Roland, "A Note on the Meaning of *The Cantos*", *Agenda*, Vol. 17/8, No. 3/4, pp. 257–263.

2. 20世纪80年代（34篇）

1980—Bernstein, Michel André, "Identification and Its Vicissitudes: the Narrative Structure of Ezra Pound's Cantos", *Yale Review*, Vol. 69, No. 4, pp. 540–556.

1980—Childs, John Steven, "Larvatus Prodeo: Semiotic Aspects of the Ideogram in Pound's Cantos", *Paideuma*, Vol. 9, No. 2, pp. 289–307.

1980—Eisenhauer, Robert G., "'Jeweler's Company': Topaz, Half-Light, and Bounding-Lines in the Cantos", *Paideuma*, Vol. 9, No. 2, pp. 249–270.

1981—Dennis, Helen M., "The Eleusinian Mysteries as an Organizing Principle in *The Pisan Cantos*", *Paideuma*, Vol. 10, No. 2, pp. 273-282.

1981—Kappel, A. J., "The Reading and Writing of a Modern Paradiso: Ezra Pound and the Books of Paradise", *Twentieth Century Literature*, Vol. 27, No. 3, pp. 223-246.

1982—Kappel, Andrew J., "Napoleon and Talleyrand in *The Cantos*", *Paideuma*, Vol. 11, No. 1, pp. 55-78.

1982—Cantrell, Carol Helmstetter, "Obscurity, Clarity, and Simplicity in *The Cantos of Ezra Pound*", *Midwest Quarterly*, Vol. 23, No. 4, pp. 402-410.

1982/3—Cayley, John, "'New Mountains': Some light on the Chinese in Pound's Cantos", *Agenda*, Vol. 20, No. 3/4, pp. 122-158.

1983—Casillo, Robert, "Anti-Semitism, Castration, and Usury in Ezra Pound", *Criticism*, Vol. 25, No. 2, pp. 239-265.

1983—Kimpel, Ben D. & T. C. Duncan Eaves, "Some Curious 'Facts' in Ezra Pound's Cantos", *ELH*, Vol. 50, No. 3, pp. 627-635.

1984—Casillo, Robert, "The Desert and the Swamp: Enlightenment, Orientalism, and the Jews in Ezra Pound", *Modern Language Quarterly*, Vol. 45, No. 3, pp. 263-286.

1984—Dickie, Margaret, "*The Cantos*: Slow Reading", *ELH*, Vol. 51, No. 4, pp. 819-835.

1984—Elliott, Angela, "'Isis Kuanon': An Ascension Motif in the Cantos", *Paideuma*, Vol. 13, No. 3, pp. 327-356.

1984—McDowell, Colin, "'As Towards a Bridge Over Worlds': The Way of the Soul in *The Cantos*", *Paideuma*, Vol. 13, No. 2, pp. 171-200.

1984—Mikriammos, Philippe, "Cantos, Traduction: Les Mésaventures De l'Original", *Paideuma*, Vol. 13, No. 3, pp. 445-452.

1985—Cayley, John, "The Literal Image: Illustrations in *The Cantos*", *Paideuma*, Vol. 14, No. 2-3, pp. 227-251.

1985—Kimpel, Ben D. & T. C. Duncan Eaves, "'Major Form' in Pound's 'Cantos'", *The Iowa Review*, Vol. 15, No. 2, pp. 51-66.

1985—Sieburth, Richard, "The Design of *The Cantos*: an Introduction",

Iowa Review, Vol. 15, No. 2, pp. 12-33.

1986—Cookson, William, "The Bilingual Cantos", *Agenda*, Vol. 24, No. 2, pp. 95.

1986—Bernstein, Michel André, "Image, Word and Sign: The Visual Arts as Evidence in Ezra Pound's Cantos", *Critical Inquiry*, Vol. 12, No. 2, pp. 347-364.

1986—Gaudemar, Antoine de., "'Les Cantos' d' Ezra Pound: requiem pour un palimpseste", *Liberation*, Vol. 12, No. 2, pp. 36.

1986—Li, Victor P. H., "The Vanity of Length: The Long Poem as Problem in Pound's Cantos and Williams' Paterson", *Genre*, Vol. 19, No. 1, pp. 3-20.

1986—Sutton, Walter, "Coherence in Pound's Cantos and William James's Pluralistic Universe", *Paideuma*, Vol. 15, No. 1, pp. 7-21.

1986—North, Michael, "Towers and the Visual Map of Pound's Cantos", *Contemporary Literature*, Vol. 27, No. 1, pp. 17-31.

1987—Fogelman, Bruce, "Beddoes in the Sea Surge, Or a Glimpse of *The Cantos* in 1908", *Paideuma*, Vol. 16, No. 3, pp. 89-91.

1987—Fogelman, B., "Pound's 'Cathay': A Structural Model for *The antos*", *Paideuma*, Vol. 16, No. 1-2, pp. 49-60.

1987—Rachewiltz, Mary de., "Translating *The Cantos*", *Michigan Quarterly Review*, Vol. 26, No. 3, pp. 524-534.

1987—Yee, Cordell, "Discourse on Ideogrammic Method: Epistemology and Pound's Poetics", *American Literature*, Vol. 59, No. 2, pp. 242-256.

1988—Chandran, K. N., "Making Cosmos: Building/Creation in *The Cantos*", *Paideuma*, Vol. 17, No. 2-3, pp. 177-189.

1988—Goldblatt, Eli., "Gender Matters in Pound's 'Cantos'", *Journal of Modern Literature*, Vol. 15, No. 1, pp. 35-53.

1988—Kenner, Hugh, "Self-Similarity, Fractals, Cantos", *ELH*, Vol. 55, No. 3, pp. 721-730.

1988—McGann, Jerome J., "The 'Cantos' of Ezra Pound, the Truth in Contradiction", *Critical Inquiry*, Vol. 15, No. 1, pp. 1-25.

1989—Elliott, Angela, "The Word Comprehensive: Gnostic Light in *The*

Cantos", *Paideuma*, Vol. 18, No. 3, pp. 7–57.

1989—Tryphonopoulos, Demetres P., "*The Cantos* as Palingenesis", *Paideuma*, Vol. 18, No. 1–2, pp. 7–33.

3. 20世纪90年代（21篇）

1990—Miller, Tyrus, "Pound's Economic Ideal: Silvio Gesell and *The Cantos*", *Paideuma*, Vol. 19, No. 1–2, pp. 169–180.

1990—Scott, Peter Dale, "Anger in Paradise: The Poetic Voicing of Disorder in Pound's Later Cantos", *Paideuma*, Vol. 19, No. 3, pp. 47–63.

1990—Scott, Peter Dale, "Pound in 'the Waste Land,' Eliot in *The Cantos*", *Paideuma*, Vol. 19, No. 3, 1990, pp. 99–114.

1991—Rudolph, Donna C., "Formulas for Paradise in Six Cantos of Ezra Pound", *Paideuma*, Vol. 20, No. 1–2, pp. 129–140.

1992—Baumann, W., "The German-Speaking World in *The Cantos*", *Paideuma*, Vol. 21, No. 3, pp. 41–61.

1992—Baumann, W., "Yeats and Ireland in *The Cantos*", *Paideuma*, Vol. 21, No. 1–2, pp. 7–27.

1992—Bruce, Elizabeth, "Empedocles's Golden Age of Aphrodite in Pound's Later Cantos", *Paideuma*, Vol. 21, No. 1–2, pp. 151–159.

1992—Nadel, Ira B., "*The Cantos of Ezra Pound*…A Poem Including History: A Checklist of Items on Exhibit at the Beinecke Rare Book & Manuscript Library 20 October – 22 December 1989", *Paideuma*, Vol. 21, No. 1–2, pp. 221–234.

1992—Rainey, Lawrence S., "A Poem Including History: *The Cantos of Ezra Pound*", *Paideuma*, Vol. 21, No. 1–2, pp. 199–220.

1993—Esh, Sylvan, "Pound, and Jakobson: The Metaphorical Principle in *The Cantos*", *Paideuma*, Vol. 22, No. 1–2, pp. 129–143.

1994—Jin, Songping, "Observation of Natural Scenes: Ta Hsüeh and Pound's Later Cantos", *Paideuma*, Vol. 23, No. 2–3, pp. 7–44.

1995—Hatcher, Leslie, "'Circe's this Craft': The Active Female Principle in *The Cantos*", *Paideuma*, Vol. 24, No. 1, pp. 83–94.

1995—Marsh, A., "Thaddeus Coleman Pound's 'Newspaper Scrapbook' as a

Source for *The Cantos*", *Paideuma*, Vol. 24, No. 2-3, pp. 163-193.

1996—Hatcher, Leslie & Hugh Witemeyer, "Lord Palmerston as Factive Hero in *The Cantos*", *Paideuma*, Vol. 25. No. 1 - 2, pp. 225 - 233.

1996—Capps, Kathleen, "The François Villon - Ezra Pound Connection: From the Testament to *The Cantos*", *Paideuma*, Vol. 25, No. 1 - 2, pp. 205-216.

1996—Moody, David A., " 'They dug him up out of sepulture': Pound, Erigena and Fiorentino", *Paideuma*, Vol. 25, No. 1 - 2, pp. 241-247.

1998—Kelly, John, " A Dweller by Streams and Woodland: The Influence of Emanuel Swedenborg in *The Cantos*", *Paideuma*, Vol. 27, No. 1, p. 55-78.

1999—Ausubel, Jonathan, "Three Functions and some Forgery: (Mis) Uses of Visual Poetics in Pound's Cantos", *Paideuma*, Vol. 28, No. 1, pp. 63-87.

1999—Bacigalupo, Massimo, "The Strange Text of Ezra Pound's Cantos", *English Studies*, Vol. 42, No. 1, pp. 64-68.

1999—Lewis, E., "Imagist Technique in *The Cantos*", *Paideuma*, Vo. 28, No. 1, pp. 113-131.

1999—Sawler, Trevor, "Vis Naturae: The Nature of Nature in Selected Cantos", *Paideuma*, Vol. 28, No. 2-3, pp. 109-132.

4. 2000—2010 年（17 篇）

2000—Marsh, A., "Letting the Black Cat Out of the Bag: A Rejected Instance of ' American - Africanism ' in Pound's Cantos ", *Paideuma*, Vol. 29, No. 1-2, pp. 125-142.

2000—Freind, Bill, " ' All Wandering as the Worst of Sinning': *Don Juan* and *The Cantos*", *Paideuma*, Vol. 29, No. 3, pp. 111 - 131.

2000—Ambrus, Nicolas Z., "The White Light that is Allness: Ezra Pound's Cantos on Love", *Paideuma*, Vol. 29, No. 3, pp. 207 - 215.

2001—Loh, Aaron, "Decoding the Ideogram: The Chinese Written Character in *The Cantos of Ezra Pound*", *Paideuma*, Vol. 30, No. 1-2, pp. 133-150.

2001—Jones, Chris, "One a Bird Bore Off: Anglo-Saxon and the Elegaic in *The Cantos*", *Paideuma*, Vol. 30, No. 3, pp. 91-98.

2001—Péti, Miklós, "Usura Alone Not Understood? A Rhetorical Consideration of 'Usura' in *The Cantos*", *Paideuma*, Vol. 30, No. 3, pp. 3-22.

2001—Beasley, Rebecca, "Dada's Place in *The Cantos*", *Paideuma*, Vol. 30, No. 3, pp. 39-64.

2001—Lian, Yang, "'In the Timeless Air': Chinese Language, Pound and *The Cantos*", *Paideuma*, Vol. 30, No. 3, pp. 101-105.

2002—Taylor, Richard, "Editing the Variorum Cantos: Process and Policy", *Paideuma*, Vol. 31, No. 1-3, pp. 311-334.

2003—Bacigalupo, Massimo, "America in Ezra Pound's Posthumous Cantos", *Journal of Modern Literature*, Vol. 27, No. 1, pp. 90-104.

2003—Moody, David A., "Directio Voluntatis: Pound's Economics in the Economy of *The Cantos*", *Paideuma*, Vol. 32, No. 1-3, pp. 187-203.

2004—Bizzini, Chantal, "The Utopian City in *The Cantos of Ezra Pound*", *Utopian Studies*, Vol. 15, No. 1, pp. 30-43.

2005—Dasenbrock, Reed Way, "Paradiso ma non troppo: The Place of the Lyric Dante in the Late Cantos of Ezra Pound", *Comparative Literature*, Vol. 45, No. 1, pp. 45-60.

2005—Hatlen, Burt, "Pound's Cantos and the Epic Mode in American Poetry, 1915-1931", *Paideuma*, Vol. 34 No. 2-3, pp. 231-270.

2005—Tryphonopoulos, Demetres P., "'With Usura Hath no Man a House of Good Stone': An Interview with Leon Surette", *English Studies in Canada*, Vol. 31, pp. 273-291.

2006—Myers, Morgan, "Ezra Pound Me Fecit: Memorial Object and Autonomous Poem in *The Cantos*", *Paideuma*, Vol. 35, No. 3, pp. 67-92.

2007—Pryor, Sean, "Particularly Dangerous Feats: The Difficult Reader of the Difficult Late Cantos", *Paideuma*, Vol. 36, pp. 27-45.

5. 2011—2019 年（3 篇）

2012—Rosenow, C., "'High Civilization': The Role of Noh Drama in Ezra Pound's Cantos", *Papers on Language and Literature: A Journal for Scholars and Critics of Language and Literature*, Vol. 48, No. 3, pp. 227-244.

2019—Bronnikov, Andrei, "Making the Epic New: Notes on the Russian Translation of *The Cantos*", *Literature of the Two Americas*, Vol. 7, pp. 452-465.

2019—Guerrero, Paula Barba, "Re/Membering Place: Ideogrammic Memory in Ezra Pound's *The Cantos*", *Literature of the Two Americas*, Vol. 7, pp. 360-376.

二 中文文献①

（一）著作、译著类

1998—[美]庞德:《庞德诗选·比萨诗章》, 黄运特译、张子清校, 漓江出版社。

2003—索金梅:《庞德〈诗章〉中的儒学》, 南开大学出版社。

2017—胡平:《庞德〈比萨诗章〉研究》, 上海大学出版社。

（二）学位论文类

1. 博士学位论文

2002—索金梅:《庞德〈诗章〉中的儒学》, 南开大学。

2014—胡平:《庞德〈比萨诗章〉思想内涵研究》, 华东师范大学。

2016—郭英杰:《庞德〈诗章〉的互文性阐释》, 陕西师范大学。

2017—叶艳:《〈诗章〉之秩序: 由新柏拉图主义光的"流溢"而思》, 山东大学。

2. 硕士学位论文

2001—罗坚:《〈诗章〉中的儒家思想》, 湖南师范大学。

2006—刘响慧:《庞德〈诗章〉对儒家思想之阐释》, 苏州大学。

---

① 这里仅收录以《诗章》为研究对象的著作、译著、文集、学位论文和期刊论文, 并以出版或者发表时间为序排列。

2007—董志浩：《统一而非对立——〈诗章〉和〈神州集〉中的中国形象》，中南大学。

2007—杜予景：《生态批评视野下的〈诗章〉研究》，浙江大学。

2008—王丹：《重生的追寻——〈诗章〉中的神话原型研究》，西南大学。

2009—薄俊：《论〈比萨诗章〉中的创新意识》，华中科技大学。

2011—晏清皓：《混乱的力量——庞德〈诗章〉的审美解读》，西南大学。

2013—王范丽：《文化预设视角下〈比萨诗章〉中文译本的研究》，南华大学。

2015—陈玉洁：《从〈诗章〉看庞德的中国传统文化情结》，安徽大学。

2016—朱媛君：《糅合与超越——以〈诗章〉为例的庞德文论思想研究》，苏州大学。

2017—马召攀：《庞德〈诗章〉的空间艺术》，内蒙古工业大学。

2018—王丹丹：《世界主义视野下看〈比萨诗章〉中庞德对儒家文化的阐释》，大连海事大学。

（三）期刊论文

1. 20世纪80—90年代（4篇）[①]

1994—王誉公、魏芳萱：《庞德〈诗章〉评析》，《山东外语教学》第1期。

1996—赵毅衡：《儒者庞德——后期〈诗章〉中的中国》，《中国比较文学》第1期。

1998—张子清：《美国现代派诗歌杰作——〈诗章〉》，《外国文学》第1期。

1999—莫雅平：《试图建立一个地上乐园——从〈比萨诗章〉窥庞德之苦心》，《出版广角》第5期。

---

① 1982年，李文俊撰长文《美国现代诗歌1912—1945》，分两次刊发在《外国文学》第9期和第10期。该文对庞德的作品如《面具》《华夏》《毛伯莱》《诗章》等都有述评，对《诗章》第1章到第99章也有涉及。但是由于该论文不是完全聚焦《诗章》，故未统计在内。具体内容请参见李文俊：《美国现代诗歌1912—1945》，《外国文学》1982年第9期；李文俊：《美国现代诗歌1912—1945（续完）》，《外国文学》1982年第10期。

2. 2000—2010 年（15 篇）

（1） 2000—2005 年（7 篇）

2000—李丽琴：《中国儒家文化与反犹太情结——庞德〈诗章〉读解》，《攀枝花大学学报》第 4 期。

2001—王贵明：《汉字的魅力与〈诗章〉的精神》，《北京理工大学学报》第 1 期。

2001—王贵明：《〈比萨诗章〉中的儒家思想》，《国外文学》第 2 期。

2003—黄宗英：《"一张嘴道出一个民族的话语"：庞德的抒情史诗〈诗章〉》，《国外文学》第 3 期。

2005—吴玲英、熊琳芳：《浅析〈诗章〉的叙述模式》，《湖南医科大学学报》第 2 期。

2005—熊琳芳、黄文命：《庞德〈诗章〉中的拼贴艺术》，《长沙大学学报》第 4 期。

2005—周洁：《儒家思想对庞德及其〈诗章〉的影响》，《山东社会科学》第 11 期。

（2） 2006—2010 年（8 篇）

2006—蒋洪新：《庞德的〈七湖诗章〉与潇湘八景》，《外国文学评论》第 3 期。

2008—杜予景：《庞德〈诗章〉中的"人间天堂"解读》，《名作欣赏》第 16 期。

2009—周运增：《孔子之道与〈诗章〉的生成》，《河南师范大学学报》第 5 期。

2010—杜予景：《庞德〈诗章〉中的生态智慧》，《文学界》第 6 期。

2010—胡平：《论〈比萨诗章〉叙事的复调性》，《名作欣赏》第 23 期。

2010—李春长：《〈诗章〉理想国的神学构建及其思想来源》，《中山大学学报》第 2 期。

2010—谭琼琳：《重访庞德的〈七湖诗章〉——中国山水画、西方绘画诗与"第四维—静止"审美原则》，《外国文学评论》第 2 期。

2010—熊琳芳：《流淌于心理时间之上的异质历史——试析庞德〈诗章〉中的历史》，《名作欣赏》第 21 期。

3. 2011—2019 年（30 篇）

（1）2011—2015 年（18 篇）

2011—朱伊革：《庞德〈诗章〉经济主题的美学呈现》，《国外文学》第 3 期。

2011—杜予景：《庞德〈诗章〉中的"荒原"与"救赎"》，《西南农业大学学报》第 4 期。

2011—郭明辉：《庞德〈诗章〉之后现代主义思辨》，《时代文学》第 5 期。

2011—胡平：《论庞德〈诗章〉的叙事空间》，《名作欣赏》第 29 期。

2012—钱兆明、欧荣：《〈七湖诗章〉：庞德与曾宝荪的合作奇缘》，《中国比较文学》第 1 期。

2012—朱伊革：《庞德诗学及其〈诗章〉的孔子思想渊源与呈现》，《上海师范大学学报》第 2 期。

2012—［美］罗纳德·布什、王霞、孙浙微、陈哲：《20 世纪西方与中国的同化：美国诗人庞德〈比萨诗章〉中的"观音"想象》，《浙江大学学报》第 3 期。

2012—蒋洪新：《庞德〈诗章〉结构研究述评》，《外国文学研究》第 5 期。

2012—梁呐：《从〈诗章〉看庞德的乌托邦式东方主义》，《名作欣赏》第 23 期。

2013—胡平：《论庞德〈比萨诗章〉中诗化的儒家思想》，《中国比较文学》第 4 期。

2013—王文、郭英杰：《庞德〈比萨诗章〉中的互文与戏仿》，《陕西师范大学学报》第 3 期。

2014—郭方云：《烟囱、天堂和虫洞奇喻——〈比萨诗章〉的空间穿越语境及其相对论形变》，《外国文学评论》第 4 期。

2014—钱兆明、管南异：《〈管子〉"西游记"——赵自强和庞德〈诗章〉中的〈管子〉》，《中国比较文学》第 2 期。

2014—杨晓丽：《庞德〈诗章〉现代西方文明的挽歌性史诗》，《西华大学学报》第 4 期。

2014—叶艳、申富英：《从〈诗章〉看庞德的英雄崇拜情结》，《中国石油大学学报》第 2 期。

2014—朱伊革：《论庞德〈诗章〉的现代主义诗学特征》，《国外文学》第 1 期。

2014—叶艳、申富英：《论庞德〈诗章〉的结构变形及其艺术哲学》，《东南学术》第 6 期。

2015—晏清皓：《庞德〈诗章〉的赋格结构模式研究》，《外国文学研究》第 2 期。

（2）2016—2019 年（12 篇）

2016—胡平：《论庞德〈比萨诗章〉中的极权主义儒家思想》，《当代外国文学》第 3 期。

2016—王卓：《庞德〈诗章〉中的纳西王国》，《外国文学研究》第 4 期。

2016—郑佩伟、张景玲：《谈〈比萨诗章〉中的儒家思想》，《管子学刊》第 1 期。

2016—晏清皓、晏奎：《力量、知识与生命：庞德〈诗章〉的语言能量研究》，《外国文学研究》第 2 期。

2017—钱兆明：《庞德〈第 49 诗章〉背后的"相关文化圈内人"》，《外国文学评论》第 1 期。

2017—王伟均、陈义华：《庞德〈诗章〉中儒家文化的视觉化分析》，《外国语文研究》第 2 期。

2019—胡平：《伊兹拉·庞德〈诗章〉中的观音形象》，《中国比较文学》第 1 期。

2019—钱兆明：《庞德〈诗稿与残篇〉中的双重突破》，《外国文学》第 2 期。

2019—王晶石：《主体性、历史性、视觉性——论艾兹拉·庞德〈三十章草〉中"我"的多重性》，《国外文学》第 3 期。

2019—王年军：《〈比萨诗章〉中"白色"的视觉分析——文化镜像中的庞德"误认"策略》，《长春大学学报》第 3 期。

2019—王卓：《论〈诗章〉中黑人形象隐喻与美国历史书写》，《外国文学研究》第 3 期。

2019—晏清皓、熊辉：《庞德〈诗章〉的历史书写与文化阐释》，《文艺争鸣》第 6 期。

参考文献[①]

一 英文参考文献

Ackroyd, Peter, *Ezra Pound and His World*, New York: Scribner Book Company, 1980.

Alexander, Michael, *The Poetic Achievement of Ezra Pound*, Edinburgh: Edinburgh University Press, 1998.

Baumann, Walter, *Roses from the Steel Dust: Collected Essays on Ezra Pound*, London: University Press of New England, 2000.

Beach, Christopher, *ABC of Influence: Ezra Pound and the Remaking of American Poetic Tradition*, Berkeley: University of California Press, 1992.

Bell, Ian F. A., *Critic as Scientist: The Modernist Poetics of Ezra Pound*, London: Methuen, 1981.

Bernstein, Michael André, *The Tale of the Tribe: Ezra Pound and the Modern Verse Epic*, Princeton, New Jersey: Princeton University Press, 2014.

Bernstein, Charles, "Pounding Fascism", in Charles Bernstein ed., *A Poetics*, Cambridge, Massachusetts: Harvard University Press, 1992: 121-127.

Bornstein, George, *Ezra Pound Among the Poets: Homer, Ovid, Li Po, Dante, Whitman, Browning, Yeats, Williams, Eliot*, Chicago: Chicago University Press, 1985.

Carpenter, Humphrey, *A Serious Character: The Life of Ezra Pound*, Boston: Houghton Mifflin Company, 1988.

Casillo, Robert, *The Genealogy of Demons: Anti-Semitism, Fascism, and the Myths of Ezra Pound*, Evanston, Illinois: Northwestern University Press, 1988.

[①] 为避免重复,还有部分文献请参见《附录三:以〈诗章〉为研究专题的国内外文献》。

Chace, William M., *The political identities of Ezra Pound & T. S. Eliot*, Stanford, Calif., Stanford University Press, 1973.

Coyle, Michael, *Ezra Pound, Popular Genres, and the Discourse of Culture*, University Park, Pa. : Pennsylvania State University Press, 1995.

Davie, Donald, *Ezra Pound: Poet as Sculptor*, New York: Oxford University Press, 1964.

Davie, Donald, *Ezra Pound*, New York: Viking Press, 1975.

Davis, Earle Rosco, *Vision Fugitive: Ezra Pound and Economics*, Lawrence: University Press of Kansas, 1968.

Dembo, L. S., *The Confucian Odes of Ezra Pound: A Critical Appraisal*, Berkeley: University of California Press, 1963.

Doolittle, Hilda, *End to Torment: A Memoir of Ezra Pound*, New York: New Directions, 1979.

Durant, Alan, *Ezra Pound, Identity in Crisis: A Fundamental Reassessment of the Poet and His Work*, Brighton: Harvester Press, 1981.

Eastham, Scott, *Paradise & Ezra Pound: the Poet as Shaman*, Lanham: University Press of America, 1983.

Eliot, T. S., *Literary Essays of Ezra Pound*, London: Faber & Faber, 1954.

Ellmann, Maud, *The Poetics of Impersonality: T. S. Eliot and Ezra Pound*, Cambridge, Mass. : Harvard University Press, 1987.

Lan, Feng, *Ezra Pound and Confucianism: Remaking Humanism in the Face of Modernity*, Toronto: University of Toronto University, 2004.

Ferkiss, Victor C, "Ezra Pound and American Fascism", *The Journal of Politics*, Vol. 17, No. 2, 1955, pp. 173-197.

Ferkiss, Victor C, "Populist Influence on American Fascism", *Western Political Quarterly*, Vol. 10, No. 2, 1957, pp. 350-373.

Ferrall, Charles, *Modernist Writing and Reactionary Politics*, Cambridge: Cambridge University Press, 2004.

Flory, Wendy Stallard, *The American Ezra Pound*, New Haven: Yale University Press, 1989.

Fogelman, Bruce, *Shapes of Power: The Development of Ezra Pound's Poetic Sequences*, Ann Arbor: UMI Research Press, 1988.

Gibson, Mary Ellis, *Epic Reinvented: Ezra Pound and the Victorians*, Ithaca, N. Y. : Cornell University Press, 1995.

Giovannini, Giovanni, *Ezra Pound and Dante*, New York: Haskell House, 1974.

Goodwin, K. L., *The Influence of Ezra Pound*, London: Oxford University Press, 1968.

Grieve, T. F., *Ezra Pound's Early Poetry and Poetics*, Columbia: University of Missouri Press, 1997.

Hamilton, Scott, *Ezra Pound and the Symbolist Inheritance*, Princeton: Princeton University Press, 2014.

Hesse, Eva, *New Approaches to Ezra Pound: A Co-ordinated Investigation of Pound's Poetry and Ideas*, Berkeley, California: University of California Press, 1969.

Heymann, C. David, *Ezra Pound: The Last Rower, A Political Profile*, New York: Viking Press, 1976.

Homberger, Eric, ed, *Ezra Pound: The Critical Heritage*, London & Boston: Routledge and Kegan Paul, 1972.

Juan, E. San Jr., *Critics on Ezra Pound*, Coral Gables, Florida: University of Miami Press, 1972.

Kenner, Hugh, *The Pound Era*, Berkeley & Los Angeles: University of California Press, 1971.

Kenner, Hugh, *The Poetry of Ezra Pound*, Lincoln: University of Nebraska Press, 1985.

Kristeva, Julia, "Word, Dialogue and Novel", in Toril Moi ed., *The Kristeva Reader*, Oxford: Blackwell Publisher Ltd., 1986, pp. 35-38.

Laughlin, James, *Pound as Wuz: Essays and Lectures on Ezra Pound*, Saint Paul: Graywolf Press, 1987.

Morrison, Paul, *The Poetics of Fascism: Ezra Pound, T. S. Eliot, Paul de Man*, Oxford: Oxford University Press, 1996.

Nadel, Ira B., ed., *The Cambridge Companion to Ezra Pound*, Cambridge: Cambridge University Press, 1999/2007.

Norman, C., *Ezra Pound*, New York: Funk & Wagnalls, 1969.

Paige, D. D., *The Selected Letters of Ezra Pound (1907-1941)*, New York: New Directions, 1971.

Pound, Ezra, *ABC of Reading*, New York: New Directions, 1960.

Pound, Ezra, *The Literary Essays of Ezra Pound*, T. S. Eliot, ed., New York: New Directions, 1954.

Qian, Zhaoming, *Orientalism and Modernism: The Legacy of China in Pound and Williams*, Durham: Duke University Press, 1995.

Rainey, Lawrence S., *A Poem Containing History*, Michigan: The University of Michigan Press, 1997.

Rinaldi, Andrea & Matthew Feldman, "'Penny-wise…': Ezra Pound's Posthumous Legacy to Fascism", *Journal of Literary and Cultural Inquiry*, Vol. 2, No. 1, 2015, pp. 27-52.

Rosenthal, M. L., *Sailing into the Unknown: Yeats, Pound, and Eliot*, New York: Oxford University Press, 1978.

Ruthven, K. K., *Ezra Pound as Literary Critic*, London & New York: Routledge, 1990.

Schulman, Grace, ed., *Ezra Pound: a Collection of Criticism*, New York: McGraw-Hill, 1974.

Sicari, Stephen, *Pound's Epic Ambition: Dante and the Modern World*, Albany: State University of New York Press, 1991.

Singh, G., *Ezra Pound as Critic*, New York: St. Martin's Press, 1994.

Smith, Marcel & William A. Ulmer, eds., *Ezra Pound: The Legacy of Kulchur*, Tuscaloosa: The University of Alabama Press, 1988.

Smith, Paul., *Pound Revisited*, London: Crrom Helm, 1983.

Stock, Noel., *The Study of Meaning in Ezra Pound*, New York: Pantheon Books, 1966.

Tryphonopoulos, Demetres P. & Stephen J. Adams, *The Ezra Pound Encyclopedia*, Westport: Greenwood Publishing Group, 2005.

Tytell, John, *Ezra Pound: The Solitary Volcano*, New York: Anchor Press, 1987.

Wilhelm, James J., *Dante and Pound: The Epic of Judgment*, Orono: University of Maine Press, 1974.

Wilhelm, James J., *The American Roots of Ezra Pound*, New York: Garland Pub., 1985.

Wilson, Peter, *A Preface to Ezra Pound*, New York and London: Longman, 1997.

Wolfe, Cary, *The Limits of American Literary Ideology in Pound and Emerson*, Cambridge, New York: Cambridge University Press, 1993.

Yip, Wai-lim, *Ezra Pound's Cathay*, Princeton, N. J.: Princeton University Press, 1969.

Young, Robert J. C., ed., *Untying the Text: A Post-Structuralist Reader*, London and Boston, Routledge & Kegan Paul, 1981.

二 中文参考资料

译著

［俄］巴赫金：《对话、文本与人文》，钱中文译，河北教育出版社1998年版。

［英］彼得·琼斯：《意象派诗选》，裘小龙译，漓江出版社1986年版。

［古希腊］柏拉图：《理想国》，郭斌和、张竹明译，商务印书馆1986年版。

［法］布瓦洛：《诗的艺术》，任典译，人民文学出版社2009年版。

常耀信：《美国文学简史》（第二版），南开大学出版社2003年版。

［意］但丁：《神曲》，王维克译，上海文艺出版社2014年版。

［法］蒂费纳·萨莫瓦约：《互文性研究》，邵炜译，天津人民出版社2003年版。

［英］菲利普·锡德尼：《为诗辩护》，钱学熙译，人民文学出版社1998年版。

［美］古斯塔夫·缪勒：《文学的哲学》，孙宜学等译，广西师范大学出版社2001年版。

［德］古斯塔夫·施瓦布：《希腊古典神话》，曹乃云译，译林出版社2002年版。

［美］哈罗德·布鲁姆：《读诗的艺术》，王敖译，南京大学出版社2011年版。

[古罗马] 贺拉斯：《诗艺》，杨周翰译，人民文学出版社 2000 年版。

[古希腊] 荷马：《奥德赛》（第一至六卷），王焕生译，上海译文出版社 2014 年版。

[美] 乔纳森·卡勒：《结构主义诗学》，盛宁译，中国社会科学出版社 1991 年版。

[古希腊] 亚里士多德：《诗学》，陈中梅译，商务印书馆 2003 年版。

著作

蒋洪新：《庞德研究》，上海外语教育出版社 2014 年版。

蒋洪新、李春长：《庞德研究文集》，译林出版社 2014 年版。

蒋洪新、郑燕虹：《庞德学术史研究》，译林出版社 2014 年版。

老子：《老子道德经》，辜正坤译，北京大学出版社 1995 年版。

李维屏：《英美现代主义文学概观》，上海外语教育出版社 1998 年版。

[英] 理雅各英译：《四书》，杨伯峻今译，湖南出版社 1996 年版。

刘海平、王守仁主编：《新编美国文学史》（第 3 卷），杨金才主撰，上海外语教育出版社 2002 年版。

钱锺书：《钱锺书英文文集》，外语教学与研究出版社 2006 年版。

钱锺书：《谈艺录》，中华书局 1993 年版。

陶乃侃：《庞德与中国文化》，首都师范大学出版社 2006 年版。

王瑾：《互文性》，广西师范大学出版社 2005 年版。

吴其尧：《庞德与中国文化——兼论外国文学在中国文化现代化中的作用》，上海外语教育出版社 2006 年版。

叶维廉：《庞德与潇湘八景》，岳麓书社 2006 年版。

袁可嘉：《欧美现代派文学概论》，广西师范大学出版社 2003 年版。

张伯香：《英美文学选读》，外语教学与研究出版社 2005 年版。

张隆溪：《道与逻各斯》，江苏教育出版社 2006 年版。

张晓永：《论庞德》，中国人口出版社 2003 年版。

张子清：《20 世纪美国诗歌史》，吉林教育出版社 1995 年版。

赵毅衡：《诗神远游》，上海译文出版社 2003 年版。

钟玲：《美国诗与中国梦》，广西师范大学出版社 2003 年版。

朱伊革：《跨越界限：庞德诗歌创作研究》，上海三联书店 2014 年版。

(二) 期刊论文

陈才忆:《吹向西方的东方杏花——庞德等对中国古代文化的吸收与传播》,《重庆交通学院学报》2001 年第 4 期。

董洪川:《接受的另一个维度:我国新时期庞德研究的回顾与反思》,《外国文学》2007 年第 5 期。

董洪川:《庞德与英美现代主义诗歌的形成》,《外语与外语教学》2006 年第 5 期。

杜夕如:《生态女性主义视阈中庞德诗的自然意象》,《世界文学评论》2009 年第 1 期。

丰华瞻:《庞德与中国诗》,《外国语》1983 年第 5 期。

丰华瞻:《意象派与中国诗》,《社会科学战线》1983 年第 3 期。

冯文坤:《论埃兹拉·庞德诗学观之意义》,《四川师范大学学报》2010 年第 5 期。

付江涛:《主观与客观的悖论——析埃兹拉·庞德诗学中的对立统一》,《四川师范大学学报》2010 年第 5 期。

高莉敏:《中国绘画时空观对庞德诗学思想的影响》,《中国比较文学》2019 年第 2 期。

郭为:《埃兹拉·庞德的中国汤》,《读书》1988 年第 10 期。

胡平:《加西尔的鲁特琴传说与庞德身份构建》,《语文学刊》2015 年第 8 期。

胡平:《伊兹拉·庞德诗歌创作中的酒神形象》,《河南大学学报》2019 年第 4 期。

黄运特:《庞德的中国梦》,《书城》2015 年第 10 期。

黄运特:《庞德是新历史主义者吗?——全球化时代的诗歌与诗学》(英文),《外国文学研究》2006 年第 6 期。

黄运特:《中国制造的庞德》(英文),《外国文学研究》2014 年第 3 期。

蒋洪新、郑燕虹:《庞德与中国的情缘以及华人学者的庞德研究——庞德学术史研究》,《东吴学术》2011 年第 3 期。

[美] 杰夫·特威切尔:《庞德的〈华夏集〉和意象派诗》,张子清译,《外国文学评论》1992 年第 1 期。

蓝峰:《"维护说"析——庞德诗歌理论及其与孔子思想的关系》,

《文艺研究》1984年第2期。

李永毅：《论庞德诗学的古罗马渊源》，《四川师范大学学报》2010年第5期。

李正栓、孙蔚：《庞德对中国诗歌与思想的借鉴》，《当代外国文学》2011年第1期。

梁呐：《道家思想对庞德的影响》，《柳州师专学报》2009年第1期。

罗坚：《西方中心主义的变奏——重评庞德的中国文化态度》，《湖南师范大学社会科学学报》2009年第2期。

宁欣：《当代西方庞德研究述评》，《当代外国文学》2000年第2期。

区鉷、李春长：《庞德〈神州集〉中的东方主义研究》，《中山大学学报》2006年第3期。

钱兆明、陈礼珍：《兼听则明：庞德和杨凤岐的儒学政治化争论与情谊》，《杭州师范大学学报》2014年第1期。

钱兆明、管南异：《逆向而行——庞德与宋发祥的邂逅和撞击》，《外国文学》2011年第6期。

钱兆明、欧荣：《〈马典〉无"桑"：庞德与江南才子王燊甫的合作探源》，《外国文学研究》2014年第2期。

钱兆明、欧荣：《缘起缘落：方志彤与庞德后期儒家经典翻译考》，《浙江大学学报》2015年第3期。

钱兆明、叶蕾：《庞德纳西诗篇的渊源和内涵》，《中国比较文学》2013年第3期。

申富英：《论庞德诗歌创作对中国文化的借鉴》，《齐鲁学刊》2005年第3期。

孙宏：《论庞德对中国诗歌的误读与重构》，《外国文学》2010年第1期。

孙宏：《庞德的史诗与儒家经典——一个现代诗人在中国古代文化中的求索》，《西北大学学报》1999年第2期。

孙宏、李英：《从命名者到"一人大学"：庞德的诗学话语探踪》，《外国文学》2017年第2期。

孙宏、李英：《为君主撰写教科书：埃兹拉·庞德对历史的曲用》，《外国文学评论》2011年第2期。

王贵明：《庞德之于中国文化功过论》，《外国文学》2003年第3期。

王贵明：《中国古典诗歌美学与庞德现代主义诗学》，《北京理工大学学报》2004 年第 6 期。

王庆、董洪川：《我曾试图建立一个人间乐园——埃兹拉·庞德与文化救赎》，《外语教学》2018 年第 1 期。

吴其尧：《是非恩怨话庞德》，《外国文学》1998 年第 3 期。

吴其尧：《诗人的天真之思——庞德的政治和经济思想浅论》，《外国文学》2008 年第 3 期。

袁婷：《庞德史诗对中国儒家经典文化之解读》，《管子学刊》2015 年第 1 期。

殷斌：《论中国文化对庞德的影响》，《重庆师院学报》1994 年第 2 期。

张强：《意象派、庞德和美国现代主义诗歌的发轫》，《外国文学研究》2001 年第 1 期。

赵毅衡：《为庞德/费诺罗萨一辩》，《诗探索》1994 年第 3 期。

赵毅衡：《意象派与中国古典诗歌》，《外国文学研究》1979 年第 4 期。

赵毅衡：《美国新诗运动中的中国热》，《读书》1983 年第 9 期。

郑敏：《庞德——现代派诗歌的爆破手》，《当代文艺思潮》1980 年第 6 期。

郑敏：《意象派诗的创新、局限及对现代派诗的影响》，《文艺研究》1980 年第 6 期。

周建新：《从意象主义到漩涡主义的诗学转向——试析庞德的"三诗"观》，《求索》2011 年第 1 期。

后　　记

　　坦率地说，我对庞德和《诗章》的研究兴趣完全得益于我的导师王文教授。记得1999年我上大三那会儿，王老师给我们上美国文学选读课讲到庞德的《在地铁车站》(In a Station of the Metro)，短短两行诗十四个单词"The apparition of these faces in the crowd: / Petals on a wet, black bough"，在他那里竟然变成好几幅生动、形象、立体的画面，让我情不自禁地联想到唐代诗人王维的诗歌意境"诗中有画，画中有诗"；再讲到《河商之妻：一封家书》(The River Merchant's Wife: A Letter)，王老师除了告诉我们庞德这首诗是对李白名诗《长干行》的创造性翻译，还兴致盎然地针对一些具体细节，比如"You came by on bamboo stilts, playing horse, / You walked about my seat, playing with blue plums"等进行了文史知识的拓展，同时给我们讲述了他幼年时代与伙伴们玩的各种游戏。王老师那种澎湃的上课热情建构在庞德的诗情之上，并与他的个人性情交融在一起，使整个课堂充满趣味性和启发性。看似简单的一堂课，却给我留下难以磨灭的印象，并让我暗暗下决心要考取王老师的硕士研究生，几年后又考取了他的博士生。时光是最好的见证！感谢导师王老师不嫌我天资木讷，能够接纳我、给我点亮心灯，还成为我的良师益友！关键是深深影响了我的学术成长之路！

　　在导师的引领下，我陆续阅读了常耀信教授的《美国文学简史》、杨金才教授主撰的《新编美国文学史》（第3卷）、张子清教授的《20世纪美国诗歌史》、赵毅衡教授的《诗神远游》、黄运特教授翻译的《庞德诗选·比萨诗章》等书籍以及张宏教授、王贵明教授、蒋洪新教授、董洪川教授、申富英教授、区鉷教授等国内著名学者关于庞德研究方面的期刊文章，受益匪浅。但是因为我一直找不到自己的兴趣点，加上对庞德的作品理解不到位、不深刻，硕士毕业论文未敢涉足庞德及其诗歌研究。这种遗憾一直留存到了我上博士期间。2012年年底我准备博士论文开题报告，就与导师商量说我要研究庞德并聚焦他的史诗代表作《诗章》。王老师对我的坚持和胆量予以肯定，同时郑重地提醒我：研究《诗章》仅凭兴趣和热情远远不够，要做好各方面吃苦的准备！随后的学术之旅证明导师的话是正确的，《诗章》确实是一部让人爱恨交加的诗歌作品！

研究《诗章》不能只靠国内文献资料。为了获得原始资料和国外最新资料，我于2013—2014年申请了校际交流合作项目，得以有机会到美国北亚利桑那大学英语系访学。除了完成规定的学习任务，我把时间和精力全部用在博士论文材料的收集、整理和论文初稿的撰写方面，北亚利桑那大学所属的 Cline Library 成为我最喜欢去的地方，那里有许多刻骨铭心的记忆！

在博士论文预答辩和最后答辩阶段，我得到了西安外国语大学聂军教授、南剑翀教授，陕西师范大学文学院李强教授、李永平教授以及外国语学院张亚婷教授、孙坚教授和胡选恩教授等的谆谆教诲和悉心指导，收获良多！幸运的是苏州大学比较文学研究中心主任、中国比较文明文化学的开拓者与奠基人方汉文教授担任我博生毕业论文答辩的主席；在随后的论文修改和润色和过程中，又有幸得到首都师范大学王光明教授、南京大学杨金才教授、中央民族大学阿布都热西提·亚库甫教授、山东大学王承略教授以及福建师范大学王珂教授的间接指导和鞭策，感激之情，难以言表！在这里，对上述老师表示深深的敬意！

2016年5月博士论文答辩结束后，导师再次提醒我：沉下心来，仔细打磨，产出成果！感到万分惭愧的是，最近四年我忙于其他琐事未能专心于庞德和《诗章》研究，荒废了宝贵的大好时光。好在拜读了杭州师范大学外语学院特聘教授、美国新奥尔良大学校际首席教授钱兆明先生的系列文章以及上海师范大学朱伊革博士、上海工程技术大学胡平博士、西南大学晏清皓博士等学者的文章之后，我又重新燃起内心关于庞德和《诗章》研究的热情，希望自己能够为国内的庞德学和《诗章》研究尽到绵薄之力！

2019—2020年本人得到国家留学基金委资助再次到美国访学，在新泽西罗文大学 Campbell Library 以及居住地附近的 McCowan Memorial Library、Margaret E. Heggan Public Library 等地又陆续获得关于庞德和《诗章》研究的一些资料，欣喜之余开始聚焦我的博士论文并进行再次修改，把原论文第一章留作他用，其余四章形成一个体系，同时对文中表述不当之处、错讹之处重新查阅原始资料予以矫正。此外，根据近几年最新文献资料重新撰写绪论，使它符合学术规范和标准……在修订过程中，我得到上述图书馆馆员以及罗文大学韩爱果教授、Raoul Viguerie 博士、Jack Daugherty 博士、Zahia Obeid 女士等的热情帮助，在此谨致谢忱！同时特别感谢英国爱丁堡大学（University of Edinburgh）Roxana Preda 博士、Andrew Taylor 博士及其创立的网站 http://thecantosproject.ed.ac.uk/index.php 给本人提供了许多最新信息，感谢 The Cantos Project 项目中心所有的工作人员及其辛勤付出！

感谢中国社会科学出版社任明老师给予本人的各种鼓励和帮助！感谢陕西师范大学优秀著作出版基金资助出版本书！

关于庞德和《诗章》的研究在我这里才刚刚起步。时光荏苒，在喟叹"逝者如斯夫，不舍昼夜"之时，亦当铭记古人的圣训："亡羊补牢，犹未晚矣"，"烈士暮年，壮心不已"！

是为记！

郭英杰
于美国新泽西皮特曼 Grandview Apartment
2020 年 5 月 10 日